Tim Sünderhauf

DIE WÖLFE UNTER UNS

Historischer Roman

dtv

Bei diesem Buch handelt es sich um einen historischen Roman.
Der Sprachgebrauch der handelnden Figuren spiegelt nicht
die persönlichen Ansichten des Autors wider.
Siehe dazu die Anmerkungen des Autors auf Seite 361.

MIX
Papier | Fördert gute Waldnutzung
FSC® C019821
www.fsc.org

Originalausgabe

Tumblingerstraße 21, 80337 München
produktsicherheit@dtv.de

Umschlaggestaltung: wildesblut –
Atelier für Gestaltung Stephanie Weischer
Umschlagmotive: Heritage Image Partnership Ltd/Alamy Stock Foto;
Penta Springs Limited/Alamy Stock Foto; shutterstock.com/Miiisha
Gesetzt aus der Sabon LT Std
Satz: Fotosatz Amann, Memmingen
Druck und Bindung: Druckerei C.H.Beck, Nördlingen
Printed in Germany · ISBN 978-3-423-22110-8

Für Volker und Ilse
von ihrem Buchleser

PROLOG

Heulend fegte der Wind um das Haus. Durch ein kleines Fenster drangen vereinzelte Schneeflocken und das Licht des Mondes herein. Der Junge hockte auf einem der Säcke, die ihm und seinen Eltern als Lager dienten. Nur mit einem Hemd bekleidet, empfand er keine Kälte, doch er spürte die Grannen und Spelzen unter seinem nackten Hintern, die durch das grobe Leinen pieksten. Noch kurz zuvor hatte er brav vor der Schlafstatt gekniet und sein Nachtgebet gesprochen:

»Ich danke dir, mein himmlischer Vater, durch Jesus Christus, deinen Sohn, dass du mich diesen Tag behütet hast, und bitte dich, du wollest mir vergeben alle meine Sünden, wo ich Unrecht getan habe, und mich diese Nacht gnädig behüten. Denn ich befehle mich, meinen Leib und Seele und alles in deine Hände. Dein heiliger Engel sei mit mir, dass der böse Feind keine Macht an mir finde. Amen.«

Dann hatte er das Zeichen des Heiligen Kreuzes geschlagen und sich auf das mit Spreu gefüllte Lager gehockt. Nun begannen seine Beine unruhig zu zucken, doch seine neben ihm kauernde Mutter gebot ihm mit sanftem Griff, zur Ruhe zu kommen. Folgsam hielt er still und bettete seine ineinandergelegten Hände in seinen Schoß. Seine Mutter legte die Bibel beiseite, seufzte einmal tief und betrachtete ihn im Dämmerlicht der Hütte, die immer, wenn Wolken den Mond bedeckten, nur von einem schwach flackernden Herdfeuer auf der anderen Seite des Raumes erleuchtet wurde.

»Alsdann: flugs geschlafen!«

Sie strich ihm liebevoll übers Haupt, wartete, bis er sich hingelegt hatte, breitete die Decke über ihn, beugte sich vor und gab ihm einen Kuss auf die Stirn.

Sie erhob sich, wollte sich gerade abwenden. Rasch fragte er: »Mutter, wann lernst du mir das Lesen?«

Sie wandte sich ihm wieder zu. Mit sanfter Stimme sagte sie, wie sie es schon so oft getan hatte: »Es muss heißen: ›Wann lehrst du mich das Lesen!‹«

Er wusste es längst, doch er mochte es, wenn sie ihm so antwortete. Es war zu ihrem abendlichen Ritual geworden, so wie ihr Vorlesen aus der Bibel, so wie das Nachtgebet und wie der Kuss auf die Stirn.

»Mutter, wann lernst du mich das Lesen?«

Er glaubte, sie lächeln zu sehen, wie sie es immer tat, wenn er ihr eine Frage stellte, seine Neugierde bewies, ihr zeigte, dass er begierig darauf war, etwas über das Leben und für das Leben zu lernen. Doch es war mehr seine Vorstellung ihres Lächelns, denn ihr Gesicht lag im Schatten.

»Schlaf jetzt, Johann!«

Doch heute war er nicht gewillt, das Ritual so enden zu lassen. Er war jetzt alt genug. Er hatte sie beobachtet, als sie ihm aus der Bibel vorgelesen hatte, war ihren Augen gefolgt, die von einer Seite zur anderen gewandert waren und wieder zurück. Immer wieder. Ja, er wollte endlich lernen, selbst zu lesen. Er wollte die Heilige Schrift studieren können. Alleine. Es war an der Zeit. Heute. Jetzt.

Der Junge richtete den Oberköper auf. »Nein, Mutter, im Ernst: Wann darf ich endlich? Ich bin so weit.« Und rasch fügte er hinzu: »Du hast es versprochen.«

Sie stand noch immer da und sah ihn an, ohne sich zu regen. Nach einer Pause, die ihm schier endlos vorkam, entgegnete sie zögernd: »Du hast recht. Es ist an der Zeit.«

Ungläubig starrte er sie einen Moment an, ein Gefühl des Glücks durchströmte ihn. Endlich! Endlich würde er Gottes Wort, seine Offenbarung im Buch der Bücher selbst entdecken können. Er leckte sich unwillkürlich die trockenen Lippen. Er hatte die Mutter so oft vergebens angebettelt. Hastig richtete er sich auf seiner Schlafstatt auf.

Sie kniete wieder neben ihm nieder, wobei er ihre Gelenke knacken hörte. Sie ergriff das Buch und schlug es auf, blätterte langsam darin herum. Er konnte sehen, wie sich ihre Lippen bewegten. Dann hielt sie inne, ihre Augen wanderten langsam über eine Seite. Er spürte, wie sein Herz einen Sprung machte.

Er wollte gerade fragen, für welche Stelle sie sich entschieden hatte, als plötzlich das Haus erzitterte. Erschrocken blickte er auf. Langsam, mit Angst in den Augen, drehte sich seine Mutter zur Tür um. Mit einem Krachen flog diese auf und ein eisiger Wind fegte herein, löschte die letzte Flamme des Herdfeuers mit der Wucht eines Keulenschlages, der seinem Empfänger das Licht des Lebens aus dem Körper trieb.

Und in Johanns Herz zog Kälte ein.

DAS JAHR 1630

KAPITEL 1

Der Ort war klein. Kleiner, als er gedacht hatte. Ein Hofgut, eine Handvoll Holzhäuser, das war es schon. Zumindest besaß der Flecken seine eigene Kapelle. Nur die Mühle, wegen der sie hergezogen waren, war nicht zu sehen. Offenbar lag sie ein Stück weit entfernt, nicht sichtbar von der Ortschaft aus, tiefer im Wald.

Unsicher blickte Johann sich im Schein der knapp über den Bäumen stehenden Sommersonne um, ignorierte das wilde Bellen eines Hütehundes, der neben einem der Häuser hin und her sprang. Er war enttäuscht. Das hier sollte seine neue Heimat werden? Von dem Ort, nahe dem er aufgewachsen war, war er anderes gewohnt. Dies hier kam ihm eher vor wie die Käffer in der Umgebung seiner Heimat.

Ein Weiler mit ein paar Zäunen.

Johann drehte sich langsam um sich selbst und betrachtete stirnrunzelnd die einfachen Blockhäuser, von denen einige schon bessere Zeiten gesehen hatten. Er ließ die Schultern sacken. Nach der Flucht aus der Oberpfalz, dem Verlust seines Heimes und seiner Freunde, hatte er auf mehr Sicherheit gehofft. Sein Blick blieb an der Kapelle hängen, die den Mittelpunkt des Ortes bildete. Sie überragte die anderen Gebäude und war das einzige Bauwerk mit einem Sockel aus Granit. Alles in allem schlicht, doch zumindest besaß die Kapelle einen kleinen Chorturm, wenn dieser auch nur wenig über das Dach aufragte.

Immerhin, ein eigenes kleines Haus Gottes. Johann musste

lächeln. Doch das wohlige Gefühl verklang so rasch, wie es gekommen war. Seine Eltern hatten ihn gewarnt: Die Menschen hier waren Lutherische. Das war sicherlich besser als Katholiken, aber es waren keine Reformierten. Seine Eltern hatten ihm geraten, in der Fremde vorsichtig zu sein, was die Verkündung ihres Glaubens anging.

Dabei wünschte er sich sehnlichst, wieder einer reformierten Liturgie beizuwohnen. In einem Gotteshaus. Er vermisste das Gefühl, Teil einer Gemeinschaft zu sein. Zögerlich tat er einen Schritt auf die Tür der Kapelle zu, dann blickte er sich zu seinen Eltern um. Seine Mutter stieg soeben vom Kutschbock, sein Vater stand bereits vor dem Karren, mit dem sie die letzten Tage und Wochen durchs Land gezogen waren, und sprach mit einem hageren Fremden. Andere Dorfbewohner ließen sich bisher nicht blicken. Eigenartig. Bisher waren sie in jeder Ortschaft, in der sie angehalten hatten, von den Einheimischen mal neugierig, mal misstrauisch empfangen worden und hatten Neuigkeiten ausgetauscht. Hier aber …

Erneut sah er sich um. Ein paar umherstreunende Hennen, das Blöken eines Schafs und das gelegentliche Kläffen von Hunden waren die einzigen Zeichen von Leben.

»Na, stierst du wieder in die Gegend?«

Es war Anna, seine ältere Schwester. Sie war gerade aus dem Karren geklettert und strich nun züchtig ihren Rock glatt. Johann erwiderte nichts. Meist machte sie sich doch nur über ihn lustig.

»Was für ein öder Ort.«

Entgeistert über die Lautstärke, mit der sie es gesagt hatte, starrte er sie mit zusammengezogenen Augenbrauen an.

Seine Mutter kam ihm mit ihrer Bemerkung zuvor. »Anna Dorothea, so etwas sagt man nicht.« Mahnend blickte Magdalena Hartmann ihre Tochter an. »Wenn man nichts Gutes zu sagen hat, soll man lieber schweigen.« Johanns Mutter trat um das Fuhrwerk herum und klopfte ihrem Pferd Konstantin, das als einziges Zugtier diente, den Staub aus dem Fell. Dann wies sie Johann an, Wasser für den Gaul zu holen.

Er nahm den Eimer, der seitlich am Karren befestigt war, und sah sich um. Ein Brunnen war nirgends auszumachen. Daher suchten seine Augen nach dem Bach, dessen Verlauf sie auf dem Weg hierher gefolgt waren und der sich hinter der Kapelle durch eine Wiese schlängelte.

Er war kaum losgelaufen, als er im Augenwinkel eine Veränderung wahrnahm. Er wandte sich zur Kapelle. Am inneren Seitenfenster des Gotteshauses stand ein Mann und starrte ihn an. Johann stutzte, hob dann langsam die Hand zum Gruß. Der Mann rührte sich nicht.

Johann runzelte die Stirn. Sein Blick schweifte in Richtung des Baches ab. Als er erneut zur Kapelle sah, war der Fremde verschwunden.

Ein kühler Schauer durchfuhr ihn. Rasch lief er weiter, tauchte aus dem Schatten der Gebäude in die warme Sonne ein, die über der angrenzenden Wiese lag. Insekten summten um ihn herum und von irgendwoher zeterte eine Gans. Er lief zum Bach, der sich gurgelnd seinen Weg durch saftiges Gras bahnte, beugte sich nieder und schöpfte mit dem Eimer Wasser. Als er sich wieder aufrichtete, lag vor ihm der bewaldete Hang des Gebirgs. Es wirkte höher als das, das er aus seiner Oberpfälzer Heimat kannte. Die vordersten dicht stehenden Bäume leuchteten im Schein der Sommersonne in hellem, undurchdringlich wirkendem Grün. Gleich dahinter begann das Dunkel.

Ein großer Vogel tauchte über den Spitzen der Bäume auf, glitt über den Wald dahin. Womöglich ein Mäusebussard.

Nein, ein junger Habicht, wie der lange Schwanz und das Muster des Bauchgefieders zeigten. Johann folgte dem Flug des Raubvogels mit den Augen, als ihn eine Stimme aus seinen Gedanken riss.

»Wen haben wir denn hier?«

Johann fuhr herum. Ein Mann stand einige Schritte von ihm entfernt. Er hatte ein breites Gesicht und nur noch wenige Haare auf dem Kopf. Umso üppiger kräuselten sich die Locken seitlich und am Hinterkopf bis hinunter auf die Schultern. Er trug graue Bekleidung aus grobem Wollstoff mit einfachem Kragen. Es war der Mann, der ihn vom Fenster der Kapelle aus beobachtet hatte.

»Nun?« Die Stimme des Fremden klang kehlig und drängend.

»Ich … mein Name ist Johann. Ich bin der Sohn des Müllers Hartmann.« Johann wies mit einer Hand in Richtung des Dorfplatzes, wo der Karren stand, fasste aber schnell wieder den Griff des vollen Eimers, damit dieser ihm nicht auskam.

Der Fremde blickte sich nicht um, sondern musterte ihn unverändert. »Woher kommt ihr?«

»Aus Wonsidl.« Seine Eltern hatten ihm und seiner Schwester eingebläut, Fremden gegenüber erst einmal nicht zu erwähnen, dass sie Flüchtlinge aus der Oberpfalz waren. Er hoffte, dass man seine Herkunft nicht an seiner Aussprache erkannte.

Nach kurzem Schweigen hakte der Mann nach: »Aus Wonsidl. Und was zieht euch hierher? Seid ihr auf der Durchreise? Habt ihr euch verfahren?«

Johann überlegte, was er antworten durfte, doch ihm fiel kein Grund ein, nicht die Wahrheit zu sagen. Schließlich war dies hier, Albrechtsreut, der Ort, den Vater als Ziel genannt hatte. »Nein, wir haben uns nicht verfahren. Wir wollten hierher. Der Vater ist Müller. Wir suchen die …« Er überlegte kurz. »Die Klöpper Mühl.«

Durchdringend starrte der Fremde ihn weiter an. Johann fühlte sich zunehmend unwohl.

»Johann!« Es war Annas Stimme. Ausnahmsweise war er für das Auftauchen seiner großen Schwester dankbar. Als der Fremde sich suchend nach der Ruferin umschaute, packte Johann den Griff des schweren Eimers fester und stapfte an dem Mann vorbei. Anna erwartete ihn nahe der Kapelle. Ohne sich umzusehen, trug Johann den Eimer mit zusammengepressten Zähnen bis zu ihr, während Wasser über den Rand auf seine Schuhe schwappte. Auf den letzten Metern bis zum Wagen machte Anna keine Anstalten, ihm beim Tragen zu helfen.

»Wer war das?«

Er versuchte, mit den Schultern zu zucken, was ihm aber angesichts der Schwere des Eimers nicht gelang. Vor dem alten Konstantin stellte er den Eimer ab und das Wasser wogte wild hin und her. Gierig soff der Gaul.

Johann sah sich nach dem Mann um, der mit ihm gesprochen hatte. Er war verschwunden. Johann spürte, wie sich auf seinem Arm eine Gänsehaut bildete. Seine Neugierde, das Gotteshaus von innen zu sehen, hatte sich gelegt.

Seine Eltern unterhielten sich noch immer, inzwischen waren doch weitere Dorfbewohner hinzugekommen. Johann fiel auf, dass der Hund verstummt war, der sie bei ihrer Ankunft mit lautem Kläffen empfangen hatte. Das Tier war nicht mehr zu sehen. Stattdessen stand eine alte Frau in gebeugter Haltung an der Ecke des betreffenden Hauses und beobachtete, was auf dem Platz vor sich ging. Johanns Blick traf ihren und wieder bekam er das Gefühl, besonders ausgiebig gemustert zu werden. Er spürte einen Kloß im Hals.

Er holte tief Luft, ging auf sie zu und grüßte höflich.

Die Alte sah ihn reserviert an, ihre Augen waren zwischen runzligen Falten halb verborgen.

»Gehört der Hund hier zum Hof?« Während Johann fragte, blickte er um die Ecke der Hütte und zuckte zurück, als der große Wachhund bellend hervorgeschossen kam, bis eine Schnur um seinen Hals ihn abrupt bremste. Laut kläffend stand das Tier wenige Schritte vor ihm.

Ein scharfes Kommando, das Johann der gebrechlich wirkenden Alten gar nicht zugetraut hätte, gebot dem Tier Einhalt. Winselnd zog sich der Hund zurück und machte Platz.

»Warum willst du das wissen?« Die Stimme der Alten erinnerte an ein Reibeisen.

Er zuckte mit den Schultern. »Nur so. Kann man ihn streicheln?«

»Kannst es ja versuchen.«

Er war sich nicht sicher, wie sie es meinte. Vorsichtig, doch ohne Scheu, trat er auf den Wachhund zu.

Das Tier knurrte und sprang wieder auf. Aufmerksam sah es Johann mit aufgestellten Ohren an. Es war ein großer Hütehund, sein Fell war staubig und verfilzt.

Ohne hastige Bewegung streckte Johann die offene Hand nach ihm aus. Das Tier schnupperte daran, dann leckte es ihm die Finger.

»So was, er mag dich.« Die Alte stand noch immer an der Ecke und war ihm mit dem Blick gefolgt. »Er mag sonst keinen.«

Johann konnte ein Lächeln des Stolzes nicht verbergen. »Mich schon. Ich mag alle Tiere, und sie mögen mich.«

»Ist das so?« Es war mehr eine Feststellung. Während Johann den Hund vorsichtig am Kopf kraulte, fragte die Alte: »Wohin geht die Reise?«

»Zur Klöpper Mühl. Mein Vater ist der neue Pachtmüller.«

In diesem Moment fing eine Glocke aus dem Türmchen der Kapelle an zu schlagen. Der Hund zuckte zusammen und zog sich zurück.

Die Alte erwiderte nichts. Stattdessen rief zwischen zwei Glockenschlägen jemand seinen Namen. Er warf noch einen letzten Blick auf den Hund, wandte sich dann ab. Beim Vorbeigehen an der Alten streckte diese eine runzlige, fleckige Hand nach ihm aus, berührte ihn fast. Die Haut der dürren Frau ließ die Adern durchschimmern. Sie fragte ihn nach seinem Namen.

Auf seine Antwort hin sah die Alte ihn mit einem seltsamen Ausdruck an. Als er schon glaubte, sie würde gar nichts mehr sagen, fügte sie an: »Gib auf dich Obacht!«

Er nickte nur und lief zurück.

Kurz darauf schritt Johann hinter dem Wagen her und schob einen Grashalm von einem Mundwinkel in den anderen. Die Straße in Richtung ihrer neuen Mühle führte bergan durch den Wald, folgte streckenweise dem Verlauf des Baches. Neben ihm lief seine Schwester und summte mal wieder ein Liedchen vor sich hin. Doch Johanns Gedanken waren noch in Albrechtsreut. Seine gespannte Neugierde auf ihr neues Zuhause war verflogen. Stattdessen wurde er das Gefühl einfach nicht los, dass irgendetwas seltsam gewesen war. Nicht nur der merkwürdige Glatzkopf oder die alte Frau. Auch die paar Männer, die sich mit seinen Eltern unterhalten hatten. Wenn bei ihnen zu Hause ein fremder Wagen aufgetaucht war, liefen alle neugierig herbei, um zu schauen, wer die Ankömmlinge waren, allen voran die Kinder. Doch hier …

Abrupt blieb Johann stehen und der Wagen rumpelte vor

ihm weiter über den sandigen Waldboden davon. Ihm war schlagartig klar geworden, was so anders an diesem Ort war. Warum war ihm das nicht früher aufgefallen? Albrechtsreut war nicht nur klein.

Es war ein Dorf ohne Kinder.

KAPITEL 2

Ein strenger Wind blies über die Landschaft und brachte Gräser und Büsche zum Wogen. Er fegte über die leidlich befestigte Straße, die sich oberhalb des Flusses dahinzog, wallte Sand auf und verteilte diesen als wirbelnde Staubwolken über das Tal. Die weiter den Hang hinauf stehenden Bäume ächzten und schwankten unter seiner Kraft, doch das Rauschen ihres Blätterwerks wurde vom Klang zahlreicher Hufe übertönt. Ein Trupp Reiter folgte der Straße und die Nachmittagssonne erzeugte tanzende Schatten an ihrer Seite.

Voraus trabte ein Kürassier mit eisernem Harnisch und Sturmhaube. Doch der eigentliche Anführer der Schar war offensichtlich der Mann, der den Kopf des Haupttrosses bildete. Er war nicht besonders groß, aber von kräftiger Statur und trug einen ergrauten Kinnbart. Seine ernst dreinblickenden Augen wurden von einem modischen Jagdhut mit üppigem Federbusch beschattet. Über seinem ledernen Wams hing eine grünseidene, mit diversen Wildtiersymbolen bestickte Schärpe, und jeder des Reitens mächtigen Person wäre sofort aufgefallen, dass das Pferd dieses Mannes eines von Rasse war. Seine Stiefel und Hosenbeine waren staubig, genauso wie die des schräg hinter ihm reitenden jungen Mannes in schwarzgrünem Samtrock. Als nun die Straße eine Biegung machte und die Bäume den Blick auf eine nahe gelegene Ortschaft freigaben, ließ der Jüngere rasch sein Pferd zu dem seines Vordermanns aufschließen.

»Dort, Durchlaucht, die Festung Hohenberg!« Rittmeister

Caspar von Schirnding deutete über den Kopf des Kürassiers hinweg auf mehrere Türme, die sich auf einem Berg vor ihnen über das Tal erhoben.

Markgraf Christian ließ sein Ross vom Trab in den Schritt fallen, nickte zur Antwort aber lediglich. Sie passierten eine aus mehreren Mühlen bestehende Siedlung, überquerten dabei zwei hölzerne Brücken, und der Markgraf ließ seinen Blick kurz über den Verlauf des Flusses gleiten, der sich hier von der Straße entfernte und gen Osten davonschlängelte. Dann nahm er die Festung in Augenschein, die er seit Längerem nicht mehr begutachtet hatte. Hohenberg bildete den östlichsten Ausläufer seines Fürstentums, diente als letztes Bollwerk an der Grenze und gewährte den hier lebenden Menschen bei kriegerischen Auseinandersetzungen Zuflucht. Damit war die Anlage nach der mächtigen Plassenburg die wichtigste Festung in seinem gesamten Herrschaftsbereich. Sie sicherte den Pass von Schirnding und damit den bedeutenden Verkehrsweg zwischen dem Fürstentum Brandenburg-Kulmbach-Bayreuth und dem bohemischen Königreich. Von hier aus blickte man nicht nur über die markgräfliche Landschaft im Westen, sondern auch über das Flusstal, das sich tief hinein ins Egraland zog.

Vor rund zehn Jahren, nach dem Ausbruch des Krieges in Bohemiae, der sich seitdem wie ein Flächenbrand über das halbe Reichsgebiet ausgebreitet hatte, hatte der Markgraf befohlen, die Erdwälle um die seinerzeit heruntergekommene Burg aufzuschütten, sie mit Palisaden zusätzlich zu befestigen und ihre sieben Bastionen auszubessern. Nun betrachtete er das Werk eingehend, wurde aber von dem Begleiter an seiner Seite aus seinen Gedanken gerissen.

»Mein gnädigster Fürst, wir müssen hier ab, um zu dem Forst und dort zu dem Mann zu gelangen, von dem ich euch erzählte.« Der Rittmeister wies auf einen Pfad zu ihrer Rechten, der sich von der Straße entfernte und durch Felder und Wiesen schlängelte.

Markgraf Christian zügelte sein braunes Ross, und die gesamte Truppe hinter ihm brachte ihre Reittiere ebenfalls zum Stehen. Sogleich fuhr der Wind in den aufgewirbelten Staub der Straße und trug diesen noch weiter. Der Kürassier, der die Avantgarde bildete, hatte derweilen noch nichts von ihrem Stopp mitbekommen und entfernte sich allmählich in Richtung der Ortschaft.

»Hier meint Ihr, mein lieber Schirnding?« Gespannt sah der Markgraf über das Tal in Richtung eines Berges, bedeckt mit einem dunklen Forst, dessen Dach aus Blattwerk und Nadeln im Wind wild hin und her wogte.

Der Rittmeister wies vage mit dem Finger durch die Luft. »Ja, dort entlang, dann ein Stück zurück und hinauf in den Wald. Das Jägerhaus liegt nahe einem Hang.«

Der Markgraf blickte nach oben, wo die Wolken einen klaren Himmel freigegeben hatten. Es wurde langsam Abend und er war müde nach der langen Jagd. Sein Magen knurrte. Sie würden die Nacht in Hohenberg verbringen und dann in aller Früh zurück nach Selb reiten, wo eine illustre hochherrschaftliche Gesellschaft auf sie wartete, allen voran sein Schwager, Kurfürst Johann Georg von Sachsen mit seiner gesamten Familie. Dazu kamen Christians Bruder, Markgraf Johann Georg von Brandenburg, die Herzöge von Weimar und Altenburg sowie zahlreiche weitere evangelische Grafen und Herren, mit denen er in wenigen Tagen das große Jubelfest der Augsburger Konfession begehen würde.

»Nun, dann lasst es uns hinter uns bringen.« Der Markgraf drehte sich im Sattel zu seinen Begleitern um und suchte mit den Augen seinen Stallmeister.

»Es wird kaum nötig sein, dass uns alle begleiten. Reitet voraus zur Burg, der Rittmeister und ich werden derweilen unseren geheimnisvollen Jägersmann aufsuchen. Auf denn!« Markgraf Christian setzte sein Ross wieder in Bewegung und ließ es dem Pfad in die Wiesen folgen. Hinter ihm schlossen sich der Rittmeister von Schirnding und zwei Arkebusierreiter an.

Behände erklomm der fürstliche Hengst wenig später den ansteigenden Pfad, der sich ins Holz hinein schlängelte und dann einer Schneise folgte. Um sie herum toste der Blätterwald, der eine oder andere hohe Baum knarzte und ächzte. Gleich darauf war nach einer Biegung zwischen den Bäumen eine Holzhütte zu erkennen. Sofort erklang ein tiefes Bellen aus mehreren Kehlen.

Das Erste, was der Markgraf sah, waren die dazugehörigen Hunde, wahre Kraftpakete, die nahe der Hütte in Habachtstellung die sich nähernden Reiter anstarrten. Ein scharfes Kommando aus unbekannter Richtung brachte sie zum Schweigen. Er glaubte noch ein tiefes Knurren zu hören, doch vielleicht bildete er sich das auch nur ein. Er dachte an seine eigene Meute, die in den letzten Tagen fleißig durch Wiesen und Wälder gehetzt war und ihm und seinen Gästen reichlich Jagdbeute beschert hatte. Nun verzog sich einer der Saupacker, der größte von ihnen, ins Unterholz. Fast im selben Moment trat ein Mann mit nacktem Oberkörper zwischen den Bäumen hervor und blickte den Reitern entgegen.

Markgraf Christian riss die Augen auf und war kurz versucht, sein Pferd zu zügeln. Der Fremde war enorm groß, ein wahrer Herkules, wie er selten einen gesehen hatte. Während er nun sein Pferd die letzte Strecke bis zum Vorplatz der Jägerhütte sanft auslaufen ließ, drehte sich der Fremde zur Seite und hieb die Axt mit lässiger Wucht tief in einen massigen Hauklotz. Dann trat der Hüne zu einem Tisch vor dem Gebäude, nahm ein Hemd auf und zog es sich über den Kopf. Doch Markgraf Christian hatte ausreichend Zeit gehabt, den Oberkörper des Fremden zu begutachten, der ebenso wie die Arme schier aus Muskeln zu bestehen schien. Auch die zahlreichen Narben waren ihm nicht entgangen.

Der Fürst ließ seinen Hengst anhalten und seine drei Begleiter schlossen seitlich zu ihm auf. Er warf einen kurzen Blick auf die Gesichter seiner beiden Arkebusierreiter und stellte amüsiert fest, dass diese genauso beeindruckt von dem Fremden waren wie er. Schirnding erwiderte seinen Blick mit einem wissenden Lächeln. Der Rittmeister begegnete dem Wildhüter nicht das erste Mal.

Der Hüne trat vor die Reiter hin, wobei dem Markgrafen der leicht steife Gang des Mannes nur deshalb auffiel, weil dieser ihm bereits beschrieben worden war. Jetzt, nur wenige Armlängen von ihm entfernt, wirkte der Mann noch gewaltiger. Er maß fast sieben Fuß und seine Arme hielten dem Vergleich mit so manchem Oberschenkel anderer Männer stand. Das markante Gesicht wurde von einem dichten Vollbart eingerahmt, das Haar war streng nach hinten zu einer Art Knoten zusammengebunden. Das Alter des Wildhüters war schwer einzuschätzen; er mochte etwa dreißig Jahre zählen.

Es war Schirnding, der als Erster die Stille durchbrach. »Höre, Wildhüter, du stehst vor deinem Herrn und Fürsten, seiner Durchlaucht, Markgraf Christian von Brandenburg-Bayreuth. Entbiete …«

Schirnding verstummte, als Markgraf Christian seine Hand hob und selbst das Wort ergriff. »Gott zum Gruße, guter Mann. Ein schön friedliches Plätzchen hast du dir hier zum Leben ausgesucht.«

Die Augen des Hünen glitten vom Rittmeister zurück zum

Markgrafen, dann neigte er den Kopf, gerade so weit, dass es nicht als unhöflich aufgefasst werden konnte.

»Mehr bedarf ich nicht«, erwiderte er mit Bassstimme und schickte nach kurzer Pause noch ein »Herr!« hinterher.

Markgraf Christian betrachtete die einfache Holzhütte mit dem roh behauenen Tisch davor. Auf diesem lagen ein Jagdmesser und ein Tierfell von der Größe eines Marders oder Fuchses. Daneben stand ein steinerner Humpen. Eine aus einem halben Baumstamm bestehende, auf zwei simplen Klötzen liegende Bank bildete die einzige Sitzmöglichkeit. Sein Blick schweifte weiter über die Hunde, große, zottige Tiere, und zurück zu ihrem Herrn.

»Du bist der Wildhüter Hildner. Dein Ruf eilt dir voraus.«

Schweigend sah der Hüne ihn an.

Markgraf Christian zog die buschigen Augenbrauen zusammen. Ein ungeschliffener Kerl. Er nickte in Richtung der Hunde, die sich inzwischen wieder niedergelegt hatten. »Prächtige Kerle hast du da. Wie rufst du sie?«

Der Hüne drehte den Kopf zu den Tieren, die ihn erwartungsvoll ansahen.

»Geri und Freki.«

Markgraf Christian stutzte. »Weißt du denn, was diese Namen bedeuten?«

»Nein, Herr.«

»Sie entstammen der germanischen Mythologie. Geri und Freki waren zwei Tiere – Wölfe – an Wodans Seite. Du kennst Wodan, den Göttervater?«

Der Hüne schüttelte den Kopf.

Markgraf Christian lächelte herablassend. »Der Gott des Krieges und des Todes.«

Als keinerlei Reaktion erfolgte, holte der Fürst tief Luft. »Wie bist du auf die Namen gekommen?«

»Mein Obrist nannte sie so.«

»Wer war dein Obrist?«

»Der Herzog von Weimar.«

Der Markgraf zog die Augenbrauen hoch. »Wilhelm von Sachsen-Weimar?«

»Nein, Johann Ernst.«

»Ah.« Markgraf Christian sah zu seinem Rittmeister und wieder zurück. »Mein Beileid zum Tod deines Fürsten. Einer seiner Brüder ist nicht weit von hier mein Gast, in Selb. Wir halten dort eine Jagdgesellschaft ab. Sicherlich hast du den Aufruf des Oberforstverwesers vernommen.«

»Ja, Herr.«

»Aber deine Teilhabe bei der Jagd wurde nicht verlangt. Deines steifen Beines wegen.« Es war eine überflüssige Feststellung, daher fügte er sogleich an: »Dann hast du also auf Seiten der protestantischen Truppen unter Ernst von Mansfeld gekämpft? Warst du bei der Schlacht am Weißen Berg dabei?«

»Ja, Herr.«

»Das ist gut zehn Jahre her. Was hast du seither gemacht?«

Der Hüne zögerte kurz. Dann antwortete er: »Ich diente meinem Herrn. Bei der Eroberung Schlesiens wurden wir versprengt. Dann gelangte ich hierher.«

Ein feines Lächeln umspielte den Mund des Markgrafen. »Arg wenig Worte für Jahre des Marschierens und Kämpfens. Du gefällst mir. Bliebst du immer einfacher Soldat?«

»Ich war Rottmeister.«

Natürlich, einen Baum von einem Kerl wie diesen zum Anführer einer Rotte zu wählen, war für jeden Soldaten naheliegend.

»Musketiere?«

»Ja, Herr.«

Markgraf Christian reckte sich im Sattel, dann deutete er

auf den Tisch. »Meine Kehle ist trocken. Bietest du deinem Fürsten einen Platz an deinem Tisch an?« Es war keine Bitte.

Der Hüne trat einen Schritt zur Seite und deutete erneut ein Kopfnicken an. »Seid mein Gast, Herr.«

Markgraf Christian stieg steif aus dem Sattel und reichte die Zügel einem der Arkebusiere. Er trat auf den Tisch zu und rutschte dann mit dem Rücken zur Hütte auf die roh behauene Bank. Schirnding war seinem Beispiel gefolgt, blieb jedoch neben dem Tisch stehen.

»Was ist?« Aufmerksam sah Markgraf Christian zu dem Hünen auf.

»Hast du nichts zu trinken für deinen Fürsten?«, schaltete sich Schirnding ein, nachdem der Wildhüter keine Anstalten machte, sich zu bewegen.

»Halten zu Gnaden, Herr, keinen Wein oder dergleichen. Nur einen ... einen halben Krug Bier. Starkes Bier.«

»Dann her damit! Was immer du aufbieten kannst.«

Der Hüne trat ins Haus und kam sogleich mit einem irdenen Gefäß wieder heraus. Er griff nach dem Humpen auf dem Tisch, wischte diesen halbherzig an seinem Hemd ab und schenkte ein. Das dunkle Gesöff schäumte.

Markgraf Christian nahm den Humpen entgegen und schnupperte daran. »Ah, den Bocksgeruch des hiesigen Bieres erkenne ich doch sogleich. Es mag jenseits unserer Grenzen nicht den besten Ruf genießen, doch umso besser für uns.« Er lächelte jovial und nahm einen tiefen Schluck.

Der vor ihm aufragende Hüne warf einen großen Schatten auf den Tisch.

Markgraf Christian stellte den Humpen ab und wies vage in die Landschaft. »Hol dir irgendetwas und nimm Platz, Wildhüter, sonst verrenke ich mir den Kopf, wenn ich zu dir aufblicken muss!«

Der Hüne sah sich um, dann stellte er den Krug auf den Tisch und ging hinüber zu dem Hauklotz. Er zog die Axt heraus, bückte sich, um sie sorgsam ins Gras gleiten zu lassen, und hob dann das massive Holz an. Dem Markgrafen stockte der Atem und er spürte, dass es Schirnding ebenso ging. Ohne jede sichtliche Anstrengung trug der Wildhüter den Klotz heran, stellte ihn ab und nahm linkisch Platz.

Markgraf Christian schüttelte ungläubig das Haupt. »Mein guter Mann, du bist wahrlich ein Herakles.« Er deutete auf die Narben am Hals des Hünen. »Woher rühren deine Verletzungen? Aus dem Krieg?«

Auf dem Hackklotz sitzend, wirkte der Wildhüter wie ein tapsiger Bär. Er nickte knapp. »Ja, Herr.«

»Dann hast du viele Wunden eingesteckt. Und sicherlich noch mehr verteilt.«

»Ja, Herr.«

Eigentlich wollte er die Frage nicht stellen, aber sie entglitt ihm wie von allein: »Hast du viele Männer getötet?«

Der Blick des Hünen wurde wieder so undurchsichtig wie bei ihrer Ankunft. »Viele.«

Der Markgraf nickte leicht vor sich hin. Es war besser, nicht weiter in den Mann zu dringen. Der Krieg brachte viele Arten des Tötens mit sich, und nicht immer traf es nur feindliche Soldaten. Er nahm erneut einen Schluck vom Bier.

»Und Wild? Du sollst ein guter Jäger sein.« Der Fürst sah zu seinem Rittmeister. Dieser richtete sich auf und bestätigte: »Ein guter Jäger und ein erfahrener Streifer.«

Darauf hätte der Markgraf wetten können. Man wollte kein Wildschütz sein, wenn man diesen Mann zum Gegner hatte.

»Schirnding hier erzählte mir, dass du im Jahre achtundzwanzig in Bayreuth am großen Ausschießen zu Ehren des

Herzogs von Coburg teilgenommen hast. Dort bist du in seine Dienste gelangt?«

Erneut war es der Rittmeister, der für Hildner antwortete: »So war es, mein Fürst. Er fiel mir natürlich allein aufgrund seiner Größe auf. Doch er schoss auch mit der Armbrust wie kein anderer. Schützenmeister Kramitz fehlten ausnahmsweise mal die Worte.« Schirnding lachte. »Auch die Coburger Schützen haben nicht schlecht gestaunt und am Ende gar applaudiert. Am Abend sprach ich ihn an. Als er mir erzählte, dass man ihn als Jungen das Waidhandwerk gelehrt hatte, musste ich ihn einfach in meine Dienste holen. Es kostete mich ein Fass Wein an den Amtmann zu Pegnitz. Seither macht er für mich Jagd auf Wild – und auf die Wilderer.« Regelrecht stolz blickte Schirnding Hildner an. »Seit er hier ist, wagt sich kein frecher Egraländer mehr herüber, um hier zu schießen.«

Das klang ganz nach der Sorte Mann, die er benötigte. Markgraf Christian griff nach dem Humpen und schüttete den Rest des Bieres herunter. Ein Rinnsal lief ihm durch den ordentlich getrimmten Bart und er wischte es mit dem Handrücken weg. »Kommen wir zu dem Grund unseres Besuches. Wie gut kennst du das Sechsämterland? Warst du schon im nördlichen Teil, dort, wo Berg und Wald die Grenze zur Hauptmannschaft Hof bilden?«

Der Hüne schüttelte den Kopf.

»Dann wird dir der Ort Albrechtsreut nichts sagen. Dorthin wirst du für mich gehen.«

»Ja, Herr.«

»Komm in zwei Tagen nach Selb und frag dort nach deinem Herrn.« Markgraf Christian wies auf den Rittmeister. »Er wird dir Männer zur Seite stellen.« Mit einem Blick forderte er Schirnding zum Weitersprechen auf.

»Albrechtsreut liegt etwa drei Meilen westlich von Selb.

Ein Flecken am Fuße des Waldsteins, abgelegen im Wald. Du und deine Begleiter werdet als Sauvegarde die Schutzmannschaft des Ortes bilden. Du weißt sicherlich, dass unser Fürstentum in diesen Zeiten des Krieges keiner Seite zuhält. Dennoch wurden wir die vergangenen Jahre immer wieder von Heeren durchzogen, nicht alle waren uns wohlgesinnt. Vor allem einzelne Stoßtrupps haben uns Kummer bereitet, hinzu kommen Marodeure, Glücksritter, Vagabunden. Letztes Jahr hatten wir Kaiserliche im Land, das Hofer Gebiet wurde von Kroaten überfallen, auch einige Ortschaften des Sechsämterlandes wurden Opfer von Plünderern. Egal ob Kaiserliche oder Bayerische, ob Pappenheimer oder Mansfeldische, wir müssen jederzeit mit Einfällen rechnen. Sogar in den Niederlanden geworbenes Kriegsvolk ward schon hier gesehen. Du kennst diesen Menschenschlag natürlich. Unser allerehrwürdigster Fürst stellt daher jeder Stadt, jedem Markt eine Sauvegarde zur Verfügung, so sie denn danach rufen. Du wirst also dorthin nach Albrechtsreut gehen.«

»Doch das ist nicht der alleinige Grund, weswegen wir dich dorthin schicken«, schaltete sich Markgraf Christian wieder ein und verschränkte die Hände auf dem Tisch, als wollte er beten. »Zusätzlich wirst du für uns auf die Jagd gehen.« Er sprach die letzten Worte bedeutungsschwanger. »Du musst wissen, dass uns beklagenswerte Nachrichten aus diesem Albrechtsreut zugetragen wurden. Mehrere Kinder des Fleckens wurden tot aufgefunden, grässlich zugerichtet, so wurde es berichtet. Doch nicht allein das: Inzwischen sind alle restlichen Kinder dort verschwunden, wie vom Erdboden verschluckt.« Er rieb seine Daumen aneinander. »Man erzählt sich, der Ort werde heimgesucht.« Markgraf Christian wartete eine mögliche Reaktion des Hünen ab. Als keine erfolgte, runzelte er die Stirn. »Nun, man mag glauben, was man will: Es gilt, aufzuklären, was dort geschehen ist. Die Bewohner der umliegenden Gegend werden unruhig. Sie fürchten, ebenso heimgesucht zu werden. Doch in Zeiten wie diesen können wir uns zusätzliche Unruhen nicht leisten.« Er blickte flüchtig den Rittmeister an. »Tatsächlich lässt sich das Naheliegende ausschließen. Wir sind der Überzeugung, dass es keine Soldateska gewesen sein kann, die dort gehaust hat. Es wäre uns zu Ohren gekommen, wenn Bewaffnete hindurchgezogen wären. Doch dem Amtshauptmann von Wonsidl ist die letzten Monate nichts dergleichen berichtet worden. Das, was sich dort zugetragen hat, muss anderen Ursprungs sein. Schirnding?«

Der Rittmeister hob das Kinn. »Es gibt mehrere Möglichkeiten, was vorgefallen sein könnte. Wie du weißt, hat dieser Winter die Wölfe weit heraus aus ihren Wäldern getrieben, so manches Rotwild wurde von ihnen bis in die Siedlungen gejagt. Womöglich sind die Kinder einem Rudel zum Opfer gefallen. Erst dachten wir an einen Bären, einen Menschenfresser. Doch ward die letzten Monate kein Bär in der Gegend gesichtet. Der letzte wurde vor zwei Wintern am Großen Kornberg erlegt.« Schirnding räusperte sich. »Sodann besteht die Möglichkeit, dass es Zigeuner waren. Vielleicht wurden die Kinder entführt, wurde irgendein Ritus an ihnen vollzogen. Zuzutrauen ist es diesem Pack. Allerdings …« Zögerlich blickte der Rittmeister seinen Fürsten an, der knapp nickte. »Es gibt da noch eine mysteriöse Geschichte. Man erzählt sich von unheimlichen Begebenheiten in der Gegend um den Waldstein. Manch einer glaubt, die Tat könnte von etwas ganz anderem stammen.« Der Rittmeister legte eine Pause ein, wie um die Worte wirken zu lassen. Dann ergänzte er: »Hexen, Vampire, Nachtalben, Wiedergänger – es gibt reichlich Aberglauben im Volk. Man munkelt, die Gegend sei verflucht. Manche nennen nur die Ortschaft, andere sprechen vom Gebiet zwischen Zellerfels und Hallersteiner Wald, andere nennen das ganze Waldsteingebirg. Alter Aberglaube. Doch es sei, wie es sei: Du wirst dort für deinen Fürsten auf die Jagd gehen und dafür sorgen, dass dieses abergläubische Gemunkel verstummt. Finde heraus, was es mit den Kindern auf sich hat – den getöteten wie auch den verschwundenen. Womöglich sind inzwischen alle tot. Wie auch immer: Solltest du eines der Kinder tatsächlich wiederfinden, so bring es zurück zu seinen Eltern.«

Markgraf Christian rutschte von der Bank und erhob sich. Sein Hintern schmerzte und sein Magen verlangte nach einer Mahlzeit. Der Hüne richtete sich neben ihm auf.

»Du bist der richtige Mann für diese Sache, da bin ich gewiss.« Der Fürst winkte seine Arkebusierreiter heran. »Finde heraus, welches Getier, welches Pack oder meinetwegen auch welches unheimliche Wesen die Kinder meines Landes so grausam dahinmeuchelt. Und bring es zur Strecke. Ich halte es für sehr wahrscheinlich, dass es Wölfe waren. Vielleicht auch nur ein einzelner, besonders bösartiger.« Er schüttelte traurig den Kopf. »Gott ist mein Zeuge, ich wünschte, es wäre nicht so. Jedoch ...« Mit einem Mal fiel ihm etwas ein. »Du hast letztes Jahr hier in der Gegend zwei große Wölfe gleichzeitig erlegt, erzählte der Rittmeister. Ein Pärchen, war es nicht so?«

»Ja, Herr.«

»Du allein?«

»Ja.«

»Wie hast du das angestellt? Hast du Fallen aufgestellt?«

»Nein, Herr.« Hildner zögerte, dann trat er erneut in seine Hütte und kam im nächsten Augenblick mit einer Armbrust heraus.

Markgraf Christian stutzte. »Mit dieser Jagdwaffe? Dann hast du sie doch einzeln erwischt, jeden für sich?«

»Nein, Herr.«

Stirnrunzelnd blickte der Fürst zum Hünen auf. »Hattest du eine zweite Waffe?«

»Ja, Herr.«

»Eine Muskete oder Pistole?«

»Nein, Herr.«

»Was dann?«

»Ein Messer.«

Markgraf Christian sah zu Schirnding und wieder zurück. »Mit dem Messer? Willst du sagen, du hast einen Wolf mit dem bloßen Messer niedergestreckt?«

Das Gesicht des Hünen blieb ausdruckslos.

Kritisch musterte der Markgraf den Mann.

Schirnding ergriff das Wort: »Erlaubt mir, die Geschichte zu erzählen, wie er sie mir berichtete.« Der Rittmeister sah sich offenbar genötigt, mögliche Zweifel seines Fürsten auszuräumen. »Der Wildhüter folgte den Spuren beider Tiere seit mehreren Tagen. Es waren schlaue Bestien. Sie hatten bereits zahlreiche Weidetiere gerissen und doch waren sie immer wieder scheinbar spurlos verschwunden. Doch unser Wildhüter hier konnte spüren, dass er ihrem Wurfbau näher kam. Dann tauchte völlig unvermittelt eines der Tiere vor ihm aus dem Unterholz auf. Es war der Rüde. Er hatte ihn erwartet.« Schirnding blickte den Hünen an, als warte er auf Bestätigung seiner Worte. Doch dieser starrte ins Leere. Der Rittmeister wandte sich wieder seinem Fürsten zu. »Er schoss auf ihn mit der Armbrust, streckte ihn mit diesem einen Schuss nieder. Doch in diesem Moment griff ihn die Fähe aus dem Hinterhalt an. Sie hatten ihm regelrecht eine Falle gestellt. Er konnte gerade noch sein Messer ziehen und stieß damit zu.

Immer wieder.« Schirndings Arm zuckte ruckartig vor und zurück. »So tötete er auch das zweite Biest. Zur Anerkennung ließ ich die Körper beider Tiere ausstopfen. Der eine hängt im großen Saal der Feste Hohenberg. Den anderen schenkte ich ihm.«

Markgraf Christian starrte auf die muskulösen Oberarme des Wildhüters. Wenn überhaupt einer fähig zu so einer Tat war, dann dieser Mann. Rasch richtete er sich auf. Er wollte nicht zu beeindruckt wirken. Er deutete auf die Armbrust und fragte: »Und dieses Jagdgerät? Es hat einen stählernen Bogen, wie mir scheint. Eine schöne Waffe, aber ohne Gürtelhaken schwer zu spannen. Welches Hilfsmittel verwendest du?«

Wortlos stemmte der Hüne den Schaft der Waffe gegen seinen Oberschenkel, spannte die Muskeln an und zog die Sehne mit beiden Händen, bis sie in der Nuss einrastete.

»Gott behüte!« Die beiden Edelmänner starrten den Wildhüter mit offenen Mündern an.

Markgraf Christian ließ sich die Armbrust zureichen, wiegte sie in den Händen, dann hielt er sie in die Landschaft und zog am Abzug. Das Zittern der Waffe fuhr durch seinen ganzen Körper.

»Das ist keine Jagdwaffe, das ist eine Kriegswaffe.«

Einen Moment betrachtete er die Armbrust ungläubig, dann wurde seine Miene ernst. Er reichte sie Hildner zurück und gab dem Rittmeister mit einer Kopfbewegung zu verstehen, dass er aufbrechen wollte.

Gleich darauf ließ er sich in den Steigbügel helfen und schwang sich in den Sattel. Er blickte noch einmal den Hünen an, den er auf dem Pferderücken nur unwesentlich überragte. »Nun denn, Wildhüter. Du wirst dich dieser Aufgabe gewachsen zeigen, da bin ich überzeugt. Bring dein Kriegsgerät mit, wenn du nach Selb kommst.«

Erneut kam keine Reaktion.

Markgraf Christian runzelte die Stirn, dann wendete er sein Pferd und versetzte dieses in Schritt. Als er den Waldweg zurückritt, versuchte er, aus dem Wildhüter schlau zu werden. Der Mann schien eine Kampfmaschine durch und durch zu sein. Jemand, der auf jeden anderen, sogar auf ihn, den Fürsten dieses Landes, höchst beeindruckend wirkte. Zudem schien er selbst nicht leicht zu beeindrucken zu sein. Ob er dennoch abergläubisch war?

*

Hildner blickte den Reitern nach, bis diese hinter den Bäumen verschwunden waren. Das also war Christian von Brandenburg-Bayreuth, sein Fürst und Gebieter. Der Markgraf stand in dem Ruf, ein bodenständiger Herrscher zu sein. Er versuchte seit Jahren, sein Land aus den Kriegen, die rundherum tobten, so gut es ging herauszuhalten. Einer der Gründe, warum Hildner sich hier niedergelassen hatte. Ein Jahr auf dem Schlachtfeld wog so schwer wie zwei Jahre auf dem Acker, so sagte man. Er wusste nicht, ob das stimmte, doch die Jahre im Krieg hatten ihn ermüdet und so hatte er vor drei Jahren beschlossen, irgendwo sesshaft zu werden. Doch seit geraumer Zeit spürte Hildner wieder die alte Rastlosigkeit. Dieselbe Rastlosigkeit, die ihn seinerzeit hatte weglaufen und zu den Soldaten gehen lassen.

Nun würde er sich wieder auf den Weg machen. Das war gut. Es war gut, wieder einen Auftrag zu haben.

Seine Gedanken wanderten zu dem Mann, den er zu Beginn des Frühlings am Fuße des Kleinhengstberges vergraben hatte. Ein Wilderer, der den Fehler gemacht hatte, die Waffe gegen ihn zu richten. Er hatte noch die Verblüffung vor Augen, welche sich in der Miene des Burschen gezeigt hatte, als er mit dem Bolzen im Kopf einfach nach hinten umgefallen war. Er wusste nicht, wo der Mann hergekommen war. Ein Egraländer von jenseits der bohemischen Grenze? Egal, niemand schien ihn zu vermissen.

Hildner ignorierte seine Hunde, die ihn erwartungsvoll anstarrten, griff nach dem fast leeren Krug, setzte ihn an den Mund und trank den letzten Schluck aus. Dann trug er Gefäß und Armbrust in die Hütte zurück.

Diese bestand aus einem einzigen, karg eingerichteten Raum mit einer erkalteten Feuerstelle, einer groben Kiste und einem Mooslager mit einer wollenen Decke als Überzug. Die einzige Dekoration bildete ein ausgestopfter Wolfskopf, der an der Wand über seiner Schlafstatt aufgehängt war. Hildner stellte den Krug auf der Truhe ab, strich fast liebevoll über das Holz seiner Armbrust und hängte die Waffe an einem in die Wand gehauenen Nagel auf.

Die Worte des Rittmeisters kamen ihm in den Sinn. Zigeuner? Die schreckten ihn nicht. Hexen, Vampire, Wiedergänger ... an diese Dinge glaubte er nicht. Doch er wusste, wozu Lebewesen auf Erden fähig waren. Wozu Menschen fähig waren. Und Tiere. Er blickte den Wolfskopf an. Das Biest fletschte angriffslustig die Zähne.

Hildner blickte auf die tiefen Wundmale an seinem linken Unterarm. Dann bückte er sich, rieb sich die langen roten Narben, die sich unter seiner Hose über seinen Oberschenkel zogen, massierte Haut und Muskeln und fühlte den dubiosen Schmerz, der wie ein Phantom immer wieder zu ihm zurückkehrte, wenn er an den Tag denken musste, an dem ihn die große Wölfin angesprungen hatte. Schon als Schirnding die Geschichte erzählt hatte, hatte ihn der Schmerz wieder ergriffen.

Er hatte schon viele Kämpfe gefochten, unzählige Narben eingesteckt. Aber die aus diesem Kampf gingen tiefer als alle anderen.

Er blickte dem ausgestopften Kopf in die Augen. Nie hatte er Furcht bei seinen Kämpfen, nie Mitleid verspürt. Doch damals, als sich dieses Tier in ihn verbissen hatte, als er es niedergerungen und mit dem bloßen Messer auf es eingestochen hatte, damals, da war es anders gewesen. Als er atemlos am Boden gelegen und schlussendlich auf allen Vieren weggekrochen war, als er dann die Wolfswelpen aus der Erdhöhle hatte tapsen sehen … da hatte er am ganzen Körper gezittert.

Nichts ging über die schiere Wucht einer Wölfin, die ihre Jungen verteidigte.

KAPITEL 3

Der Wald war voller Geräusche. Die Blätter raschelten. In der Nähe plätscherte der Bach. Insekten surrten, Vögel zwitscherten. Johann erkannte den facettenreichen Gesang der Amsel, das Trällern von Finken, den penetranten Ruf der Meisen. Von irgendwo aus der Ferne drang zudem ein Kuckucksruf. Und auch das Klopfen eines Spechts hatte er bereits gehört.

Johanns Eltern hatten ihm an diesem Tag erlaubt, die Umgebung des kleinen Tals zu erforschen, in dem die Mühle lag, nachdem diese noch nicht in Betrieb genommen werden konnte, da sein Vater erst Materialien für deren Wiederaufbau benötigte. Johanns Mutter missfiel jede Form von Müßiggang, doch schon in ihrer alten Heimat hatte sich Johann hin und wieder davongestohlen, um durch die Natur zu streifen, manchmal mit Billigung seines Vaters, der immer predigte, dass jeder seinen eigenen Weg zu Gott fand.

So erkundete Johann den Wald, erkletterte kleine Hänge, erklomm ein paar Felsen und folgte eine Weile dem Bachverlauf, wodurch er immer höher ins Gebirg kam.

Zwischenzeitlich sammelte er Käfer, ließ sich von einer Ameisenstraße bis zu deren Bau führen. Er bewunderte die schillernd grüne Haut einer Eidechse, die sich auf einem Stein gesonnt hatte, und beobachtete zwei Eichkätzchen dabei, wie sie über die Äste tobten. Einmal hielt er inne, um eine Wildschweinfamilie abzuwarten, die seinen Weg kreuzte. Wildschweine sahen schlecht, und so genügte es, still hinter einem Gebüsch zu verharren, um die Bache nicht auf die Idee zu bringen, ihre Jungen verteidigen zu müssen. Als die Tiere verschwunden waren, hing noch einen Augenblick ihr herber Geruch in seiner Nase.

Doch im Vergleich zur stinkenden Luft, wie sie in den Städten herrschte, roch es hier ansonsten nach Holz, Rinde und Harz, nach Erde, Moos und Kräutern, hing ab und an der süßliche Duft von Blumen in der Luft. Wenn Johann sich entscheiden müsste zwischen der Unberührtheit der Natur einerseits und der Sicherheit, die eine Stadt angesichts der latenten Bedrohung durch die Soldateska bot, wüsste er, worauf seine Wahl fallen würde. Daheim hatte er den an das Mühlenanwesen angrenzenden Mühlberg so oft es ging bestiegen, hatte Bäume erklettert und Höhlen erkundet. Er seufzte in Erinnerung an diese Tage. Natürlich hatte das nahe gelegene Stamsried einen wichtigen Rückzugsort dargestellt. Johann kannte die sicheren Zeiten, in denen die Oberpfalz unter der Regentschaft des pfälzischen Statthalters Christian von Anhalt gestanden hatte, nur aus den Erzählungen seiner Eltern. Was er kannte, waren Drangsalierungen durch die Soldaten des kaiserlichen Commissarius, Herzog Maximilian von Bayern, die hin und wieder auch in der Mühle seiner Eltern einquartiert worden waren. Hatten sie dann zu wild gehaust, war den Hartmanns nichts anderes übrig geblieben, als zeitweilig nach Stamsried zu fliehen. Bei der Rückkehr fanden sie den Hof mehrmals geplündert vor. Zahlreiche Familien der Umgebung zogen in der Folgezeit in protestantische Gegenden, nach Nürnberg oder in die ebenso lutherischen Fürstentümer Ansbach oder Bayreuth, waren doch viele einfache Leute in der Oberpfalz trotz der vor Jahrzehnten erfolgten Einführung des Calvinismus insgeheim Anhänger der Lehre Luthers geblieben. Manche zogen jedoch noch weiter, mit dem Ziel Sachsen oder in das entfernte Brandenburg, wo der dortige Kurfürst, so erzählte es Johanns Vater, ein guter Calvinist war.

So hatten sich letztlich auch Johanns Eltern für den Weg nach Norden entschieden – auch wenn es bedeutete, alles aufzugeben, was sich Michael Hartmanns Großvater, sein Vater und er selbst aus einem einstmals als unehrenhaft geltenden, nun längst angesehenen Beruf heraus erarbeitet hatten. Vor Jahren noch war die Familie wohlhabend gewesen, hatte ihre Mühle viel Gewinn abgeworfen. Mit Ausbruch des Krieges hatte dies sogar noch zugenommen. Heere benötigten Brot. Doch damals war Johann noch ein kleiner Junge gewesen, er hatte keine Erinnerungen daran. Woran er sich erinnerte, war die Zeit, in der seine Eltern zunehmend in Sorge gewesen waren, erst um ihr Auskommen, dann um ihrer aller Sicherheit, und am Ende auch um ihr Seelenheil.

Sie waren in der Nacht aufgebrochen, mit dem Wagen und zwei Pferden, von denen sie nur den braven Konstantin ins Fürstentum Bayreuth hatten retten können – das andere war ihnen am zweiten Tag von bayerischen Landsknechten abgenommen worden. Auf ihrer mehrtägigen Reise hatte Johann überrascht festgestellt, dass die Dörfer, durch die sie gekommen waren, entgegen seiner Erwartungen kein bisschen verwüstet waren. Sein Vater hatte ihm erklärt, dass im Jahre 1622 die Heere der Protestanten unter Mansfeld und die der Katholiken unter Tilly zwar die Gegend bei ihren Märschen von Bohemiae in Richtung der Kurpfalz durchquert hatten, aber das lag nun mehrere Jahre zurück. Seitdem hatte sich der Krieg erst nach Westen und dann immer weiter nach Norden verlagert, wo die katholische Liga Sieg um Sieg errungen und weite Teile des Nordens Deutschlands erobert hatte. Hätte der Herzog von Bayern nicht die Oberpfalz besetzt und dort den Katholizismus zur alleinigen Konfession erklärt, hätte die Familie Hartmann niemals ihr Land und ihr Mühlengut verlassen.

In ihrer Heimat waren sie Erbmüller gewesen. Nun waren sie Heimatlose und konnten sich, wie seine Eltern in den letzten Tagen zu betonen nicht müde wurden, glücklich schätzen, die Klöpper Mühl als Pacht erhalten zu haben. Schon vor Wochen war Michael Hartmann in Wonsidl, wo sie vorübergehend untergekommen waren, die Chance angetragen worden, hier im Norden des Bayreuther Sechsämterlandes eine Mühle zu übernehmen. Viermal hatte er deswegen einen Schreiber des Amtshauptmanns aufsuchen müssen, bis man sich wohlwollend für den Oberpfälzer entschieden hatte. Es war eine Chance auf einen Neuanfang, ein gutes Angebot, wie der Vater es mehrfach betont hatte. Es war auch das einzige Angebot gewesen.

Johann ließ die Beine baumeln und dachte an seine Freunde, die zurückgeblieben oder längst vor ihnen fortgezogen waren. Wie es ihnen wohl ergangen war? Wo mochten sie jetzt sein? Seine Gedanken glitten zurück zum Tag ihrer Ankunft in Albrechtsreut. Er hatte bisher keine Kinder hier gesehen und bis zu den anderen umliegenden Ortschaften oder nach Weisstadt war es zu weit, um enge Kontakte zu knüpfen. Sollte sich bewahrheiten, dass es niemanden seiner Altersklasse im Dorf unten gab, würde ihm nichts anderes übrig bleiben, als allein durch die Natur zu streifen, wann immer es ihm möglich sein würde.

Er hatte jedoch nichts gegen das Alleinsein. Anders als Anna, die seit dem Tag ihrer Abreise von daheim darüber jammerte, ihre Freundinnen verloren zu haben. Doch Johann kannte ihr wahres Geheimnis: Sie war todunglücklich, die Söhne des Fassmachers nie mehr wiederzusehen, denen sie immer schöne Augen gemacht hatte.

Er hingegen vermisste am meisten das heimische Gotteshaus, das ihm in den vergangenen Jahren Hort und Zuflucht gewesen war. Auf ihrer Reise hatte sein Vater ihm gesagt, dass er sich keine Sorgen machen müsse, dass der Herr überall sei, vor allem aber in jenen, die glauben, und es daher keinen festen Ort brauche, um ihm nahe zu sein. Ein guter Christ könne überall zu Gott beten, zu Hause, beim Arbeiten, in der Natur. Dazu bedürfe es keines Gebäudes. Und er hatte einen der Psalmen zitiert: »Nahe ist der Herr allen, die ihn anrufen, allen, die ihn anrufen in Wahrheit.«

Doch die Wahrheit war, dass Johann diesen einen Ort vermisste, dies Heiligtum der Stille und Andacht, der dicken Mauern und des kühlen Inneren, die bei ihm immer Gänsehaut verursachten, ihn Gottes Nähe besonders spüren und eins mit dem Herrn sein ließen. Und seine Mutter, das wusste er, vermisste ihre Kirche auch. Wann sie wohl die Kapelle im Ort unten würden besuchen können? Und ob sich dieses bewegende Gefühl, das er von daheim her kannte, auch in diesem Gotteshaus einstellen würde? Auch in dieser Hinsicht unterschieden er und Anna sich. Ihr fehlte das Gespür für Gottes Nähe, ihr Sein drehte sich vielmehr um das Diesseitige, um schöne Kleider, Gesang – ihre Stimme klang nett, wenn sie die Psalmen anstimmte, das musste er zugeben –, ums Tanzen und, natürlich, um Jungs.

Von irgendwoher aus dem Wald erklang ein fernes Rufen. Eindeutig seine große Schwester. Johann zog einen Flunsch. Wenn man den Esel nennt, kommt er gerennt. Einen Augenblick spielte er mit dem Gedanken, einfach im Baum hocken zu bleiben. Sollte sie sich doch die Kehle nach ihm aus dem Leib schreien. Vielleicht blieb ihr dann wenigstens einmal für eine Weile die Stimme weg. Aber wenn Anna ihn suchte, tat sie es mit Sicherheit im Auftrag der Mutter oder des Vaters, scherte sie sich doch sonst nicht darum, wo und wie er seine Zeit verbrachte. Also war es besser, die Sache nicht auszureizen.

Johann seufzte, dann kletterte er den Baum hinab und sprang das letzte Stück hinunter auf den weichen Waldboden. Als er sich aufrichtete, merkte er, dass sich die Geräusche um ihn herum verändert hatten. Solange er oben auf dem Baum gesessen hatte, hatten die Vögel sorglos ihre Lieder gezwitschert und getschilpt. Nun aber waren einige von ihnen verstummt, andere hatten auf keckernde oder durchdringende Warnlaute gewechselt. Typisch Anna. Wenn sie durch den Wald hüpfte, nicht selten dabei plappernd oder singend, suchten die Tiere das Weite. Ganz anders als bei ihm …

Johann lauschte auf die Richtung, aus der Annas Rufe kamen. Dann folgte er diesen den Hang hinab. Als er zwischen den Bäumen hindurch bereits die Lichtung erahnen konnte, auf der die Mühle lag, nahm er zwischen zwei nahen Bäumen eine Erhebung inmitten einem mit Ranken überwucherten Boden wahr, die wie ein Ameisenbau wirkte. Neugierig ging Johann darauf zu – und stutzte. Das war kein Ameisenhaufen. Es war ein seichter Erdhügel, der wie künstlich freigelegt wirkte und auf dem obenauf etwas lag. Als Johann näher herantrat, erkannte er, dass es ein toter Vogel von der Größe einer Drossel war. Das Brustgefieder braunweiß geschuppt, lag das Tier auf der Seite, als würde es schlafen.

Erneut rief Anna seinen Namen und diesmal war ihre Stimme nicht nur deutlicher zu hören, sondern ihr auch die Ungeduld sichtlich anzumerken. Rasch wandte sich Johann von dem Hügel ab und lief weiter zwischen den lichter stehenden Bäumen auf die Mühle zu, die seine neue Heimat werden würde.

*

Die Straße führte bergab aus dem Wald und gab den Blick frei auf ein im Tal liegendes Dorf. Hildner verlangsamte seinen Schritt und betrachtete die Landschaft, die vor ihm lag. Zur Rechten floss ein Bach in Richtung der Ortschaft, aus dem Gebirg kommend. Hinter dem Dorf führte die Straße weiter, wieder bergan in bewaldetes Gebiet. Das Dorf selbst lag ruhig da, einige Bauern arbeiteten auf den Feldern. Nichts ließ darauf schließen, dass irgendeine Gefahr von der Siedlung ausging.

Er hatte auch nichts anderes erwartet. Seit sie am Vormittag in Selb aufgebrochen waren, war ihre Reise ruhig und ohne Unterbrechung verlaufen, sah man davon ab, dass einer seiner drei Begleiter, ein dürrer Jungspund, immer wieder zurückfiel. Der Bursche schien nicht richtig bei Kräften zu sein, womöglich krank. Vermutlich würde Hildner keine andere Wahl haben, als in diesem Ort eine Rast einzulegen. Sollte es dort eine Möglichkeit geben, etwas zu saufen, würde daran sowieso kein Weg vorbeiführen, so, wie er seine beiden anderen Begleiter einschätzte.

Er blieb stehen, was seine neben ihm laufenden Hunde veranlasste, ebenfalls innezuhalten und ihn erwartungsvoll anzublicken. Hildner blickte zurück. Seine beiden Kameraden folgten in etwas Abstand. Sie hatten beide ihre Luntenschlossmusketen und Gabelstöcke geschultert, dazu trugen sie Rapiere, Rucksäcke und Decken. Ihre hölzernen, mit Lederschnüren an breiten Gurten befestigten Pulverfläschchen klapperten in einem fort gegeneinander, doch das schien sie nicht zu stören. Stattdessen unterhielten sie sich, irgendwelche Geschichten über vielleicht wahre, vielleicht erfundene Eroberungen glutäugiger Frauenzimmer. Hildner schnaubte. Das ewige Gerede ging ihm auf den Senkel, ein Getratsche wie von Waschweibern.

Als die beiden Musketiere bemerkten, dass er in ihre Richtung starrte, hielten auch sie inne und sahen sich nach dem Letzten im Bunde um. Der Jungspund Karl folgte in weitem Abstand, hielt seine Büchse eng an den Körper gepresst, hustete immer wieder und war auch durch die Tatsache nicht schneller geworden, dass es seit etwa einer Viertelmeile stetig bergab ging.

Missmutig drehte sich Hildner um und folgte weiter der Straße. Wer nicht wusste, dass er ein steifes Bein hatte, hätte es ihm beim Marschieren kaum angemerkt, was jedoch auch an seinen großen Schritten lag.

Geri und Freki, seine Saupacker, liefen wie gewohnt vornweg. Nicht das erste Mal seit ihrem Aufbruch wünschte sich Hildner, mit seinen Tieren allein unterwegs zu sein. Als er am gestrigen Vormittag nach Selb gekommen war, hatte er lange warten müssen, bis der Rittmeister Zeit für ihn fand. Nachdem Schirnding noch einmal alles über den Auftrag wiederholt hatte, was Hildner längst wusste, stellte er ihm seine drei Begleiter vor und übergab ihm das Kommando über den kleinen Trupp. Im Anschluss ließ er ihnen von einem Forstknecht den Weg nach Albrechtsreut erklären. Dann musste Hildner den restlichen Tag und die folgende Nacht ausharren, bis ihm und seinen neuen Kameraden am heutigen Morgen ein Begleitschreiben ausgehändigt wurde, das sie als Musketiere seiner fürstlichen Durchlaucht Christian von Brandenburg-Bayreuth auswies. Nun waren sie also zu viert unterwegs.

Hans, Georg, Karl. Hildner zog abschätzig die Mundwinkel herunter. Das Pack taugte nichts. Er kannte die Sorte. Musketiere, Söldner, Berufsmörder, wie er selbst einer war. Was genau die drei antrieb, wusste er nicht. Ja, Flucht vor Hunger und Armut, das teilten sie alle, den Wunsch nach dem Entkommen aus dem Los harter Arbeit, aus dem Joch der Bauern, nicht selten auch vor der Obrigkeit. Aber manche gingen in den Krieg, weil sie das Abenteuer suchten und ein freies Leben, andere hofften auf Kameradschaft und das Ende der Einsamkeit, wieder andere einfach auf die Gelegenheit, töten zu können, ohne dafür bestraft zu werden. Hinzu kam natürlich die Aussicht auf Beute, Geld und Wertgegenstände, Waren aller Art, gelegentliche Gelage und viel Alkohol. Und Frauen. Die Gründe, sich bei den Soldaten zu versuchen, waren vielfältig und doch oft so gleich. Der Sold allein war es mit Sicherheit nicht, der wurde oft genug nicht ausgezahlt. Und auch die Versorgung mit den Rationen an Brot, Fleisch und Bier, wie sie ihnen allen bei der Anmusterung vollmundig versprochen worden war, ließ oft zu wünschen übrig, manchmal längere Zeit ganz aus. So ernährte sich der Soldat vom Krieg, von dem Land, durch das er marschierte und das er besetzte. Sie alle waren Plünderer, der Schrecken der Gesellschaft, vom Naturell nicht besser als Wegelagerer und Mörder. Doch sie waren frei, frei und stolz. Stolz, einer Art Vereinigung anzugehören, die sich um nichts scherte, für die gewerbliches Tun, Handel mit Waren oder die Arbeit auf dem Felde unter ihrer Würde war, die keine Steuern zahlte, die Waffen tragen und jagen durfte. Letzteres war es auch, was ihn, Hildner, zu den Soldaten gebracht hatte. Jagen und Töten, das war sein Metier. Es war alles, was er konnte.

Wie er es erwartet hatte, holten ihn seine Begleiter, oder zumindest zwei von ihnen, am Dorfeingang ein, und forderten, bei den Bauern nachzufragen, wer Bier oder Branntwein auszuschenken hatte. Die Sonne stand hoch und so willigte Hildner missmutig ein. Letztlich sprach auch nichts dagegen. Sie würden ihr Ziel auch so noch vor Einbruch der Dunkelheit erreichen. Und auch sein Mund war trocken.

Erneut blickte er sich um und betrachtete stumm den Jungspund, der sich die Straße hinunter auf den Ort zu schleppte. Nur der Teufel wusste, warum Schirnding ihm gerade diesen Hänfling mitgegeben hatte. Vielleicht hatte er ihn loswerden wollen. Karl würde ihm bei der Jagd keine Hilfe sein, allein sein ständiges Gehuste würde jede Art von Beute verscheuchen. Aber vielleicht verreckte der Jungspund ja noch auf dem Weg dorthin.

Über den Kopf des Hänflings hinweg erspähte Hildner weit in der Ferne eine Bewegung, abseits der Straße, am Rand des Waldes. Ein Tier kam zwischen den Bäumen hervor, blieb stehen und schien in ihre Richtung zu schauen. Es war ein Hund. Hildner betrachtete das außergewöhnlich große Vieh, blickte dann auf seine Rüden hinab, die ihren Artgenossen ebenfalls gesichtet hatten und aufmerksam beäugten. Dann wandte er sich wieder dem Ort zu. Es war Zeit, die Kehlen zu befeuchten.

Wenig später saßen er und seine Kameraden unter einem großen, schattigen Baum und sahen zu, wie eine Bauersfrau mit faltigem Gesicht die leeren Platten abräumte, auf denen sie den Männern zuvor Brot und Schinken gereicht hatte. Die großen hölzernen Humpen waren überwiegend ausgetrunken, das Bier war das übliche dünne Gesöff, und Hildner forderte die Frau auf, noch einmal nachzufüllen.

Einer seiner Begleiter, ein untersetzter Kerl mit Namen Hans, klopfte sich den Bauch und gab ein schmatzendes Geräusch der Zufriedenheit von sich. Sein Kompagnon Georg, ein an sich großer, kräftiger Gesell, der Hildner im Stehen dennoch nur bis zum Kinn reichte, zückte ein paar Würfel aus seiner Tasche, klatschte sie vernehmlich in die andere Hand und sah auffordernd in die Runde. Dann kratzte er sich ausgiebig mit der freien Hand am ganzen Körper.

Die verdammten Wanzen hatten ihnen in ihrem Nachtlager in Selb ordentlich zugesetzt. Auch Hildner hatten sie reichlich gebissen, doch er scherte sich nicht sonderlich darum. Er registrierte, wie seine beiden redseligen Kameraden, die beim Essen die ganze Zeit weitergeschwatzt hatten, mal wieder ein Erlebnis aus ihrer gemeinsamen Vergangenheit austauschten, bei dem sie angeblich einen Tag und zwei Nächte lang durchgespielt hatten. Dann sahen beide erst ihn und dann den Hänfling erwartungsvoll an.

»Na, wie sieht's aus? Spielt's eine Runde mit?«

Hildner hatte seine Entscheidung längst gefällt, schwieg jedoch. Er spielte nie, keine Karten, keine Würfel, und beteiligte sich auch an keiner anderen Form des Hasardspiels. Die meisten mochten den Nervenkitzel, viele hofften auf das schnelle Geld. Er nicht. Er konnte dem Ganzen nichts abgewinnen. Einst hatte er zugeschaut, wie eine Gruppe Plünderer um den Galgen hatte würfeln müssen. Der Verlierer war gehängt worden, zur Abschreckung, die anderen hatte man davongejagt. Seither wollte er vom Glücksspiel nichts mehr wissen. Das war lange her. Damals war er noch ein Jungspund gewesen, wie der Hänfling. Nur eben kein Hänfling.

»Nun? Was ist?« Georgs Augenlid zuckte.

Karl hustete. Der Schweiß lief ihm über das blasse Gesicht. »Was spielt ihr?«

»Quinquenove.«

Der Jungspund zögerte. Dann holte er einen Beutel aus der Tasche, zog ihn auf und beäugte seinen Inhalt. Die beiden anderen fixierten das Säckchen. Georg leckte sich die rissigen Lippen.

»Ich weiß nicht.« Karl blickte unschlüssig auf.

»Na, komm schon. Nur um ein paar Kreuzer, unter Freunden, nur so zum Spaß.«

Hans schloss sich den Worten seines Kumpans an: »Ja, nur so zum Spaß.«

Nach kurzem Zögern willigte der Jungspund ein und entnahm seinem Beutel eine Handvoll Münzen, die er vor sich auf die Erde legte.

Hildner entging nicht der Blick, den die beiden anderen tauschten. Als sie erneut auch ihn zum Mitspielen aufforderten, schüttelte er nur den Kopf und erhob sich.

»Wo willst'n hin?«

Er war versucht, ohne Erwiderung davonzugehen, doch dann knurrte er über die Schulter: »Pissen.«

Nachdem er sich an einem Räucherhaus erleichtert hatte, sah er zum Himmel auf. Es war inzwischen Nachmittag und das Wetter versprach gut zu bleiben. Seine Hunde dösten im Schatten und bewachten seine Armbrust, den Hirschfänger und seine restliche Habe. Es zog ihn weiter. Doch ihm war auch klar, dass er sich mit seinen neuen Kameraden arrangieren musste. Diese ließen gerade die Würfel rollen, nachdem die Frau Bier nachgeschenkt hatte. Doch Hildner stand der Sinn nach Stärkerem.

Er wies seine Hunde an zu bleiben. Dann ging er durch den Garten nach vorne und trat vors Haus. Auf einem nahen Dorfweiher schnatterten Enten. Er ging die Straße entlang und nahm dabei nur beiläufig wahr, wie zwei Frauen bei seinem Anblick verstummten und rasch weggingen. Einige Kinder des Ortes beäugten ihn aus sicherem Abstand. Gut so, sollten sie bloß wegbleiben.

Er kannte es nicht anders. Wohin auch immer er kam, starrten ihn die Menschen stets nur von Weitem an, erschrocken, unsicher, ehrfurchtsvoll, und gingen ihm aus dem Weg. Doch das war ihm nur recht. Er mochte keine Menschen und die kleinen Hosenscheißer noch weniger. Sollten sie ihn ruhig fürchten und meiden. Die Furcht des Gegners war im Kampf der halbe Sieg. Er fürchtete sich nie.

Er trat an den Dorfrand und schaute in die Richtung, aus der sie gekommen waren. In der Ferne lag der große Hund noch immer an derselben Stelle am Waldrand. Als er Hildner entdeckte, richtete er seinen Kopf auf.

Hildner kam sein Auftrag wieder in den Sinn. Auf welcher Art der Jagd war er? Auf der Jagd nach einem Tier? Nach einem Menschen? Oder gar nach etwas völlig anderem? Er wusste es nicht, aber es gab auch keinen Grund, sich jetzt schon groß den Kopf darüber zu zerbrechen. Er wusste nur, dass es wieder auf die Jagd ging. Ein grimmiges Lächeln zog sich über sein Gesicht.

*

»Bitte, treten Sie ein.« Johanns Vater wies durch die Ern auf die Wohnküche, und sein Gast folgte der Aufforderung. Der Dorfvorsteher, ein Teichbauer namens Neuberg, war ein Mann im Alter von Johanns Eltern, dessen Bauchansatz und rosige Hamsterbacken Gemütlichkeit ausstrahlten. Johanns Mutter wies auf einen Schemel, den Johann am Vortag neu zusammengesetzt hatte, und bat Neuberg, Platz zu nehmen.

Drei Tage waren seit ihrem Eintreffen in Albrechtsreut vergangen. Am Abend ihrer Ankunft in der Klöpper Mühl hatte die Familie etwas ernüchtert vor dem Wohngebäude gestanden. Es war deutlich kleiner als ihr ehemaliges Haus und in der Dämmerung war es ihnen mit seinen grauen Granitblöcken düster und ungastlich erschienen. Das angrenzende hangabwärts am Bach gelegene hölzerne Mühlgebäude wirkte baufällig, anscheinend war es einem Feuer zum Opfer gefallen, denn Teile des Dachs und einige der Stützbalken waren verkohlt. Doch dies ließ sich wiederherstellen, zudem war der Mahlgang rasch repariert, wie Johanns Vater versicherte. Die

Mühlsteine lagen noch da wie einst von ihrem Vorgänger verlassen, und es sah so aus, als wäre der hölzerne Teil kaum von den Flammen angegriffen worden, alle Eisenteile und das schwere Gebälk waren noch intakt. Sie würden einige Aufräumarbeit erledigen und einzelne Teile instand setzen müssen, doch in Wonsidl hatte man ihnen zugesagt, dass sie alles Holz und alle anderen Materialien, die sie für die Inbetriebnahme der Mühle benötigten, von den hiesigen Waldbauern einfordern konnten, die dann vonseiten der Amtshauptmannschaft entschädigt würden. Mühlen, das hatte Johanns Vater seinem Sohn erklärt, waren in Kriegszeiten ebenso wichtig wie das Getreide selbst. Truppen mussten mit Mehl und Brot versorgt werden. Ohne Mühlen konnte das Getreide nur zu Brei und Schleimsuppe verarbeitet werden, was nicht selten zu Durchfallkrankheiten bis hin zum Tod führte. Somit waren Mühlen für alle Konfliktparteien strategisch von enormer Bedeutung.

Während seine Mutter und seine Schwester das obere Mühlhaus wieder in Schuss brachten, dessen Räumlichkeiten aussahen, als hätten Wildschweine darin gewütet, ging Johann die ersten beiden Tage hauptsächlich seinem Vater zur Hand, räumte Bretter und Schutt weg und stapelte diesen auf einem Haufen nahe dem Bach. Das gab ihm Gelegenheit zu schauen, welche Tiere sich in dem klaren, eisigen Gebirgswasser tummelten. Im Laufe des zweiten Tages hatte Johann dann die in der Nähe liegenden Teiche mit ihren Fischen und Fröschen inspiziert und im Anschluss die unmittelbare Gegend erkundet. Die Klöpper Mühl lag auf einer Lichtung in einem kleinen keilförmigen Tal, das von dichtem Laubwald umgeben war, der sich die Anhöhen entlangzog. Ein Pfad führte von Albrechtsreut hier herauf und weiter hinauf ins Gebirg. Es wirkte abgeschieden und friedlich hier, vermutlich würden sich hierher nur selten Reisende verirren.

Der erste Mensch, der sie besuchte, war am Morgen des ersten Tages der Teichbauer Neuberg, der die Funktion des Dorfvorstehers von Albrechtsreut ausübte. Er besaß nach der Kapelle und dem örtlichen Kirchengut das größte Haus im Ort, hielt dort Versammlungen ab und schenkte zugleich hin und wieder Bier aus, das seine ebenfalls im Dorf wohnende Schwester braute, wie er erzählte. Ihm gehörten auch überwiegend die Weiher in der Nähe der Mühle, in denen er Forellen hielt. Er hieß die Hartmanns im Namen des ganzen Ortes willkommen, verschwand nach einer kurzen Unterhaltung mit Johanns Eltern jedoch wieder, nicht ohne zu versprechen, ihnen bei nächster Gelegenheit einen längeren Besuch abzustatten, um ein bisschen vom Ort und von der Gegend zu erzählen.

Am folgenden Tag passierten ein paar Waldbauern mit Körben die Mühle, ohne groß Worte mit der neuen Müllerfamilie zu wechseln.

Am späten Nachmittag des dritten Tages kehrte Neuberg zurück, erneut allein, aber diesmal hatte er offenbar mehr Zeit mitgebracht. Als er nun am Tisch der Familie Platz nahm, merkte Johann seiner Mutter die Befriedigung an, dass sie die gute Tischdecke und das Zinngeschirr aus ihrer alten Heimat gerettet hatten. Artig blieben Johann und Anna schweigend am Tisch stehen, während ihre Eltern sich dem Dorfvorsteher gegenübersetzten. Mit Genugtuung stellte Johann fest, dass es Anna sichtlich schwerfiel, Neuberg nicht sogleich mit Fragen zu überhäufen.

Seine Mutter schenkte allen aus einer kleinen Kanne Milch in die Zinnkrüge ein. Die Milch hatte Neuberg als Willkommensgeschenk des Dorfes mitgebracht, wie er sagte. Johanns Vater schnitt den letzten Laib Brot an, den sie noch besaßen, und Anna reichte dazu Schmalz.

»Es sieht so aus, als sollten wir morgen mal in den Ort

kommen, um ein paar Lebensmittel zu besorgen«, sagte Michael Hartmann, und Johann bemerkte den strafenden Blick, den seine Mutter ihrem Mann für dessen Worte zuwarf. Sie wollte nicht bedürftig wirken.

»Wir werden selbstverständlich dafür bezahlen«, fügte Johanns Vater rasch an. »Zum Tausch haben wir nichts.«

»Mit Münzen werdet's nicht weit kommen, das muss ich euch sagen.« Neuberg leckte sich den Milchflaum von der Oberlippe. »Seit der großen Teuerung infolge des Kippens und Wippens waren zu viele böse Münzen unterwegs. Daher haben wir im Dorf beschlossen, gar kein Kupfer oder Silber mehr anzunehmen.«

Johanns Vater runzelte die Stirn. »Aber das ist doch lange her.« Und selbstbewusst fügte er an: »Wir haben gutes Geld.«

»Nun ja, das glaube ich dir, guter Müller. Wir zweifeln nicht an eurer Redlichkeit.« Mit einem Lächeln auf den dicken Lippen nahm Neuberg das Schmalzbrot entgegen, das ihm Anna reichte. Dann biss er sogleich ab und kaute herzhaft.

Mit einem Blick forderte Michael Hartmann seinen Sohn auf, ihre Barschaft zu holen. Rasch verließ Johann die Stube und erklomm die hölzerne Stiege, die vernehmlich unter ihm knarrte. Auf dem Dachboden entnahm er einer dortigen Truhe einen Beutel, ließ das darin befindliche Geld ehrfurchtsvoll klimpern und kletterte dann flink wieder die Stufen hinunter.

Sein Vater ergriff den Beutel, öffnete ihn und entnahm ihm mehrere Geldstücke, die er auf den Tisch auslegte. »Seht Ihr? Gute heimische Groschen.«

Neuberg griff nach einem der Stücke, hielt es sich vors Gesicht, schluckte das Brot in seinem Mund runter und biss dann einmal Zähne bleckend auf die Münze. Offenbar fiel das Ergebnis zu seiner Zufriedenheit aus, denn mit einem wohlwollenden Nicken warf er den Groschen klimpernd zurück auf den Tisch. Dann zuckte er mit den Schultern und griff wieder nach seiner Brotscheibe.

»Nun, wie gesagt, das Vertrauen in die Münz' war durch die ganzen minderwertigen Prägungen so dahin, dass im Dorf nur noch im Tausch oder aufs Wort gegeben wird. Das hat sich seither nicht geändert.«

Johanns Vater sah zerknirscht zu seiner Frau und dann wieder den Dorfvorsteher an. »Aber wie ich bereits erwähnte, haben wir derzeit nichts, was wir im Gegenzug anbieten könnten.«

Johann griff verstohlen nach einem der Groschen und betrachtete diesen genauer. Am Rande trug die Münze die Umschrift *Nach altem Schrot und Korn 1622*.

»Nun, das muss dich nicht in Nöte bringen, lieber Müller«, erwiderte Neuberg derweilen schmatzend. »Ein vom Amtshauptmann persönlich als Pächter eingesetzter Müller bekommt bei uns Ware aufs Wort. Schick morgen mal deine Kinder runter, dann werden sie schon alles bekommen. Es mangelt uns nicht am Nötigsten.«

Während Johanns Mutter ihrem Sohn das Geldstück mit strengem Blick wieder abnahm und auch die anderen Münzen einsammelte, erklärte sein Vater: »Da fällt mir ein, ich habe ein Schreiben von der Amtshauptmannschaft aus Wonsidl, das mich befugt, Holz und weitere Baumaterialien zu beziehen. An wen wende ich mich da? Auch einen zum Sägen bräuchte ich.« Er erhob sich, griff in die Tasche seines guten Rocks, der an einem Wandhaken hing, und fischte das amtliche Schreiben heraus. Dann breitete er dieses nicht ohne Stolz vor dem Ortsvorsteher aus.

Mit offenem Mund kauend, starrte Neuberg auf das Dokument, und ein paar Brotkrumen bröselten darauf. Aufmerksam beobachtete Johann ihn. Neubergs Augen gingen von oben nach unten und wieder zurück, nicht von links nach rechts.

Nach einem kurzen Moment tippte Neuberg auf das Wappen, das am Ende des Schreibens prangte, und sprach: »Gut, gut, so soll es sein. Ich werd mit den Leuten reden. Das meiste geht zwar rüber in den Bergbau. Aber auch an Holz mangelt es uns ja nicht.« Er lachte plötzlich schallend.

Johann musste grinsen. Das Lachen war ansteckend. Der Dorfvorsteher schien überhaupt eine Frohnatur zu sein, ganz anders als der Mann mit dem starren Blick, mit dem er im Ort zuerst gesprochen hatte. Johanns Eltern entspannten sich.

Sein Vater tauschte sich mit dem Mann noch eine Weile über die anstehenden Arbeiten aus, während die beiden Kinder unruhig von einem Bein auf das andere wechselten.

Irgendwann konnte Anna nicht mehr an sich halten und bat Neuberg, mehr von den Bewohnern von Albrechtsreut zu erzählen. Dem Dorfvorsteher nach lebten nahezu alle seit Generationen in der Gegend, der letzte Zugezogene war vor Jahrzehnten einer aus dem Hofer Land gewesen. Sie arbeiteten als Wald- und Teichbauern und betrieben nebenher ein wenig Viehwirtschaft und Zeidlerei. Die Dorfgemeinschaft umfasste etwas über dreißig Leute, so schätzte Neuberg, wusste es so genau aber nicht zu sagen, da das keiner zählte. Johann juckte es während des Gesprächs, sich nach anderen seiner Altersklasse zu erkundigen, aber er kam sich mit der Frage dumm vor, daher ließ er es. Zumal er sich inzwischen sicher war, dass die Abwesenheit anderer Kinder bei seiner Ankunft Zufall gewesen sein musste. Seine Gedanken glitten zu seinen Freunden in der Heimat.

Er horchte erst wieder auf, als das Gespräch auf den ehemaligen Pächter der Klöpper Mühl zu sprechen kam. Neuberg erzählte, die Mühle habe jahrhundertelang den Rittern von Sparneck gehört, während Albrechtsreut und Umgebung dem Kloster Waldsassen zugehörig waren. Mit einem Augenzwinkern in Richtung Johann merkte er an, dass die Sparnecker vor rund hundert Jahren als Raubritter gegolten hatten. Doch diese Zeiten waren längst vorbei, nach den Bauernkriegen waren Mühle und Ort kurz hintereinander in den Besitz des Markgrafen von Kulmbach-Bayreuth gelangt, der kleine Gutshof im Ort fungierte aber noch heute als Widum der lutherischen Kirche.

Die Mühle selbst wurde seitdem zur Pacht betrieben. Zuletzt hatte sie ein Pächter aus dem Bayreuther Raum viele Jahre mehr schlecht als recht geführt. Der Mann und seine Familie hatten sehr abgeschieden gelebt, sich nie im Ort sehen lassen, als wunderlich gegolten. Vor etwa zwei Jahren, so erzählte Neuberg, habe der Müller dann Frau und Tochter erschlagen, seine eigene Mühle angezündet und sei in den Wald gerannt, wo er tot aufgefunden wurde. Allem Anschein nach hatte er sich selbst aus dem Leben gerissen. Der Regen hatte das Feuer am unteren Mühlhaus zum Glück rasch wieder gelöscht. Die Dörfler hatten Frau und Tochter christlich bestattet, dem Mann aber an Ort und Stelle im Wald ein Eselsbegräbnis verschafft.

Mit großen Augen blickte Johann den Dorfvorsteher an. Neuberg hatte seine Geschichte so gleichmütig vorgetragen, als erzähle er von einem kleinen, unwesentlichen Unglück. Auch Johanns Eltern wirkten erschüttert, und sogar Anna starrte schweigend vor sich hin.

Neuberg hingegen schien nichts dabei zu finden, was an diesem Ort geschehen war. »Nun, so war's. Seitdem liegt die Mühl' still. Doch wir sind alle froh, dass jetzt wieder ein tüchtiger Müller hier einzieht. Endlich werden wir unser Korn nicht mehr nach Weisstadt schaffen müssen, um an unser Mehl zu gelangen. Stattdessen werden die umliegenden Gemeinden das ihre wieder hierherbringen. Dann wird es hier wieder mehr Verkehr geben. Und die Fuhrleute werden auch wieder bei mir einkehren, um mein Bier zu saufen.« Er rieb sich die Hände und lachte zufrieden.

Seine Fröhlichkeit verscheuchte die gedrückte Stimmung. Trotzdem war Johanns Bedarf nach weiteren Erzählungen gedeckt. Er wollte endlich wieder in den Wald, hätte gerne weiter die Gegend erforscht, um das Bild von der erschlagenen Familie aus seinem Kopf zu bekommen. Ein Totschläger und Selbstmörder. Hier im Wald. Ein Schauer durchlief ihn.

Der Hügel mit dem toten Vogel kam ihm in den Sinn. Wie ein Grab. Konnte das sein?

Anna löste mit einem Mal ihr offensichtliches Bedürfnis, mit der gräulichen Geschichte fertigzuwerden, auf die ihr eigene Art. Sie plapperte drauflos von Männern aus einem Nachbarort in ihrer Heimat, die von durchziehenden Söldnern erschlagen worden waren. Bis ihre Mutter sie ausbremste.

»Schluss mit den Schauergeschichten! Es ist genug, Anna!«

Während das Mädchen beleidigt die Arme vor der Brust verschränkte, sah Johanns Mutter sorgenvoll in die Runde.

»Möge Gott ihrer aller Seelen gnädig sein.«

»Amen«, fügte ihr Mann hinzu, und Johann, Anna und der Dorfvorsteher schlossen sich an.

»Herr Neuberg, was wir Sie schon längst fragen wollten«, wechselte Johanns Mutter nun das Thema. »Wie steht es denn mit der Möglichkeit, das Gotteshaus für unsere eigene Andacht zu nutzen?«

Johann horchte auf. Er vergaß schlagartig das Grab und

blickte stattdessen gespannt den Dorfvorsteher an. Dieser sah von einen zum anderen. »Für eure eigene Andacht …«, wiederholte er tonlos.

»Ja.« Johann merkte am Klang der Stimme seiner Mutter, wie angespannt sie war. »Für unseren eigenen kleinen Gottesdienst.«

Neuberg begann mit einem Mal seine Hände zu kneten. »Eigenen Gottesdienst«, sprach er erneut nach und Johann hätte beinahe über sein dummes Gesicht lachen müssen. Doch er riss sich gerade noch zusammen.

»Seid ihr Reformierte?«

Johanns Eltern nickten einmütig.

»Wir kommen ursprünglich aus der Oberen Pfalz«, erklärte sein Vater.

»Wir besaßen dort einen Erbhof«, fügte seine Mutter rasch an, wie um zu beweisen, dass sie aus angesehenem Hause stammten.

»Wir mussten alles zurücklassen, bis auf das Wenige, was wir mit uns nehmen konnten.« Johanns Vater richtete den Oberkörper auf. »Wir waren bereit, unser altes Dasein aufzugeben, unseren Hof, unsere Heimat, unsere Freunde, aber nicht unseren Glauben.«

Johann bewunderte seinen Vater für die feste Stimme, mit der er es sagte.

Neuberg stopfte sich das letzte Stück Brot in die Backe und kaute schweigend. Mit gerunzelter Stirn betrachtete Johann ihn und fragte sich, was wohl in dem runden Kopf des rotwangigen Mannes vorgehen mochte.

»Als die Bayern unsere Heimat besetzten, mussten viele unserer Geistlichen fliehen«, fuhr Johanns Vater fort. »Seit Maximilian das Land vom Kaiser offiziell zugesprochen bekommen hat, wurde es noch schlimmer. Als sie dann jede

Religion außer der katholischen verboten, hielten wir es nicht mehr lange aus. Wir hielten unsere Andacht in der Verborgenheit unseres Hauses ab. Doch das Restitutionsedikt, das der Kaiser erließ … seither gelten wir für den Kaiser und die Papisten gar als Ketzer. Wir wurden regelrecht gezwungen, unserem Glauben in aller Öffentlichkeit abzuschwören. Derweilen machten sich die Jesuiten und Franziskaner in unseren Städten und Märkten breit.« Michaels Stimme war hart geworden.

Bei der Nennung der beiden katholischen Ordensgemeinschaften blickte auch Neuberg angewidert drein.

»Wir sind uns doch so gleich«, warf Johanns Mutter rasch ein. »Wir alle leben von harter Arbeit Hand und wünschen uns nur, Gott auf unsere Weise zu dienen. Wir alle sind Opfer der katholischen Kirche und des Krieges, den sie entfacht hat. Und auch wir nutzen die Lutherbibel, so wie Ihr, Herr Neuberg.«

»Und Markgraf Christian, selbst Mitbegründer der Protestantischen Union, hat uns Reformierten Schutz in seinem Land zugesagt«, beeilte sich Johanns Vater anzufügen.

Neuberg stocherte sich mit dem Finger zwischen den Zähnen, während ihn die Familie erwartungsvoll anstarrte. Dann, endlich, sagte er: »Ich sprech mit dem Prediger. Wen unser Fürst ins Land lässt und der Amtshauptmann hierherschickt, dem werden wir das Betreten unseres Gotteshauses nicht verwehren.«

Es klang zwar nicht gerade begeistert, aber mehr war nicht zu erwarten gewesen. Johann entspannte sich. Auch seine Eltern wirkten sichtlich erleichtert.

Er würde also die Kapelle von innen sehen. Er freute sich schon auf das gemeinsame Beten, das Singen der Psalmen. Und auf das wohlige Gefühl, Gott nahe zu sein. Johann blickte lächelnd auf – und sah genau in die Augen des Dorfvorstehers, dessen Blick einen Moment auf ihm ruhte, bis er sich wieder Johanns Eltern zuwandte.

*

Am Nachmittag war Hildner erneut verdrossen. Seit ihrer Mittagsrast waren sie anfangs gut vorangekommen. Zwar war es wieder eine Weile bergauf gegangen, doch sie passierten zügig einen Signalberg und zogen dann weiter durch Wald, bis die Straße etwa eine Viertelwegstunde lang sanft abwärts bis in den großen Marktflecken Kirchenlamitz führte.

Dort begann der Ärger. Hans und Georg entdeckten im Ort ein Gasthaus, in dem eine dralle Brünette bediente, die ihre üppige Auslage allzu sehr vor der Nase der Musketiere spazieren führte. So beharrten die beiden darauf, nach dem Staub der Straße ihre Kehlen noch einmal anfeuchten zu müssen.

Hildner grunzte nur dazu. Er kannte die Blicke. Die beiden würden sich durch nichts davon abhalten lassen, hier die Nacht durch die Betten zu springen und dabei ihr Geld durchzubringen. Als Quasi-Rottenführer – auch wenn sie keine ganze Rotte bildeten – konnte er auf dem sofortigen Weitermarsch bestehen, doch er kannte die Tricks, die in solchen Fällen folgten. Entweder würden sich Hans und Georg auf dem Weg langsam zurückfallen lassen und dann, sobald sie außer Sichtweite waren, einfach umkehren. Oder einer von ihnen würde sich angeblich so böse das Bein vertreten, dass ihm das Weitergehen schier unmöglich würde. Da war es schon besser, die beiden bekamen ihren Spaß. Er marschierte weiter. Sie würden auch am nächsten Tag folgen können. Schließlich gab es keinen Anlass, zu einem ganz bestimmten

Zeitpunkt an ihrem Zielort anzulangen – außer der Rastlosigkeit, die ihn vorwärtstrieb.

Viel Geld hatten seine beiden Kameraden mit Sicherheit ohnehin nicht zu verprassen. Zwar hatte der Rittmeister allen vieren eine spezielle Besoldung für ihre Dienste bei diesem Auftrag in Aussicht gestellt, doch dies Silber gab es, wie zu erwarten, erst bei ihrer Rückkehr und auch das nur im Erfolgsfalle, wie auch immer dieser ausgelegt werden würde. Nur ihm hatte der Rittmeister schon im Vorfeld im Namen des Markgrafen eine Erhöhung seines festen Gehalts zugesagt und mehrere Fränkische Gulden in die Hand gezählt. Schirnding kannte Hildners Loyalität.

So würden vermutlich hauptsächlich die Kreuzer und Groschen in den Ausschnitt der Brünetten wandern, die Hans und Georg zuvor dem Hänfling beim Würfeln abgeknöpft hatten. Ein Thema, das noch zu Ärger führen würde, dessen war Hildner sich sicher.

Und so kam es. Karl beschloss, lieber Hildner zu folgen. Kaum weitermarschiert, begann er schon kurz hinter Kirchenlamitz, sich bitterlich über den Verlust seiner Barschaft zu beklagen und Hans und Georg des Falschspiels zu bezichtigen. Zwar war auch Hildner davon überzeugt, dass die beiden den Hänfling irgendwie beschissen hatten. Doch er wusste nicht, wie und es ging ihn auch nichts an. Dies war einer der Gründe, warum er das Glücksspiel mied, ja verachtete. Es führte zu törichtem Verhalten, zu Missmut und Streit und trieb im fatalsten Falle einen Keil zwischen Männer, die sich auf dem Schlachtfeld aufeinander verlassen können mussten.

Nachdem sich Hildner den Wechsel aus Gehuste und Gejammere eine Weile angehört hatte, riss ihm auf der Spitze eines Berges, von dem sie eine gute Aussicht auf das parallel zur Straße verlaufende Gebirg hatten, der Geduldsfaden. Er wartete, bis der schwer atmende Karl zu ihm aufgeschlossen hatte, und schlug ihm dann hart mit der Hand ins Gesicht. Womöglich zu hart. Der Hänfling wurde, wie von einem Hammer getroffen, von den Beinen gerissen und blieb für einen Moment ohne Besinnung im Staub der Straße liegen. Eine Mischung aus Sabber und Blut rann ihm aus dem Mundwinkel. Als Karl kurze Zeit später wieder erwachte, hustete er noch heftiger, spuckte Blut und einen Zahn aus. Sein folgendes Heulen ließ Hildner kalt. Geris und Frekis Knurren sorgte zudem dafür, dass der Jungspund rasch wieder verstummte.

Schweigend setzte Hildner seinen Weg fort, ohne sich darum zu scheren, ob Karl ihm weiter folgte. Er brauchte ihn nicht. Besser, der Hänfling suchte das Weite. Besser für alle.

Hildner fühlte sich von einer Last befreit und genoss beim Weitermarschieren die Ruhe, bar jedes Geschwätzes oder Gejammers, bis ihm am späten Nachmittag auffiel, dass er der falschen Straße gefolgt war. Der Beschreibung nach, die ihm gegeben worden war, hätte er längst in Richtung des Gebirgs abbiegen müssen. Daher kehrte er um und musste feststellen, dass Karl ihm weiterhin gefolgt war, wenn auch mit noch größerem Abstand als zuvor.

Als Hildner sich dem Hänfling von Weitem näherte, reagierte dieser erkennbar verunsichert. Er stellte seine Büchse ab, wobei ihm der Ladestock aus der Hand fiel. Dann sah er sich hektisch um, hob die hölzerne Gabel wieder auf, schien unschlüssig, was er tun sollte, und begann dann zu Hildners Erstaunen, seine Muskete zu laden. Die beiden Rüden knurrten angriffslustig, als sie die Gefahr spürten. Doch Hildner gab seinen Tieren mit einem Schnalzen der Zunge zu verstehen, dass sie an seiner Seite zu bleiben hatten, und hielt stoisch weiter auf den Jungspund zu. Hektisch entleerte Karl eine seiner Pulverbüchsen in den Lauf und nestelte nach einer Kugel aus einem seiner Ledersäckchen. Er stopfte sie in den Lauf, wobei ihm beinahe der Ladestock ein weiteres Mal heruntergefallen wäre. Hildner war schon auf Schussweite heran, als dem Jungspund zu dämmern schien, was Hildner längst erfasst hatte: Karls Lunte war aus.

Sinnloserweise nahm der Hänfling die Büchse dennoch in Anschlag, stand für einen Augenblick wie eingefroren da. Dann senkte er sie, ließ sie plötzlich achtlos fallen, verließ die Straße und rannte in wilder Panik einen Abhang hinunter. Hildner warf einen Blick auf seine knurrenden Saupacker, dann gab er ihnen mit einem Schnalzen ein Zeichen. Die kräftigen Tiere hasteten los und hatten Karl in kürzester Zeit eingeholt. Der Hänfling stürzte, als sie ihn von hinten ansprangen. Er überschlug sich und verwandelte sich in ein Knäuel aus Tier und Mensch. Das wilde Knurren der Hunde wurde von einem gellenden Schrei übertönt.

*

Der Abend war bereits angebrochen, die Schatten länger und länger geworden und dann, mit dem Abtauchen der Sonne hinter den Wipfeln der Bäume, in ein erst milchiges und nun immer mehr abnehmendes Licht übergegangen. Johann hätte gerne seinen Schritt beschleunigt, um sicherzugehen, es noch vor Einbruch der Dunkelheit zurück in die Mühle zu schaffen. Zwar fürchtete er die Nacht nicht, doch kannte er den Verlauf des Pfades noch zu wenig, um ihm in der Finsternis sicheren Schrittes durch den Wald zu folgen, auch wenn das sanfte Glucken des Baches ihn sicherlich zurück zu seinem neuen Heim leiten würde. Doch der Dorfvorsteher neben ihm machte keine Anstalten, schneller zu gehen. Dafür war sein Körperumfang wohl auch nicht geeignet.

Nach dem langen Gespräch, das Johanns Familie mit Neuberg in ihrer Wohnküche geführt hatte, war es spät, der Dorfvorsteher zudem gegen Ende einsilbig geworden. Als er aufgestanden war, hatte er zerstreut gewirkt. Johann hoffte inständig, dass es nichts mit seiner Erkenntnis zu tun hatte, dass die Hartmanns Calvinisten waren.

Nachdem ihm Johanns Mutter den Hut zugereicht und sie vors Haus getreten waren, war die Sonne bereits aus dem kleinen Mühlental verschwunden.

Neuberg starrte kurz in Richtung der Mühle, dann wandte er sich den Hartmanns noch einmal zu. »Nun, dann schickt die Kinder morgen zur Mittagsstunde zu uns. Wir werden schon dafür Sorge tragen, dass ihr uns nicht verhungert.« Er machte plötzlich ein erstauntes Gesicht, als aus dem Haus Gesang ertönte. Anna ging beim Abräumen des Tisches wieder ihrer Lieblingsbeschäftigung nach.

Neuberg setzte den Hut auf seinen runden Kopf und blickte kurz gen Himmel. Dann schien ihm ein Gedanke zu kommen.

Er wandte sich Johann zu. »Junge, da fällt mir etwas ein. Wenn du dem Vater mal nicht zur Hand gehen musst, kannst du etwas für uns tun. Wir brauchen einen Hirten für unsere Gänse und Schafe. Das Viehzeug steht tagsüber zusammen auf der umzäunten Wiese, muss aber abends in die Kobel getrieben werden. Willst du das für uns tun?« Er sah Johanns Eltern an. »Damit könnte der Junge auch gleich seinen Nutzen für die Gemeinde beweisen. Das würde sicherlich gutgeheißen werden bei eurem … eurem speziellen Anliegen.«

Johann schaute seine Eltern an. Bitte nicht, dachte er. Jeden Abend in den Ort runtermüssen und sich ums Vieh kümmern und keine Zeit mehr haben, durch die Gegend zu streifen?

Doch wie zu befürchten, nickte sein Vater. »Gut. Eine gute Idee. Allerdings muss der Junge mir in der Mühle zur Hand gehen. Es ginge also wirklich nur an den Abenden.«

»Das würde genügen. Raus läuft das Vieh am Morgen selber.«

»Dann soll es so sein. Ich schick die beiden morgen Mittag zu Euch, wie Ihr gesagt habt. Dann könnt Ihr ihm alles zeigen.« Er legte Johann eine Hand auf die Schulter.

»Warum kommt er nicht jetzt gleich mit? Dann kann er mir heute noch helfen, das Vieh einzusammeln. Ich schick ihn dann noch vor der Dunkelheit heim.«

Bittend blickte Johann zu seinem Vater. Doch dieser verstand den Blick anders – oder wollte ihn anders verstehen.

»Warum nicht?« Er strich seinem Sohn mit der Hand über den Kopf. »War nicht David auch einst ein Hirte?« Er lächelte.

Johann zog einen Flunsch.

Nun folgte er dem Dorfvorsteher den bergab führenden Weg Richtung Dorf, wobei er die leere Milchkanne trug. Nachdem er ein Stück des Wegs stumm hinter Neuberg hergestiefelt war, wandte sich ihm der Dorfvorsteher beim Gehen zu, schenkte ihm ein freundliches Lächeln und sagte: »Deine Schwester hat eine schöne Stimme.«

»Hm-hm.« Johann wusste nichts Besseres zu erwidern. Der Mann mochte recht haben, aber Annas ständiges Gesinge ging Johann häufig auf die Nerven. Für ihn zerstörte es den Frieden der Natur.

»Singst du auch gerne?«

Zögerlich ließ er ein »Ja« hören.

Nach kurzem Schweigen fuhr der Dorfvorsteher fort: »Ist doch gut, mit seinem eigenen Tun zum Auskommen der Familie beizutragen, findest du nicht?«

Johann nickte nur zur Antwort.

»Wir verrechnen das, was deine Familie erwirbt, im Herbst mit deinem Hirtgeld. Und wenn du deine Sache gut machst und keines der Tiere mehr Beute vom Reißer oder den wilden Hunden wird, verdienst du dir ein zusätzliches Wolfsgeld.«

»Was ist der Reißer?«

»Der Wolf.«

»Ah.«

Johann kannte die vielen Erzählungen über die Bösartigkeit von Wölfen. Welche gesehen hatte er jedoch nur aus der Ferne. Zumeist hielten sie sich von bewohnten Gebieten fern. Und was hatte Neuberg noch gesagt? Wilde Hunde?

»Gibt es hier viele wilde Hunde?«

Der Dorfvorsteher nickte besonders nachdrücklich mit dem Haupt. »Leider ja. In den letzten Jahren haben sie überhandgenommen. Die Kroaten haben sie mitgebracht oder die Polacken, was weiß ich. Mit jedem Einfall von Kaiserlichen im Land kommen neue hinzu. Das viele Wild des Sechsämterlands ist ein wahres Paradies für sie.«

Das klang einleuchtend. »Wird Jagd auf sie gemacht?«

»Nun, grundsätzlich schon. Aber wir in Albrechtsreut haben keinen eigenen Jäger und der Forstknecht von Weisstadt ist ein alter Kerl und der junge Wildhüter ist ihm weggelaufen. Die meisten anderen der Gegend wurden zum Schutz der Grenzen abberufen. Aber mach dir keine Sorgen, sie kommen nicht ins Dorf. Sie fürchten unsere Hunde. Wie auch der Wolf.«

Neuberg tätschelte plötzlich Johanns Kopf, was dieser nur

unwillig über sich ergehen ließ. Er dachte an den Hund der alten Frau.

»Anders als der Wilde Jäger.«

Johann horchte auf. »Der Wilde Jäger?«

»Ja.« Neuberg blieb stehen und sah ihn im Licht der Dämmerung bedeutungsschwanger an. »Noch nie von ihm gehört? Er ist eine verfluchte Seele.« Seine Augen schienen größer zu werden. »Ein Wiedergänger.«

Johann ertappte sich dabei, dass sein Mund offen stand.

Neuberg trat näher. Eine schwere Hand legte sich auf Johanns Schulter. »Der Wilde Jäger ist zeitweilig Mensch, zeitweilig Wolf. Er taucht immer da auf, wo eine verwirrte Seele eine Schandtat begangen hat. Er ernährt sich von den Gräueln der Menschen. An Vollmond nimmt er Besitz von den Seelen unglücklich Verstorbener und kehrt in ihren Körpern aus dem Grab wieder. Und er hetzt seine Hunde all jenen hinterher, die ihn herbeirufen.« Neuberg beugte sich ein Stück herab, sodass sein rundes Gesicht auf gleicher Höhe mit dem des Jungen war. Sein Antlitz wirkte seltsam grau. »Seit der Tat des Müllers dort oben«, er wies in Richtung der Mühle, »geht er hier des Nachts um.«

Johann roch Neubergs käsigen Atem. Er war sich nicht sicher, ob der Mann nicht insgeheim grinste.

Neuberg richtete sich wieder auf und spazierte weiter. Nach kurzem Zögern folgte Johann.

Nach einer Weile lichtete sich der Forst. Vor ihnen tauchte die kleine Ortschaft zwischen den Bäumen auf, zuerst der Gutshof, dann weitere Gebäude und die Kapelle. Schon war ihm wieder die Begegnung mit dem starrenden Mann präsent. Für einen Moment war er versucht, den Dorfvorsteher nach dem Mann zu fragen, verkniff es sich aber.

Wenig später hatte er den Mann schon wieder vergessen.

Stattdessen fand er zu seiner eigenen Überraschung Spaß daran, die Gänse und Schafe zusammenzutreiben. Das Federvieh erwies sich wider Erwarten als willig, sich in seinen Stall zu begeben. Die Schafe hingegen sträubten sich. Der Teichwirt erklärte ihm, dass sie lieber auf offenem Gelände blieben. Das brachte den Vorteil mit sich, dass sie nicht in den Wald abhauten. Dafür war es umso schwerer, sie in den dunklen Kobel zu zwingen. Es gelang Johann nur mit Hilfe des Hundes der alten Frau, den er zu diesem Zweck von der Leine lassen durfte. Das Tier schien auch genau zu wissen, was es zu tun hatte.

Auf dem Heimweg war Johann wieder guter Dinge. Neuberg hatte ihm noch etwas Milch mitgegeben, und die Gänse und Wollschafe waren ein bunter Haufen, er mochte das Geschnatter und Geblöke, das sie von sich gaben. Inzwischen gefiel ihm die Vorstellung, als Hirte im Dorf zu wirken. Ihm fiel Psalm 23 ein. Lächelnd begann er halblaut zu rezitieren: »Der Herr ist mein Hirte, mir wird nichts mangeln. Er weidet mich auf einer grünen Aue und führet mich zum frischen Wasser. Er erquicket meine Seele, er führet mich auf rechter Straße um seines Namens willen. Und ob ich schon wanderte im finstern Tal, fürchte ich kein Unglück, denn du bist bei mir.«

Inzwischen hatten sich die Bäume links und rechts zu dunklen Schemen gewandelt, bildeten eine Wand, schwarz und undurchdringbar. Johann orientierte sich in der stärker werdenden Finsternis am Plätschern des Baches sowie an dem schmalen Streifen Himmel, den der Wald über dem Pfad freigab. Ein paar Sterne funkelten am dunklen Firmament. Der Mond war nicht zu sehen.

»Dein Stecken und Stab trösten mich. Du bereitest vor mir einen Tisch gegen meine Feinde. Du salbest mein Haupt mit Öl und schenkest mir voll ein. Gutes und Barmherzigkeit werden mir folgen mein Leben lang und ich werde bleiben im Hause des Herrn immerdar.«

Johann verspürte den Drang zu hüpfen, aber da war noch die volle Milchkanne in seiner Hand. Um ihn herum raschelte und knisterte es im Gestrüpp, die Grillen zirpten. Von irgendwoher erscholl der klagende Laut eines Waldkauzes. Es faszinierte ihn immer wieder, wie anders die Geräusche des Waldes in der Nacht waren, stärker, durchdringender, weniger fröhlich als am Tage, aber nicht minder interessant. Lächelnd stellte er fest, dass es ihm hier zunehmend zu gefallen begann. Vermutlich würde er sich hier schnell einleben können.

Dann entsann er sich der Erzählung des Dorfvorstehers. Ob es diesen Wilden Jäger wirklich gab? Oder war dieser Neuberg einfach einer, der sich einen Spaß daraus machte, Kinder zu verschrecken?

Johann spürte plötzlich einen Kloß im Hals. Er blickte rechts und links in die Dunkelheit des Waldes. Ja sicher, das war alles Aberglaube. Ein böser Scherz. Dieser Teichwirt, zugleich ja auch gelegentlicher Schankwirt, mochte Geschichten und hielt sicherlich viele solcher Erzählungen für seine Gäste parat. Man kannte das ja …

Dennoch ging Johann etwas schneller und folgte der letzten Biegung des Weges, die gleich den Blick auf den ersten Teich freigeben musste. Von Weitem sah er in der Dunkelheit die Mühle vor sich liegen. Ein Fenster war erleuchtet, und er beschleunigte noch mehr seinen Schritt, soweit die Kanne es zuließ, in der die Milch hin und her schwappte.

Erst vor der Tür fiel ihm ein, was er im Ort hatte herausfinden wollen. Doch er hatte vergessen, Neuberg danach zu fragen: Andere Kinder hatte er im Dorf noch immer nicht gesehen. Er zuckte die Schultern, drückte die Tür auf und verschwand im Haus.

Was er nicht mehr hörte, war das vernehmliche Rascheln und Knacken, als sich gleich darauf etwas aus dem nahegelegenen Unterholz davonmachte.

*

Die Nacht brachte Kühle über die Landschaft und ein klarer Sternenhimmel hing über ihren Köpfen, als Hildner merkte, dass der Hänfling wieder zu sich kam. Hildner saß an einem Feuer unweit eines Baches und briet sich einen Feldhasen, den er kurz vor Anbruch der Dämmerung geschossen, dann abgebalgt und ausgenommen hatte.

Ein langgezogenes Röcheln erklang aus Karls Richtung. Eine ganze Weile folgte nichts. Dann ging plötzlich ein Ruck durch den Hänfling, er richtete seinen mageren Körper auf und sah Hildner im Schein der tanzenden Flammen erschrocken an.

Hildner reagierte nicht darauf. Seine beiden Hunde lagen in der Nähe, wachsam. Ihren Anteil an der Jagdbeute hatten sie bereits erhalten.

Ungläubig betrachtete Karl seine bandagierten Hände und Unterarme, sah an seinem Körper hinab, von dem sein Hemd in Fetzen hing, und betastete vorsichtig den Verband an seiner Schulter. Dann ließ er seinen Oberkörper stöhnend ins Gras zurücksinken.

Um sie herum zirpte es, ein Schatten rauschte in der Nähe durch die Nacht. Hildner wendete das Fleisch auf seinem provisorischen Spieß und starrte weiter ins Feuer. Bis ein Hustenanfall des Hänflings erneut die Stille zerriss und dessen Körper schwer durchschüttelte. Als es vorbei war, folgte schweres Atmen, dann richtete Karl sich mit sichtlicher Mühe auf. Erneut starrte er Hildner an: »Warum hast du mir nicht den Rest gegeben?« Seine Stimme war nur ein Krächzen.

Hildner nahm einen Dolch, griff mit bloßen Händen das durchgebratene Wild, schnitt schweigend ein großes Stück ab, erhob sich schwerfällig und trat zu Karl hinüber. Zögernd nahm dieser das dargebotene Fleisch an, ließ es plötzlich fallen und sog hörbar die Luft zwischen den Zähnen ein. Offenbar hatte er sich die Fingerkuppen verbrannt.

Hildner ignorierte es, ging zurück und setzte sich wieder an seinen Platz. Nach mehreren Ansätzen gelang es Karl, den Braten mit dem bandagierten Teil seiner Hände zu fassen zu bekommen.

Beide Männer kauten eine Weile. Bis der Hänfling erneut das Schweigen brach: »Es war dumm von mir, mich auf ein Spiel mit den beiden einzulassen.« Seine Stimme klang dünn. »Noch dümmer aber war, die Büchse gegen dich zu richten.«

Hildner warf den Rest des Bratens den Hunden zu, die sich sofort darum balgten. Dann wandte er sich Karl zu. Im Schein des Feuers wirkte dieser noch schmächtiger, seine Haut grau, die Ringe um die Augen noch dunkler.

Hildner atmete tief ein. »Dumm war, eine Büchse zu laden, ohne sie abfeuern zu können.«

Karls Versuch einer Antwort ging in einem weiteren Hustenanfall unter. Als er vorbei schien, fügte Hildner an: »Das nächste Mal achte auf den Wind. Er weht das Pulver weg.«

Der Hänfling starrte eine Weile vor sich hin, dann bat er um Wasser. Hildner zog eine Tonflasche aus seinem Beutel und warf sie in seine Richtung ins Gras. Karl rollte sich ächzend herum, griff danach. Er entstöpselte die Flasche, nahm einen Schluck und brach sofort wieder in Husten aus.

»Herr im Himmel, was ist das für ein Zeug?«

»Brantenwein.«

»Woher hast du den?«

»Selbst gebrannt.«

Sichtbar zögerlich nahm Karl einen weiteren Schluck.

»Aus was machst du ihn?«

Hildner zuckte mit den Schultern. »Korn.« Er kratzte sich am Leib. »Schlehe. Zwetschge. Was da ist.«

Karl stöpselte die Flasche wieder zu. Sein Versuch, sie zurückzuwerfen, misslang, und das Tongefäß blieb auf halber Strecke zwischen den beiden Männern liegen. Stöhnend ließ Karl sich ins Gras zurücksinken.

Hildner beobachtete das Feuer, das langsam niederbrannte. Um sie herum schienen die Grillen die Herren der Nacht zu sein.

Er dachte schon, der Jungspund sei eingeschlafen, als Karl nach einer Weile, ohne sich wiederaufzurichten, sagte: »Du hättest mich töten können. Du hättest das Recht dazu gehabt.«

Hildner erwiderte nichts. Er blickte erst auf, als er ein Schluchzen zu hören glaubte. Karl hatte die Hände vors Gesicht geschlagen. Sein Körper zuckte.

Hildner erhob sich, trat einen Schritt auf den Hänfling zu und bückte sich nach der Flasche. Nachdem er einen tiefen Schluck daraus genommen hatte, nahm er wieder an alter Stelle Platz. Er verkorkte das Gefäß, steckte es zurück in seinen Beutel, griff das Fell des Hasen, legte es über die restliche Glut und schaufelte Sand darüber. Noch einmal sah er zu dem Hänfling hinüber, der im Dunkeln kaum erkennbar war, und stellte fest: »Als Soldat bist du eine Niete.«

Hildner ließ seinen mächtigen Oberkörper ins Gras sinken und gab sich ganz den Geräuschen der Nacht hin.

KAPITEL 4

Mutter!«

»Vater!«

Johann und Anna riefen um die Wette, als sie am Nachmittag auf den Mühlhof zurückkehrten. Das Mädchen trug einen Korb voller Nahrungsmittel und der Junge hielt eine große Kanne vor seinem Körper, auch sein Rucksack war voll.

Michael Hartmann kam aus der Mühle hervor und sah erwartungsvoll in ihre Richtung. Als die beiden sich dem Wohnhaus näherten, trat ihre Mutter aus der Vordertür und beschirmte ihre Augen gegen die Sonne.

»Mutter!«

»Mutter!«

Johann war als Erster am Haus und hielt ihr die Kanne hin. »Bier«, rief er begeistert. »Vom Dorfvorsteher.«

Seine Mutter griff stirnrunzelnd nach dem Gefäß, zog den Deckel ab, roch daran und warf dann ihrem Mann, der gerade zu ihnen herüberkam, einen billigenden Blick zu. Johann verstand die Bedeutung dieses wortlosen Austausches. Seine Mutter lehnte üblicherweise den Genuss alkoholischer Getränke ab, doch das hier war Dünnbier, geeignet für die morgendliche Biersuppe.

»Und alles, was wir noch brauchen«, schaltete sich Anna ein. Sie war außer Atem, was sie aber nicht davon abhielt, sogleich weiterzusprechen. »Zudem allerlei Leckereien. Ach, Mutter, du wirst es nicht glauben: Brot, Eier, Fett, ein Glas

Eingemachtes, sogar einen Schinken. Dann Grütze, etwas grob vielleicht, nicht so fein wie die unsrige. Trockene Erbsen und Linsen, allerhand Grobgemüse …«

Johann nickte. »Ja, hier sind jede Menge Rüben. Und Äpfel.« Er nahm den Rucksack ab und klopfte drauf.

Seine Schwester schenkte ihm für die Unterbrechung einen bösen Blick. »Und einer der Waldbauern versprach uns Honig. Und Fisch können wir haben, sagte auch der Herr Dorfvorsteher. Und in den nächsten Tagen soll es Käse geben. Ach Mutter, die Leute hier meinen es gut mit uns. Endlich kein Hanf- und Leinkuchen mehr.«

»Und Kleie. Bäh!« Johann schüttelte sich.

Ihr Vater trat heran und wuschelte erst seinem Sohn und dann seiner Tochter lächelnd durchs Haar. Dann griff er nach einem Glas in Annas Korb und hielt es gegen die Sonne. In gelber Flüssigkeit war irgendein Gemüse zu erkennen. Johann vermutete Schwarzwurzeln. »Na, dann kann das Geschlemme ja losgehen.«

Doch seine Frau drückte ihm die Bierkanne in die Hände und übernahm den Korb. »Nichts da. Wir werden weiter haushalten, bis die Mühle wieder läuft. Denkt dran, wir dürfen den Leuten nicht zu lange etwas schuldig sein.« Mit diesen Worten verschwand sie im Haus.

Johanns Vater blickte milde drein. »Gut gemacht, Kinder. Bringt erst mal alles rein.« Er übergab die Kanne wieder seinem Sohn und machte dann kehrt, um zum unteren Mühlhaus zurückzugehen. Sogleich folgte ihm Anna und begann, von ihren Erlebnissen im Dorf zu erzählen.

Johann trug nacheinander das Bier und den Rucksack ins Haus und leerte Letzteren auf dem Esstisch aus. Dann stand er einen Moment, von einem Bein aufs andere tretend, in der Stube, während seine Mutter kritisch die Lebensmittel begutachtete und wegräumte. Als sie ihn endlich bemerkte, fragte sie: »Johann? Was ist?«

Nun sprudelte es aus ihm hinaus: »Es ist seltsam, Mutter. Es gibt keine anderen Kinder im Dorf. Niemanden. Und heute ist ein Mann angekommen, ein Fremder. Er ist riesig. Ich habe noch nie einen so großen Menschen gesehen. Nun, vielleicht Meister Haberstroh daheim, aber der war einfach nur lang. Der hier aber ist … gigantisch, ein wahrer Hüne. Er ist ein Wildhüter, haben sie im Ort gesagt. Er trägt eine Armbrust, so groß.« Er hielt seine Hände weit auseinander. »Und eine lange Klinge an der Seite. Etwa so.« Er breitete seine Arme noch mehr auseinander, hatte aber das Gefühl, der Länge damit nicht einmal gerecht zu werden. »Sogar noch größer.«

»Moment, Johann«, unterbrach ihn seine Mutter. »Was soll das heißen, es gibt keine anderen Kinder im Dorf?«

Johann zuckte die Schultern. »Nun, wie ich es sagte. Es gibt keine anderen Kinder in Albrechtsreut. Ich bin mit Abstand der Jüngste dort.«

Mit zusammengezogenen Augenbrauen musterte ihn seine Mutter. »Kann das sein? Es wird doch Frauen gebärfähigen Alters im Ort geben. Albrechtsreut ist doch keine Bergarbeitersiedlung. Ich mag das kaum glauben. Und hat Herr Neuberg nicht seine Schwestern erwähnt?«

»Ja, hat er«, erwiderte Johann, leicht schmollend, weil er das Gefühl hatte, seine Mutter zweifelte an seiner Beobachtungsgabe. Dann fiel ihm etwas ein. »Übrigens, hast du gemerkt, dass Herr Neuberg gar nicht lesen kann?«

Seine Mutter hatte sich schon wieder den Nahrungsmitteln zugewandt. »Ja, das ist mir auch aufgefallen. Albrechtsreut ist ein kleiner Ort am Rande des Gebirgs, da ist das nichts Ungewöhnliches.«

»Aber er ist der Dorfvorsteher«, stellte Johann ein bisschen entrüstet fest.

Seine Mutter sah ihn bestimmt an. »Nicht jeder bekommt in seiner Jugend die Chance, eine Schule zu besuchen, so wie du, Johann. Schätze dich glücklich und urteile nicht über die Leute, schon gar nicht über solche, die du nicht kennst.«

»Ja, Mutter.«

»Hier, nimm die Äpfel und Rüben und räume sie unter die Treppe!«

»Aber Mutter, du hast noch gar nichts zu dem Hünen gesagt.«

»Was soll ich dazu sagen. Ein Hüne, findest du? Übertreibst du nicht ein bisschen?«

Nun war Johann endgültig beleidigt. »Ich übertreibe kein bisschen. Er ist so groß ...« Er blickte sich in der Stube um. »Er könnte nicht durch die Tür treten, ohne sich stark zu bücken. Und er hat zwei Hunde dabei, kräftige Kerle mit so einer flachen Schnauze, Saurüden oder Saupacker. Damit geht er bestimmt auf Schwarzkitteljagd.«

»So, macht er das?«

Johann merkte, dass seine Mutter mit den Gedanken schon wieder woanders war. Stirnrunzelnd versuchte er, die Äpfel an seinem Bauch auf dem Unterarm zu stapeln.

»Ja. Dabei hat der Herr Dorfvorsteher gesagt, es gäbe hier keinen Forstknecht.« Das letzte Wort brachte ihn auf einen Gedanken. »Aber vielleicht jagt er ja etwas ganz anderes. Vielleicht ist er wegen des Ungeheuers da.«

Ohne sich zu ihm umzudrehen, erwiderte seine Mutter: »Was denn jetzt noch für ein Ungeheuer? Johann, du fantasierst.«

»Nein, Mutter, tu ich nicht. Das hat der Neuberg selbst erzählt.«

»Es heißt Herr Neuberg, Johann. Es sind einfache Leute, doch wir sollten den Menschen hier Respekt zollen, bis wir uns eingelebt haben. Bis sie uns als ihresgleichen akzeptieren, wird es Zeit brauchen. Also sei höflich.«

Johann zog einen Flunsch. Ungeduldig fuhr er fort: »Herr Neuberg. Er hat selbst davon gesprochen. Das Ungeheuer. Sie heißen ihn den ›Wilden Jäger‹. Er geht nachts um und … und … er frisst Menschen. Er ist halb Wolf und er … er steigt in den toten Leib Verstorbener und steht wieder auf. Auch im Dorf haben sie ihn schon gesehen.«

Seine Mutter hatte sich wieder zu ihm umgedreht und sah ihn mit vor der Brust verschränkten Armen streng an. »Johann Hartmann, du redest wirr. So etwas wie einen Wilden Jäger gibt es nicht. Da hat dich jemand etwas glauben machen wollen. Genauso wie mit der Behauptung, es gäbe keine Kinder im Ort. Über dreißig Bewohner und kein einziges Kind? Das glaube ich nicht. Was ich glaube, ist, dass dir der Herr Neuberg einen Bären aufgebunden hat, um dich zu foppen. Er scheint mir ein arger Schelm zu sein.«

Johann fühlte sich gekränkt. »Aber Mutter …«

»Nichts ›aber Mutter‹! Räum die Äpfel und Rüben weg, dann hilf deinem Vater!« Sie wandte sich wieder ihrem Tun zu.

Missmutig trug Johann die Äpfel hinaus und holte dann auch die Rüben. »Wirst schon sehen«, warf sie im Nachgang noch über ihre Schulter, »wenn du heute Abend wieder ins Dorf kommst, dass da andere Kinder sind.« Und: »Man hat dir einen Streich gespielt.« Dann, mehr schon zu sich selbst, wiederholte sie: »Wilder Jäger, der Menschen frisst. Keine Kinder im Ort. So was.« Und schüttelte, während sie den Schinken aufhängte, den Kopf über so viel Aberglauben.

*

Die Dämmerung legte sich bereits wieder über das Dorf, als Johann die Schafe in ihre Kobel getrieben und den Hütehund wieder angeleint hatte. Er konnte die Tiere bereits recht gut auseinanderhalten und meinte auch, schon ein Gefühl für den speziellen Charakter des einen oder anderen Viehs entwickelt zu haben. Er ging noch einmal zur Wiese zurück, um die noch offene Gattertür des aus Weidenästen gebauten Zauns zu schließen, dann trat er auf den Weg und stellte erstaunt fest, dass niemand mehr im Dorf unterwegs war.

Auch wenn es erst sein zweiter Abend hier unten war, schien ihm das ungewöhnlich. Wo waren sie alle hin? So spät war es noch gar nicht. Er passierte die ersten Gebäude, kam vor die Kapelle, die dunkel vor ihm lag, und war versucht, einen Blick hineinzuwerfen. Doch dann vernahm er Stimmen und sah sich suchend um. Sie kamen aus dem großen Haus des Dorfvorstehers. Licht drang aus den Fenstern. Hatte Neubergs Schwester wieder Bier gebraut und die Dorfbewohner waren zum Trinken zusammengekommen? War heute ein besonderer Tag? Aber wenn sie etwas feierten, warum waren dann seine Eltern nicht eingeladen worden?

Zögerlich ging Johann auf das Gebäude zu. Das Stimmengewirr wurde lauter, ohne dass er etwas verstehen konnte.

Ein Gefühl sagte ihm, dass es besser war, nicht einfach hineinzuplatzen. Stattdessen umrundete er das Nachbarhaus, stieg über ein altes Mäuerchen, wobei er ein verlorenes Huhn aufscheuchte, und schlich sich dann seitlich an eines der Fenster heran. Vorsichtig spähte er über den Sims, zog den Kopf aber rasch wieder zurück. Die Stube war voller Menschen. Etwas Bedeutsames schien vor sich zu gehen.

Als er sich unter dem Fenster auf den Hosenboden hockte, konnte er klar verstehen, was gesprochen wurde.

»… nach Sankt Markus. Der Schnee war bei uns gerade

erst fort, weiter oben lag er noch dicht.« Es war ein Mann, der sprach. Die Stimme klang kehlig. »Wir bargen den Leichnam und brachten ihn heim.« Kurze Pause, Räuspern, Füßescharren. Dann dieselbe Stimme: »Die Aussegnung fand am selben Abend statt. Tags drauf schickten wir nach dem Totengräber von Weisstadt. Als er hier war, hielten wir den Trauergottesdienst, im Anschluss die Beisetzung. So war es doch, Hermann, Barbara?«

Es erfolgte keine Antwort, nur ein Husten, das Rascheln von Kleidern. Und war das ein Schluchzen gewesen? Johann spürte einen aus dem Haus kommenden warmen Luftzug über seine Wange streifen.

»Und das Mädchen?« Eine andere Stimme. Ein anderer Mann, mit einer vertrauteren Mundart. Niemand von hier, sondern eher ein Mann aus dem Süden, vielleicht aus Johanns Heimat.

»Wie meinen?« Wieder der Kehlige.

Erneutes Schweigen. Dann erscholl eine dritte, ungeduldige Stimme, von jemandem nahe am Fenster: »Was soll er schon meinen? Die Tote. Was war mit ihr? Ein Sturz? Ein Tier? Ist sie erfroren?« Offenbar waren nicht nur Dorfbewohner im Haus. Wer mochte dieser Fragesteller sein? Ein Beamter womöglich? Heute Mittag hatte Johann nur diesen Hünen gesehen, mit seinen beiden Hunden.

»Erfroren?« Eine vierte Stimme. Diese kannte Johann. Es war die des Dorfvorstehers. »Nein, nicht doch. Warum sollte sie erfroren sein?«

»Na, verdammt, warum nicht, da oben im Wald?«

Ein Keuchen, Laute der Entrüstung. Dann der Kehlige: »Ich bitte Sie, kein Fluchen in Gegenwart dieser Gemeinde. Keine Lästerei vor Gott angesichts dessen, welches Los diese unglücklichen Kinder ereilt hat. Und ihre Eltern.«

Erneut der Ungeduldige: »Na schön. Also: Warum war sie da oben im Wald? Was wollte sie dort?«

»Wir wissen es nicht.« Der Dorfvorsteher. »Sie hatte dort in der Nacht nichts zu suchen gehabt. Sie hätte auf ihrer Schlafstatt liegen sollen.«

»Und was ist ihr nun zugestoßen?«

Wieder Schweigen. Dann sagte Neuberg: »Sie war übel zugerichtet.« Er räusperte sich. »*Etwas* hat sie schwer zugerichtet. Sie war … sie wurde regelrecht zerrissen.« Ein Seufzer. »Das arme Ding.«

Johann war völlig starr. Zugerichtet. Zerrissen. Er merkte, dass ihm der Mund offen stand, und schloss ihn langsam. Was mochte das bedeuten? Worum ging es hier? Ein totes Mädchen? Ein Mädchen aus dem Dorf? Von welchen unglücklichen Kindern war hier die Rede?

Wie auf Kommando war ein Wimmern zu hören, dann ein lauter werdendes Weinen, wie von einem Säugling. Johann sah unwillkürlich nach oben. Es kam aus dem Haus. Also gab es doch Kinder in Albrechtsreut.

Es wurde unruhiger im Haus, mehrere Personen sprachen flüsternd miteinander.

»Also ein Tier?« Der Ungeduldige hatte wieder das Wort ergriffen. Es klang halb nach Frage, halb nach Feststellung. »Ein Wolf? Ein ganzes Rudel?«

Johann spitzte die Ohren.

»Möglich wäre es. Wobei … es gab keine – verzeih, Barbara – es gab keine Fraßspuren.«

»Dann wurde das Tier, oder die Tiere, gehindert? Oder ein böser Bär, der nur aus Mordlust tötet?«

»Möglich.« Neuberg klang zögernd, begleitet von dem quäkenden Geräusch des Säuglings, das nun stetig den Raum erfüllte.

»Oder das Raubtier wurde verscheucht, von jemandem, der zufällig hinzukam? Dieser Bursche, der sie gefunden hat?«

»Das glauben wir nicht. Gefunden hat er Lisbeth erst, da war sie schon lang tot. So hat er es erzählt. Am Vormittag. Da war uns schon aufgefallen, dass sie nicht im Dorf war.«

»Hat er es so erzählt? War er allein unterwegs?«

»Ja.«

»Was wollte er dort? Wo, sagten Sie, kommt er her?«

»Reinersreuth. Ein Dorf auf der anderen Seite des Gebirgs, zur Hauptamtsmannschaft Hof gehörig. Er meinte, er sei auf dem Weg nach Weisstadt gewesen, eine Erledigung für seinen Vater. Wenn Sie mich fragen ... er ist ein Wilddieb, wie sein alter Herr. Der war nie und nimmer unterwegs nach Weisstadt.«

»Wie alt?«

»Was? Der Junge? Nun, ich würde meinen, so sechzehn.«

»Und wenn *er* ...?« Wieder die Stimme des Mannes aus dem Süden. Energisch fügte er an: »*Was*? Ein junger Bursche, dem es in der Hose brennt? Ein junges Ding mit frischen Knospen? Wie?«

Wieder erscholl ein empörtes Raunen aus zahlreichen Kehlen.

»Das glaube ich ... das glauben wir nicht.« Die Stimme des Dorfvorstehers klang nun bestimmter. »Es ... wir glauben nicht, dass es ein Mensch war. Außerdem: Wie passt das mit Adam zusammen?«

»War es bei ihm genauso?«

»Ja. Ähnlich ... genauso schlimm. Auch er war ganz übel zugerichtet.« Pause. »Möge der Herr seiner Seele gnädig sein. Und der von Lisbeth.«

Leises »Amen!« von zahlreichen Personen.

»Dann also kein Mensch.« Es war wieder der Ungeduldige. »Ein Raubtier. Eine Bestie. Ein Menschenfresser.«

Einmal mehr Tuscheln. Dann meldete sich der Kehlige wieder zu Wort: »Vergessen wir nicht, dass der Widersacher Christi vielerlei Gestalt annehmen kann. Was, wenn es kein Mensch war und doch kein Tier?«

Eine Frau seufzte laut. Oder war es ein Schluchzen?

»Der Teufel?« Es war der Ungeduldige.

»Der Wilde Jäger!« Neuberg sagte es ähnlich bedeutungsschwanger wie letzten Abend auf dem Weg runter ins Dorf.

Johann hielt den Atem an.

»Er ist kein Hirngespinst.« Der Dorfvorsteher sprach jetzt lauter, sehr entschieden. »Wir alle kennen ihn, es gibt ihn! Alle paar Jahre kehrt er aus den Bergen zurück und dringt in die Welt der Sterblichen vor. Seit ein paar Jahren wird er häufiger gesehen! Hier bei uns, in unserem Forst. Kein Mann und doch kein Tier. Und doch beides. Ein Wesen, ein Ungeheuer, mit langen Haaren … es geht auf zwei Beinen, doch es hat Augen und Nase und Lefzen wie ein Wolf, Klauen und Zähne wie ein Scheusal. Es tötet leise und verschwindet wieder, wie ein Schatten. Der Wilde Jäger … der Seelenfresser! Ein Geschöpf des Satans.«

Ein kollektives Seufzen ging durch die Reihen der versammelten Dorfbewohner.

Dann sagte der Kehlige: »Lasst uns das Vaterunser beten!« War das der Mann mit dem starren Blick? Am Mittag, als Johann mit Anna im Dorf gewesen war, hatte er die alte Frau mit dem Hund wiedergesehen und nach ihm gefragt. Er hieß Kernmann und schien eine Art Laienprediger zu sein, zugleich der Verwalter des Widumguts.

Stumm sprach der Junge das Vaterunser mit, nur seine Lippen bewegten sich. Dann, nach dem Amen, herrschte wieder eine seltsam bedrückende Stille, nur durchbrochen von glucksenden Lauten des Säuglings.

»Und die anderen?« Eine neue Stimme, die Johann durch Mark und Bein ging. Dunkel und tief, wie aus dem Inneren eines Bergwerks. Ob sie dem Hünen gehörte, den er am Vormittag bei dessen Ankunft kurz gesehen hatte?

»Die anderen.« Wieder Neuberg, seltsam tonlos.

Das Scharren eines Fußes, dann gluckerte es, als schüttete jemand Flüssigkeit in ein Gefäß.

»Was mein Kamerad sagen will …«, setzte der Ungeduldige an, wurde jedoch von Neuberg unterbrochen.

»Sie sind fort. Verschwunden. Für immer.«

Eine Frau weinte leise.

»Sie sind … *Er* hat sie geholt, wie die anderen, sie in sein unheimliches Reich verschleppt. Verzeiht mir. Verzeiht, dass ich es so direkt ausspreche. Aber ihr … ihr wisst es alle nur zu gut: Wir werden unsere Kinder nie wiedersehen. Satans Diener hat sie uns entrissen.«

Nun brach das Schluchzen aus einer Frau vollends heraus, eine weitere schloss sich ihrem Weinen an. Jemand sprach leise besänftigend auf sie ein. Holz schabte über Holz. Ein Hauch von Biergeruch umwehte Johanns Nase.

»Soll das heißen, auch sie waren so zugerichtet?«

»Nein. Sie sind einfach verschwunden. In die Wälder gezerrt womöglich, verschleppt ins Innere der Erde. Wir haben sie nicht wiedergesehen.«

Johann erschauderte. Verschwundene Kinder? Was hatte das zu bedeuten?

»Wann?« Wieder die tiefe Stimme, wie das rollende Donnern eines fernen Gewitters.

»Wann?«, wiederholte Neuberg offenbar verwirrt.

»Ja, Mann, wann?« Wieder der Ungeduldige. »Wann verschwanden sie? Wer verschwand zuerst? Jedes Kind einzeln oder alle zugleich?«

Neuberg räusperte sich. »Der Erste war Adam. Dann Lisbeth. Dann ... dann war Sibylla auch fort. Dann die anderen.«

»Welche anderen?« Es war wieder der Ungeduldige. Er schien der Wortführer der Fremden zu sein, welche die Dorfbewohner befragten. »Von wie vielen Kindern sprechen wir hier?«

»Fünf ... nein, sechs: Sibylla, Conrad, Peter, Christiane, die kleine Martha und der kleine Wolfram.«

»Die alle ... alle verschwunden?«

»Alle. Alle sechs.«

Johann zuckte zusammen, als eine der Frauen hell aufschluchzte. Der Name Martha wurde geseufzt, ging in Gemurmel und Weinen unter. Jemand sprang auf, ein weiterer folgte, die Außentür wurde geöffnet, und mindestens zwei Personen liefen über die Straße davon. Johann konnte ein weibliches Klagen hören und eine männliche Stimme, die etwas erwiderte. Womöglich war es die Frau mit dem Säugling, denn dieser war nun nicht mehr zu hören.

Im Raum herrschte weiter Unruhe, bis der Ungeduldige das Gemurmel erneut durchbrach: »Ich verstehe das immer noch nicht. Die Kinder waren also einfach weg. In derselben Nacht.«

»So war es.« Der Kehlige.

»Einfach verschwunden?«

»Ja.«

»Und von ihnen wurden keine Leichname gefunden? Kein Sterbenszeichen?«

»Nichts.« Der Dorfvorsteher schien aufgestanden zu sein und nun im Raum auf und ab zu gehen. »Wir haben am folgenden Tag und die ganze Woche die gesamte Gegend abgesucht. Erst um das Dorf, dann bei der Mühle«, Johann horchte ganz besonders auf, »dann hoch ins Gebirg. Nichts. Keine Spur von ihnen. Wir schickten in die benachbarten Dörfer und nach Weisstadt, baten den Vogt um Hilfe. Nichts. Sie waren wie vom Erdboden verschluckt.«

»Das kann nur er gewesen sein, nur er hat die Macht: der Antichrist und seine Schergen.« Der Kehlige, von dem Johann längst überzeugt war, dass es sich um den Prediger handelte, hatte nun auch seine Stimme erhoben. »Beten wir für ihr Seelenheil. Rufen wir …«

»Moment!« Der Ungeduldige machte dem Namen, den Johann ihm verpasst hatte, weiter alle Ehre. »Ich will das endlich verstehen. Wir haben hier …«, er schien leise zu zählen, »… acht Kinder des Dorfes, die verschwunden sind. Acht. Welche Kinder sind noch im Dorf?«

»Keine.«

»Keine? Was ist mit dem Säugling?«

»Ja, natürlich. Maria, die Tochter von Franziska und Herbert. Sie ist erst ein paar Wochen alt.«

»Und der Junge? Ich sah einen Burschen draußen, bei den Gänsen und Schafen.«

Johann überkam eine Gänsehaut.

Kurzes Gemurmel. Dann Neuberg: »Das ist der Sohn des Amtsmüllers. Er ist neu hier. Die Familie ist erst vor ein paar Tagen zugezogen. Der Junge hilft uns abends mit dem Vieh. Tagsüber geht er seinem Vater in der Mühle zur Hand.«

»Was für eine Mühle?«

»Die Klöpper Mühl. Sie liegt außerhalb des Dorfes, den Weg hoch in den Wald, an den Weihern.«

»Und das sind alle?«

»Was alle?«

»Alle Kinder, die das Dorf hatte?«

»Nun, ja. Das heißt, da sind noch Gerd und Daniel, sie sind … wie alt sind sie, Markus?«

Eine unbekannte Stimme antwortete: »Sechzehn werden sie schon sein.«

»Sechzehn. Sie wurden nach Thierstein beziehungsweise Hohenberg gerufen, zur Grenzsicherung. Jeder Ort musste jemanden stellen …«

»So. Aber mehr Kinder gibt's nicht im Ort? Abgesehen von dem Müllerssohn und dem Säugling da? Nur so wenige?«

Der Prediger schaltete sich wieder ein. »Die Lungensucht. Vor ein paar Jahren. Die Kroaten haben sie mitgebracht. Und am Wintersende ist uns die Katharina bei der Niederkunft verstorben.«

»Wir wurden unserer aller Zukunft beraubt.« Füßescharren in der Stube.

»Da wäre nur noch die Müllerstochter«, brachte sich Neuberg wieder ein. »Die Schwester des Knaben.«

»Ah, also doch noch. Wie klein?«

»Nicht klein.« Kurze Pause. »Fast schon eine junge Frau.«

»Und er?« Rascheln und erneutes Füßescharren.

»Veit? Was ist mit ihm?«

»Wie alt bist du?« Der Ungeduldige schien sich umgedreht zu haben, er sprach nun vom Fenster weg.

»Siebzehn.« Eine neue Stimme, tief, aber noch mit jugendlichem Klang. Womöglich der kräftige Kerl, den Johann am gestrigen Abend erstmals gesehen hatte, mit Abstand der Jüngste, den er bisher hier im Ort getroffen hatte. Er hatte auf ihn wie ein junger Erwachsener gewirkt.

»Hast du nichts davon mitbekommen, von ihrem Verschwinden?«

Keine Antwort. Johann stellte sich ein Kopfschütteln vor.

»Und du hast keine Idee, wo deine Freunde hin sein könnten?«

»Sie sind nicht meine Freunde.«

»Er war es, den wir von Dorf zu Dorf geschickt haben, um nach ihrem Verbleib zu fragen«, fügte Neuberg ungefragt hinzu.

»Und warum bist du nicht zur Grenzsicherung?«

Veit schien gemeint, doch es antwortete ein Mann: »Er muss im Wald mithelfen.«

Ein Moment schwiegen alle.

»Was ist mit den Kroaten? Könnten sie die Kinder verschleppt haben?«

»Seit vorletztem Jahr hatten wir hier unsere Ruhe vor ihnen. Zuletzt waren Kaiserliche bei Pegnitz, hieß es. Der kaiserliche Feldmarschall Graf Collalto hat einen Schutzbrief ausgestellt, so sagte der Vogt. Seitdem nichts mehr.«

»Keine Einzelnen, Marodeure, Plünderer? Wegelagerer?«

»Wir leben hier sehr abseits. Hier kommt selten jemand her.«

»Was ist mit Zigeunern? In Selb hieß es, sie ziehen heuer vermehrt durchs Land. Sie stehlen manchmal Kinder …«

»Sicher, ab und zu ziehen welche durch, kommen auch in unser Dorf, bieten mal ihre Dienste an, mal betteln sie. Doch seit … Das muss im Herbst gewesen sein, da waren zuletzt welche da, Topfflicker und Messerschleifer. Und von Viehheilung und Schutzzaubern verstehen sie viel. Wir haben eigentlich ein ganz gutes Verhältnis zu ihnen. Aber seitdem war keiner mehr da.«

Wieder legte sich Schweigen über die Stube. Johann nutzte die Stille, um das Gehörte sacken zu lassen. Er hatte also recht gehabt. Keine Kinder im Ort. Sie waren alle fort. Verschwunden. Oder tot. Zugerichtet, hatten sie gesagt. Zerrissen. Der Wilde Jäger. Acht Kinder. Acht Kinder, vermutlich so um sein Alter. Er war der Einzige hier, der Einzige in der Altersgruppe unter der von Anna. Sah man von dem Säugling ab.

Er schrak erneut zusammen, als in der Stube etwas Hölzernes laut auf Stein klapperte. Füße scharrten und stampften. Rasch rappelte Johann sich auf, schlüpfte weg vom Fenster, lief hinter das Haus und kletterte wieder über das Mäuerchen.

Jetzt erst fiel ihm auf, wie dunkel es bereits geworden war. Er blickte zum Himmel. Der zunehmende Halbmond schien zwischen rasch dahinziehenden Wolken hervor, sein Licht reichte gerade noch so über die Wipfel der Bäume. Johann lugte vorsichtig über das Mäuerchen. Zahlreiche Menschen verließen das Haus. Einige wenige blieben stehen, sprachen miteinander, doch die meisten verstreuten sich schweigend über den Ort, verschwanden in den umliegenden Hütten. Ein Hund schlug an und ein weiterer stimmte ein. Dann noch ein dritter, doch bis auf das Kläffen des ersten starb das der anderen rasch wieder ab.

Auf einmal schrak Johann zusammen, als etwas Haariges seinen Arm streifte. Ein Maunzen. Eine Katze. Er atmete erleichtert auf, streckte die Hand nach ihr aus und strich ihr über den Kopf, was mit einem zufriedenen Schnurren beantwortet wurde. Dann sah er wieder zum Haus des Dorfvorstehers. Mehrere Personen standen noch vor dem Eingang zusammen, einer davon der Dorfprediger, den er an seinem Schopf erkannte. Er trug diesmal eine Art dunkles Messgewand, von dem sich eine weiße Halskrause deutlich abhob. Interessanter jedoch erschien Johann ein anderer neben ihm, in für den Ort ungewohnter Kleidung, mit an den Oberschenkeln weiten Hosen und den bis übers Knie reichenden Stiefeln. Definitiv kein Bauer. Ein Bürger aus Wonsidl vielleicht. Ein Händler? Nun fiel Johann der Griff einer Klinge auf. Ein Soldat? Ein Beamter? Ein weiterer Jagdknecht? Die beiden unterhielten sich mit mindestens noch einer weiteren Person. Gelegentlich war ein zusätzlicher gestikulierender Arm zu sehen.

Auch wenn es dunkel war, traute Johann sich nicht, sich vom Fleck zu rühren. Er beobachtete weiter, streichelte dabei wie automatisch die Katze, bis diese, offenbar von irgendetwas abgelenkt, geduckt durchs Gras davonhuschte. Kurz darauf wandten sich der Dorfprediger und der Fremde vom Haus ab und schritten langsam davon. Ein weiterer Unbekannter folgte, ebenfalls in hohen Stiefeln, mit einem breitkrempigen Hut auf dem Kopf und einer Art Schwert an der Seite.

Und dann tauchte aus dem Schutz des Hauses der riesige Wildhüter auf. Obwohl Johann ihn bereits am Vormittag gesehen hatte, stockte ihm der Atem. Er war ein reines Kraftpaket, zudem gut einen Kopf größer als alle anderen. Sein Haar war hinten zu einem Knoten zusammengebunden, das Gesicht zierte ein buschiger Bart. Er folgte den drei anderen in Richtung des Gutshofs, bis sein breiter Rücken aus Johanns Sicht verschwand.

Seine Eltern kamen ihm in den Sinn. Er wusste, dass es längst an der Zeit war, nach Hause zu laufen. Doch bei dem Gedanken, wieder allein den Pfad durch die Dunkelheit zu gehen, wurde ihm mulmig. Er lugte mit klopfendem Herzen über das Mäuerchen. Aus Neubergs Haus drang noch Licht, doch der Gutshof lag im Dunkeln. Wo wohl die Hunde des Hünen waren?

Johann erhob sich, schlich die Mauer entlang, am Dorfteich vorbei, an dessen Rand ein paar Enten dösten, und um ein weiteres Haus. Er spähte auf den Platz vor der Kapelle, die Straße hoch und runter, dann huschte er hinüber, vergaß dabei nicht, außer Reichweite des Hauses der alten Frau und ihres Hütehunds zu bleiben, der inzwischen verstummt war. Nun hastete er auf das kleine Kirchengut zu, das aus drei Gebäuden bestand, die gemeinsam einen Hof umrahmten. Die vordere Einfriedung bestand aus einem hohen Lattenzaun, das hölzerne Tor war von steinernen Pfosten und einem darüber befindlichen Rundbogen eingefasst.

Vorsichtig schlich Johann zur Pforte und blickte hinüber zum Haus. Er hätte so gerne noch einen Blick auf die drei Männer geworfen, vor allem auf den Hünen. Nun sah er hinter einem der Fenster ein Licht flackern, vermutlich von einer Kerze, denn wer würde zu dieser Jahreszeit Feuerholz verschwenden? Niemand sonst war zu sehen.

Das Tor war von innen mit einem einfachen Riegel verschlossen, den mit einem Stöckchen anzuheben ihm ein Leichtes sein würde. Doch durfte er das? Natürlich nicht. Und was versprach er sich eigentlich davon? Was wollte er tun, wenn er erst einmal auf dem Hof war? Würden sich seine Eltern nicht langsam um ihn sorgen?

Erneut dachte er an den Heimweg, den dunklen Wald. Dann kamen ihm Neubergs Worte von neulich in den Sinn. Augen, Nase und Lefzen wie ein Wolf, Klauen und Zähne wie ein Scheusal. Konnte das wahr sein? Ein Schauder durchfuhr ihn.

In diesem Moment schwang die Tür des Haupthauses mit einem vernehmlichen Quietschen auf und Licht fiel in den Hof. Johann duckte sich hinter einem der Pfosten und versuchte, sich so dünn wie möglich zu machen. Der Lichtschein flackerte, dann waren Schritte auf sandigem Boden zu hören.

Johann hielt den Atem an, wagte es nicht, sich zu regen. Doch die Schritte bewegten sich nicht auf ihn zu, sondern hinüber zu einem weiteren Gebäude, eine Art Stall oder Scheune. Johann vernahm ein unterdrücktes Jaulen. Vorsichtig drehte er den Kopf und spähte durch den Zaun.

Das Erste, was er im Augenwinkel wahrnahm, war ein riesiger Schatten auf der Wand des Haupthauses. Dann schepperte etwas vernehmlich und ein erneutes Jaulen erklang.

Johann presste seine Nase an eine der Holzlatten. Sein Herz klopfte wild. Er erkannte den riesigen Wildhüter, der eine Laterne bei sich trug. Er stand vor einem Verschlag und öffnete nun eine Gattertür. Heraus kamen zwei kräftige Hunde mit flacher Schnauze, die Saupacker, die Johann schon am Mittag gesehen hatte. Sie sprangen um den Hünen herum, der sich nicht weiter um sie scherte, sondern wieder zurück zum Hauptgebäude stapfte. Sein gigantischer Schatten tanzte über die Scheunenwand.

Plötzlich wandten sich die Köpfe der Tiere zur Pforte. Johann blieb fast das Herz stehen. Einer der Hunde knurrte. Rasch zog Johann sich wieder hinter den Pfosten zurück. Er biss sich auf die Lippen.

Ein krachendes Geräusch und das Zittern des Zaunes ließen ihn herumfahren. Ein böses Knurren erklang erschreckend nah neben ihm. Er wich zurück, wollte sich aufrappeln, verlor das Gleichgewicht und fiel hintenüber. Beide Rüden sprangen gleichzeitig an der Innenseite des Lattenzauns hoch. Er wollte aufstehen, aber seine Glieder versagten ihm dem Dienst. Plötzlich wurde die Pforte aufgerissen und ein riesiger Schatten stand im Durchgang. Die Hunde versuchten, sich an den Beinen des Wildhüters vorbeizudrücken, der sich unter dem Torbogen duckte. Dann stürzte sich eines der Tiere auf Johann, der voller Panik die Arme nach oben riss.

Ein schauriger Schrei erklang.

*

Mit einem gluckernden Geräusch nahm Hildner einen tiefen Schluck aus seiner Flasche. Der Schnaps brannte ihm in der Kehle, erwärmte seinen Körper, ein gutes, ein gewohntes Gefühl. Noch ein weiterer Zug, dann stellte er die Flasche hörbar auf dem Tisch ab und gab ein Grunzen von sich.

Er saß auf einem Hocker, der gelegentlich verdächtig unter ihm knackte. Sein Gesicht war dem Jungen zugewandt, der gegen die Wand gelehnt kauerte. Der Knabe trug das ungebärdige blonde Haar halblang, dazu ein schlichtes Hemd aus Leinen und eine ebensolche Hose. Auffallend waren die festen Schuhe aus Leder, abgewetzt, aber keine schlechte Qualität. Bei sich hatte er nichts weiter als ein Messerchen, das in einer Scheide an seinem Gürtel baumelte. Hildner hatte es ihm gelassen. Mit der Klinge konnte man sich höchstes den Dreck unter den Fingernägeln rauskratzen.

Schweigend starrten sich die beiden an. Hildner hatte das Bürschlein vor dem Tor von der Erde aufgelesen, nachdem er seine Hunde mit einem scharfen Kommando gerade noch davon abgehalten hatte, es zu zerfleischen. Das Kreischen, das der Kehle des Knaben entwichen war, hatte sich irgendwo zwischen dem Krächzen eines Raben, dem Jaulen eines Welpen und dem Quieken eines Schweins im Todeskampf bewegt. Hildner hatte den Jungen am Kragen gepackt und ins Haus getragen, was dieser völlig widerstandslos über sich hatte ergehen lassen. Dann hatte er ihn in der Stube an die Wand gesetzt und war in der sicheren Überzeugung, dass der Knabe sich nicht vom Fleck rühren würde, durch den Hausgang und die Treppe hoch zum Zimmer des Pastors gegangen.

Endlich kam Kernmann hereingestiefelt, mit wirr abstehendem Seitenhaar. Die Robe war nachlässig übergeworfen, der Kragen fehlte. Erstaunt starrte er auf den Jungen hinab.

»Du.«

Der Prediger wandte sich Hildner zu: »Der Sohn des Müllers. Die Familie ist neu im Ort, vor wenigen Tagen erst hier angekommen. Flüchtlinge aus der Oberen Pfalz.« Er rümpfte die Nase und starrte erneut auf den Jungen. »Reformierte.« Dann wieder an Hildner gerichtet: »Er versorgt am Abend unser Vieh. Was tut er hier?«

Hildner ignorierte die Frage, reichte sie mit einem Blick an den Jungen weiter.

»Ich …« Der Junge krächzte, bekam einen Hustenanfall. Sein Gesicht war blass. »Ich war … ich … ich wollte nur …«

»Hör auf zu stottern!« Die kehlige Stimme des Predigers war ungnädig. »Was hast du hier verloren? Wolltest stehlen, hm?« Und wieder Hildner zugewandt, wiederholte er: »Hm?«

»Nein!« Nun klang der Junge ehrlich empört. »Ich wollte doch nichts stehlen.« Hilfesuchend blickte er zu Hildner auf.

»Was machst du dann hier? Schau gefälligst mich an!« Der Prediger beugte sich zu dem Jungen hinab. »Was wolltest du von mir? Sag schon!«

Hildner konnte sehen, wie feuchte Spritzer aus Kernmanns Mund das Gesicht des Knaben besprenkelten.

Der Junge kniff die Augen zusammen. »Nichts. Nichts wollte ich von Euch, Herr. Ich hab doch nur schauen wollen, wer die … wer die fremden Männer sind. Sonst nichts weiter.«

»So? Herumgelungert hast du? Das geht dich nichts an. Eine Tracht Prügel hast du dir verdient. Bist du allein?«

»Ja.«

Hildner sah, wie Kernmanns Hand sich kurz ballte, dann aber wieder entspannte. »Sieh zu, dass du dich davonscherst! Verschwinde dahin, wo du hergekommen bist!«

Hildner erhob sich. Er schob den Prediger wie einen Vorhang zur Seite und ignorierte dessen entgeisterten Blick. Mit einer Geste wies er den Jungen an aufzustehen. Der Knabe rappelte sich linkisch auf. Hildner musterte ihn. Das Bürschlein reichte ihm nicht einmal bis zur Brust. »Ich übernehme das.«

Er deutete zur Tür, doch der Knabe schien begriffsstutzig. Hildner griff nach der Laterne, dann schob er den Jungen vor sich her. Gemeinsam verließen sie durch den Hausgang das Gebäude. Hinter sich konnte Hildner den Prediger murren hören.

Auf dem Hof wollte der Junge in Richtung Pforte abbiegen.

»Halt!«

Der Knabe wandte sich ihm zu und sah ihn mit großen Augen an. Hildner deutete zum Stall. Der Junge blickte in die angezeigte Richtung und dann wieder Hildner an. Womöglich war er tatsächlich geistig beschränkt.

»Vorwärts!«

Der Knabe trottete über den Hof bis zum Verschlag, in dem Hildner tagsüber seine beiden Rüden untergebracht hatte. Die Hunde lagen derweilen in der Nähe und schauten dem Treiben gebannt zu.

»Da rein!«

Der Knabe bückte sich und schlüpfte ohne weiteres Sträuben geduckt in den dunklen Verschlag. Hildner rümpfte die Nase. Entweder beschränkt oder feige, womöglich beides. Er beugte sich nieder, schloss hinter dem Jungen die Tür und schob den schweren, mit einer Kette gesicherten Riegel vor. Dann richtete er sich wieder auf. Einen Moment starrte er den Knaben an, der mit glänzenden Augen durch die Gittertür zurückstierte. »Wie heißt du?«

»Johann.« Die Stimme klang brüchig. Er würde doch nicht zu heulen anfangen?

Hildner wandte sich ab und marschierte zurück zum Haus. In der Tür stand Hans, nur im Hemd, mit nackten Beinen und Füßen, und sah ihn stirnrunzelnd an.

»Was ist los?«

»Nichts.«

Der Hüne zwang den Musketier, sich rückwärts ins Haus zurückzuziehen, zwängte sich im Hausgang an ihm vorbei und erstieg dann die unter seinem Gewicht ächzende Treppe hinauf zu der Kammer, die ihm der Prediger zugewiesen hatte. Hinter sich hörte er Hans die Tür schließen.

*

Als der Musketier die Tür von innen schloss, strich ein sanfter Wind über den sandigen Boden des Hofs, wirbelte etwas Staub auf und trug diesen weiter, über den Zaun und in den angrenzenden Wald. Dort, nur wenige Schritte vom Dorfrand entfernt, hockte etwas geduckt in den Büschen. Zwei Augen starrten in Richtung des Guts, fixierten die Hunde auf der anderen Seite des Hofs, danach die Tür des Hauptgebäudes. Im Anschluss glitt der Blick hinüber zu dem Verschlag, in den der Junge gekrochen war. Ein Schnuppern. Dann ein leises, dunkles Knurren, wie aus dem tiefsten Abgrund der Hölle. Gleich darauf waren die Augen wieder verschwunden.

KAPITEL 5

Um sie herum summte und brummte es. Bienen und dicke Hummeln flogen von Blüte zu Blüte, Libellen hingen in der Luft und Schwebwespen flogen mit zackigen Bewegungen mal hier-, mal dorthin. Auch die eine oder andere Bremse kurvte umher, dazu gesellte sich gelegentlich das laute Brummen dieser dreieckig geformten Viehfliegen mit ihren schwarzgetupften Flügeln, die einem so hartnäckig den Kopf umschwirrten und fies wehtaten, wenn sie zustachen. Kein Wunder an einem so schönen, warmen Tag und das in Reichweite zahlreicher Teiche und von der Nacht noch feuchter Wiesen.

Anna störte sich nicht an der Hartnäckigkeit, mit der manch ein Insekt über ihr und um sie herum kreiste. Wenn man in einer Mühle an einem Gewässer und nahe einem Wald aufgewachsen war, war man Stechmücken und allerhand andere Blutsauger gewohnt. Das Mädchen hockte im taufrischen Gras zwischen leuchtenden Kornblumen, Kamille und Hahnenfuß und flocht aus verschiedenen langstieligen Blumenarten einen farbenprächtigen Kranz. Dazu summte sie ein Lied, eine romantische Volksweise, die sie vor Jahren von der Sängerin einer Schaustellertruppe gehört hatte, skandierte die eine oder andere Strophe, deren Text ihr noch einfallen mochte, und genoss die Morgensonne, die ihre Strahlen über die Wipfel der Bäume in das kleine Tal des Baches schickte.

Dies war ihre Lieblingsjahreszeit. Sie liebte bunte Farben, und sie liebte die Wärme. Leider waren die Sommer immer viel kürzer als die Winter, und Letztere brachten oft wochenlang bittere Kälte mit Schnee und Eis mit sich. Böse kalte Winde, die durch die Mühle gepfiffen waren und sie manchmal gezwungen hatten, tagelang im Haus zu bleiben. Ein junger Bursche, der Sohn eines fahrenden Händlers, hatte ihr im letzten Jahr erzählt, dass weit im Süden, jenseits der Berge, in Italia, die Sommer viel länger waren, zudem wärmer, und dass dort fremdartige Blumen wuchsen und die Bäume im Frühjahr schlohweiße, intensiv duftende Blüten aufwiesen, ähnlich dem heimischen Apfel und der Kirsche, aber welche, wie es sie hierzulande nicht gab. Daraus erwuchs eine runde Frucht, die Chinaapfel genannt wurde oder Citrus, und die ungemein geschmacksintensiv sei, zudem süß und sauer und bitter zugleich. Sie war sich nicht sicher, ob das alles stimmte, denn nach seiner schon fast poesiehaften Erzählung hatte der Junge Vergleiche mit ihren Brüsten gezogen, und da hatte sie gewusst, woher der Wind wehte.

Im Herbst dann hatte ihr Vater sie auf eine Reise mitgenommen, und so hatte sie auf einem Bild im Hause eines reichen Bäckermeisters einen solchen Chinaapfel gesehen, goldgelb leuchtend unter anderen fremdartigen Früchten in einer Schale, daneben wunderschöne Blumen und Blätter, die sie umrankten. Bestimmt war auch dessen Maler selbst dort gewesen, vielleicht in Mailand, Venedig oder Savoyen, und hatte die Früchte und Pflanzen dieser Landstriche mit eigenen Augen gesehen, wie jener Händlerbursche. Seitdem wusste sie immerhin, dass dieser nicht geschwindelt hatte, nur um sie unter ihrem Hemd anfassen zu dürfen. Italia war eine Art Sehnsuchtsort für sie geworden und die Citrusfrucht das Sinnbild dafür. Wie gerne würde sie dorthin reisen, in eine Welt exotischer Farben und Gerüche, in die ewige Wärme.

Stattdessen hockte sie hier am gefühlten Ende der Welt, am

Fuße eines kalt und abweisend wirkenden Gebirgs, unter Menschen, die sich ebenso kalt und abweisend benahmen, sich zudem seltsam ausdrückten, und das alles gänzlich ohne Freunde; es gab niemanden, mit dem sie über ihren Kummer und ihre Hoffnungen reden konnte. Johann? Der war ein Kind. Ihre Mutter? Die wischte alles, was Anna sagte, stets als dumme Träumereien sogleich vom Tisch, um ihr die nächste Arbeit im Haus aufzubrummen: Waschen, Fegen, Flechten, Häkeln, Nähen, Kochen. Und sie hob stets mit tadelndem Blick hervor, dass Italia ein Hort des Katholizismus sei, die Wiege der Jesuiten und des Papsttums, und damit jenes Mannes, den Johannes Calvin als den Antichrist selbst bezeichnet hatte. Annas Vater wiederum, der hörte zwar zu, wenn sie ihm erzählte, was sie beschäftigte, aber auch nur mit einem halben Ohr. Und am Ende flüchtete er sich als Antwort immer in dieselben langweiligen Weisheiten: dass Anna auf Gott vertrauen möge, dass der Herr alles fügen werde und es nur darauf ankomme, dass man fleißig, redlich, sittsam und tugendhaft lebe und dass man bescheiden bleibe.

Bescheiden bleiben. Was anderes schien ihr auch nicht übrig zu bleiben hier in dieser Einöde. Hier würde bestimmt kein fahrender Händler, keine Gruppe von Schaustellern, kein weit gereister Maler vorbeikommen, kein weltgewandter Sänger oder Tänzer. Hier gab es nichts. Nichts als einfältige, im kleingeistigen Hier und Jetzt verhaftete Dörfler, tumbe Menschen ohne Sinn für die Schönheit von Musik und Tanz, für Kunst und Poesie, für Ausgefallenheit, für die Freiheit des Reisens und dafür, fremde Länder zu entdecken, neue, unbekannte Sprachen, Klänge, Farben, Gerüche.

Anna seufzte und betrachtete kritisch ihre Krone aus Blüten und Stängeln. Dann fiel ihr ein weiteres Lied ein, das sie früher oft mit ihrer besten Freundin Johanna gesungen hatte, über einen Jüngling, der auszog, die wahre Liebe zu finden. Johanna, die vor zwei Wintern an Bauchfluss gestorben war. Johanna, die sie wie keine andere verstanden hatte. Ihre Seelenverwandte. Sie vermisste sie so sehr.

Trübsinnig starrte Anna auf ihren Blumenkranz, setzte ihn sich aufs Haupt, riss ihn sich sofort wieder herunter und schleuderte ihn verdrossen fort. Ein paar der Blüten wurden vom Wind davongetragen. Sie schlug auf ein Insekt, das ihr auf dem Arm saß und zugestochen hatte, und warf sich rücklings ins Gras. Sie beschattete ihre Augen gegen die Sonne, betrachtete die vorbeiziehenden Wolken und fragte sich, ob sie jemals wieder eine Freundin wie Johanna finden würde.

Bestimmt nicht. Schon gar nicht hier, nicht in dieser Wildnis und auch bestimmt nicht in diesem Gänsedorf, in dem es nicht einmal Gleichaltrige gab. Johann hatte erzählt, dass alle Albrechtsreuter Kinder verschwunden seien, alle, ausnahmslos, in einer Nacht. Zuvor seien zwei tot aufgefunden worden, zerrissen wie von wilden Tieren. Er hatte etwas von einem unheimlichen Jäger gefaselt, einer Art Wiedergänger, einem Wolfsmenschen, der Kinder verschleppte und sie in irgendwelche Höhlen zerrte, aus denen sie nie wiederkehrten. Eine absolut fürchterliche und zugleich völlig abstruse Geschichte, und sie hätte sie ins Reich der Mär verworfen, dem wirren Geist ihres kleinen Bruders entsprungen, der gerne mal fabulierte. Wenn da nicht die drei Soldaten in Johanns Begleitung gewesen wären, Musketiere, die als eine Art Schutztruppe für die Gegend hierher entsandt worden waren. Sie hatten Johann vor ein paar Tagen am frühen Morgen heimgebracht, nachdem er die ganze Nacht weggeblieben war und Mutter und Vater vor Sorge fast umgekommen waren. Anna hatte ja vermutet, dass Johann mal wieder zu lange im Wald herumgeturnt und auf einem Baum oder irgendwo im Moos eingeschlafen, vom Einbruch der Dunkelheit überrascht worden war und die Nacht im Wald verbracht hatte. Doch es hatte sich gezeigt, dass er im Dorf herumgeschnüffelt hatte und erwischt worden war.

Die drei Soldaten bestätigten, dass im Frühjahr zwei Kinder des Ortes tot im Wald aufgefunden worden waren, von wilden Tieren gerissen. Und dass wenig später weitere Kinder verschwunden waren, alle Kinder des Ortes, unauffindbar. Anna runzelte die Stirn. Hätten es die Männer nicht erzählt, hätte sie es nicht glauben wollen. Wie sollte das gehen, ohne dass es auch nur einer der Erwachsenen mitbekam? Was war das für ein Mysterium? Bang fragten Vater und Mutter daraufhin, was für Raubtiere hier im Gebirg umherstreifen würden. Die Musketiere hatten von Wölfen gesprochen und von Meuten wilder Hunde. Bären schien es hier nicht zu geben. Sie hatten geraten, sich selbst einen Hund anzuschaffen, oder zumindest Gänse, die tagsüber Laut geben würden, wenn sich wilde Tiere näherten. Wussten die Männer denn nicht, dass es den Müllern verboten war, Nutzvieh, außer Pack- und Zugtieren, zu halten? Nächtens, so der weitere Rat, sollten die Hartmanns die Türen gut versperren.

Die drei Männer waren selbst von zwei kräftigen Hunden begleitet worden, rohen, muskulösen Bestien, die Anna grimmig angeknurrt hatten. Wenn es wirklich wilde Hunde in der Gegend gab, Kampf- und Jagdhunde wie diese, die von Soldaten eingeschleppt worden waren und nun herrenlos hier herumstreiften, konnte sie sich gut vorstellen, wie gefährlich es sein würde, wenn man allein auf diese Tiere stieß. Mutter und Vater hatten Johann daraufhin verboten, weiterhin alleine durch den Wald zu streifen. Abends, wenn er das Vieh im Ort zusammentreiben sollte, begleitete ihn Vater nunmehr ins Dorf. Anna vermutete ja, dass dies ihrem Vater ganz recht kam. Er war ein leutseliger Mensch, der Gesellschaft mochte und so die Gelegenheit nutzte, im Haus des Ortsvorstehers mit dem einen oder anderen Dorfbewohner ins Gespräch zu kommen. Vermutlich kostete er auch hin und wieder Neubergs Bier oder andere alkoholische Getränke, was er Mutter gegenüber niemals offen zugeben würde. Die reformierte Gemeinschaft billigte das gesellige Trinken nicht. Wobei Magdalena Hartmann wahrscheinlich wusste, was ihr Mann trieb – und schwieg. Erwachsene waren komisch.

Anders als ihr Vater zog ihre Mutter die Einsamkeit den Menschen vor. Sie war nicht mehr nach Stamsried gegangen, seit Pauline gestorben war, Annas kleine Schwester, die nur ein Jahr alt wurde. Magdalena und Michael Hartmann hatten schon zuvor Kinder verloren, erst Klaus, dann Jochen, und im Kindbett ein namenloses Würmchen. Doch kein Tod hatte ihre Mutter so sehr mitgenommen wie der der kleinen Pauline. Seitdem war sie verändert, verschlossener, vergrämter. Und mit der Flucht aus der Heimat war es eher noch schlimmer geworden. In Wonsidl hatte Magdalena die ihnen zugewiesene abbruchreife Hütte nie verlassen, außer um die Kirche zu besuchen. Der Glaube schien ihr einziger Trost. Auch zwischen Michael und seiner Frau lief es seither nicht mehr so harmonisch. Anna war sich sicher, dass ihre Mutter ihren Vater seit Pauline nicht mehr an sich heranließ, nicht mehr geistig und nicht mehr körperlich.

Annas Gedanken glitten zurück zu den Musketieren. Auch sie waren nicht von hier. Bestimmt hatten sie schon viel von der Welt zu sehen bekommen. Der eine, von dem Johann behauptete, er habe ihn eingesperrt, war ein wahrer Riese von einem Kerl. Muskulös, athletisch, nicht unansehnlich mit seinem Vollbart und dem zu einem Dutt gebundenen Haar. Er hatte die ganze Zeit geschwiegen, fast ein bisschen geheimnisvoll. Gesprochen hatten nur die beiden anderen, vor allem der, der sich Georg nannte. Wie der Riese hieß, wusste sie nicht.

Die beiden anderen hatten sie immer wieder unverhohlen angestiert, wie immer, das war sie von Männern gewohnt. Der Große hingegen hatte das nicht, hatte sie nur kurz gemustert, mit einem irgendwie grüblerischen Blick. Am Ende war er zum unteren Mühlhaus gegangen und hatte sich dort umgesehen. Johann erzählte später, er glaube, der Mann habe nach Spuren von Tieren gesucht, doch sie vermutete eher, dass er der Typ war, der keine Gesellschaft mochte. Ob das auch Frauen betraf?

Die drei waren am folgenden Tag noch einmal an der Mühle vorbeigezogen, diesmal aus der entgegengesetzten Richtung kommend, hatten Annas Eltern ihre Grüße entrichtet und erzählt, dass sie tatsächlich Spuren von einer Meute wilder Hunde gefunden hatten, weiter oben, in der Nähe irgendwelcher Felsen, aber keine von Kindern und auch keine von fremden Soldaten. Auch keine von Zigeunern, das hatte dieser Georg eigens betont, dabei hatten ihre Eltern danach gar nicht gefragt. Dann waren sie weitergezogen, zurück nach Albrechtsreut. Seitdem hatte sie sie nicht wiedergesehen.

Heute planten die Hartmanns, ihre erste eigene Andacht in der Dorfkapelle abzuhalten, nachdem ihnen der Mitgebrauch des Gotteshauses von dem lutherischen Prediger gewährt worden war. Vor allem ihrer Mutter lag viel daran, an einem geweihten Ort beten zu können. Anna freute sich schon auf den Gesang der Psalmen, und Johann, der fromme Johann, der viel lieber ein Pastor werden wollte als ein Müller, seit er zeitweilig die Schule in Stamsried besucht hatte, war schon ganz gespannt auf die Predigt ihres Vaters.

Michael Hartmann würde natürlich erst einmal Gott dafür danken, dass er sie hierhergeführt und ihnen die Chance auf eine neue Existenz bereitet hatte, da war sie sich sicher. Sie lächelte.

Ein Liedchen trällernd, hüpfte Anna über die Wiese Richtung Mühle, drehte sich einmal tanzend um sich selbst, strich sich dann rasch den Rock glatt und ging die letzten Schritte anstandshalber langsamer auf das Wohnhaus zu. Vielleicht waren die Dankesgebete ja angebracht. Vielleicht wurde jetzt tatsächlich alles besser.

*

Hildner stand auf felsigem Grund. Vor ihm breitete sich das Tal aus. Unten in der Ferne ließ sich eine Siedlung erkennen, über der die Sonne stand. Nicht Albrechtsreut, das war von hier aus zu weit entfernt, sondern eine viel größere. Er vermutete Kirchenlamitz. Aufmerksam überschaute er die Gegend, drehte sich dann um und ließ den Blick eine ganze Weile über die bewaldeten Höhen schweifen. Dann studierte er nahezu ähnlich lange den Himmel, beobachtete die Art der Vögel und lauschte auf ihre Rufe.

Er war nun schon ein paar Tage hier, doch er war sich sicher, noch lange nicht alles zu wissen, was es über das Waldsteingebirg zu wissen galt. Die erste Zeit hatten er und die beiden Musketiere sich mit der Umgebung der Ortschaft vertraut gemacht, hatten Hans und Georg sich mit deren Bewohnern ausgetauscht, hauptsächlich Seldnern und Köblern mit eigenen Hütten und ein bisschen Vieh, aber ohne ausreichend Ackerflächen, die sie hätten ernähren können. Nur der Dorfvorsteher und eine weitere Familie waren Bauern mit eigenem Grund und Gespann. So arbeitete die Mehrheit der

Dörfler als Tagelöhner in der Forst- und Teichwirtschaft, im Auftrag des in Weisstadt residierenden Vogtes oder der Kirche, die ein kleines Widumgut vor Ort hatte, mit einem Laienprediger als Verwalter. Der Rest bestand aus Hausgenossen. Bei allen handelte es sich, so der Dorfvorsteher, um alteingesessene Familien, bestimmt allesamt untereinander verwandt und verschwägert. Nur abseits des Dorfes im Wald lag noch eine Mühle, die ein frisch zugezogener Pächter übernommen hatte, ein Flüchtling aus der Oberpfalz mit Familie.

Der zugehörige Müllerssohn und seine Schwester waren die derzeit einzigen Kinder in Albrechtsreut, sah man von dem Säugling ab. Ob auch sie irgendwann spurlos verschwinden würden? Hildner und seine Kameraden hatten die Müllersleute gewarnt, dass hier wildes, räuberisches Getier die Gegend heimsuchte. Der Junge hingegen, ein vorlauter Knabe, hatte seiner Familie an jenem Tag brühwarm die Geschichte des Wiedergängers erzählt, die der Ortsvorsteher von sich gegeben hatte. Der Knabe hatte ganz offensichtlich gelauscht, als Hildner, Georg und Hans die Dorfbewohner versammelt und zu dem Verschwinden ihrer Sprösslinge befragt hatten.

Hildner erinnerte sich an Neubergs eindringliche Worte von diesem Wiedergänger. Ein Wolfsmann? War so etwas möglich? Mehrmals schon hatte Hildner sich diese Frage in den letzten Tagen gestellt. Konnte es ein solches Ungetüm überhaupt geben? Die Dorfbewohner schienen überzeugt davon. Überzeugt, dass etwas im Gebirg hauste und die Kinder geholt hatte. Erst einen Jungen, der unweit des Ortes zerrissen, aber nicht gefressen worden war. Dann ein Mädchen, das bis hoch zu einer Felsengruppe unterhalb des Großen Waldsteins geschleppt und liegen gelassen worden war, gleichfalls übel zugerichtet. Als drittes erneut ein Mädchen, kurz gefolgt von den fünf restlichen Kindern, alle gleichzeitig in nur einer Nacht.

Hildner wollte nicht recht schlau aus der Sache werden und aus den Dorfbewohnern auch nicht. Als die Musketiere ihnen bei ihrer Ankunft eröffnet hatten, dass sie im Namen Markgraf Christians als Sauvegarde für den Ort abgestellt worden waren, hatte dieser Neuberg ihn verblüfft angeschaut und gesagt, dass man solchen Schutz nie erbeten habe und ihn sich nicht leisten könne. Er hatte erzählt, dass schon länger keine fremde Soldateska mehr in der Gegend gesichtet und Albrechtsreut selbst noch nie von ihnen heimgesucht worden sei. Doch Georg hatte erklärt, dass sie auch dafür hier seien, das Gebirg nach wilden Tieren zu durchkämmen, um vor allem den streunenden Hundemeuten Einhalt zu gebieten, die schon vielen Dörfern gefährlich geworden waren und immer wieder Weidevieh rissen. Und dass sie aus der Defensionscassa des Fürsten bezahlt würden. Da hatte Neuberg ihr Hiersein mit einem Mal freudig begrüßt und allen ein Bier spendiert.

Die Stimmung am Abend war dennoch gedrückt gewesen. Er kannte das. Meist sahen die Landmänner und Kleinbauern in Soldaten als Erstes eine Belastung, die beherbergt und verköstigt werden musste und nicht selten Ärger machte. Nicht ganz zu Unrecht, wie Hildner aus Erfahrung wusste. Und dann die verschwundene Kinderschar, eine überwiegend ältere Einwohnerschaft mit ungewisser Zukunft – das musste die Dörfler mutlos stimmen.

Hildner beobachtete einen Falken, der lange auf ein und derselben Stelle in der Luft gestanden war, mit schnellen Flügelschlägen, und der nun wie ein Pfeil hinuntersauste gen Boden. Er landete zwischen den Bäumen, war kurz verschwunden. Dann schwang er sich schon wieder auf in die Luft, mit seiner Beute zwischen den Krallen, etwas Kleinem, und flog über die Wipfel davon.

Jäger und Beute. Das Natürlichste auf der Welt. Hildner warf einen Blick auf seine Rüden, die hechelnd zwischen trockenen Gräsern auf dem steinigen Grund lagen und nur darauf warteten, dass es endlich weiterging. Die letzten Tage hatten sie viel herumstromern können. Er hatte die Felsformation am Großen Waldstein mit ihrer Burgruine erkundet, allen natürlichen Unterschlupf von seinen Hunden erforschen lassen. Im Anschluss verbrachte er ein paar Tage im Wald und zog den Radius allmählich größer, verfolgte Spuren und Wildwechsel, um ein Gespür für diese Gegend zu bekommen. Dabei fanden seine Saupacker hier mal einen Fuchsbau, scheuchten dort mal ein Reh auf. Ein Kitz, eine Baum-Maus und eine junge Wildsau ließ er sie erjagen, mehr nicht, denn er wollte sich nicht mit dem Fleisch abplagen, dem Raubwild aber auch kein Aas überlassen. Mit seiner Armbrust hatte er zwei Rebhühner und eine Ente geschossen. Ansonsten hatte er seine Jungs im Zaum gehalten. Wolfsspuren hatte er nur ganz vereinzelt gefunden. Doch wenn seine Spurensuche ihn nicht getrogen hatte, würden seine Hunde bald ausreichend Gelegenheit bekommen, ihre Jagd- und Kampfkünste unter Beweis zu stellen. Nun stand er hier auf einem Berg, auf dem einst eine Burg das Tal überragt hatte, eine von zahlreichen Ruinen dieser Gegend, von der sich noch die Mauern des Bergfrieds gen Himmel reckten. Er trat an den Rand und blickte nach unten auf ein Geröllfeld, das sich einen steinigen Hang hinabzog und zwischen den Bäumen verlor.

Als Nächstes musste er sich mit seinen beiden Kameraden besprechen, deren Musketen er für die Umsetzung seines Planes notgedrungen benötigen würde. Noch waren Hans und Georg nicht von ihrer mehrtägigen Visite zurückgekehrt. Den Musketieren war es irgendwann lang geworden, durch den Wald zu streifen, und so hatten sie sich darauf geeinigt, dass die beiden die benachbarten Ortschaften aufsuchen und dort nach den verschwundenen Kindern und außergewöhnlichen Geschehnissen der letzten Zeit fragen würden. Auch sollten sie übers Gebirg hinüberziehen und sich in diesem Dorf im Hofer Land über den Burschen erkundigen, der den Leichnam des Mädchens gefunden hatte. Neuberg hatte ihn der Wilderei bezichtigt, den Vater ebenso. Wenn dem so war, kannten der Junge und sein alter Herr das Gebirg. Vielleicht hatten sie etwas zu erzählen. Für solche Befragungen waren die beiden Musketiere besser geeignet als er, vor allem der redselige Georg verstand sich darauf.

Und dann sah er es. Eine Bewegung am Rande zum Geröllfeld. Erst war es nur ein Schemen, dann huschten nacheinander mehrere Schatten zwischen den Bäumen hindurch. Hildner zählte sechs, womöglich sieben. Vierbeiner von unterschiedlicher Größe, an der Spitze ein großes Leittier mit einem sichtbaren Aalstrich. Nicht etwa Wölfe, nein, die waren viel zu vorsichtig, um am helllichten Tag hier in diesem Gelände umherzustreifen. Zudem hätten Wölfe längst die Hunde des Wildhüters gewittert und einen großen Bogen um sie gemacht.

Hildner trat von dem Felsabhang zurück. Nein, keine Wölfe. Und kein Wolfsmann. Die Spuren der vergangenen Tage hatten es ihm schon gezeigt, doch nun hatte er Gewissheit. Er drehte sich um, und sogleich sahen ihn seine Rüden erwartungsvoll an. Er war stolz auf seine Kampfhunde, die er gut dressiert hatte, ausgebildet dazu, keine Furcht zu kennen und auch die schwersten Keiler mit Wucht und Zorn anzugehen und niederzuringen. Oder Menschen, egal ob bewaffnet oder nicht. Oder etwas anderes.

Noch war ihre Zeit nicht gekommen. Nicht heute. Doch das würde sie. Und dann würden sie bereit sein.

*

Der Karren rollte und holperte die bergab führende Straße entlang, gezogen von einem wie immer sanftmütigen Konstantin, der ganz froh darüber schien, mal wieder gebraucht zu werden. Zur Feier des Tages hatte Johanns Vater angeschirrt, sodass die Müllerfamilie den Weg runter in die Ortschaft auf dem Wagen hatte zurücklegen können. Obwohl gar nicht Sonntag war, hatten alle vier ihre besten Kleidungsstücke angelegt. Schlicht zwar, wie es sich für ihren Glauben gehörte. Aber sauber, weil die beiden Frauen sie zuvor ausführlich gewaschen, getrocknet und genäht hatten, um bei ihrem ersten Besuch des Albrechtsreuter Gotteshauses eine besonders gute Figur abzugeben. Die Kapelle war, so hatte der Dorfvorsteher erzählt, dem Heiligen Wolfgang gewidmet.

Johann verspürte ein Prickeln auf der Haut, als er wenig später das Gebäude betrat. Mit großen Augen betrachtete er die Einrichtung. Zahlreiche Kerzen schmückten den Raum, wenn auch aus Unschlitt, nicht aus dem teuren Bienenwachs, obwohl die Dörfler hier auch Zeidlerei betrieben. Trotzdem erschien es ihm üppig. Ein Teil der Lichter stand auf dem zentralen Tisch, den die Lutheraner, wie er in Wonsidl gelernt hatte, als Altar bezeichneten. Dieser wies ein geschnitztes Bildnis der Abendmahlszene auf, das Johann staunend begutachtete. Jemand hatte ihm erzählt, dass der hiesige Laienprediger das Schnitzhandwerk betrieb. Ob er dies Kunstwerk hier selbst geschaffen hatte?

Seine Schwester riss ihn mit einem gezischten »Mund zu!« aus seiner Erstarrung. Er warf ihr einen giftigen Blick zu, dann beobachtete er seine Eltern. Es war deutlich spürbar, dass Michael und Magdalena Hartmann mit dem lutherischen Gotteshaus fremdelten. Mit kritischem Blick beäugten sie die Kreuze und Holzschnitte an den Wänden. Bei der Ansicht des Abendmahlstisches bildeten sich auf der Stirn von Johanns Mutter tiefe Furchen. Johann erinnerte sich, was sie ihn gelehrt hatte: Der Heidelberger Katechismus besagte, dass der Herr die Gläubigen nicht durch stumme Götzen, sondern durch die Lebendigkeit der Predigt seines Wortes unterwiesen wissen wollte. Anna hingegen war wie immer ohne Berührungsängste, schlenderte um die Bankreihen, strich über das abgegriffene Holz und besah sich ausgiebig alle Motive, die in der Kapelle dargestellt wurden.

Johann überkam wieder das erhabene Gefühl, das jedem Gotteshaus für ihn anhing, und er nahm in der vordersten Bankreihe Platz. Andächtig blickte er zum über dem Altar hängenden Kreuz empor und erwartete voller Vorfreude den Beginn des Gottesdienstes. Wenig später schon intonierten sie alle vier im Chor den 121. Psalm.

Nach einigen weiteren Psalmen bemerkte Johann, wie seine Eltern Blicke tauschten. Sie galten Annas Stimme, die klangvoll das Bethaus erfüllte. Im Anschluss hielt sein Vater eine kleine Predigt, in der er Gott dafür dankte, dass er ihnen den Weg hierher geebnet und die Augen dafür geöffnet hatte, diesen als den rechten Weg zu erkennen. Daraufhin beteten sie zusammen das Unser Vater, gefolgt von einer abschließenden Segensbitte: »Gott segne uns und behüte uns. Gott lasse sein Angesicht leuchten über uns und sei uns gnädig. Gott erhebe sein Angesicht auf uns und schenke uns Frieden. Amen.«

Beim Verlassen der Kapelle stand zu aller Überraschung

der Dorfprediger Kernmann vor der Tür und richtete seinen starren Blick auf Johanns Vater. Offenbar hatte er ihrem Gottesdienst gelauscht. War er einfach neugierig, wie Reformierte ihre Gebete sprachen? Oder wollte er sie prüfen? Bei dem Gedanken an die Nacht, in der er beim Herumschleichen erwischt worden war und der Prediger ihn angegiftet hatte, bekam Johann erneut Gänsehaut.

Kernmann streckte Johanns Vater eine Druckschrift entgegen. »Kannst du lesen?«

»Ja, das können wir. Wir alle, alle vier.« Stolz blickte Johanns Vater über seine Familie.

»Dann lies!«

Sein Vater nahm das Heftchen und warf einen Blick darauf. Johann trat näher und las, was zuoberst geschrieben stand: *Ordnung der Betstunden um Frieden und Abwendung der Kriegsgefahr, Hof 1620.*

»Warum gebt Ihr uns das?«

»Es ist ein Erlass unseres geliebten Landesherrn, Markgraf Christian von Brandenburg-Bayreuth, in dem es heißt: ›Das Volk stehet auf allen Kanzeln fleißig zu ermahnen, dass ein jeder zur Zeit der Läutzeichen, es wäre im Bett, oder an der Arbeit, oder auf freiem Wege, seine Andacht haben und Gott um Frieden und Schutz herzlich anrufen solle.‹« Und mit stierem Blick auf Johann ergänzte er: »›Auch die Eltern mögen ihre Kinder vor den Tisch treten und ein Bittgebet um Frieden oder einen Psalm zusammen mit dem Vaterunser sprechen lassen.‹«

Johanns Vater nickte langsam. »Dann werden wir das tun. Seid unbesorgt. Wir verdanken seiner gnädigen Durchlaucht unser Hiersein und unser Auskommen in diesem schönen Lande und wollen gerne etwas dafür zurückgeben. Wir werden für ihn und das Land und dieses Dorf beten.«

»›Der Müller ist ein adelig Kind. Es arbeiten für ihn Wasser und Wind‹«, zitierte Kernmann statt einer Antwort einen gängigen Spruch, den Johann schon des Öfteren gehört hatte. Er fiel immer dann, wenn Neider Müllersleuten unterstellen wollten, faul oder gierig oder beides zu sein. Jedes Mal, wenn er ihn hörte, dachte er nur, die Leute müssten mal einen Tag in der Mühle arbeiten, und sie würden anders denken. Er wusste, wie hart sein Vater für ihrer aller Lebensunterhalt schuftete.

Michael Hartmann runzelte die Stirn, erwiderte aber nichts. Seine Frau hakte sich rasch bei ihrem Mann unter und versuchte, ihn sanft in Richtung Wagen fortzuziehen.

Doch der Prediger gab keine Ruhe: »Der Heilige Wolfgang, dem dieses Gotteshaus gewidmet ist, ist Schutzheiliger der Holzarbeiter, Köhler und Zimmerleute.« Seine kehlige Stimme schwoll an. Und mit erneutem Blick auf Johann fügte er hinzu: »Und der Hirten.«

Johann legte die Stirn in Falten. Er verstand nicht, worauf der Prediger hinauswollte.

Nach kurzer Pause sah Kernmann wieder Johanns Eltern an, die weiterhin schwiegen, und fuhr fort: »Nicht aber der Müller.«

Aha, noch eine Spitze gegen die Familie.

Nun mochte Johanns Vater offensichtlich nicht mehr länger schweigen. »Diese Art von Heiligenverehrung ist uns fremd.« Herausfordernd hob er das Kinn. »Schon in den Paulusbriefen heißt es: ›Es ist ein Gott und ein Mittler zwischen Gott und den Menschen, nämlich der Mensch Christus Jesus, der sich selbst gegeben hat für alle zur Erlösung‹. Wir Reformierte brauchen keine anderen Vermittler zwischen Gott und uns.«

Kernmann schnaubte. Dann erwiderte er: »Das ist Gotteslästerung. Das Augsburger Bekenntnis lehrt uns, dass man der Heiligen gedenken soll, damit wir unseren Glauben stärken, wenn wir sehen, wie ihnen Gnade widerfahren ist und wie ihnen durch den Glauben geholfen wurde. Willst du das infrage stellen, Müller?«

Johanns Mutter wollte ihren Mann fortziehen, doch es war zu spät. Bei ihrem Glauben kannte sein Vater keine Zugeständnisse. »Und Calvin lehrte uns, dass die Verehrung irgendwelcher Heiliger gegen das alttestamentarische Bilderverbot verstößt. Ich meine, sogar Luther schloss eine Mittlerfunktion der Heiligen aus. Das ist etwas für Papisten und andere Häretiker. Und was ist das da drinnen?« Johanns Vater wies in Richtung Kapelle, dann zitierte er: »›Du sollst dir kein Bildnis machen, keinerlei Gleichnis, weder des, das oben im Himmel, noch des, das unten auf Erden, noch des, das im Wasser unter der Erde ist.‹«

»Ha!« Kernmann lief rot an. »Du wagst es, mich Häretiker zu nennen? Du, der du einer sektiererischen Gemeinschaft angehörst, deren Kirchen den Tempeln der Juden gleichen? Gott selber ist in Jesus Christus in diese Welt gekommen und hat sich so abbildbar gemacht.« Er schnaubte, dann hob er drohend den Zeigefinger zum Himmel. »Der Kaiser tat recht daran, euch alle zu Ketzern zu erklären! Wage es nicht noch einmal, deinen Fuß in dieses Haus Gottes zu setzen! Ich werde mich beim Vogt über dich beschweren, Müller, und dafür sorgen, dass man dir dein Pächteramt entzieht!«

Während seines Wortschwalls hatte Johanns Mutter ihren Mann endlich erfolgreich wegzuziehen vermocht, und Johann folgte ihnen wie ein begossener Pudel. Anna stand bereits bei Konstantin und erkletterte nun, die Leine in der Hand, den Wagen. Aus verschiedenen Richtungen näherten sich Dorfbewohner, offenbar angelockt von dem Streitgespräch. Auch Johann sprang rasch auf den Karren und sah mit klopfendem Herzen die Bauern an. Ihre Blicke wirkten mit einem Mal ablehnend, ja böse. Hielten sie ihre Harken und Knüppel nicht wie Waffen in den Händen?

Was passierte hier? Wie hatte das geschehen können? Gerade noch hatten sie glücklich miteinander den Herrn gepriesen, und nun, von einem Moment auf den anderen, dieser furchtbare Zorn. Johann drückte sich anlehnungsbedürftig an seine Schwester, die schützend den Arm um ihn legte, während ihr Vater den Gaul mit einem Schnalzen in Bewegung setzte.

Gleich darauf fuhren sie aus dem Ort und folgten der Biegung der Straße in den Wald und aus der Sichtweite der Häuser, ohne dass Johann sich getraut hätte, noch einmal einen Blick zurückzuwerfen. Ihm war kalt. Endlich schaute er doch zurück, fürchtete fast, eine aufgebrachte Menge hinter dem Wagen herlaufen zu sehen. Doch da war nichts.

Stumm hingen bei der Heimfahrt alle vier ihren Gedanken nach, während das Klappern der Hufe auf dem staubigen Boden und das rumpelnde Geräusch des Wagens sie ganz einhüllten. Endlich erreichten sie die Teiche, und kaum hatte sein Vater den Wagen vor dem oberen Mühlhaus angehalten, als Johann auch schon heruntersprang und, als seine Mutter ihm folgte, in ihre Arme eintauchte. Die Wärme ihres Körpers tat ihm gut.

Noch immer sprach keiner ein Wort. Seine Mutter strich ihm beruhigend über den Kopf, während er hören konnte, wie sein Vater Konstantin ausschirrte.

Dann durchbrach Anna das Schweigen. »Gehen wir jetzt fort?«

Johann sah erschrocken auf und blickte von seiner Mutter zu seinem Vater. Auch die beiden wechselten Blicke, die er aber nicht zu deuten wusste.

»Wir haben es doch gehört: Die wollen uns hier doch gar nicht«, stellte Anna fest. »Warum ziehen wir nicht zurück nach Wonsidl? Oder gleich nach Nürnberg? Das wäre doch das Beste. Lasst uns heute noch aufbrechen. Vater? Mutter?« Halb bittend, halb fordernd sah Anna ihre Eltern an. »Vater! Sag doch etwas!«

»Nürnberg?« Johann glaubte, seinen Ohren nicht zu trauen. Verdattert starrte er seine große Schwester an. Wie kam sie denn darauf? Dann schaute er erneut zwischen seinen Eltern hin und her.

Seine Mutter wirkte ungehalten. Sein Vater seufzte, dann zuckte er mit den Schultern. Es wirkte auf Johann wie das Eingeständnis eines Scheiterns.

»Nein!«, brach es aus ihm heraus. »Ich will nicht nach Nürnberg! Ich will hier nicht weg!« Er riss sich von seiner Mutter los und hastete den Pfad entlang, der weiter ins Gebirg führte. Er hörte seinen Vater seinen Namen rufen, doch er ignorierte ihn.

Gleich darauf hatte er das kleine Tal mit der Mühle hinter sich gelassen, tauchte in den Schatten der Bäume ein und lief und lief immer weiter. Vom Ärger getrieben, folgte er den Windungen des Pfades den Berg hinauf, bis er endlich nach einer ganzen Weile derart außer Puste kam, dass er sein Tempo notgedrungen verringern musste. Noch eine ganze Weile stampfte er mit wütenden Schritten weiter bergan. Erst nachdem er längst so viel Entfernung zwischen sich und die Mühle gebracht hatte, dass er völlig sicher sein konnte, dass ihm seine Familie nicht bis hierher folgen würde, beschloss er, nicht mehr weiterzugehen. Er musste inzwischen schon nahe dem Gipfel des Gebirgs sein. Vor ihm erstreckte sich ein felsiges Gebiet mit gigantischen Steinen, die wie von Riesen übereinandergelegt wirkten. Er erklomm einen Hang und erkletterte dann einen großen Felsen, um sich ganz weit oben auf dessen Scheitelpunkt zu hocken, möglichst unerreichbar für alle und jeden.

Dort saß er eine Weile und stierte grimmig vor sich hin. Das konnte doch nicht wahr sein. Ein plötzlicher Disput aus heiterem Himmel und schon wollten seine Eltern hier wieder fortziehen? Wer war dieser Prediger überhaupt, dass er das Recht hatte, ihnen ihren Glauben zu verwehren und das Beten im Gotteshaus zu verbieten, ihr ganzes Hiersein, wo doch der Amtshauptmann persönlich sie hierhergeschickt hatte? Durfte Kernmann das überhaupt?

Je mehr Johann darüber nachdachte, desto überzeugter war er, dass der Prediger gar nicht befugt war, sie hier fortzuschicken. War ein Amtshauptmann nicht etwas Höheres als ein Vogt? Aber was, wenn seine Eltern nun tatsächlich wegwollten? Und warum überhaupt? Weil sich Vater und dieser Prediger nicht über die Auslegung einzelner Bibelstellen einig waren? Weil die Lutheraner Bilder in ihrer Kapelle duldeten? Und was sollte das bedeuten, dass der Kaiser sie alle zu Ketzern erklärt hatte? Davon hatte Johann noch nie etwas gehört. War der Kaiser nicht Katholik? Und Kernmann und die anderen Dorfbewohner, waren die nicht Protestanten? Und der Markgraf dieses Landes, war der nicht auch evangelisch? Warum sollte er es dann mit dem Kaiser halten?

Wütend und verwirrt zog Johann die Füße an den Körper und schlang die Arme um die Beine. Er wollte hier nicht weg. Er war froh, endlich irgendwo angekommen zu sein. Schon gar nicht wollte er in eine große, stinkende Stadt. Und was war mit den Schafen und Gänsen? Inzwischen konnte er sie alle prima auseinanderhalten, kannte schon ihre unterschiedlichen Charaktere. Und sie kannten ihn.

Und dann waren da noch die Kinder des Dorfes. Johann

hob den Kopf und sah in die Richtung, in der er den Großen Waldstein vermutete. Irgendwo hier war das tote Mädchen gefunden worden. Er ließ den Blick über die verstreuten Felsen gleiten. War es hier gewesen?

Seit er erfahren hatte, was ihnen widerfahren war, hatte es keinen Tag gegeben, an dem er nicht über ihr Schicksal gegrübelt hatte. Acht Kinder, vom Wilden Jäger geholt? Wie sollte das geschehen sein? Und warum, wenn der doch ein Fresser derjenigen war, die Übles taten? Wenn er sich doch angeblich toter Seelen bemächtigte? Warum dann eine Schar Kinder holen? Das passte doch gar nicht zusammen. Nein, es musste ein Tier gewesen sein.

Johann presste die Lippen fest zusammen. Er konnte hier nicht weg. Er musste herausfinden, was es mit den verschwundenen Kindern auf sich hatte. Er wurde gebraucht. *Sie* brauchten ihn. Die Erwachsenen waren dazu ganz eindeutig nicht fähig, sie waren nur mit sich selbst beschäftigt. Voller Aberglaube die Dorfbewohner, voller Desinteresse seine Eltern. Höchstens die Musketiere … Doch was interessierten die sich schon für eine Schar Kinder?

Er grübelte eine ganze Weile vor sich hin, bis ihn ein Laut aufschreckte. Was war das? Das war keines der üblichen Waldgeräusche gewesen. Der Brunftruf eines Hirschs? Nein, es war doch gar keine Paarungszeit. Das Grunzen eines Wildschweins?

Er hörte es erneut, von irgendwo weiter weg. Dann noch einmal. Eine Art Japsen. Ein unterdrücktes Jaulen.

Die wilden Hunde.

Schlagartig kam ihm die Warnung der Musketiere in den Sinn. Er lauschte weiter angestrengt. Es schien von weiter oben aus dem Wald zu kommen. Rasch schaute Johann an allen Seiten des Felsens herab. Konnte ein Vierbeiner hier heraufgelangen? Schwer, aber nicht unmöglich. Er war hier oben nicht sicher. Andererseits war er hier sicherer als unten auf der Erde.

Er lauschte erneut. Von irgendwoher erklang der keckernde Warnruf eines Vogels. Ein Schatten flog zwischen den Bäumen hindurch.

Sollte er wegrennen? Oder war es dafür bereits zu spät? Er sah sich nach etwas um, das er als Waffe nutzen konnte. Einen Ast. Einen Stein. Doch dazu würde er erst wieder hinunterklettern müssen. Er beschattete die Augen und blickte gen Himmel. Die Sonne stand über den Bäumen im Westen. Noch eine ganze Weile, bis es dämmrig werden würde.

Da, wieder dieses seltsame Geräusch, wie ein kurzes Bellen, das aber sogleich wieder abbrach. Er legte sich flach auf den Bauch, presste seinen Körper ans kalte Gestein. Mit den Augen suchte er die Bäume ab. Er hatte das Gefühl, sein eigenes Blut in den Ohren rauschen zu hören.

Dann sah er ihn: einen Körper, der durchs Unterholz huschte. Ein Hund! Kein Zweifel. Ein großes, kräftiges Vieh. Es kam den Pfad, der zwischen den Bäumen hinaufführte, herunter. Ihm folgte noch einer.

Johann leckte sich die trockenen Lippen. Warum wollte ihm gerade jetzt kein passendes Gebet einfallen?

*

»Was war es dann, wenn nicht der Wilde Jäger?«

Der Junge folgte Hildner nun schon seit geraumer Weile. Nach anfänglicher Scheu hatte er mit einem Mal begonnen, Hildner Fragen zu stellen und wollte damit gar nicht mehr aufhören. Das Verschwinden der Kinder im Dorf schien ihn schwer zu beschäftigen. Das mochte kein Wunder sein, wenn man selbst ein Kind war. Aber es ging Hildner gehörig auf die Nerven.

Das vorwitzige Bürschlein war Hildner mitten auf dessen Rückweg ins Tal begegnet. Der Knabe hatte auf einem Felsen herumgelungert, womöglich dort gezielt auf Hildner gewartet. Warum trieb sich der Bengel allein hier oben herum? Hatten Hans und Georg der Müllerfamilie nicht deutlich gemacht, dass hier Gefahr lauerte, gerade für Kinder? Aber gut, wenn er es so wollte.

Der Junge, Johann war sein Name, wich ihm seitdem nicht mehr von der Seite. Was besonders lästig war, da Geri und Freki seit geraumer Weile regelmäßig innehielten, schnupperten, knurrten und verhalten jaulten. Ein klares Anzeichen dafür, dass irgendetwas zwischen den Bäumen unterwegs war. Doch Hildners Versuche, in den Wald zu horchen, machte ihm der Knabe mit seinem ständigen Geplapper zunichte.

Ungewöhnlich war die geringe Scheu des Bürschleins vor seinen beiden Saupackern. Und noch ungewöhnlicher die Ruhe, mit der die Tiere auf den Jungen reagiert hatten. Sie hatten, als er oben auf dem Felsen aufgetaucht war und gewunken hatte, nur einmal kurz geknurrt. Seitdem schienen sie ihn weder als Bedrohung noch als Beute wahrzunehmen, als sei nach jener Nacht, in der Hildner den Knaben weggesperrt hatte, eine Art stilles Einvernehmen zwischen Johann und den Tieren entstanden.

Nach einem weiteren Stück des Weges schlugen die beiden Rüden plötzlich an. Hildner gab ihnen mit einem Schnalzen das Signal loszujagen. Voller Jagdeifer verschwanden die beiden zwischen den Bäumen, den Hang hinauf. Hildner lauschte hinter ihnen her, das Knacken der Zweige und Rascheln der Blätter wurden leiser. Er hoffte, dass sie nicht zu weit liefen.

Wenn sie auf andere Hunde oder Wölfe trafen, musste er das wissen.

Immerhin, der Knabe schwieg einen Augenblick, blickte den Saupackern nach. Aber nicht lange, dann schien ihn die Neugierde über die verschwundenen Dorfkinder erneut zu packen.

»Dann war es also ein Raubtier?«, beantwortete Johann jetzt seine vorherige Frage mehr oder weniger selbst. »Ein Wolf? Oder ein ganzes Rudel?«

Hildner runzelte die Stirn. Was auch immer die Hunde aufgescheucht hatte, schien weit weg den Hang hoch zu sein. Ihnen dorthin zu folgen, war ihm nicht möglich. Also konnte er sich genauso gut den penetranten Fragen des Knaben stellen. Er ließ die Schultern sinken.

»Nein.«

Der Junge sah auf. Er wirkte dämlich, wie er so mit offenem Mund dastand und ihn anstarrte. Vielleicht war er ja tatsächlich beschränkt.

»Nein? Was meinst du damit? Kein Raubtier?«

Hildner zog eine unwillige Miene. »Kein Wolf.«

»Und warum nicht?«

Hildner verzog den Mund. Ihm wollte nicht einleuchten, wie man glauben konnte, dass Wölfe die Kinder geholt haben könnten. Kein Wolf raubte Kinder aus geschlossenen Häusern und schleppte sie in den Wald, ließ ihre geschundenen Körper dort liegen, ohne davon zu fressen. Kein einzelnes Tier und auch kein Rudel tat so etwas.

»Auch ein Luchs ist sicherlich auszuschließen, die sind ja überaus scheu. Ich hab noch keinen gesehen. Du etwa? Obwohl unser Wildhüter immer erzählte, dass es welche auf dem Mühlenberg gibt. Sind wohl schwer zu finden, selbst für einen erfahrenen Waidmann wie ihn.«

Auch richtig. Und kein Luchs griff einen Halbwüchsigen an, es sei denn, er hatte die Hundswut.

»Dann ein Bär vielleicht?«

Hildner schüttelte kaum merklich den Kopf. Zwar war einem Bären schon eher zuzutrauen, dass er ein Kind verschleppte und es dann am Ende doch nicht fraß. Doch hier war kein Bär am Werk gewesen.

»Auch kein Bär?« Erneut gab der Junge sich die Antwort selbst: »Nein, natürlich. Zu laut. Das wäre irgendwem im Ort sicherlich aufgefallen.«

Hildner blickte Johann mit stoischer Miene an. Immerhin, der Knabe begann, sein Hirn einzuschalten.

»Und er hätte sicherlich unverwechselbare Spuren hinterlassen.«

Richtig.

»Überhaupt, die Tiere im Dorf, die Hunde, die Gänse, die hätten einen Heidenlärm gemacht, wenn ein Raubtier durchs Dorf geschlichen und in eine Hütte eingedrungen wäre, oder nicht?«

Das war immerhin mal wieder ein Nicken wert. Hildner blickte erneut zwischen den Bäumen hindurch den Hang hinauf. Wo blieben seine Rüden?

»Was also?« Einen Augenblick schwieg der Knabe. Dann kam schon die nächste Frage: »Die wilden Hunde. Dann müssen sie es gewesen sein, richtig?«

Der Wildhüter sah wieder den Jungen an. Doch nicht ganz so beschränkt, der Knabe.

Ja, wilde Hunde. Am leichtesten wäre es natürlich gewesen, dies festzustellen, wenn er die beiden Kinder, die tot aufgefunden worden waren, hätte visitieren können. Hätte er gesehen, welcher Art ihre Riss- und Bisswunden waren, er wäre jetzt sicherlich schon um einiges schlauer. Doch ihre

Körper verrotteten längst unter der Erde des Gottesackers von Weisstadt. So blieb ihm nichts anderes übrig, als das Gebirg weiter zu durchkämmen, in der Hoffnung, einen dritten Leichnam zu finden. Dann würden ihm die Spuren zeigen, mit was er es zu tun hatte. Wenn seit dem Verschwinden nur nicht schon zu viel Zeit verronnen war. Doch letztendlich spielte das keine Rolle. So oder so wies alles darauf hin, dass es eine Meute wilder Hunde war: die Schar, die er von der Ruine aus beobachtet hatte.

Was nur die Frage nicht klärte, wie die Viecher die Kinder aus den Häusern geholt hatten, ohne bemerkt zu werden. Das machte keinen Sinn. Warum hatten die Kinder nicht geschrien? Dafür konnte es eigentlich nur eine Erklärung geben: Die Kinder mussten selbst in der Nacht ihr Lager verlassen haben, heimlich, unbeobachtet von den Eltern. Vermutlich hatten sie sogar das Dorf verlassen. Dann wurden sie von den Hunden erwischt. Konnte es so gewesen sein? Ja, denn wenn die vierbeinigen Killer sich zu mehreren um eine Beute schlugen, konnte diese hernach schon übel zugerichtet sein, ohne klassische Fraßspuren aufzuweisen. Wölfe hingegen hätten ihre Beute nicht liegen gelassen, ohne Teile davon zu fressen. Wölfe fraßen auch Aas. Dann wären die Leichen nicht mehr vollständig gewesen, hätten ihnen Gliedmaßen gefehlt oder gar der ganze Kopf. Aber davon hatten die Dorfbewohner nichts gesagt. Wenn hingegen eine Meute wilder Hunde in der Gegend herumstrich, machte ein einzelner Wolf oder ein kleines Rudel vernünftigerweise einen weiten Bogen um sie. Wölfe waren keine dummen Tiere. Domestizierte Raubtiere hingegen, an den Menschen gewöhnte Kampfhunde und Saupacker wie die seinen, handelten mitunter aus reiner Mordgier. Waren sie darauf abgerichtet, Menschen zu jagen und ihre Opfer zu erlegen, ohne sie zu fressen, dann war es durchaus möglich, dass sie diesen Trieb nicht mehr aus sich herausbekamen: Jagen, nicht des Hungers wegen, sondern einzig, um zu töten.

»Ja, verwilderte Hunde, das macht Sinn, nicht?« Der Junge sprach weiter, inzwischen mehr oder weniger zu sich selbst. Ob er immer laut aussprach, was er dachte?

»Jagdhunde, Bärenbeißer wie deine. Womöglich sogar für den Krieg ausgebildet, darauf abgerichtet, Menschen anzugreifen.«

Hildner runzelte die Stirn. Hatte dieser Johann seine Gedanken gelesen?

»Was sind deine für welche? Jagd- oder Kriegshunde?«

Er betrachtete den Jungen prüfend. Was verstand der schon vom Krieg? In den Schlachten, in denen Hildner gekämpft hatte, machte die Frage keinen Unterschied. Fest stand: Hunde wie die seinen konnten, wenn es drauf ankam oder sie es wollten, einen Hänfling wie Johann in Sekunden in Stücke reißen.

Für einen Moment erschien Karls Bild vor seinem inneren Auge. Der Jungspund, niedergerissen von Freki und Geri. Eigentlich hatte er dem Jungspund nur einen Denkzettel verpassen wollen. Hätte Hildner seine Rüden nicht wieder zurückgerufen, hätten sie den dürren Musketier auch auf der Stelle zerfleischt. Stattdessen hatte er sich den bewusstlosen Karl über die Schulter geworfen, eine Lagerstelle am Bach gesucht und ihn dort verbunden. Nicht, dass es einen Unterschied gemacht hatte. Als Hildner am nächsten Morgen aufgewacht war, hatte Karl reglos dagelegen.

Er hatte ihn daraufhin zu dem Dorf zurückgetragen, durch das sie zuletzt gekommen waren, und einem Bauern einen Groschen für den Totengräber und dann noch einen weiteren dafür gegeben, dass der Pastor am Grab ein Gebet sprach. Geld aus Karls eigener Tasche, verstand sich.

»Sie gehorchen gut. Das kann ich sehen. Für sowas habe ich ein Auge. Hast du sie selbst abgerichtet?«

Die Worte des Jungen holten ihn in die Gegenwart zurück.

»Deine sind keine tumben Hofhunde wie die im Dorf. Sie gehorchen dir aufs Wort, ist doch so? Daher kannst du sie auch frei laufen lassen. Wenn du wolltest, kämen beide sofort zurück, nicht wahr?«

Hildner drückte ein bestätigendes »Hm« heraus. Erneut fragte er sich, wo sich seine Rüden herumtrieben, was sie aufgestöbert hatten. Hoffentlich waren sie nicht so weit fort, dass er es nicht einmal hören würde, wenn es zu einem Kampf käme.

»Du bist ein Forstknecht, richtig? Ein Wildhüter. Kein Musketier.«

Hildner verspürte weiterhin keine Lust, etwas zu erwidern. Doch der Junge schien sein Schweigen als Bestätigung zu nehmen.

»Ist das hier dein Revier? Der Dorfvorsteher sagte, der Forstknecht dieser Gegend sei alt.«

Hildner schüttelte den Kopf.

»Woher kommst du dann?«

Hildner schnaufte. »Hohenberg.«

»Kenn ich nicht. Ist das weit weg?«

»Eine Tagesreise.«

»Bist du da geboren?«

»Nein.«

»Woher kommst du dann?«

Hildner schwieg erneut.

Doch darauf schien sich der Knabe inzwischen eingestellt zu haben. »Die im Dorf sagen, ihr wurdet als Sauvegarde für Albrechtsreut abgestellt. Aber du bist ein Wildhüter, einer der auszieht, um zu jagen. Bist du deswegen hier? Um zu jagen? Oder um die verschwundenen Kinder zu finden? Oder beides zusammen?«

Der Knabe war womöglich aufgeweckter, als es anfangs den Anschein gemacht hatte. Hildner sparte sich erneut die Antwort. Sollte sich der Junge doch zusammenreimen, was er wollte.

»Ich glaube, ihr drei seid hierhergeschickt worden, um herauszufinden, was mit den Kindern passiert ist. Ist es nicht so? Hat der Amtshauptmann euch geschickt? Oder gar der Markgraf persönlich? Interessiert sich ein Fürst wie er für das Schicksal von Kindern?« Johann schwieg ein paar Sekunden, schien zu grübeln. »Aber ja doch, wenn er ein guter Fürst ist, dann kann es ihm nicht egal sein, wenn mit einem Mal alle Kinder eines Ortes verschwinden. Er wird zumindest jemanden schicken, der sich erkundigt. Jemanden wie dich. Natürlich jemanden wie dich. Einen Wildhüter.« Pause. Dann: »Ist er ein guter Fürst?«

Hildner rümpfte die Nase. Sie waren alle gleich.

»Ich meine«, fuhr Johann fort, »gibt er nicht auf seine Untertanen acht? Meine Eltern haben gesagt, wir ziehen hierher, weil wir hier unseren Glauben pflegen können, auch wenn der Markgraf selbst Lutheraner ist. Erst wollten wir wie andere in die Mark Brandenburg gehen, da der Fürst dort Calvinist ist. Doch mein Vater sagt, seit der Niederlage der Dänen sei die Kurmark ebenso von kaiserlichen Truppen besetzt wie unsere Heimat, die Obere Pfalz. Daher wollte er nach Sachsen. Mein Vater sagt, der dortige Kurfürst ist der Schlaueste von allen Protestanten, weil er mit dem Kaiser gut steht. Sein Land soll eines der sichersten im Reich sein. Aber letztendlich haben sich meine Eltern für Bayreuth entschieden, weil es näher liegt und der Markgraf hier Frieden hält, keine Truppen durchziehen und niemand hier Soldaten werben darf. Dann muss er doch ein Menschenfreund sein, oder, wenn er so auf seine Leute aufpasst? Dann würde er uns hier nicht wieder fortschicken, oder?«

Fortschicken? Wovon sprach das Bürschlein?

»Und das zeigt doch, dass ihm die Menschen hier nicht egal sind, oder? Auch die Kinder nicht. Hab ich recht?«

Hildner lauschte. In der Ferne war schwaches Bellen zu vernehmen. Zu weit weg, um rasch dorthin zu gelangen, aber vernehmbar für sein geübtes Ohr. Hatten seine Rüden ein Wild gestellt?

Der Junge wechselte plötzlich das Thema: »Warst du im Krieg?«

Hildner wurde nicht schlau aus diesem Bürschchen. Der Knabe war hartnäckig. Eigentlich hasste Hildner es, wenn man ihm Löcher in den Bauch fragte. Besonders Kinder konnten unglaublich penetrant sein. Doch dieser Johann begann ihm zu seiner eigenen Überraschung irgendwie zu gefallen. Er war wissbegierig. Es war nichts Falsches daran, lernen zu wollen. So hatte es sein Lehrmeister einst gesagt.

»Ja.«

»Gegen die Unionisten? Oder gegen die Kaiserlichen?«

»Die Kaiserlichen. Die Ligisten. Die Spanier.«

Der Junge blickte beeindruckt drein. »Hast du gegen den Herzog von Friedland gekämpft?«

»Den Feldherrn Wallenstein? Seine Leute, ja. Und die des Grafen Tilly.«

»Hast du viele Feinde getötet?«

Wieder diese eine Frage. Hildner nickte nur.

»Bist du selbst mal verwundet worden? Ich meine so richtig schwer?«

Hildner holte tief Luft. »Zweimal. Durch den Leib geschossen. Hier.« Hildner deutete auf seinen Bauch, dann auf die Achsel. »Hier.«

Der Mund des Jungen stand wieder offen, doch diesmal schien es ihm selbst aufzufallen, denn er schloss ihn rasch.

»Tat das arg weh?«

Hildner zuckte mit den Schultern.

»Wo ist das passiert? Und wie hast du es überlebt?«

»Bei Dessau. Bin ins Lager gebracht und verbunden worden.«

»Wer waren deine härtesten Gegner? Ich meine, wer war am übelsten? Am gemeinsten? Unser Pastor hat gesagt, die Spanier, sie wären voller Hass und Niedertracht. Mein Vater meint, die Kroaten wären die Blutrünstigsten.«

Hildner starrte den Knaben lange an. Verdrängte Erinnerungen stiegen in ihm auf. Er hatte in etlichen Schlachten gekämpft, wie viele wusste er nicht mehr. Meistens hatten seine Regimenter sich wacker geschlagen, sich dann aber zurückziehen müssen. Manchmal hatte der Feind sie tagelang vor sich hergetrieben.

Die Übelsten? Nach kurzer Überlegung entgegnete er: »Die Pappenheimer. Von allen haben sie am unchristlichsten gewütet. Ärger als die Kroaten, selbst als die Türken. Sie haben alles niedergehauen, auf der Straße, in den Häusern, den Kirchen. Alt, jung, Weib, Kind. Auch Prediger, Schwangere, Säuglinge.« Stirnrunzelnd schob er die Erinnerung an diese Zeit von sich. Er hatte bereits zu viel gesagt. Zu viele Worte.

Johann kaute auf seiner Unterlippe. War der Knabe schockiert? Womöglich wollten ihm ja endlich mal keine Fragen mehr einfallen.

Hildner griff nach seinem Proviantsack und zog die Branntweinflasche heraus, entstöpselte sie und nahm einen tiefen Schluck. Er steckte sie wieder ein, rülpste laut und lauschte dann erneut in den Wald. In den Wipfeln zwitscherten vereinzelt die Vögel.

»Wie bist du Soldat geworden?«

Hildner blickte auf die Bäume, die starr und stumm dastanden.

»Hat man dich gezwungen?«

»Ich ging hin, machte mein Kreuz, ging durchs Joch.«

»Durchs Joch?«

»Zwei Hellebarden, darüber ein Langspieß.«

Das schien dem Bürschlein wieder etwas zum Nachdenken zu geben. Hildner aber hatte für seinen Geschmack genug geredet. Er straffte sich, marschierte kurzentschlossen zwischen die Bäume. Es war Zeit, seine Rüden ausfindig zu machen. Er begann, den Hang zu erklimmen. Dumme Idee für jemanden mit einem steifen Bein. Missmutig hielt er inne und fragte sich, was er da tat. Waren es wirklich die Rüden, die ihn sorgten, oder nahm er vor den Fragen eines Kindes Reißaus?

Direkt hinter ihm raschelte es. Der Junge schloss zu ihm auf. »Haben deine Hunde etwas gefangen?«

Hildner kniff die Lippen zusammen.

»Da sind sie, oder? Sie kommen zurück.«

Hildner runzelte die Stirn. Dann horchte er noch angestrengter in den Wald. Tatsächlich, etwas näherte sich. Ohne zu zögern, nahm er die Armbrust von der Schulter, zog einen Bolzen aus dem Schultergurt, nahm diesen zwischen die Zähne und lauschte erneut.

Jetzt war es eindeutig. Etwas Großes kam den Hang hinunter auf sie zu. Nicht schnell, aber zu schnell für einen Menschen.

Mit einer kurzen Kraftanstrengung spannte er die Waffe, nahm sie hoch, legte den Bolzen ein und trat in den Schutz eines Baumes. Hinter sich spürte er die Gegenwart des Jungen.

Etwas schleppte sich durchs Unterholz auf sie zu. Rotwild war es nicht, dafür war es zu laut. Eine Wildsau? Etwas schleifte über den Boden. Dann tauchte zwischen den Bäumen Freki auf. Er trug etwas im Maul. Geri folgte, zog etwas hinter sich her. Hildner nahm den Bolzen aus der Armbrust und senkte die Waffe.

Als die Rüden heran waren, erkannte er, was sie erjagt hatten. Es war ein Hund. Das Tier war tot. Offensichtlich totgebissen. Ein zottiges Vieh, kleiner als die beiden Saupacker, mit längerer Schnauze. Ein Blendling, ein Bastard aus Wind- und Hütehund. Geri hatte ihn mitgeschleppt, Freki einen Vorderlauf des toten Tieres im Maul.

Hildner wartete, bis seine Saupacker ihre Beute freigaben. Dann untersuchte er den Kadaver routinemäßig auf Anzeichen von Alter und Krankheiten. Das Tier schien grundsätzlich gesund gewesen zu sein. Im Anschluss besah er sich seine beiden Rüden. Beide wiesen ein paar Kratzer auf, Freki zudem Bissspuren am Widerrist. Doch sie schienen gut beieinander zu sein, fast ein wenig aufgedreht.

Hildner ließ den Kadaver liegen und gab ihn mit einem Kommando für seine Hunde frei. Die beiden warfen sich auf ihre Beute und begannen, sie zu zerreißen. Hildner nahm seine leere Armbrust auf und zog den Abzug. Der Bogen gab ein Schnappen von sich und vibrierte.

»Ist das einer der Wildhunde?«

Der Junge. Er hatte ihn fast vergessen.

»Möglich.« Als ihn die Sorge beschlich, dass Johann zu nahe an die Hunde herantreten könnte, hob er abwehrend die Hand. Es wäre keine gute Idee, seine Saupacker beim Fressen zu stören.

Johann nickte. »Ich weiß schon. Ich wollte nur schauen. Sind das Bärenbeißer? Welcher Art sind sie?«

Hildner betrachtete seine beiden Prachtburschen. Welche Rolle spielte das?

Für den Jungen offenbar schon eine. »Sind das Brabanter? Oder Danziger?«

Hildners Stirn legte sich in Falten, zum ersten Mal musterte er den Knaben aufmerksam. Womöglich hatte er sich in ihm getäuscht. Er war keineswegs beschränkt. Er verstand sich auf Hunde. Und er schien ein gutes Gehör zu besitzen, hatte die Rückkehr der Rüden noch vor Hildner wahrgenommen.

»Du fragst dich bestimmt, woher ich das weiß. Ich habe darüber gelesen, in einem Druckwerk, von einem Forstmeister. Ich lese viel, wenn ich die Zeit dazu habe. Du auch?«

Ruckartig wandte Hildner sich um und marschierte zurück in Richtung Pfad. Er verspürte keinerlei Lust mehr auf eine weitere Unterhaltung. Zu viele Fragen. Es war an der Zeit, zurück ins Dorf zu kommen, Hans und Georg zu treffen.

Er gab den Rüden ein Kommando, stapfte dann zurück auf den Pfad und folgte diesem bergab. Hinter sich konnte er die Hunde und den Jungen folgen hören.

Nicht weit entfernt vom Mühlengrund rief der Junge: »Warte!« Er schloss zu Hildner auf.

»Ich habe neulich einen seltsamen Hügel gefunden. Dort hinten, hinter dem krummen Ahorn.« Er deutete zwischen die Bäume in dorniges Unterholz. »Womöglich das Grab des Müllers.«

Hildner runzelte die Stirn. Des Müllers? Wovon fabulierte der Junge?

»Ich meine den Müller, der vor uns die Klöpper Mühl gepachtet hatte. Der Dorfvorsteher sagte, er habe seine Familie getötet und sich dann selbst gerichtet. Sie haben ihn unehrenhaft bestattet, ihn einfach im Wald verscharrt.« Johann tat ein paar Schritte in Richtung der Stelle, in die er gewiesen hatte, und blickte Hildner erwartungsvoll an. »Was, wenn es wirklich das Grab des Müllers ist? Und wenn es mit dem Verschwinden der Kinder in Zusammenhang steht?«

Der Junge hielt weiter auf das Unterholz zu. Hildner blickte ihm zweifelnd nach, dann folgte er ihm.

Hinter einem verkrüppelten Ahornbaum tat sich ein von Ranken überzogener Waldboden auf, in dessen Mitte ein kahler Hügel lag, der tatsächlich wie eine Ruhestätte wirkte. Grabzeichen wie ein Kreuz oder Ähnliches gab es keine. Doch Hildner war sofort klar, dass diese Stelle nichts mit seiner Aufgabe zu tun haben konnte. Auch wenn dieser Hügel ein Grab sein sollte, so hatte dieses bereits mehr als einen Winter gesehen, wie das Kraut, das auf ihm wuchs, bewies. Hildner sah ins Rund. Nein, was auch immer unter dieser Erhebung lag, hatte nichts mit dem Verschwinden der Kinder zu tun.

»Das ist seltsam.« Johann trat an den Hügel heran und betrachtete etwas, das obenauf lag, eingehend. Es schien ein toter Vogel zu sein. Als Johann seinen Blick Hildner zuwandte, war in diesem Verwirrung zu lesen. »Der Vogel hier. Es ist eine Schwarzdrossel. Aber das kann nicht sein.«

Hildner wandte sich ab. Was sollte an einem toten Vogel Besonderes sein? Weit mehr als dieses angebliche Grab mit seinem toten Vogel darauf interessierte ihn der Ort, an dem seine Rüden den Blendling erwischt hatten. Morgen würde er mit Geri und Freki die Stelle aufsuchen. Der tote Hund war kein Beweis für seine Annahme, dass das wilde Rudel die Kinder getötet hatte. Doch mit etwas Glück würde der Fundort des Viehs ihm ermöglichen, seinen Artgenossen eine Falle zu stellen.

Als Hildner mit großen Schritten zwischen den Dornenranken hindurchstapfte, rief der Junge ihm noch etwas hinterher, was er nur mit halbem Ohr verstand.

Es klang wie: »Sie hätte braun sein müssen.«

*

In dieser Nacht konnte Johann nicht einschlafen, zu stark waren die zahlreichen Eindrücke des Tages. Als er am späten Nachmittag auf den Mühlhof zurückgekommen war, hatte ihn die Erinnerung an die Auseinandersetzung seines Vaters mit dem Prediger wieder eingeholt, die er bis dahin in der Gesellschaft des Wildhüters erfolgreich verdrängt hatte. Immerhin hatten seine Eltern ihn bei seiner Heimkehr beruhigt, dass alles gut sei. Sie hatten ihn wegen seines Fortlaufens nicht gescholten und stattdessen erklärt, dass sie nicht beabsichtigten, nach Nürnberg oder irgendwo anders hinzuziehen. Die Mühle lief und die Gegend war schön, Konflikte wie den mit dem Prediger gab es überall und sie sahen keinen Grund, deswegen gleich den Mut zu verlieren. Worauf es einzig ankam, war die Festigkeit des Glaubens. Und sollte Kernmann ihren Besuch im Gotteshaus nicht mehr wünschen, würden sie sich dem eben beugen. Erneut hatte sein Vater gepredigt, dass der Herr allen nahe sei, die ihn in Wahrheit anriefen, dann aus den Psalmen rezitiert: *»Streite Herr, gegen alle, die gegen mich streiten, bekämpfe alle, die mich bekämpfen! Ergreife Schild und Waffen, steh auf, mir zu helfen! Zurückweichen sollen sie und vor Scham erröten, die auf mein Unglück sinnen. Er fange sich selbst in seinem Netz, er falle in seine eigene Grube.«*

Am Abend war sein Vater mit ihm wie immer in den Ort hinabgegangen. Die Einheimischen, denen sie begegnet waren, hatten sich wortkarg wie immer benommen. Dem Prediger waren sie nicht wieder begegnet. Doch den Hass, der bei ihrer Auseinandersetzung aus den Augen Kernmanns gesprochen hatte, konnte Johann nicht vergessen. Auch das Bild des zerrissenen Blendlings, den die Saupacker des Hünen angeschleppt hatten, bekam er nicht mehr aus dem Kopf. Und wie war es möglich, dass er noch vor Tagen eine tote Drossel mit hellem Bauch auf dem versteckten Hügel im Wald vorgefunden hatte, heute dort jedoch eine tote Amsel mit pechschwarzem Gefieder gelegen hatte? Hatte er sich neulich getäuscht? Litt er unter einer Verwirrung des Geistes?

Als er sich unruhig auf seiner Schlafstatt umdrehte, knisterte es unter seinem Kopf. Sofort glitten seine Gedanken zu dem Stück Papier hin, das er unter sein Kissen geschoben hatte: ein Flugblatt, das ihm die beiden Begleiter des Wildhüters überlassen hatten.

Keine Stunde, nachdem der Hüne weiter ins Dorf marschiert war, waren am frühen Abend die beiden anderen Musketiere an der Mühle aufgetaucht. Hans und Georg, wie die zwei hießen, waren jenseits des Gebirgs in der Hofer Gegend gewesen und brachten von dort eine Schrift mit. Zwar konnte keiner von beiden lesen, doch sie hatten das Flugblatt wegen der dazugehörigen Illustration mitgenommen, eines Kupferstichs, der eine wolfsartige Bestie vor dem Hintergrund einer vom Krieg verwüsteten Landschaft zeigte.

Johann war stolz darauf, lesen zu können. Er war sich aber auch darüber im Klaren, dass dies ein Privileg war. Die reformierte Gemeinde legte großen Wert auf schulische Bildung, dennoch hatten nicht viele seiner Freunde daheim diese Fähigkeit vorweisen können, da in vielen Familienbetrieben die Arbeit den Besuch der Schule selten zugelassen hatte. Michael und Magdalena Hartmann hatten eigens einen zusätzlichen Lehrling eingestellt, um Johann das regelmäßige

Lernen zu ermöglichen, bis ihre wirtschaftliche Situation dies nicht mehr zugelassen hatte. Sein Traum, eines Tages an einer der reformierten Akademien aufgenommen zu werden, was Voraussetzung für ein zukünftiges Pfarramt war, war damit in weite Ferne gerückt. Doch ausgeträumt hatte er ihn nicht.

Als Georg und Hans nun am oberen Mühlhaus Rast machten, um sich von Anna etwas Bier zu erschnorren, hatten sie das Flugblatt hervorgeholt und herumgezeigt.

Johann mochte die beiden Musketiere nicht. Sie waren typische Söldner jener Sorte, wie sie Johanns Familie daheim und auf der Reise mehrfach begegnet waren. Raue Gesellen, die auf einfache Leute wie ihn und seine Eltern herabblickten. Georg, der am meisten sprach, war ein rechter Prahlhans. Tatsächlich war auch er kräftig und nicht klein zu nennen, aber im Vergleich zum Wildhüter erschien er wie jeder durchschnittliche Mann. Richtig unheimlich hingegen war der andere, Hans, mit seinem strähnigen Haar und den kleinen Schweinsäuglein, die immerzu unruhig durch die Gegend wanderten. Besonders dann, wenn diese Schweinsäuglein Anna fixierten.

Doch Johanns Stolz darauf, etwas zu können, was sie nicht konnten, hatte gesiegt, und er hatte sich erboten, ihnen das Flugblatt vorzulesen. Zuoberst stand »*Abbildung deß unbarmhertzigen, abscheulichen, grausam Thiers, welches in wenig Jahren den größten Theil Deutschlandes erbärm- und jämmerlich verheeret, außgezehret und verderbet.*« Im Weiteren war von Wölfen, Löwen, Schlangen und Ratten die Rede, das abgebildete Untier wurde als der Krieg selbst bezeichnet. Die ganze Flugschrift war ein Sinnbild für den Zustand, in dem sich ganze Landstriche des Deutschen Reiches befanden, nach Art eines biblischen Gleichnisses. Ähnliche Drucke hatte Johann hin und wieder schon mal in den Händen gehalten. Aber nie eines mit einem so schaurigen Scheusal darauf. Ob so der Wilde Jäger aussah?

Johann horchte. Er vernahm den gleichmäßigen Atem seiner Schwester, mit der er ein Lager auf dem Spitzboden teilte. Im Haus war es ruhig, seine Eltern waren schon lange zu Bett gegangen. Magdalena und Michael Hartmanns Schlafstatt schloss sich an die Stube im Erdgeschoss an und war von dieser nur mit einem Vorhang abgetrennt. Über Johann trippelten kleine Füßchen über den Dachboden, wohl Mäuse oder Siebenschläfer. Ein leichter Wind strich um das Haus und trug das andauernde Quaken der Frösche von den Weihern zu ihm herüber.

Erneut rutschte Johann hin und her. Das Bild des toten Hundes vermischte sich in seiner Vorstellung mit dem des wolfsartigen Unholds auf dem Flugblatt. Schließlich beschloss er, sich den Kupferstich, den ihm Hans und Georg geschenkt hatten, noch einmal anzusehen. Sachte zog er ihn unter der Strohmatratze hervor, doch es war zu dunkel, um das Bild erkennen zu können. Leise schlüpfte er aus dem Bett, schlich auf Zehenspitzen zur Stiege. Das Holz knarzte mehrfach, als er langsam in die Ern hinunterging, doch niemand im Haus schien aufzuwachen. An der Stubentür lauschte er und konnte das leise Schnarchen seines Vaters vernehmen. Dann huschte er in die Küche und machte sich daran, einen Kienspan zu entzünden, in dessen Schein er die Flugschrift noch einmal ganz genau betrachtete.

Die Bestie stand aufrecht da und wirkte im flackernden Licht noch unheimlicher. Ihr Kopf war der eines Wolfes, das Hinterteil das eines Löwen und ein Bein entsprach dem eines Pferdes. Das Scheusal trug Lanze und Fackel in der einen Hand und in der anderen, mehr schon eine Klaue denn eine Hand, jede Menge Beutestücke. Auch aus seinem Maul hing

Beuteschmuck, und zu seinen Füßen lag ein toter Mann, auf dessen Hals das Untier mit eisernem Stiefel stand. Im Hintergrund brannten Kirchen, Häuser und eine ganze Stadt, kämpfende Menschen waren zu erkennen. Sogar ein Skelett war zu sehen, das eine Frau und Kinder drangsalierte. Ein weiteres Monster lag, vom Blitz erschlagen, am Rande. Am Hinterteil der Bestie krümmten sich Schlangen und weiteres Getier.

Mit einer Mischung aus Faszination und Abscheu betrachtete Johann eine Weile den Kupferstich. So ganz verstand er den Sinn aller Details nicht, doch im Großen und Ganzen war ihm die Bedeutung klar. Der Krieg verschlang alles um sich herum, war ein gräuliches Monstrum, das mordete, plünderte und brandschatzte. Immer wieder zog der Wolfskopf seinen Blick an. Ja, so musste auch der Wilde Jäger aussehen.

Seine Gedanken glitten zum Wildhüter. Der Hüne machte nicht viele Worte. Die meisten Männer, die Johann bisher beeindruckt hatten, waren ganz anders gewesen als er: der Pastor; der Gutsherr von Stamsried, Konrad von Knörring; und nicht zu vergessen der Gelehrte, der vor Jahren eine Rede auf dem Markt gehalten hatte und dessen Namen er vergessen hatte.

Und nun dieser Hildner. Er war ganz anders. Ein Bär von einem Kerl, der andere allein durch seine Anwesenheit einzuschüchtern vermochte, nicht nur Kinder, auch die Erwachsenen, wie Johann beobachtet hatte. Sogar Kernmann hatte vor ihm Respekt. Dazu diese Stimme.

Johann blickte im Schein des rußenden Lichts wieder auf das Monstrum. Er stellte sich vor, wie der Wildhüter dem Unhold entgegentrat, die beiden miteinander kämpften und Hildner die Bestie niederstach. Oder mit seiner gewaltigen Armbrust niederschoss. Oh ja, der Hüne würde auch ein

Schattenwesen wie den Wilden Jäger mutig stellen und besiegen. In seinem Beisein hatte Johann sich stark gefühlt, frei von Angst, alle Gedanken an Bestien, wilde Hunde und starr blickende Prediger vergessend. *Und ob ich schon wanderte im finstern Tal, fürchte ich kein Unglück. Denn du bist bei mir.* War es möglich? Konnte Gott den Wildhüter zu ihrer aller Schutz entsandt haben?

Streite Herr, gegen alle, die gegen mich streiten, bekämpfe alle, die mich bekämpfen! Ergreife Schild und Waffen, steh auf, mir zu helfen! Schild und Waffen. Der Wildhüter war ein Mann des Krieges. Und er kannte keine Verzagtheit. Jemand wie er hatte keinen Grund, sich zu sorgen, was andere von ihm hielten, ihn würde ein engstirniger Prediger wie dieser Kernmann niemals aus einem Gotteshaus zu vertreiben wagen oder aus der Gegend. Ein Mann wie er musste nichts und niemanden fürchten. Nicht den Krieg und auch nicht eine Bestie wie den Wilden Jäger. Jemand wie er brauchte niemandes Hilfe. Womöglich nicht einmal die Hilfe Gottes.

Johann hielt erschrocken inne. Hatte er das eben wirklich gedacht? Instinktiv blickte er nach oben, doch über ihm war nur die hölzerne Decke. *Um deines Namens willen, Herr, sei gnädig meiner Missetat, die da groß ist.* Rasch pustete er den Kienspan aus. Dann blieb er noch eine Weile mit klopfendem Herzen in Dunkelheit und Stille sitzen, die Finger ineinander verschränkt, den beißenden Qualm des gelöschten Lichts noch in der Nase. Er schämte sich. Für einen Augenblick hatte er Gott geleugnet. Er kramte in seiner Erinnerung an weitere passende Worte. *Gedenke nicht der Sünden meiner Jugend und meiner Übertretungen. Gedenke aber mein nach deiner Barmherzigkeit um deiner Güte willen!*

Durchs Fenster drang nur schwach das Licht der Nacht, der Mond war nicht zu sehen, die Äste und Blätter der Bäume hinter dem Haus warfen dunkle Schatten. Doch es reichte, nachdem sich seine Augen an die Finsternis gewöhnt hatten, das Flugblatt zu erfassen. Auch wenn die Schrift nicht mehr zu lesen war, der Wolfskopf des Monstrums war gut zu erkennen.

Auf einmal hörte er ein Geräusch, das nicht vom Wind verursacht wurde.

Er versteifte sich.

Es kam von der linken Seite des Hauses, da, wo die Stube lag. Ein schabendes Geräusch, als würde etwas am Mauerwerk des Hauses entlangkratzen.

Johanns Haare stellten sich auf.

Das Geräusch verebbte. Dann war etwas vor dem Haus zu hören, ein Scharren, wie von Füßen.

Wie gelähmt blickte Johann durch den offenen Durchgang in die Ern und auf die Ausgangstür. Wieder Stille. Nicht einmal die Frösche waren mehr zu hören.

Dann knirschte etwas. Die Klinke der Tür, sie ging langsam nach unten.

Johanns Herz raste. Er wusste, er sollte irgendetwas tun, doch er war zu nichts fähig.

Als die Klinke herunten war, drückte etwas von außen gegen die Tür. Sie knarzte, doch der innen vorgeschobene Riegel hielt sie vom Aufgehen ab.

Die Klinke wanderte zurück nach oben. Wieder war ein Knirschen auf dem sandigen Boden vor dem Haus zu hören, gefolgt von erneuter Stille.

Johanns Brust fühlte sich an wie zusammengepresst. Er öffnete den Mund, doch er bekam kein Wort heraus. Reglos blieb er auf seinem Schemel hocken, den Blick starr auf die Tür geheftet.

Als nichts weiter geschah, verspürte er das drängende Bedürfnis zu schlucken, doch sein Hals war zu trocken. Mit noch immer rasendem Herzen versuchte er aufzustehen. Beinahe versagten seine Knie.

Ein dumpfes Geräusch erklang hinter ihm. Rasch wirbelte er herum.

Da stand es. Am Fenster. Das Monstrum!

Johann stolperte zurück, fiel rücklings über den Schemel und schlug hart mit dem Kopf auf. Dann wurde es dunkel.

KAPITEL 6

Der Morgen graute über dem Gebirg. Im Osten färbte sich ein vormals dunkler Himmel allmählich graublau. Ein neuer Tag brach an. Es war Zeit, sich zurückzuziehen.

Er trottete den Wildwechsel entlang, folgte der vertrauten Strecke, über Gestein und das Wurzelwerk der Bäume, das sich teils um Felsen wand und krampfhaft an diesen festzuhalten schien wie die Arme riesiger Spinnen. Gelegentlich blieb er stehen und blickte in Richtung des heller werdenden Horizonts. Das Licht und der sinkende Nebel ließen einen warmen Tag erahnen. Dafür sprach auch der Tau auf den Blättern der umstehenden Gräser.

Er schnupperte. Ein leichter Wind trug den Geruch der Nacht aus Richtung der aufgehenden Sonne zu ihm, die Luft war geschwängert von den Aromen des Bodens, der Bäume, von Früchten und Kräutern.

Doch sein ganzes Denken war woanders, sein ganzer Körper noch immer angespannt. Seine Augen wanderten hin und her, während er weiter den Hang hinauflief. Er suchte nichts Bestimmtes. Es war das, was seine Augen in der Nacht gesehen, seine Ohren gehört hatten: Lärm, Getöse, Laute des Kampfes, Laute des Sterbens. Und was er gerochen hatte: intensive Ausdünstungen von Aggressivität, Wildheit, Angst und Panik. Von Kot, Blut und Tod.

Er schnaubte und knurrte in Erinnerung an den Geruch dieser Nacht. Dann sprang er geschickt auf einen Felsen, kletterte diesen hinauf und auf der anderen Seite in eine Art

Schlucht zwischen zwei hohen Steinen wieder hinab. Vertraute Dunkelheit hüllte ihn ein. Flink folgte er dem Verlauf der Engstelle, bis er auf einer Lichtung herauskam, die von der aufgehenden Sonne in weiches Licht getaucht wurde. Er beachtete die menschlichen Knochen nicht, die hier verstreut lagen. Über seinem Kopf und um ihn herum ragten Felsen empor, schoben sich Stämme aus dem Gestein heraus und verdeckten Äste den Himmel, bildeten eine Art natürliches Dach. In der Nähe war ein vertrautes Plätschern zu hören. Als er den Eingang seines Unterschlupfes erreichte, zog er den Kopf ein, hielt einen Moment inne. Er betrachtete seine behaarten Gliedmaßen. Dann vollführte er mit der Zunge Klicklaute, erst tief, dann schneller werdend. Es dauerte einen Moment, doch schließlich verlangsamte sich sein Herzschlag. Er schnaubte. Und kroch tiefer in das Dunkel.

*

Sie waren fort. Verschwunden. Das Hoftor hatte am frühen Morgen, als er das Haus verlassen hatte, offen gestanden. Und die Rüden waren nicht zu sehen.

Hildner schnallte sich seinen Hirschfänger um, schulterte seine Armbrust, lud die Radschlosspistole, die er einst einem spanischen Kürassier abgenommen hatte, und steckte sie sich in den Gürtel. Dann marschierte er aus dem Gutshof und schlug zielgerichtet den Weg ins Gebirg ein. Wenn seine beiden Saupacker des Nachts allein den Hof verlassen hatten, waren sie mit großer Wahrscheinlichkeit erst einmal irritiert gewesen, waren ziellos durch den Ort gestreift. Gut, dass die Hütehunde der Dörfler nachts in den Hütten schliefen, sonst hätte es ein Blutbad gegeben.

Doch nachdem seine Rüden nicht zu ihm zurückgekehrt

waren, konnte er sich nur ein Ziel vorstellen, das sie gelockt hatte.

So rasch sein steifes Bein es zuließ, folgte er dem ansteigenden Pfad und brütete dabei vor sich hin. Hätte er Georg und Hans Bescheid geben sollen? Doch wozu? Ihre Begleitung würde ihm bei seiner Suche keine Hilfe sein. Und würden die Musketiere ohne ihn auf die Tiere treffen, bestand nur die Gefahr, dass es Tote gab. Seine Rüden waren darauf gedrillt, jeden Bewaffneten als Bedrohung anzusehen. Auch wenn sie ihn kannten.

Um das Dorf herum waberte Bodennebel. Auf den Wiesen lag Tau. Hildner sah empor zum Himmel, an dem runde Wolken rasch entlangzogen. Es würde ein schöner Tag werden, womöglich außerordentlich warm. Dafür sprachen auch die zahlreichen Fledermäuse, die am gestrigen Abend herumgeflattert waren.

Er folgte den Windungen des Weges durch den Wald und suchte dabei den Boden ab. Das schräg einfallende Sonnenlicht ließ einen guten Blick auf die Spurenlage zu, ohne dass er beim Gehen innehalten musste. Als er das kleine Tal mit den Teichen und der Mühle erreichte, war er sich sicher, dass seine Rüden hier entlanggekommen waren. Dafür sprach eine aus der Nacht stammende Losung.

Hildner folgte weiter dem Weg, warf nur einen kurzen Blick auf das Haupthaus des Mühlenanwesens. Niemand war zu sehen. Gut so. Er hatte gerade keinerlei Bedarf an weiteren Gesprächen mit dem Müllerssohn.

Gleich darauf hatte er das Tal hinter sich gelassen und marschierte den Pfad weiter ins Gebirg hinauf. Mit einem Mal vernahm er durch das morgendliche Gezwitscher der Vögel völlig ungewohnte Laute. Er stutzte, blieb stehen. Jemand sang. Eine Frauenstimme. Jung. Nun konnte er jemanden langsam, aber nicht unbedingt leise durchs Unterholz gehen hören.

Zwischen den Bäumen trat die Müllerstochter hervor.

Er hatte ihren Namen vergessen.

Das Mädchen trug einen Korb bei sich, blieb überrascht stehen. Dann lächelte sie.

»Guten Morgen, Herr …« Sie stockte. Sie zuckte leichthin mit den Achseln, wie es nur unbedarfte Frauenzimmer verstanden, und ging auf ihn zu. »Schon so früh unterwegs ins Gebirg?« Sie legte den Kopf schief, neckisch, wie er fand, warf einen Blick auf seine Waffen und zog eine Augenbraue hoch. »Seid Ihr auf der Jagd? Was für Wild jagt Ihr denn?«

Ihm war längst aufgefallen, dass sie ihn wie einen Herrn ansprach. Wollte sie ihm schmeicheln? Wie auch immer, es klang falsch in seinen Ohren.

Sie bedeckte ihre Augen mit der freien Hand, um sie gegen die in seinem Rücken stehende Sonne zu schützen.

Hildner blickte an ihr vorbei, den Weg entlang. Er sollte einfach weitergehen. Doch irgendetwas hielt ihn davon ab.

»Wo habt Ihr denn Eure Hunde gelassen?« Das Mädchen trat näher an ihn heran, als es ihm lieb war. Nun stand sie in seinem Schatten. Wie ihr Bruder reichte sie ihm nicht einmal bis zur Brust. »Begleiten sie Euch nicht zur Jagd? Ich hätte gedacht, dass sie dafür da sind.« Erneut zuckte sie die Schultern. »Nun, wie dem auch sei. Ich bin heut schon früh Beeren sammeln gegangen. Ein paar Heidelbeeren konnt ich finden, da hinten ist ein Südhang, da wachsen sie zahlreich. Und rote Johannisbeeren. Für Brombeeren und Walderdbeeren ist's wohl noch zu früh. Und Breitwegerich hab ich auch eingesammelt. Seht Ihr?« Sie hielt ihren Korb hoch. »Eigentlich wollt ich ja Johanniskraut suchen gehen, für meinen Bruder. Der hatte heute Nacht eine Erscheinung.« Sie blickte den

Weg hinab. »Meine Mutter hat ihn heute Morgen in aller Früh gefunden, er lag auf dem Küchenboden. Er sagt, er kann sich nicht erinnern, wie er dahin gekommen ist.« Sie runzelte die Stirn, dann sah sie wieder zu ihm hoch. »Er klagt über Kopfschmerzen und war ganz durcheinander. Weiß der Herrgott, was er wieder getrieben hat in der Nacht.« Sie seufzte. »Er ist ein bisschen schwierig, müssen Sie wissen.«

Hildner starrte sie missmutig an. Da war der Junge nicht der Einzige in der Familie.

»Aber gefunden hab ich keins. Und weiter rauf hab ich mich allein nicht getraut. Eure Freunde haben uns doch gewarnt, dass hier Wildhunde umherstreifen. Wäre es da nicht besser, Ihr hättet Eure Jagdhunde dabei? Aber Ihr habt ja bestimmt keine Angst vor wilden Tieren. Die nehmen sicherlich Reißaus, wenn Ihr kommt, oder?« Sie lachte, als habe sie einen Scherz gemacht. »Was jagt Ihr denn mit dem Ding?« Sie wies auf die Armbrust auf seinem Rücken. »Seid Ihr ein guter Schütze? Das seid Ihr bestimmt, Herr. Bestimmt habt Ihr schon viel Wild erlegt. Ihr seid nicht von hier, oder?«

Er war verwirrt. Die Art, wie sie durch die Themen sprang, war … ungewohnt.

»Wir auch nicht. Wir kommen aus der Oberen Pfalz. Stamsried. Aber davon habt Ihr bestimmt noch nie gehört. Oder etwa doch? Seid Ihr schon viel herumgekommen, Herr?«

Wieder diese Anrede. Missmutig trat er einen Schritt vorwärts, und sie musste erneut ihre Augen beschatten, während sie zu ihm aufsah. Er wollte seine Hunde suchen. Doch irgendetwas hielt ihn davon ab, einfach wortlos weiterzugehen, wie er es normalerweise getan hätte. Vielleicht war es ihre Unbekümmertheit. Sonst strahlten Frauen, egal welchen Alters, in seiner Gegenwart immer Zurückhaltung und Vorsicht aus. Oft konnte er auch ihre Furcht spüren. Aber dieses

Mädchen hier schien nichts dergleichen zu empfinden. Wie ihr Bruder.

Sie plapperte weiter.

Er hob die Hand, wies den Weg hinauf. »Ich muss.«

Es schien sie nicht zu stören, dass er sie mitten im Satz unterbrochen hatte. »Natürlich. Ich verstehe schon.« Sie strahlte auf arglose Art, die ihn noch mehr irritierte. »Darf ich Euch begleiten? Bei Euch fühl ich mich sicher. Dann kann ich noch ein bisschen weitersuchen. Mich zieht's nicht so schnell heim. Ich kann meinem Bruder eh nicht helfen. Was er jetzt braucht, ist Ruhe.«

Seinem Mund entglitt ein »Hm«.

Sie schien es als Zustimmung zu deuten. »Schön, dann abgemacht.«

Sie folgten dem Weg ein Stück und Hildner versuchte, sich wieder auf Spuren und das Lauschen in den Forst zu konzentrieren. Plötzlich begann das Mädchen zu summen, erst leise, dann lauter werdend. Seine Augen wurden groß. Das ging doch nicht. Schon verfiel sie in einen trällernden Gesang, der es ihm unmöglich machte, überhaupt noch irgendetwas anderes wahrzunehmen, abgesehen von den warnenden Rufen der Waldvögel um sie herum.

Es war ein Lied über einen wandernden Gesellen, so viel verstand er. Großen Sinn schien es nicht zu machen. Doch er ertappte sich dabei, ihre Stimme als wohlklingend zu empfinden. Hell und klar.

Singend und summend ging sie neben ihm her. Er versuchte, sich auf die Spuren zu konzentrieren. Irgendwann merkte er an ihrem gelegentlichen Trippeln, dass sie sich anstrengen musste, mit seinen trotz seines steifen Beines langen Schritten mitzuhalten. Dann endlich endete der Gesang. Die Stille war befriedigend.

Nach kurzer Zeit trat an die Stelle des Gesangs ein unbestimmtes Gefühl. Das Gefühl, dass etwas nicht stimmte. Er kannte es von seinen zahlreichen Streifzügen. Langsamer ging er weiter. Dann sah und hörte er sie gleichzeitig: schwarze Vögel, die über den Bäumen durch die Luft flatterten. Abrupt hielt er an, gebot dem Mädchen stehenzubleiben.

In einer fließenden Bewegung nahm er die Armbrust von der Schulter und einen Bolzen aus dem Futteral. Rasch war die Waffe schussbereit. Um sie herum summten die Insekten, doch die üblichen Vogelrufe waren verebbt, bis auf das Krächzen der schwarzen Todesboten.

»Was ist …?« Die Stimme des Mädchens hatte mit einem Mal ihren Klang verloren. Sie räusperte sich. »Was ist los?« Immerhin rührte sie sich nicht vom Fleck.

Hildner hob die Hand zum Zeichen, dass sie schweigen sollte. Sein Blick glitt auf Wildtierhöhe über die Büsche und das Unterholz, dann peilte er eine Stelle oberhalb des Weges an, den er als Bezugspunkt der kreisenden Krähen ausgemacht hatte. Langsam ging er darauf zu.

In einiger Entfernung flatterte ein großer Rabe auf. Warnende Vogelrufe erklangen, gefolgt von ärgerlichem Gezeter. Hildner wusste, wo er war. Nicht weit von hier hatten seine Rüden den Blendling angeschleppt.

Er schritt weiter, horchte. Von der Stelle schien keine Gefahr auszugehen. Sonst hätten die Vögel es ihm längst gesagt.

Die Bäume gaben zunehmend die Sicht auf den Waldboden frei. Das Erste, was er erblickte, war eine weitere Krähe. Sie saß auf einem Kadaver und legte den Kopf schief, äugte missmutig in seine Richtung. Eine zweite Tierleiche lag nahe einem Busch. Und weiter entfernt zankten sich zwei Rabenvögel um ein drittes Stück totes Fleisch. Der Gestank von Blut hing in der Luft.

»Was ... was ist das?« Angst klang aus Annas Stimme. Er blieb stehen, ohne sich zu ihr umzudrehen. Seine Augen wanderten über den Waldboden, ein Feld des Todes: Kadaver, aufgewühlte Erde, umgerissene Büsche, Blutspuren, umherschwirrende Fliegen. Er zählte drei tote Tiere, alles Hundeartige, ohne Zweifel. Einer davon war Fleki. Verdammt.

Der Saupacker lag abseits, halb im Gebüsch, und die hartnäckigen Krähen ließen erst von ihm ab, als Hildner nahe an den Kadaver herantrat. Der Rüde wies zahlreiche schwere Biss- und Risswunden auf. Hildner kniete nieder und befühlte den Körper. Er wirkte kalt, doch die Totenstarre war noch nicht eingetreten. Hildner ließ seine Hand einen Moment auf dem Tier ruhen, presste grimmig die Lippen aufeinander. Dann stand er mit einem Ruck auf.

Er besah sich auch die beiden anderen Viecher. Eines war ein kleines Kraftpaket, ein Hinterlauf war abgetrennt, die Seite aufgerissen. Ein Auge fehlte, aber das schien schon vor langer Zeit passiert zu sein. Der andere war ein großer, sehniger Kerl mit kurzem schwarzem Fell, das an den Stellen, an denen kein verkrustetes Blut klebte, matt glänzte. Ein englischer Hund, die Kehle so zerfetzt, dass der Kopf unnatürlich nach hinten abstand. Dieses Tier hatte der Wildhüter schon einmal gesehen, unterhalb der Ruine.

Er richtet sich erneut auf und suchte mit den Augen weiter die Umgebung ab. Doch außer den Rabenvögeln schien nichts in der Nähe. Das Mädchen stand noch wie angewurzelt auf dem Weg, den Korb mit beiden Händen an den Körper gepresst. Sprachlos.

Gut so.

Er begann, die Spuren zu lesen. Die Hunde hatten sich einen wilden Kampf auf engem Raum geliefert. Wer auch immer den Anfang gemacht hatte, seine Saupacker hatten sich bar jeder Furcht auf ihre Artgenossen gestürzt und ihnen da, wo sie sie erwischten, einen blutigen Kampf geboten.

Sie waren seinem Plan zuvorgekommen. So hätte es nicht laufen dürfen.

Langsam folgte er einer Blutspur, die vom Schauplatz des Kampfes fort führte.

»Wartet! Bitte!« Die Stimme des Mädchens klang flehentlich. Sie kam angelaufen. »Bitte! Lasst mich nicht allein!«

Er drehte sich ihr zu. Schon war sie bei ihm, ließ ihren Korb fallen und warf sich ihm zu seiner Überraschung an den Körper, umfasste mit beiden Armen seinen Leib.

Er wollte zurückweichen, sich von ihr befreien, doch etwas hielt ihn ab. Er konnte ihre Angst spüren. Stumm stand er da und ließ geschehen, dass sie sich an ihn drückte. Er roch ihr Haar. Ihr Körper fühlte sich warm an.

»Ich wusste nicht … ich hatte nicht gedacht, dass …« Sie schluchzte.

Er runzelte die Stirn. Was hatte sie erwartet? Dass die Hunde miteinander spielten? Das waren Kriegswerkzeuge, keine Schoßtierchen.

»Die armen Tiere. Das ist scheußlich. Wie ist das geschehen?«

»Ein Kampf.«

Das Mädchen atmete einmal tief ein und wieder aus. Sie legte ihren Kopf in den Nacken und sah zu ihm hoch. Sie hatte blaue Augen. »Ich benehme mich töricht, nicht wahr?«

Darauf wusste er nichts zu erwidern.

Sie hielt ihn noch immer umschlungen. Ihre körperliche Nähe berührte ihn peinlich.

»Was hast du da?«

Er blickte erneut auf sie herab. Ihre Augen waren auf das

Amulett gerichtet, das er an einem ledernen Band um den Hals trug. Sie hob einen Arm und griff danach.

Er packte sie fest mit beiden Händen an den Oberarmen, stieß sie grob von sich.

Sie schrie entrüstet auf. »Was … was ist denn? Ihr tut mir weh!«

Er wandte sich ab. Neugieriges Ding! Er schnaufte, holte tief Luft. Hätte er das Mädchen bloß nicht mitgehen lassen. Grimmig wandte er sich wieder der Blutspur zu.

Er musste Geri finden, oder das, was von dem Hund noch übrig war. Und er hatte noch eine Aufgabe zu erledigen.

*

»Hopp, hopp! Nun lauf schon!« Johann klatschte in die Hände, um das Schaf dazu zu bringen, sich in seinen Stall zu bewegen. Träge kam das blökende Vieh endlich der Aufforderung nach und er schloss hinter ihm den unteren Teil der Kobeltür.

Die Gänse folgten ihm inzwischen bereitwillig, wenn er am Abend begann, die Tiere einzusammeln, doch die Schafe machten ihm jedes Mal Mühe. Nacheinander lieferte er alle Tiere bei ihren Eigentümern ab, bis ihm am Ende nur noch ein Mutterschaf mit seinem Lamm blieb. Dieses immerhin kannte seinen Weg und ließ sich vom Hütehund der alten Frau, der sie gehörten, anstandslos zu deren Haus treiben.

Die alte Elisabetha kehrte gerade Dreck aus ihrer Tür.

»Grüß Gott.«

Sie hielt inne und sah ihn durch ihre schmalen Augenschlitze an, als müsste sie sich erst erinnern, wer er war. Dann wackelte sie mit dem Kopf. »Grüß dich, Johann.«

Die Alte trat beiseite und Schaf und Lamm trotteten an ihr vorbei ins Haus. Der Stall lag im linken Teil des Gebäudes.

»Kannst noch Wasser holen? Mein Rücken plagt mich derzeit b'sonders schlimm.«

Johann nickte. »Mach ich.« Er nahm einen Eimer auf und verließ den Hof in Richtung Bach. Als er an der Kapelle vorbeikam, war durch das Fenster das flackernde Licht mehrerer Kerzen zu sehen. Johann rang kurz mit sich, lief dann aber weiter. Erst auf dem Rückweg vom Bach blieb er noch einmal auf Höhe des Gotteshauses stehen.

Er sah sich um. Niemand war mehr unterwegs. Kurzerhand stellte er den Eimer ab und ging hinüber zur Kapelle. Er näherte sich seitlich dem Fenster und versuchte dabei, sachte aufzutreten. Dumpfe Stimmen waren zu hören. Es schien jedoch keine Predigt stattzufinden, stattdessen unterhielt sich jemand. Offenbar waren es zwei Männer. Johann schob seinen Kopf vor, um durch das Fenster spähen zu können. Durch das dicke Glas war nicht viel zu erkennen außer den Bänken und der gegenüberliegenden Wand mit dem Fresko, das einen Mann mit Stock darstellte.

Und dann war er wieder da, er spiegelte sich hinter ihm im Glas: der Wilde Jäger.

Johann fuhr so heftig herum, dass er das Gleichgewicht verlor und stürzte, sich gerade noch mit den Händen abstützen konnte. Hektisch blickte er sich in der Dämmerung um. Doch da war nichts. Niemand. Die Blätter der nahestehenden Buche raschelten im Wind. Vom Bach drang Plätschern herauf. Am anderen Ende des Dorfes bellte ein Hund.

Rasch rappelte er sich wieder auf. Er musste zweimal zugreifen, um den Eimer hochzuheben. Eilig trug er ihn über die Straße. Als er sich noch einmal umsah, stand ein Mann in der offenen Tür der Kapelle und blickte ihm nach. Es war der Dorfprediger.

Mit hochgezogenen Schultern schleppte Johann den vollen Eimer zur Kate der alten Frau. Der Hofhund war inzwischen angebunden und hatte es sich vor der Schwelle gemütlich gemacht. Das Tier beobachtete ihn aufmerksam. Vor der Hüttentür hielt Johann mit klopfendem Herzen inne. Die Alte war nicht zu sehen. Die Ern war dunkel, nur ein mattes Licht schien unter der Tür zur Stube hindurch. Johanns Hände zitterten.

»Elisabetha? Ich bring das Wasser.«

Von irgendwoher aus dem Kobel erklang ein Knacken. Johann stellte den Eimer vor der Tür ab und betrat vorsichtig die Ern. Er schrak zusammen, als er ein Klappern vernahm. Im Zugang zum Stall erschien der Kopf des Lammes. Er kniff die Lippen zusammen, trat vorsichtig auf die Tür zur Stube zu. Vor der Schwelle blieb er stehen und horchte. Stille. Dann wieder ein knackendes Geräusch.

Erneut rief er den Namen der Alten, doch seine Stimme war nicht mehr als ein leichtes Krächzen. Er räusperte sich, dann schob er die Tür vorsichtig mit der Hand auf.

Die Alte saß auf einer Bank über einen Tisch gebeugt und zerdrückte etwas unter einem Wippholz. Samen lagen auf der Platte verstreut. Ein Kienspan brannte in einer provisorischen Halterung auf dem Tisch.

»Elisabetha?«

Die alte Frau zuckte zusammen und blickte auf.

»Ach du bist's. Bist noch da?«

»Ich sollte Wasser holen.«

»Ach ja, bring's nur herein.«

Mit schwitzigen Händen holte Johann den Eimer von draußen. Elisabetha wies ihn an, ihn auf eine Bank zu stellen, dann winkte sie den Jungen mit ihren kleinen, schrumpeligen Händen zu sich heran.

»Komm her. Setz dich.« Sie zeigte neben sich auf die Bank. Dann hielt sie ihm ein paar Samenkerne hin. »Magst?«

»Danke.« Er nahm die Samen, betrachtete sie kurz. Dann steckte er sie sich in den Mund und kaute zaghaft. Sie schmeckten erst hölzern, dann leicht bitter.

Die Alte sah ihn mit ihren kleinen Augen an. Ihr runzliges Gesicht lag im Schatten. »Wie läuft's mit der Mühl?«

»Gut. Wir haben viel zu tun.«

»Gut.« Sie wandte sich wieder ihren Kernen zu und fuhr fort, diese fein zu zermahlen. Zwischenzeitlich steckte sie sich etwas in den Mund, lutschte und schmatzte. Sie schien keine oder kaum noch Zähne zu haben.

Johann fragte sich, wie lange die alte Köblerin schon allein wohnte und wovon sie lebte. Außer ihr hatte er noch nie jemanden auf ihrem Hof gesehen. Er wusste, dass hinterm Haus Beete lagen, dazu gab es ein paar Hühner und natürlich das Schaf und sein Lämmchen. Das mochte reichen, um sich leidlich selbst zu versorgen. Aber wie sie an Mehl oder Feuerholz gelangte und an Futter für den Hund, davon hatte er keine Ahnung. Aber wahrscheinlich war sie Teil eines Familienverbunds hier im Dorf. Ob sie Kinder hatte?

Schon hatte er die Frage laut ausgesprochen. »Wo ist denn deine Familie?«

Sie blickte nicht auf. »Ich hab keine mehr.«

Sie hatte es ganz gleichförmig ausgesprochen. Er fand es dennoch traurig. »Aber du hattest mal eine?«

Sie nickte leicht vor sich hin. Vielleicht war es aber auch nur ihr typisches Kopfwippen.

»Wo sind sie hin?«

Sie sah nicht auf, als sie antwortete: »Meinen Mann hab

ich an die Entkräftung verloren, den Eidam an die Wassersucht. Das ist lang her. Die Tochter hat dann die Melancholie gekriegt. Daran ist's g'storben.«

Johanns Mundwinkel sackten herab. Die arme Frau. »Und Enkelkinder?«

Nun blickte sie auf, aber nicht ihn an. Stattdessen starrte sie irgendwohin im Raum. Nach einer gefühlten Ewigkeit sprach sie: »Doch. Die Sibylla.« Erstmals klang so etwas wie Schwermut aus ihrer Stimme. Nach einer Schweigepause fügte sie so monoton wie zuvor an: »Sie ist fort.« Sie widmete sich wieder ihren Kernen.

Johanns Herz klopfte wieder schneller. Sibylla? Den Namen hatte er schon mal gehört. War das nicht eines der Kinder, das verschwunden war? Oder so grässlich zerrissen wurde? Er war sicher, dass der Name bei der Versammlung gefallen war, die er belauscht hatte.

Es reizte ihn, weitere Fragen zu stellen, nach dem Verbleib der Enkelin und wie das alles geschehen war mit ihr und den anderen Kindern. Doch das waren Fragen, die eine alte Frau wie Elisabetha bestimmt traurig stimmen würden, und das wollte er nicht.

Er sah sich im Raum um, suchte nach Anzeichen für ein Mädchen, das hier gelebt hatte. Die Stube war kärglich eingerichtet, ein Schrank mit drei Schubladen schien den hauptsächlichen Besitz der Frau zu beinhalten, ein Wandregal beherbergte etwas Geschirr, zwei hohe Schemel dienten als Podeste für Topf und Eimer. In der Ecke stand ein Stampfer. Neben der Bank war ein Ofen, der jetzt kalt war, dahinter war ein Korb zu sehen, vermutlich für das Feuerholz. Die Wände waren verrußt. Nichts wies darauf hin, dass hier noch vor Kurzem mal ein Kind gewohnt hatte.

Johann blickte nach oben und staunte. In jeder der vier

Winkel des Raumes hing ein vertrockneter Strauß Kräuter von der hölzernen Decke herab.

»Wofür ist das?«

Sie sah erst hoch und dann erstmals wieder ihn an. »Beifuß und Johanniskraut.« Sie beugte sich näher zu ihm heran. »Hält die Zauberwesen fort.« Ihre Stimme klang noch rauer als sonst.

Sie widmete sich wieder ihren Kernen, fügte dann verschwörerisch an: »Du musst sie bei abnehmendem Mond ausgraben, sonst wirkt's nicht.«

»Hilft das wirklich?«

»Natürlich. Auch gegen Hexen.«

Johann merkte, dass ihm mal wieder der Mund offen stand.

»Aber nicht gegen den roten Hahn. Gegen den hab ich Feuerkugeln.« Sie wies auf die Wand nahe dem Ofen. »Die Zigeuner haben's mir eingemauert und eine Besprechung gewirkt.«

Johann runzelte die Stirn und ließ das Gehörte sacken. Er erinnerte sich an eine weitere Bemerkung von jenem Abend. Erneut rutschte ihm die Frage einfach so heraus: »Haben die Zigeuner dein Enkelkind mitgenommen?« Rasch fügte er an: »Und die anderen Kinder auch? Kann das sein?«

Sie bewegte wieder leicht den Kopf hin und her. »Na. Die Zigeuner sind keine schlechten Leut'. Ja, sehen fremdartig aus und sprechen eine Sprache, die versteht keiner außer ihnen. Und sie essen Igel.«

Johann hob die Augenbrauen. Wirklich? Igel?

»Wo kommen sie denn her, wenn sie eine so ganz fremde Sprache sprechen?«

Diesmal hob sie nur leicht die Schultern. »Von weit. Weit im Osten.«

Unwillkürlich schaute Johann zum Fenster. »Aus Bohemia? Oder gar aus Ungarn?«

Sie schwieg.

»Was wollen sie dann hier? Und warum reden so viele Leute schlecht von ihnen?«

»Der alte Markgraf hat sie für vogelfrei erklärt«, ging sie nicht direkt auf seine Frage ein. »Aber das hat sie nie gestört, sind immer nur mehr g'worden. Vor allem, als es den Krieg gab. Der alte Vogt hat sie noch tun lassen. Der junge Vogt aber, der Fischer Johann, hat eine rechte Jagd auf sie machen lassen. Aber die wissen schon, wie man den Häschern entkommt. Wissen, wo man sie nicht findet. Verstehen sich darauf, von der Natur zu leben, selbst wenn's überwintern müssen.« Sie sah ihn verschwörerisch an. Dann deutete sie vage in die Luft. »Dort droben.«

Johann folgte ihrem Finger und starrte an die kahle, nur von Spinnweben überzogene Decke. Dann kam ihm, dass sie das Gebirg gemeint haben musste.

Die Alte wandte sich wieder ihren Samen zu. »Aber nun sind's schon lang fort.« Sie griff nach dem Wippholz und mahlte weiter.

Johann grübelte eine Weile über ihre Worte nach. Er stellte sich vor, wie Menschen mit dunkler Haut und seltsamer Kleidung in den Wäldern des Gebirgs umherstreiften. Dann fiel ihm wieder der Wilde Jäger ein. Ein Schauer lief ihm über den Rücken, als er an die verschwommene Fratze des Monsters hinter der Fensterscheibe denken musste: kleine gemeine Augen, die unter Fell hervorgelugt hatten, und eine Reihe messerscharfer Zähne im geöffneten Maul. Sein Herz klopfte heftig.

»Ich habe ihn gesehen!« Es platzte einfach so aus ihm heraus.

Die Alte mahlte weiter. »Wen hast g'sehn?«

»Ihn. Den Wilden Jäger. Den Wolfsmann.«

Sie hielt inne, sah ihn kurz an. Dann nickte sie nur, widmete sich wieder ihren Kernen.

Johanns Stirn legte sich erneut in Falten. Er hatte erwartet, dass sie ihn fragen würde nach seinem Erlebnis mit dem Wiedergänger. Oder dass sie seine Worte als Aberglaube abtun würde.

»Es gibt ihn wirklich, stimmt's?«

Sie nickte wieder.

In seine Angespanntheit mischte sich Erleichterung. Dann hatte er nicht nur gesponnen oder geträumt. Vorsichtig hakte er nach: »Hast du ihn auch gesehen?«

Erneutes Nicken.

»Und ... wo?«

Sie hielt inne, legte die Wippe beiseite und schob die zerdrückten Samen mit den Händen zusammen. Dann blickte sie ihn wieder an, doch er konnte ihre Miene im Schatten des schwachen Lichts nicht einschätzen. »Wo hast du ihn g'sehn?«

»Am Fenster. Gestern Nacht. Draußen hinter unserem Haus.«

Sie nickte zum wiederholten Mal.

»Er sah ... ich weiß nicht, wie ich es beschreiben soll. Er war wie ein Tier und doch nicht wie ein Tier. Ein Mensch und ... und doch keiner. Er war ganz behaart ...« Er spürte, wie sich sein Herzschlag deutlich beschleunigte. »Und die Zähne ...«

Seine Eltern hatten es als bösen Traum abgetan, hervorgerufen durch die wahnwitzigen Erzählungen der abergläubischen Dörfler, als er ihnen erzählt hatte, was er gesehen hatte. Fast hätte er ihnen geglaubt.

»Tja.« Die Alte nahm eine hölzerne Schüssel, hielt sie an den Rand der Tischplatte und schob die zermahlenen Samenkerne hinein. Dann wies sie erneut hinter sich. »Er wohnt da droben.« Sie kicherte seltsam.

Johann starrte sie an. Dann merkte er, dass sein Mund wieder offen stand, und schloss ihn.

»Im Gebirg? Er lebt dort? Hat er all die Kinder geholt?«

Sie stand ächzend auf, ihre Knochen knackten. Nachdem sie einen scheinbar endlosen Augenblick benötigt hatte, um die Schüssel ins Regal zu stellen, wandte sie sich ihm wieder zu, und diesmal fiel das Licht auf ihr faltiges Gesicht mit den kleinen Augenschlitzen.

»Es gibt Bösartigeres als den Wilden Jäger.« Sie fixierte ihn eindringlich, ja unheimlich. Doch schon verflüchtigte sich der Ausdruck wieder. »Du musst jetzt gehen.«

Folgsam erhob er sich, trat langsam zur Tür. Auf der Schwelle drehte er sich noch einmal um, wünschte der Alten eine gute Nacht. Doch sie schien ihn schon nicht mehr zu hören.

Tief in Gedanken versunken, ging er über den Hof und schlug auf der Straße den Weg zu Neubergs Haus ein. Wie jeden der vergangenen Abende brannte Licht und wie so oft hing über der Tür ein Zweig zum Zeichen, dass Neuberg heute wieder Bier im Ausschank anbot.

Johann drückte die Tür auf, in Erwartung, seinen Vater zusammen mit dem Dorfvorsteher sowie dem einen oder anderen Seldner zu erblicken. Doch als er diesmal die Stube betrat, waren da nur Neuberg und der Prediger.

Sie brachen mitten in ihrer Unterhaltung ab und sahen ihn an, offenbar mindestens so überrascht wie er. Kernmanns Gesicht verdüsterte sich.

Johann wollte gerade etwas sagen, zuckte aber zusammen,

als sich eine Hand von hinten auf seine Schulter legte. Er fuhr herum. Es war sein Vater.

»Johann!« Michael Hartmann zog Johann über die Türschwelle zurück ins Freie, packte dann seine Hand und zerrte ihn überraschend grob hinter sich her. »Komm!«

Verwirrt warf Johann einen Blick über die Schulter und wollte schon darauf hinweisen, dass die Tür noch offen stand, als sein Vater nachlegte: »Schneller, Johann!«

Der Ton klang so streng und unnachgiebig, dass Johann lieber den Mund hielt. Er verkniff sich auch eine Klage über den harten Griff und versuchte stattdessen, mit seinem Vater Schritt zu halten. Erst auf halber Strecke ihres Heimwegs wagte er, ihn zu fragen, was passiert sei.

Sein Vater schwieg anfänglich weiterhin. Doch endlich sagte er: »Es ist nichts, Johann. Lass uns einfach nach Hause gehen.« Er ließ Johann los, doch begann zugleich, seine Hände zu kneten. Die restliche Strecke hingen beide stumm ihren Gedanken nach.

*

Ein großer Schatten bewegte sich im Unterholz am Rande des Dorfes. Zwei Augen verfolgten Vater und Sohn beim Verlassen der Ansiedlung, so lange, bis diese aus dem Blickfeld verschwunden waren. Der Kehle des Beobachters entwich ein leises, aber tiefes Grollen.

Der Schatten wandte seine Aufmerksamkeit wieder der großen Hütte zu. Aus der halb offenen Tür drangen Stimmen, laut, energisch. Dann verließ ein Mann das Haus.

Wieder ein tiefes Knurren. Die Augen folgten dem Mann, der die Straße hinunterging, das Gotteshaus passierte und auf den eingefassten Gutshof zuhielt. Der Schatten setzte sich in

Bewegung, seine Pfoten verursachten auf dem weichen Waldboden keinen Laut. Am Rande des Forstes, noch im Schutze der Bäume, huschte er, parallel zur Straße, dem Mann hinterher. Als dieser das Tor hinter sich verschloss und gleich darauf in einem Gebäude verschwand, hatte der Beobachter die seitliche Umzäunung erreicht. Geduckt schlich er sich an dieser entlang, bis er hinter einem der Schuppen zum Stehen kam. Ein Schnüffeln, gefolgt von einem tiefen Schnauben. Gleich darauf zog sich der Schatten wieder zwischen die Bäume zurück.

KAPITEL 7

In der Nacht und bis in den Vormittag hinein hatte es geregnet, nun hing der schwere Geruch nasser Erde in der Luft. Feine Wasserperlen lagen auf den Blüten und Blättern, rannen an Stängeln und Ästen hinab und tropften von Büschen und Bäumen. Die Luft wirkte bleiern vor Feuchtigkeit.

Anna machte das nichts aus. Zwar begann ihr Kleid zunehmend an ihrem Körper zu kleben. Doch sie genoss es, barfüßig durch das nasse Gras und über den feuchten Waldboden zu streifen und hatte kindliche Freude daran, das Geräusch zu hören, das mit Wasser vollgesogenes Moos verursachte, wenn man darauf trat. Sie mochte dieses Wetter, ebenso wie das Querfeldeinspazieren, das sanfte Plätschern der Rinnsale, die sich ihren Weg ins Tal suchten, und auch der Matsch der Wege machte ihr nichts aus. Besser als auf trockenem sandigem Boden zu laufen und dabei Staub einzuatmen.

Während die Sonne ihre Strahlen durch die Bäume sandte, schlenderte sie mit ihren beiden Begleitern erst bergauf durch den Wald und dann hangabwärts in Richtung einer auf der anderen Seite des Gebirgs liegenden Siedlung, die zu besuchen sie schon gespannt war. Einen Sack auf dem Rücken und einen Korb im Arm summte und trällerte sie dabei vor sich hin und gefiel sich ansonsten als Mittelpunkt der Unterhaltung mit den beiden Musketieren, die sich ihr angeschlossen hatten.

Am späten Vormittag hatte ihre Mutter ihr aufgetragen, in eines der am Rande des Gebirgs gelegenen Nachbardörfer von Albrechtsreut zu gehen, um einige Besorgungen zu machen. In den letzten Tagen hatten sie ein paar der dortigen Bauern kennengelernt, die zum Mahlen ihres Getreides zur Mühle gekommen waren. Auf Annas Frage, warum es nicht genügte, nach Albrechtsreut zu gehen, hatte die Mutter ungewöhnlich barsch reagiert. Anna hatte den Verdacht, dass ihr Vater wiederholt Streit im Ort gehabt hatte, aber ihre Eltern wollten dazu nichts sagen und auch ihr kleiner Bruder war ungewöhnlich verschlossen. Ursprünglich hatte Johann sie begleiten sollen, doch nachdem am Vormittag reichlich Kundschaft an der Mühle aufgetaucht war, musste der Junge seinem Vater zur Hand gehen.

Stattdessen waren die Musketiere Hans und Georg aufgetaucht und hatten verkündet, in den Bergbauort Zell im Hofer Land zu wollen und sie dorthin mitnehmen zu können. Anna war es ganz recht, erhielt sie so doch Gelegenheit, die andere Seite des Gebirgs zu sehen und neue Bekanntschaften zu machen.

Anfangs hatte sie sich mit den beiden unterhalten, allerdings hauptsächlich mit Georg, denn Hans, ein gedrungener Kerl mit strähnigem Haar, machte nicht viel Worte. Zudem war er ihr nicht ganz geheuer. Anders Georg, ein gutgebautes Mannsbild, das erfreulicherweise regen Anteil an ihr und ihren Erzählungen nahm. Er fragte sie nach ihrer alten Heimat und ihren Neigungen, hörte interessiert zu, als sie von ihren Freundinnen erzählte und wie sie ihr altes Leben vermisste. Einzig sein stetig zuckendes Auge irritierte sie, aber dafür konnte er ja nichts. Als sie ihm ihre Begeisterung für Reisen und vor allem für die südlichen Lande anvertraute, begann er von seinen Fahrten zu berichten, die er unternommen hatte. So hatte Georg schon die Reichsstädte Nürnberg, Windsheim und Nördlingen besucht, war im Fürstentum

Coburg und im Bistum Bamberg herumgekommen. Gut, das war nicht Italia, doch immer noch besser als dieses Gebirg mit seinem bedrückenden Forst. Der Weg quer durch den Wald kam Anna kurz vor angesichts der netten Unterhaltung mit dem Musketier.

In Zell trennten sich die drei. Während Georg den Dorfschulzen besuchen wollte, machte sich Hans auf die Suche nach etwas, um die Kehlen zu befeuchten, wie er es nannte. Sie vermutete Branntwein, Bier oder Apfelmost. Derweilen erwarb sie alles Nötige, das ihr die Mutter aufgetragen hatte, man nahm hier auch bereitwillig ihr gutes Geld an. Als Anna bereit zur Rückkehr war, hockten Georg und Hans im Schatten eines Baumes, neben sich eine Flasche im Gras. Sie wirkten angeheitert. Als sie sich erhoben, ließen sie die Flasche achtlos liegen.

Auf dem Rückweg folgten sie wieder dem von Regen- und Schmelzwasser über Jahrhunderte geformten Geröllbett hinauf ins Gebirg, durch das ihnen ein stetiges Rinnsal eiskalten Wassers entgegenkam. Georg hatte sich angeboten, Annas schweren Korb zu tragen. Hans blieb während des folgenden Aufstiegs etwas zurück, er schnaufte wie ein Zugochse. Womöglich hatte er zu viel gezecht. Georg hingegen wirkte weiterhin freundlich und gelöst und kam wieder auf seinen Aufenthalt in Bamberg zu sprechen, wo er einige Zeit im Dienst des Fürstbischofs gestanden hatte. Er erzählte von den zahlreichen Hexenverbrennungen, die in den letzten Jahren dort stattgefunden hatten. Nachdem sogar der Bürgermeister und der Kanzler der Stadt der Zauberei angeklagt und verbrannt worden waren, hatte er Bamberg jedoch den Rücken gekehrt und sich in die Dienste des Markgrafen Christian von Brandenburg-Bayreuth begeben.

Nach etwa einem Viertel der Strecke deutete Georg auf

einige Felsen in der Nähe, die im Licht der Sonne zwischen den Bäumen durchschimmerten, und schlug vor, einen Abstecher dorthin zu machen. Das Gestein dort schien eine Art Aussichtsplattform zu bilden, die aus dem Wald herausragte und einen feinen Blick auf die Hofer Landschaft bot. Anna zögerte, doch auf Georgs Frage hin, ob sie wohl Angst so hoch droben habe, wollte sie sich keine Blöße geben.

Ein Wildwechsel führte entlang an knöchelhohem Buschwerk, einzelnen Ebereschen und massivem Gestein zu einem Plateau aus übereinanderliegenden Felsen, das einen ersten schönen Blick ins Land hinein gewährte. Während Anna sich gedanklich noch ermahnte, nicht zu vergessen, auf dem Rückweg die Beeren einzusammeln, die sie an den Sträuchern entdeckt hatte, folgte sie Georg bis zu einer noch höher liegenden Felsformation, an deren Fuße der Musketier den Korb, seine Muskete und den Ladestock ablegte. Auch Anna ließ ihren Sack zu Boden gleiten. Dann half Georg ihr, das letzte Stück Fels zu erklimmen. Oben angekommen erwies sich die Kuppe als der perfekte Aussichtsturm. Auf drei Seiten ging es steil bergab. Anna beschirmte mit der Hand die Augen gegen die hoch stehende Sonne und ließ ihren Blick über die Wipfel der Bäume und die dahinter liegende Gegend wandern. Das Bild, das sich ihr bot, war tatsächlich atemberaubend und gewährte den Blick bis weit in die Ferne des Hügellandes im Westen und Norden.

Es dauerte eine ganze Weile, bis endlich auch Hans den Aufstieg geschafft hatte. Schnaufend erklomm er die letzten Steine und gesellte sich zu den beiden anderen, um den Ausblick ebenso zu genießen. Zwar bot die Kuppe nicht viel Platz, dennoch stellte er sich nach Annas Dafürhalten arg nah neben sie, sein Arm streifte ihr Kleid. Das Mädchen wich ein klein wenig zur Seite.

»Was habt ihr vorhin von Hexen gehabt?« Der kleinere der beiden Musketiere hatte den breitkrempigen Hut abgenommen und wischte sich mit dem Arm den Schweiß von der Stirn. Seiner Aussprache nach schien Hans ursprünglich in der Oberpfalz beheimatet oder von noch weiter aus dem Süden, aus Baiern. Das machte ihn ihr nicht sympathischer.

»Nichts weiter.« Georg stand ein paar Schritte weit. »Nur, dass sie im Bambergischen die Hexenfeuer tagaus, tagein lodern lassen.«

»So. Ja.« Hans wandte sich Anna zu und fixierte sie mit seinen kleinen Augen. »Du bist auch so 'ne Hex, was?« Er lachte auf hässliche Art.

Anna wich noch ein Stück von ihm ab, so weit der Fels es zuließ. Dann blickte sie sich in die Richtung um, aus der sie aufgestiegen waren. Es schien ihr besser, rasch heimzukehren.

Auf einmal packte Hans sie grob am Arm. Erschrocken sah sie ihn an.

»Au, du tust mir weh!«

»Das mögt ihr doch, ihr Hexen, nicht? Ein wenig einen Schmerz, das mögt ihr doch?!«

»Nein!«

Hans grinste blöde. Er keuchte noch immer vom Aufstieg. Sie roch seinen fauligen, alkoholgeschwängerten Atem.

»Lass los! Was soll das?« Sie versuchte, sich aus seinem Griff zu befreien, aber es fühlte sich an, als sei ihr Arm in einen Schraubstock geraten.

Hilfesuchend blickte sie sich nach Georg um. Doch als Anna dessen lässige Haltung und verächtlichen Blick bemerkte, dämmerte ihr, welchen Fehler sie begangen hatte. Ihre Kehle schnürte sich zu. Ihre Augen glitten zurück zu Hans.

Der drückte sogleich noch fester zu, griff mit der anderen

Hand nach dem Kragen ihres Kleides und zerrte ruckartig daran. Ein reißendes Geräusch ließ sie an sich herabblicken. Ihr nackter Busen lag frei, ein Teil des Gewands hing in Fetzen an ihr herab. Schamhaft versuchte sie, mit der freien Hand ihre Blöße zu bedecken. Warum musste ihr das passieren? Warum war sie so dumm gewesen?

Hans gab einen obszönen Laut von sich. Er packte auch ihren anderen Arm und riss ihn von ihrer Brust weg.

»Bitte, nein!« Annas Stimme klang in ihren eigenen Ohren heiser, war mehr Wimmern als Rufen. Warum war sie so schwach? Sie wollte schlucken, doch ihre Kehle war völlig trocken. Panisch warf sie einen Blick über die Schulter, die Plattform endete nach nur einem Schritt im Nichts. Ihre Gliedmaßen schienen ihr den Dienst zu verweigern. Hans' dämliches Grinsen wirkte inzwischen wie eine scheußliche Fratze. Sie schloss die Augen, wich einen halben Schritt zurück, geriet ins Stolpern. Für einen Herzschlag glaubte sie, in den Abgrund zu stürzen, doch Hans riss sie zurück und sie fiel nach vorne, strauchelte und landete hart auf dem steinigen Boden. Alle Luft wurde aus ihren Lungen gepresst, ihre Brust schien zerspringen zu wollen. Jemand zerrte an ihr, riss sie herum, dann presste sich ein Körper auf ihren. Erneut roch sie stinkenden Atem und bekam etwas Feuchtes auf ihren Mund gedrückt. Hände waren überall an ihr, zerrten an der Kleidung über ihrem Unterleib. Ein Schrei erklang und sie hätte nicht sagen können, ob sie selbst ihn ausgestoßen hatte.

*

Er riss den Kopf hoch, als der Laut über die Wipfel der Bäume gellte. Seine Ohren stellten sich schlagartig auf, seine Schnauze witterte in der Luft. Er versuchte, sich zu orientieren, wog ab, woher das Geräusch gekommen war. Dann trabte er los, fiel rasch in eine schnellere Gangart. Gleich darauf hetzte er, die Zunge aus dem Maul hängend, durch den Wald.

*

Hildner hatte schon von Weitem Stimmen vernommen, ohne diese zuordnen zu können. Nachdem er eine Frauenstimme hatte aufschreien hören, hatte er seinen Schritt beschleunigt. Ihm war rasch klar geworden, wohin er steuern musste. Den Felsen, der einen perfekten Ausblick über den Wald bot, hatte er schon vor Tagen mit seinen Rüden entdeckt und erklommen.

Nun erkletterte er mühsam das letzte Stück, zog sich hoch auf die Kuppe und richtete sich auf.

Georg hockte auf einem Steinblock und fuhr, als er ihn bemerkte, sichtlich erschrocken hoch. Zu ihren Füßen lag Hans, den Körper auf einen halbnackten Leib unter sich gepresst. Mit der einen Hand hielt er zwei überkreuzte Arme fest, mit der anderen nestelte er an seiner halb heruntergezogenen Hose herum. Dabei stieß er wilde Grunzlaute aus. Sein haariger Hintern war blank. Kein schöner Anblick. Aber einer, den er schon oft genug erlebt hatte.

Die Frau, die unter Hans lag, schien alle Gegenwehr eingestellt zu haben. Sie gab nur ein Wimmern von sich.

Hans hatte Hildners Eintreffen offenbar bisher nicht bemerkt.

Hildner sah Georg an. Mochte dieser auch überrascht gewesen sein, so zeigte er nun ein fast spitzbübisches Grinsen und hockte sich wieder hin. Stirnrunzelnd blickte Hildner zurück auf Hans und sein Opfer. Dann erst erkannte er Anna.

Mit einem Schritt war er bei Hans, packte ihn mit beiden

Händen und zerrte ihn hoch. Der Musketier war schwer, aber nicht so schwer, dass Hildner ihn nicht hätte in der Luft halten können. Er riss ihn herum wie einen Sack voller Getreide. Dann ließ er gleich wieder los, sodass Hans das letzte Stück Felsen hinabfiel, über das sie zuvor heraufgestiegen waren. Als der Musketier unten auf dem steinigen Grund aufschlug, war ein Knacken bis zu ihnen herauf zu hören. Hans gab ein durchdringendes Brüllen von sich.

Im nächsten Moment verspürte Hildner einen Stich in seinem oberen Nacken. Metall bohrte sich in seine Haut.

Georg war schnell gewesen mit dem Rapier. »Das war ein Fehler.«

Da hatte er womöglich recht. Betont langsam hob Hildner die Hände bis auf Brusthöhe. Im Augenwinkel nahm er wahr, wie Anna hektisch versuchte, ihre Blöße mit den Fetzen ihrer Kleidung zu bedecken. Sie lag gefährlich nahe am Abgrund.

Hans' Brüllen gellte über den Wald und ging dann in einen Schwall übler Verwünschungen über. Der Musketier rappelte sich schwerfällig auf. Sein linker Arm wirkte seltsam verdreht. »Das wirst du mir büßen, du Schwein!« Er schwankte, zog mit rechts einen Dolch und machte Anstalten, ungelenk zurück zu ihnen auf den Felsvorsprung zu steigen.

Georg fuhr ihn an: »Lass mich machen!« Und an Hildner gewandt: »Wärst besser nicht aufgetaucht.« Die Stahlspitze bohrte sich tiefer, drückte Hildners Kopf nach vorne.

Anna gab mit einem Mal ein lautes Schluchzen von sich, was Georgs Aufmerksamkeit kurz abzulenken schien, denn für einen Sekundenbruchteil ließ der Druck auf Hildners Nacken nach – und den nutzte er.

Mit einem Ruck tauchte er zur Seite weg und fuhr herum, schlug Georg dabei fast das Rapier aus der Hand. Doch der Musketier reagierte mit der Schnelligkeit eines geübten Kämpfers und hieb mit der Klinge nach Hildner. Statt auszuweichen ging dieser auf Georg los, ignorierte den Schlag mit der Waffe gegen seinen Körper und packte den Musketier. Einen Augenblick wanden sich die Männer keuchend ineinander. Dann gelang es Hildner, mit beiden Händen Georgs Kopf zu fassen zu kriegen. Er drückte seine Daumen in dessen Augen. Der markerschütternde Schrei des Musketiers ließ die Vögel der weiteren Umgebung zeternd auffliegen. Hildner drückte noch fester zu. Blut spritzte in alle Richtungen.

Als Hildner Georg wie eine Puppe von sich stieß, kippte dieser rücklings hintenüber und war auf einmal verschwunden. Sein gellender Schrei entfernte sich, dann wurde es plötzlich still.

Ein heiserer Ausruf hinter ihm ließ Hildner herumfahren. Gerade rechtzeitig gelang es ihm, den Hirschfänger aus dem Gürtel zu ziehen, als sich auch schon Hans mit blanker Schneide auf ihn stürzte. Hildner wich mit all seiner Routine aus und rammte dem kleineren der beiden Musketiere die Klinge in den Leib. Einmal, zweimal, dreimal. Hans' Schreie gingen in ein Gurgeln über, dann erschlaffte er, sackte zusammen und kippte zur Seite um. Sein Körper blieb kurz vor dem Felsrand liegen und Hildner fackelte nicht lange und stieß ihn mit dem Stiefel in den Abgrund. Das Knacken und Brechen von Geäst erklang, entfernte sich. Dann wurde es still.

Die Stille der geschlagenen Schlacht.

*

Weitere Schreie waren durch den Wald gehallt. Er hetzte über Moos und Gestein, durch Gestrüpp und Unterholz. Dann hielt er abrupt an. Ganz in der Nähe wimmerte etwas.

Er duckte sich, schnupperte. Er roch menschliche Ausdünstungen, Schweiß und Blut. Dann erklang vor ihm, nur wenig entfernt, eine tiefe Stimme. Er lief ein Stückchen weiter, an einem Felsen entlang, blieb dann erneut stehen, reckte den Hals. In der Nähe, am Fuße eines Felsens, lagen einige Gegenstände. Nun entdeckte er droben auf einer Klippe jemanden, einen riesigen Menschen, der ihm den Rücken zuwandte.

Sabber lief ihm aus dem Mund. Er beobachtete das hünenhafte Wesen, das sich nach etwas bückte und dann eine Art Bündel hochhob.

Er knurrte, dann wandte er sich geduckt ab, schlich davon und trabte den Weg zurück, den er gekommen war.

*

Johann blickte dem letzten Bauern nach, der mit seiner Ausbeute aus Grieß und Kleie auf einem Karren davonzog. Dann trat er zurück in die Mühle, nahm die Schüssel mit dem Grieß, der als Bezahlung für sie abgefallen war, und stellte sie auf einen Schemel an der Tür, damit die Mäuse nicht sogleich herankamen. Was ihnen noch fehlte, war eine Katze. Er griff nach einem Besen, um die Reste der Arbeit wegzukehren. Als das geschafft war, grübelte er einmal mehr über die Geschehnisse der letzten Tage nach.

Der Hüne hatte beabsichtigt, zusammen mit den beiden anderen Musketieren Jagd auf die Wildhunde zu machen, die sich in der Gegend herumtrieben. Auf die Frage Georgs, ob man sich nicht lieber um die Wölfe im Gebirg kümmern sollte, hatte der Hüne nicht geantwortet.

Ob er die Hunde in eine Fallgrube locken oder eine Hatz auf sie hatte veranstalten wollen, wusste Johann nicht. Aber der Plan mochte so oder so infrage stehen, nachdem die beiden Saupacker des Wildhüters verschwunden waren und mindestens einer von ihnen hinüber war, totgebissen in einem Kampf mit seinen wilden Artgenossen. Wie das geschehen konnte, verstand Johann nicht. Anscheinend waren die Rüden in der Nacht ausgerissen, so hatte es Anna erzählt. Zwar war auch ein Teil des verwilderten Rudels dem tierischen Gemetzel zum Opfer gefallen, aber noch trieb sich der Rest der Meute wohl in der Gegend herum.

Was mochte der Hüne nun vorhaben? Und warum war er so darauf fixiert, die wilden Hunde zu jagen, statt nach den verschwundenen Kindern zu suchen? Johann schien es, als hätten sich alle Erwachsenen mit deren Schicksal abgefunden, hielten sie für tot. Die Einheimischen ebenso wie die Musketiere und auch Johanns Eltern. Wie konnte das sein? Sie konnten die Kinder doch nicht einfach aufgeben. Und was sollte er von dem halten, was ihm die alte Elisabetha gestern Abend erzählt hatte?

Johann horchte auf. Aus dem oberen Mühlhaus klangen laute Stimmen. Seine Eltern stritten. Das hatten sie auch in Wonsidl getan, wie überhaupt mehrfach seit ihrer Flucht aus der Heimat. Zu häufig, wenn es nach ihm ging. Daheim war das kaum vorgekommen, zumindest früher nicht.

Johann seufzte. Er versuchte herauszuhören, worum es ging, doch er verstand die Worte nicht. Die Schultern sackten ihm herunter. Sie würden hier wieder weggehen, er wusste es genau. Gerade jetzt, wo die Mühle lief, schien das Verhältnis zu den Dorfbewohnern gestört zu sein. Das wollte ihm nicht in den Kopf. Wieso musste das geschehen? Wieso ließ der Herr das zu?

Einen Moment lang spielte er mit dem Gedanken, wieder wegzulaufen, hinein in den Wald, aber er hatte das Gefühl, dass er das seinen Eltern nicht wieder antun durfte. Tränen traten ihm in die Augen. Er wischte sie mit einer harschen Geste mit dem Handrücken weg. Doch den Wunsch, sich irgendwohin zu verkriechen, konnte er nicht wegwischen.

Er sah sich um, entsann sich des Verschlags in der hinteren Ecke der Mühle. Er trat zur rückwärtigen Seite, duckte sich unter einer hölzernen Verstrebung durch, drückte sich am Mahlwerk entlang und kam vor einer halbhohen Tür zum Stehen. Er wusste, dass dahinter ein kleiner, muffiger Raum lag, den die Familie bei ihrer Ankunft leer vorgefunden hatte und dessen Funktion sich ihnen nicht erschloss. Er zog die Tür auf. Beim Hineingehen musste er sich nur leicht bücken.

Das Kämmerlein dahinter war dunkel. Es roch modrig und feucht. Irgendetwas huschte über die Erde davon. Mäuse. Doch an denen störte er sich nicht. Er machte die Tür hinter sich zu und verkroch sich in die hinterste Ecke der Kammer. Er konnte vergammelte und vertrocknete Reste von Heu ertasten. Staub hing in der Luft.

Er betete stumm. *Das Licht Gottes umgibt mich! Die Liebe Gottes umhüllt mich! Die Gegenwart Gottes wacht über mir! Die Kraft Gottes strömt durch mich! Wo immer ich bin, ist Gott! Amen.* Er bekreuzigte sich.

Er blickte sich im dämmrigen Licht des Raumes um. Die Umrisse der Tür bildeten helle Linien. Welchen Nutzen die Kammer jemals gehabt haben mochte?

Dann kam ihm ein Gedanke. Natürlich: ein Versteck! Das hier war wie ein Versteck. Aber für wen mochte es gebaut worden sein? Seine Gedanken wanderten weiter. Was war, wenn die verschwundenen Kinder nicht tot waren? Was, wenn sie sich versteckt hielten?

Er erhob sich. Er musste hier raus, raus aus dem Muffigen, Stickigen. Er krabbelte aus der Kammer, trat hinaus aus der Mühle in die Sonne. Von seinen Eltern oder seiner Schwester war nichts zu hören oder zu sehen. Ihm fiel ein, dass Anna gar nicht da war, sie war weggegangen, zusammen mit den beiden Musketieren.

Er blickte in Richtung der Weiher und weiter den Pfad hinab. Niemand war da. Kurzentschlossen bog er um die Mühle, überquerte die Wiese, sprang über den Bach und lief in den Wald, da, wo der Hang begann. Im Schatten der Bäume war es gleich spürbar kühler.

Gleich darauf stand er vor dem einsamen Grabhügel. Die Drossel lag noch immer darauf, diesmal unverändert. Für einen kurzen Moment glaubte er, sie bewege sich. Doch es war nur Geschmeiß, das auf ihr herumkroch. Der Wald holte sich zurück, was ihm gehörte.

Ein diffuses Gefühl der Enttäuschung überkam ihn. Insgeheim hatte er erwartet, wieder etwas anderes vorzufinden, noch einen anderen Vogel. Aber natürlich machte das keinen Sinn. Doch er hätte schwören können, dass der Vogel bei seinem ersten Besuch hier ein helles, geflecktes Federkleid gehabt hatte. Litt er unter Geistesverwirrung? Erst der Vogel, dann der Wolfsmann – Dinge, die womöglich gar nicht da waren.

Dumpf brütete Johann eine Weile vor sich hin. Dann glitten seine Gedanken zurück zu dem Grund, aus dem er hergekommen war. Wo würde er sich verstecken, wenn er aus dem Dorf abhauen würde und nicht gefunden werden wollte? In der dunklen Kammer in der Mühle? Nein, zu nah. Da würden die Dörfler zuerst suchen, zumal dort in der Nähe zuvor der Leichnam des einen Jungen gefunden worden war. Hier etwa? Nein, dieser Hügel bot keinen Unterschlupf. Es brauchte eine Art Dach über dem Kopf.

Dann kam ihm eine Idee.

*

Es war seltsam. Er hatte so etwas noch nie gefühlt. Oder wenn, dann war es vor langer, langer Zeit gewesen. Ja, vielleicht. Es war ganz vage, wie etwas, das er einmal gespürt, aber dann wieder verloren hatte. In einem anderen Leben.

Hildner saß auf einer Mauer, die einstmals Teil einer Burg hier oben gewesen sein musste. Seine Beine baumelten über einem kurzen Felssporn. Gleich dahinter ging es steil in die Tiefe. Wie tief, das war nur durch die von unten heraufragenden Buchen zu erahnen, deren Kronen den Blick hinab verdeckten. Zwischen dem Gestein wuchsen kurze Gräser und einsame Hölzer, deren Wurzelwerk sich auf wundersame Weise Halt im Felsen verschafft hatte.

Neben ihm hockte das Mädchen, auf ihren Knien, wie er es schon lange nicht mehr vermochte. Hätte er diese Haltung versucht, hätten es seine Gliedmaßen gar nicht mitgemacht. Sie hockte da, den Kopf schief gelegt, zupfte ständig an etwas herum, einem Blatt, einem Halm, strich mit den Fingern über das Gestein. Dabei plapperte sie in einem fort, als säße sie an der Seite einer ihrer Freundinnen.

Erstaunlich. Nichts an ihr deutete in diesem Moment auf den Schrecken hin, der ihr vor Kurzem widerfahren war, oder auf den blutigen Gewaltakt, den sie mitangesehen hatte. Einzig der Umhang, den sie sich umgelegt hatte – sein Umhang, der ihm beim Schlafen im Wald als Decke diente –, zeugte davon, dass mit ihr etwas vorgefallen war. Ein Mädchen wie sie war ihm noch nicht untergekommen.

Er musste an Loisa denken. Auch so eine Kindfrau. Er hatte sie damals als Beute erhalten, neben Kleidung und Stiefeln, mit denen er nichts hatte anfangen können. Alles, nur kein Geld. Das hatten wie immer die Offiziere eingesteckt. Loisa war nicht das, was man hübsch nennen konnte. Ein einfältiges Ding, aber gehörig. Aufs Braten und Backen verstand sie sich, da konnte sogar er noch was von ihr lernen. Sie folgte ihm wie ein Hund, versorgte ihn, wenn er mit allerlei blutenden Wunden aus seinen Scharmützeln wiederkehrte, wärmte ihn, wenn es in der Nacht empfindlich kalt wurde. Doch er hatte nicht das unbedingte Bedürfnis gehabt, sie vor Schaden zu bewahren, nicht mehr zumindest als bei seinen Saupackern. Sie war eine Weile da gewesen und irgendwann dann nicht mehr.

Umso irritierter war er von dieser Müllerstochter. Anna. Er machte sich nichts aus Namen. Aber dieser hier klang recht schön. Doch was ihn bewogen hatte, sie zu beschützen, wusste er nicht. Er hatte schon viele Gewaltakte an Frauen miterlebt. Im Krieg war das an der Tagesordnung. Warum auch nicht? Der Sieger nahm, der Verlierer gab, ob freiwillig oder nicht, spielte keine Rolle.

Warum also sie? Er dachte an Hans und Georg. Ihre Körper lagen nun im Wald, zerschmettert auf felsigem Grund, dort, wo er sie hinabgeworfen hatte, ihre Musketen und Rapiere hinterher. Keiner würde sie finden. Keiner sie vermissen. Es war egal. Er hatte schon so viele von ihnen gesehen. Geschundene Leiber, Opfer der Krähen und der Hunde.

Seine Gedanken glitten zu seinen Rüden.

Der Blutspur folgend, hatte er am Vortag auch Geri gefunden, in der Nähe des Kampfortes der Hunde, am Rande des Pfades, halb verdeckt in den Brennnesseln. Der Rüde hatte noch gelebt, aber nur noch ein trauriges Winseln von sich geben können. Die Gedärme waren ihm herausgehangen. Hildner hatte es kurz gemacht, ihm die Kehle durchtrennt, damit der Tod schnell eintrat.

Er bedauerte, dass beide Tiere tot waren. Er hatte viel in ihre Ausbildung investiert. Mehrere Jahre waren die beiden ihm gefolgt. Aufs Schlachtfeld und auf die Jagd. Nun war auch ihre Zeit gekommen. Damit hatte er nicht gerechnet. Noch nicht.

Das Mädchen schien eben auch auf ihr Erlebnis mit den toten Hunden gekommen zu sein. »... schrecklich. Hätte ich das gewusst, wäre ich nie allein in den Wald gegangen. Aber der Johann hatte sich ja den Kopf gestoßen. Und fantasiert hat er. Da musste ich doch etwas für ihn tun. Er ist ja schließlich mein kleiner Bruder, nicht wahr? Auch wenn er eine rechte Nervensäge sein kann. Er ist ein bisschen wunderlich, musst du wissen. Er streift gern durch den Wald, allein. Ich glaub er mag die Einsamkeit lieber als die Leut'. Das ist doch nicht normal, oder?«

Er verstand nicht, was sie meinte.

»Ich für meinen Teil bin gern unter Leuten. Ich wär am liebsten in einer großen Stadt. Da, wo es viele Menschen gibt. In Nürnberg oder so. Oder in Mailand. Das ist kein Land, sondern eine große Stadt, die größte in der Lombardei. Dort sagen sie Milano zu ihr.« Sie blickte zu ihm auf. »Warst du schon mal jenseits der hohen Berge, in der Region, die man Italia nennt?«

»Nein.«

»Wie schade. Ich hatte gehofft, du könntest mir davon erzählen. Wenn ich ein Mann wäre, ich würde weit fortgehen. Dorthin. Oder noch weiter. Ich glaube, ich würde sogar zur See fahren. Das Meer soll unendlich groß sein.« Sie blickte über die Baumwipfel, die sich im Wind wie Wogen bewegten, dann fuhr sie fort: »Wo warst du schon überall? Du bist doch bestimmt schon weit herumgekommen? Deine Aussprache ist nicht von hier, das merke ich, und von weiter südlich kommst du auch nicht. Woher stammst du?«

»Norden.«

»Woher dort? Ist es dort schön? Gibt es bei dir daheim

große Städte? Wie sind die Leute dort? Wie ist die Landschaft?«

Er runzelte die Stirn über ihre ungenierten Fragen, die aus ihr herausperlten wie Quellwasser aus dem Gestein. Er erinnerte sich der Worte des Forstmeisters.

»Dort leben starke Manns- und Weibspersonen. Ein fruchtbares Land. Viel Holz. Viel Viehzeug. Wild. Viele Bienen.«

»Das klingt schön. Da würde ich gerne mal hinreisen. Klingt, als könnte man dort in Frieden leben.«

In Frieden leben. Er blickte auf sie herab. Sie lächelte vor sich hin, guckte verklärt in die Ferne, als stellte sie sich das Land vor, aus dem er kam. Er folgte ihrem Blick, doch wenn er an seine Jugend dachte, sah er nur Dunkelheit.

Eine Weile hingen beide ihren Gedanken nach. Hildner mochte das Schweigen.

Auf einmal raschelte etwas hinter ihnen im Gebüsch. Erschrocken fuhr Anna herum, klammerte sich an ihn, wie sie es zuvor schon einmal getan hatte. Hildner drehte nur langsam den Kopf. Ein Keckern erklang. Die Sträucher wackelten. Ihre Fingernägel bohrten sich in seine Haut.

Beruhigend legte er seine Pranke auf ihre Hand. Keine Sorge. Ein Wolf hätte sich ihnen niemals mit dem Wind genähert. Auch ein wilder Hund wäre kaum von hinter dem Mauerwerk aufgetaucht, sondern hätte erst mal die steinerne Treppe hier herauf erklimmen müssen. Und ein Wildschwein hätte er gerochen, bevor er es gesehen hätte.

Eine große Elster kam aus dem Gebüsch gehüpft, drehte den Kopf und sah die beiden Menschen mit einem schwarzen Auge an. Dann schwang sie sich in die Lüfte und suchte das Weite. Anna atmete hörbar aus. Verlegen blickte sie zu Hildner auf. Er wollte gerade seine Hand wegziehen, als sie diese ergriff. Ewig schon hatte keiner mehr seine Pranke gehalten. Nicht einmal Loisa.

Eine vage Erinnerung ließ ihn mit der freien Hand nach dem Amulett greifen, das an einer trockenen Lederschnur um seinen Hals hing. Sie ließ seine Hand los, wollte auch nach dem Schmuckstück greifen, hielt dann aber inne.

Fragend sah sie ihn an. »Darf ich?«

Er zögerte, atmete einmal tief ein. Er griff nach dem Band, wollte es sich über den Kopf ziehen, musste aber feststellen, dass das gar nicht möglich war.

Sie rückte noch etwas näher, fasste mit der anderen nach dem Anhänger, zog ihm die Schnur sachte aus den Fingern und betrachtete das Amulett. Es war das einzige persönliche Stück, das er besaß.

Sein Herz schlug schnell, ungewohnt heftig, wie er es auf diese Weise nur selten gespürt hatte. Nicht, als er Georg die Augen zerquetscht und zugesehen hatte, wie dieser hintenüber vom Felsen gekippt war. Auch nicht, als er auf Hans eingestochen und dann den röchelnden Leib in den Abgrund gestoßen hatte.

Anna fasste den Verschluss des Talismans und klappte diesen auf. Sie zuckte kurz zurück, als beinahe etwas herausfiel, dann griff sie vorsichtig danach. Es war ein blondes Haarbüschel.

Offenbar überrascht hielt sie die Locke hoch, vor sein Gesicht. »Ist die von deiner Liebsten?«

Er betrachtete die Strähne. Er hatte sie sehr, sehr lange nicht mehr angeschaut.

»Bist du getraut? Hast du irgendwo ein Eheweib?« Sie ließ das Amulett los, rückte ein wenig von ihm ab, hielt die Locke aber immer noch in den Händen.

Für einen Moment fürchtete er, sie würde loslassen und das Haar vom Wind davongetrieben werden.

»Hast du gar eine Familie?«

Vorsichtig nahm er ihr das Haarbüschel ab, fasste es so zart, wie es ihm möglich war, zwischen Zeigefinger und Daumen, legte es wieder zurück in den Anhänger und schloss diesen.

»Ich hatte … eine Begleiterin. Ist niedergekommen. Das Kind ist nicht lebensfähig gewesen. Ist alsbald gestorben.«

Offenbar mitfühlend zog sie die Augenbrauen zusammen. »Das tut mir leid. Möge Gott ihm eine fröhliche Auferstehung schenken.« Sie bekreuzigte sich.

Er war ihr irgendwie dankbar für ihre Worte. Auch wenn er den Glauben längst verloren hatte.

»Und deine … deine Begleiterin?«

»Auch.«

Nun war es an ihm, die Augen in die Ferne zu richten. Ihn überkam das dringende Bedürfnis nach etwas Starkem, das seine Kehle wärmte. Doch die eine Flasche war leer, die andere bei seinen wenigen Habseligkeiten im Dorf.

Eine Weile starrten sie beide in die Landschaft. Irgendwann fiel Hildner auf, dass Annas Körper bebte. Er betrachtete sie erstaunt. War das ein Schluchzen? Wegen Loisa und dem Kind?

Sie zog die Nase hoch. Dann fragte sie unvermittelt: »Warum warst du eigentlich dort beim Felsen? Ich meine, du … du hast … sie … wenn du nicht …« Sie senkte den Kopf, fasste sich an die Stirn, beschirmte die Augen. Erneut zitterte ihr ganzer Körper. Ein Schluchzen entglitt ihrer Kehle. Tränen tropften auf seinen Umhang.

Hildner runzelte die Stirn. Also nicht wegen Loisa. Die Vergewaltigung hatte sie wieder eingeholt. Er hatte sich schon gewundert, dass sie so ruhig war, vorhin, als er sie eine ganze Weile getragen hatte und dann mit ihr hierher gewandert war. Gerade noch hatte sie so gelöst gewirkt, und nun …

Warum er da gewesen war? Er hatte die letzten Tage mehrfach die Felstürme erklommen, die das Gebirg bot, hatte die Gegend überblickt. »Warum warst *du* dort?«, stellte er die Gegenfrage.

Ihre Schultern bebten noch immer. Sie schien eine Weile zu brauchen, um wieder zur Ruhe zu finden. Dann sah sie mit verheulten Augen auf.

»Ich? Ich war dort, weil ich ein dummes Ding bin.« Sie schniefte. »Ein törichtes Weibsbild, das die Welt nicht kennt. Und die Männer.« Sie schüttelte den Kopf.

Hildner blickte von ihren zarten Händen auf seine. Er versuchte sich vorzustellen, wie es war, als Frau, schwach, hilflos, zwei Mannsbildern wie Hans und Georg ausgesetzt. Das war wahrscheinlich arg ... wie hätte Loisa es ausgedrückt? ... fies. Fies, ein Opfer zu sein. Es fiel ihm schwer, sich da hineinzuversetzen. Obwohl ...

»Warum hast du dich nicht gewehrt?«

Sie wirkte überrascht. »Gewehrt?« Eine Falte zeigte sich über ihren verheulten Augen. »Ich? Gegen zwei Kerle wie die beiden? Ich bin ein Mädchen. Wie hätte ich? Was hätte ich tun sollen?« Ein Hauch von Verbitterung klang aus ihren Worten. »Nicht jeder ist so wie ... wie ... ein starker Ochse wie du!«

»Du hättest wegrennen können.« War es nicht so? Rannte man nicht weg, wenn man Opfer war? War das nicht die natürliche Reaktion? Wie ein Tier, das seinem Jäger zu entkommen suchte? Sie hätte den Aufgang runterspringen, zwischen den Felsen davoneilen können.

Sie gab ein abschätziges Schnauben von sich. »Ich wollte, ich hätte es können. Aber es ging nicht.« Anscheinend beschämt blickte sie zu Boden. »Ich hatte so große Angst, dass mir meine Beine nicht mehr gehorchen wollten.«

Hm. Natürlich. Das kannte er. Wie das Reh, das für einen

Moment starr vor Angst dastand, wenn er die Armbrust auf es richtete. Wie das Karnickel, das sich ins Gras duckte, wenn das Raubtier sich näherte. Wie die Ziege, die bei Gefahr in Schreckstarre verfiel.

»Du hättest um Hilfe schreien können.« Tatsächlich hatte ein Schrei ihn angelockt. Doch ein Schrei, den er anfangs gar nicht hatte deuten können.

Sie seufzte tief, schaute zu ihm auf. »Ja. Ja, du hast recht. Ich hätte Hilfe herbeischreien können. Sollen.«

Sie wandte den Kopf ab. Wieder zog er die Stirn kraus. Er wurde nicht schlau aus ihr.

Ein zögerliches Lächeln schlich sich auf ihr Gesicht. Sie suchte seine Augen. »Aber du bist ja gekommen. Mein Retter.«

»Nächstes Mal schrei um Hilf'. Und lauf weg. Lauf, so schnell du kannst.« Es schien ihm ein guter Rat.

Sie nickte. »Ja. Ja, das werde ich. Ich versprech's.« Sie sah wieder in die Ferne, schlang die Arme um ihren eigenen Körper und zog den Umhang über ihrer Brust zu. Der Wind war stärker geworden. Es schien, als würde sie frösteln.

*

Eine Böe strich um die Bäume, ließ die Büsche rascheln und fegte abgefallenes Blatt- und Astwerk über den Waldboden. Ein friedvolles Zwitschern zahlreicher Vögel lag über dem schattigen Forst, Insekten summten umher. Kein sorgenvolles Krächzen drang durch die Baumkronen, kein Warnruf zeugte davon, dass ein Eindringling sich durchs Holz bewegte. Es schien einmal mehr, als würden der Wald und seine Tierwelt Johann als ihresgleichen akzeptieren, ihn als einen natürlichen Begleiter durch ihr Leben betrachten.

Er war diesmal nicht dem üblichen Pfad ins Gebirg gefolgt, sondern hatte den Weg durch das schattigere Gelände gewählt, zwischen Gesträuch und Gestein hindurch, den er in den Tagen nach ihrer Ankunft bereits erkundet hatte. Die Gegend schien ihm so vertraut, als lebte er bereits seit Jahren hier.

Geschickt bewegte er sich auf leisen Sohlen zwischen den hohen Bäumen, über Wurzelwerk und moosbewachsenen Boden, hielt einmal inne, um einen Dachs abzuwarten, der seinen Weg kreuzte. Dann durchquerte er ein Dickicht, umging dorniges Gestrüpp, überwand ein Geröllfeld und erkletterte einen Felsbrocken, den die Sonne beschien. Dort setzte er sich für eine Pause auf den Boden, beschirmte die Augen mit der Hand, überblickte den Wald und dachte darüber nach, wie er sein Ziel finden sollte.

Die alte Elisabetha hatte davon erzählt, dass Zigeuner in der Vergangenheit hier oben im Gebirg Zuflucht gefunden hatten, dass sie hier oben gar überwintert hatten. Die Winter der letzten Jahre waren in seiner Heimat hart gewesen, viel Schnee, bittere Kälte. Und dann erst der Wind hier oben. Johann konnte sich nicht vorstellen, dass es hier im Gebirg anders war als bei ihm zu Hause. Um das zu überstehen, brauchte es eine Art Lager, ein schützendes Dach, eine Höhle womöglich. Was, wenn die Kinder von Albrechtsreut auch hier oben waren und das Zigeunerversteck zu dem ihren gemacht hatten?

Als Johann diese Möglichkeit erstmals in den Sinn gekommen war, war sie ihm sofort naheliegend erschienen. Doch jetzt, wo er hier oben saß, kamen ihm erste Zweifel. Was sollte die Kinder bewogen haben, von ihren Eltern und Großeltern wegzulaufen, um sich hier oben zu verstecken? Der Krieg? Doch hatten die Dörfler nicht erzählt, dass bisher keine feindlichen Soldaten zu ihnen gefunden hatten, Albrechtsreut zu abgelegen war? Was also? Die Wildhunde etwa? Doch war man der Gefahr durch die umherstreifenden Rudel in der Wildnis nicht weitaus mehr ausgesetzt als im Schutze der Ortschaft? Blieb der Wolfsmensch. Hatte er sie irgendwie in das Gebirg gelockt? Oder waren die Dorfkinder vor ihm geflohen, um nicht dasselbe Schicksal zu erleiden wie die beiden, die getötet worden waren? Hatten sie sich mehr Schutz in der Wildnis erhofft, weil der Dorfverbund auch den beiden anderen nur eine trügerische Sicherheit geboten hatte? War es das? War er der Sache auf die Spur gekommen? Machte das Sinn?

Die alte Elisabetha hatte auch gesagt, der Wilde Jäger selbst wohne hier oben. Bei dem Gedanken lief Johann ein Schauer über den Rücken, trotz der warmen Sonne fröstelte es ihn. Seine Erinnerung an die Fratze im Glas des Fensters war verschwommen und jede Stunde, mit der jene Nacht länger zurücklag, wurde das Bild unschärfer und er sich unsicherer, ob er das Ganze nicht doch nur geträumt hatte. Geträumt, so, wie seine Eltern es behaupteten.

Doch was, wenn nicht? Was, wenn es ihn wirklich gab? Dann war dies hier oben doch erst recht das natürliche Terrain des Wiedergängers.

Johann sah sich um und suchte mit den Augen die Sträucher und Felsen ab. Aber da war nichts. Nichts außer Eidechsen und Käfern, Schmetterlingen und Libellen, Meisen und Eichelhähern. Die Natur in ihrer ganzen Pracht, vertraut, beruhigend. Eine Natur, die ihm ein Gefühl der Sicherheit vermittelte.

Ich aber, Herr, ich vertraue dir. Ich sage: Du bist mein Gott. In deiner Hand liegt mein Geschick, entreiße mich der Hand meiner Feinde und Verfolger! Lass dein Angesicht leuchten über deinem Knecht, hilf mir in deiner Güte! Herr, lass mich nicht scheitern, denn ich rufe zu Dir. Scheitern sollen die Frevler, verstummen! Amen.

Johann stand auf, reckte sich. Seine Zuversicht war zurückgekehrt. Er musste dieses Zigeunerversteck finden, von dem er überzeugt war, dass es existierte. Nur wie? Der Wildhüter hatte die Gegend hier oben bereits ausführlich durchwandert. Nur – hatte er dasselbe gesucht? Johann vermutete, dass das Hauptinteresse des Hünen den Spuren gegolten hatte, Spuren von Hunden, Wölfen und Bären, womöglich auch des Wiedergängers. Gefunden hatte er die Kinder so nicht. So würde Johann also nicht weiterkommen. Er musste anders vorgehen, anders denken. Wie ein Zigeuner. Nicht jemanden suchen. Sondern etwas. Einen Ort. Wie ein Zigeuner auf der Suche nach einem Lager, einer Zuflucht für längere Zeit. Und was benötigte man, um hier überleben zu können? Vor allem Wasser.

Er blickte nach oben. Er musste weiter hinauf, dahin, wo die vielen Felsen waren, wo das Gebirg Unterschlupfe in Form von Höhlen oder zumindest überhängendem Gestein bot. Und dorthin, wo Quellen aus der Erde traten.

Entschlossen presste er die Lippen aufeinander, sprang von dem Felsen und begann, weiter durch den Wald aufzusteigen. Ein Plätschern kündigte einen Bach an, der sich als ein Rinnsal entpuppte, das sich seinen Weg durch sein jahrhundertealtes Bett durch den Wald bahnte. Johann folgte dem Verlauf aufwärts.

Auf einmal war in der Nähe der keckernde Alarmruf eines Vogels zu hören. Johann hielt inne. Ein diffuses Gefühl beschlich ihn. Der Klang des Waldes hatte sich verändert. Die Vielfalt der Vogelstimmen war verebbt. Eigenartig. Etwas lag in der Luft.

Johann lauschte, sah sich nach allen Seiten um, warf dann einen längeren Blick durch den Wald zurück in die Richtung, aus der er gekommen war. Folgte ihm jemand? Er registrierte eine kräftige Eiche, die inmitten kleinerer Bäume unweit des Bachs stand. Größere Lebewesen waren nicht zu sehen.

Ein Rascheln ließ ihn die Luft anhalten. Sein Herz klopfte heftig, wie in jener Nacht, als er das Monster am Fenster gesehen hatte. Langsam drehte er sich um. Im Schatten eines Felsens stand ein Tier.

Es war ein Hund.

Er war nicht ganz so groß wie die Rüden des Wildhüters, doch ähnlich breit. Seine Schnauze war kurz, wie die eines Bullenbeißers, die Vorderläufe wirkten kräftig. Das Auffallendste aber war ein breites Band um seinen braunen Hals, an dem ein eiserner Ring befestigt war.

Ein tiefes Knurren erklang. Das Tier hob die Lefzen, entblößte seine Zähne.

Johann stand wie angewurzelt da. Er wagte kaum zu atmen, schätzte fieberhaft seine Möglichkeiten ab. Würde er sich umdrehen und fliehen, würde das sofort den Jagdinstinkt des Viehs wecken, es würde ihn einholen und zerfleischen. Blieb er hingegen stehen, wo er war, mochte er zwar Zeit gewinnen, doch wie lange, bis die Bestie angriff? Vielleicht könnte er sich retten, wenn er einen Stecken oder Stein greifen konnte. Hatte da nicht wenige Schritte entfernt einer im Bachbett gelegen?

Dann kam ihm die Eiche in den Sinn.

Ein weiteres Rascheln war zu hören. Johann spannte die Muskeln an. Wenige Schritte neben dem ersten Hund trat ein zweiter aus dem Gebüsch. Er wies blutige Striemen am schwarzen Vorderkörper auf. Hinter ihm folgte ein dritter.

Das wilde Rudel.

Herr, entreiße mich der Hand meiner Feinde und Verfolger!

In diesem Moment erscholl das warnende Krächzen eines Raben, etwas flatterte in der Nähe auf. Wie an einer Schnur gezogen drehten alle drei Hunde ihre Köpfe in diese Richtung.

Johanns Herz setzte aus. Dann wirbelte er herum, sprang mit einem großen Satz über den Bach und hastete über den weichen Waldboden zurück auf die kräftige Eiche zu. Er hatte nur diese eine winzige Chance, und wenn Gott wollte, würde er es schaffen.

KAPITEL 8

Er war anders, dieser Junge. Anders als seine Schwester. So viel war Hildner inzwischen klar. Sie waren sich ähnlich und doch wieder nicht. Wo Anna sinnfrei plapperte, erzählte, summte und sang, war Johann ruhiger, grübelnder. Ja, auch er hatte den Wildhüter mit Fragen gelöchert. Aber es waren Fragen gewesen, die nach Antworten suchten, Fragen, die auch er sich schon gestellt hatte. Fragen, die gestellt werden wollten.

Der Junge war überlegt. Und er handelte überlegt. Wo seine Schwester infolge der Bedrohung durch Georg und Hans wie gelähmt gewesen war, hatte der Junge im Angesicht der Todesgefahr seine Möglichkeiten erwogen, die Aussicht auf ein Entkommen eingeschätzt und im entscheidenden Moment gehandelt. Er hatte sich verhalten wie ein Soldat.

Und noch eines unterschied den Knaben von dem Mädchen: Johann verstand den Wald. Da, wo Anna die Natur in ihrer Schönheit verklärte, ohne sich um die Zeichen und Spuren des Waldes zu scheren, schien der Junge die Signale zu erkennen, welche Bäume, Büsche und Böden, vor allem aber die Tierwelt aussandten. Was das betraf, war der Knabe bereits weiter, als er selbst es in dessen Alter gewesen war. Johann schien ein geborener Waidmann.

Zugleich einte die Geschwister etwas. Hildner suchte in Gedanken nach dem richtigen Wort, das ihm nicht einfallen wollte. Leichtsinn? Nein, das traf es nicht ganz. Übermut? Nein. Er grübelte. Dann kam ihm ein Begriff, der ihm passend erschien: Unbedarftheit. Das war es. Beide wirkten unfähig zu erkennen, wenn sie sich selbst in Bedrängnis brachten, schienen auf das Gute in der Welt zu vertrauen. Die möglichen Schrecken blendeten sie aus, bis es zu spät war. Womöglich hatten sie noch nicht genug von diesen gesehen.

Auf ihrem Heimweg hatte Anna kein Wort mehr über Hans und Georg verloren, dafür umso mehr über alles mögliche andere. Sie hatte von Reisen in ferne Länder fabuliert, verschiedene Melodien vor sich hin gesummt und sogar ein Lied gesungen, extra für ihn, wie sie sagte.

Und ihr Bruder? Der war trotz der Ereignisse um die Dorfkinder und die Hunde erneut allein ins Gebirg aufgebrochen. War das doch Übermut? Naivität? Nein, Unbedarftheit. Das traf es. Das Wort gefiel Hildner.

War er auch einmal so gewesen? Unbedarft? Seine Gedanken verdüsterten sich. Nein. Nein, das war er nie.

Seine Augen wanderten zu dem Jungen an seiner Seite, der, ohne aufzublicken, neben ihm einherschritt, wie selbstverständlich, als seien sie Kameraden. Es erinnerte Hildner daran, dass es noch etwas gab, was der Knabe mit seiner Schwester teilte: einen Mangel an Scheu ihm gegenüber. Anders als andere ihres Alters schienen sie kein bisschen befangen in seiner Gegenwart. Das war neu für Hildner. Es fehlte, was sonst immer da war: dies Gefühl, anders zu sein in den Augen aller, die ihm begegneten, ob Magd oder Fürst, ob Soldat oder Knabe. Er konnte es immer in ihren Augen sehen. Den Respekt. Die Furcht. Er hatte sich all die Jahre daran gewöhnt. Doch auf diese beiden Kinder schien er nicht dieselbe Wirkung zu haben. Sie blieben ihm gegenüber … wieder suchte er nach dem geeigneten Wort, fand es aber nicht. War das einfach auch Teil ihre Unbedarftheit? Vielleicht. Wie auch immer, es störte ihn weniger, als er gedacht hätte.

Der Junge blickte auf und Hildner richtete seinen Blick wieder nach vorne. Seine Gedanken kehrten zurück ins Hier und Jetzt, zum Wald um ihn herum. Eine ganze Weile schritten sie nebeneinander her, schweigend. Es gab nichts zu sagen. Was er zu erzählen hatte, hatte Johann erzählt. Nachdem Hildner Anna am Abend des vorangegangenen Tages heimgebracht hatte und dann zurück ins Dorf aufgebrochen war, hatte der Knabe ihn auf Höhe der Weiher eingeholt und ihm von seiner Begegnung mit den Hunden berichtet. Offenbar war Johann auf den Rest des Rudels gestoßen, das Geri und Freki dezimiert hatten. Noch bemerkenswerter aber war, dass der Junge entkommen war. Johann war zu einem hohen Baum gerannt und hatte diesen erklettert. Was dann folgte, konnte sich der Junge nicht erklären: Statt ihn zu verfolgen, schienen die Hunde aufeinander losgegangen zu sein. Sie waren aus Johanns Blick verschwunden, doch er hatte von Knurren und Bellen jenseits des nahen Felsens erzählt, von Kampflauten, wie von miteinander auf Leben und Tod ringenden Tieren, die sich in Winseln und Jaulen aufgelöst hatten.

Nachdem die Geräusche irgendwann verebbt waren, hatte er noch gut eine Stunde auf dem Baum ausgeharrt. Als die Dämmerung drohte ihm den Heimweg zu erschweren, war er leise von seinem Baum geklettert und hatte sich aus dem Staub gemacht. Johann war überzeugt, dass seine Rettung Gottes Werk war.

Hildner hatte daran seine Zweifel. Es musste eine andere Erklärung geben. Nun waren sie auf dem Weg zum Schauplatz des Geschehens. Warum Johann allein im Gebirg umhergestreift war, hatte er nicht erzählt, und Hildner hatte auch nicht danach gefragt. Die Zeit dafür würde schon kommen.

Naivität oder Mut? So recht war sich Hildner darüber nach wie vor nicht im Klaren.

*

Johann verspürte keine Angst. Nachdem er am gestrigen Tag aus dem Gebirg heimgekehrt war, hatte er einfach nur Erleichterung empfunden. Und Dankbarkeit. Dankbarkeit für Gottes Hand, die sich schützend über ihn gelegt hatte. Doch dann war sein erster Gedanke gewesen, den Wildhüter über sein Erlebnis zu unterrichten, um mit diesem so rasch wie möglich zu der betreffenden Stelle zurückzukehren. Er wollte, nein, er musste unbedingt herausfinden, was da vorgefallen war.

Seinen Eltern hatte er nichts von der Begegnung mit den wilden Hunden erzählt. Sie hätten ihm für alle Zeiten verboten, wieder allein in den Wald zu gehen. Zudem lag daheim eine seltsame Spannung in der Luft. Sein Vater war still wie selten, seine Mutter wirkte gereizt, ungeduldig mit sich selbst und ihrem Umfeld. Und sogar Anna war, nachdem sie am Abend in Begleitung des Hünen, aber ohne dessen beide Kameraden heimgekehrt war, ungewohnt in sich gekehrt gewesen, hatte sich rasch nach oben in die Dachkammer verzogen. Alle in dieser Familie schienen mit sich beschäftigt und es hatte nicht den Anschein, als würde Johann bei einem von den dreien mit seiner Vermutung über den Verbleib der Dorfkinder Gehör finden können.

Anders der Wildhüter. Wie erwartet, hatte er ihm schweigend zugehört und sich danach bereit erklärt, sich die Stelle mit den Hunden zeigen zu lassen. Sie hatten einen Umweg einschlagen müssen, da der Hüne aufgrund seines steifen Beines keine steilen Hänge hinaufzusteigen vermochte. Nach knapp einer Stunde erreichten sie nun endlich wieder den Bach, der sich friedlich gluckernd durch den zugewachsenen Wald schlängelte. Unterhalb der Eiche blieb Johann stehen und konnte fühlen, wie sich eine Gänsehaut über seinen Körper ausbreitete.

»Dort oben habe ich ausgeharrt, auf diesem Ast.« Er wies hinauf in den Baum, doch der Hüne schien sich nicht dafür zu interessieren. Er nahm seine Armbrust von der Schulter, spannte sie und legte einen Bolzen ein.

»Wo war das erste Tier?«

»Dort.« Johann wies auf das Gebüsch im Schatten eines Felsens. »Die beiden anderen kamen ungefähr von da drüben.«

»Und die Kampfgeräusche?«

»Von dort hinten.«

Der Hüne trat auf die Stelle zu, auf die Johann zuerst gedeutet hatte, und sah sich sorgfältig um. Er schien einen Moment zu lauschen, dann kniete er nieder und begutachtete den Boden.

Johann blickte im Blätterwald nach oben. Das Gefühl, das ihn gestern überkommen hatte, war heute nicht da. Der Wald wirkte ruhig, in der Nähe zwitscherten Vögel.

Der Hüne erhob sich wieder und schickte sich an, den Felsen zu umrunden. Zwischen halbhohen Büschen öffnete sich ein Durchgang und der Hüne schob sich durch das Gestrüpp.

Nun folgte auch Johann und warf einen Blick auf die Stelle, wo der Hund mit dem Halsband aus dem Schatten getreten war. Auf dem weichen Boden war ein einzelner Pfotenabdruck zu sehen. Er konnte zwar genauso gut von einem Wolf stammen, doch Johann wusste, was er gesehen hatte.

Etwas raschelte und er blickte schnell auf. Der Wildhüter war fast zwischen den Büschen verschwunden, man sah nur noch seinen großen Schädel mit dem dicken Haarknoten.

Plötzlich tauchte der Schatten eines großen Vogels über dem Kopf des Hünen auf. Ein Bussard. Er suchte mit raschen Schlägen seiner Schwingen das Weite. Von irgendwo aus dem Wald erklang ein Keckern.

Johann folgte Hildner und fand sich am Rande einer Senke wieder. Rund fünfzehn Schritte von ihm entfernt, am Fuße der Mulde, lag der Körper eines Vierbeiners mit schwarzem Fell, gleich daneben ein weiteres, noch größeres Tier. Beide wiesen zahlreiche blutige Wunden auf. Johann erkannte sie als zwei der Hunde von gestern. Nur der Bullenbeißer mit dem Halsband war nicht zu sehen.

Erneut erklang ein Krächzen. Auf den Ästen umstehender Bäume saßen mehrere Elstern, die ihn und den Wildhüter abwechselnd beäugten. Der Hüne ging derweilen steif, die Armbrust vor der Brust haltend, den Hang hinunter und ließ den Blick über die Senke wandern. Der Boden war stark aufgewühlt. Er besah die Kadaver der Hunde. Beide waren übel zugerichtet.

Johann stieg ebenfalls den Hang hinunter in die Mulde, als der Hüne ihm mit einer Geste Einhalt gebot. Langsam umrundete der Wildhüter die Kadaver und durchforschte dann weiter die gesamte Senke. Johann glaubte Blutspuren am Rande zu erkennen.

»Hier!« Der Hüne deutete auf den Boden.

»Was ist da? Eine Spur?«

Der Hüne richtete sich wieder auf und zuckte mit den Schultern. »Rotfuchs.«

Johann runzelte die Stirn, doch dann verstand er. Bussard, Elstern und nun auch ein Fuchs: Die Aasfresser hatten sich bereits über die Hunde hergemacht.

Der Hüne trat hinüber zu einer aufgewühlten Stelle am Rande der Senke. Ungelenk erklomm er den Hang, musste stellenweise eine Hand zu Hilfe nehmen, um nicht abzurutschen, kam dann unterhalb einiger erhöhter Felsen heraus und verschwand aus Johanns Blickfeld.

Johann lief rasch in die Senke hinab und stieg dann den Hang auf der anderen Seite wieder hinauf. Der Wildhüter hangelte sich unweit von ihm durch unwegsames, teils abfallendes Gelände. Folgte er einer Spur?

Eine gefühlte Ewigkeit verging mit Klettern, Steigen und gelegentlichem Schlittern. Endlich schnalzte der Hüne mit der Zunge. Johann schloss rasch auf. Der Wildhüter deutete vor sich. Wenige Schritte entfernt, halb verdeckt von Strauchwerk, lag ein weiterer Hundekadaver. Vorsichtig traten sie näher. Es war ein schwerer Saupacker, übel zugerichtet. Den Zitzen nach handelte es sich um eine Hündin. Ihr Halsband hatte sie nicht davor bewahrt, die Kehle zerfetzt zu bekommen. Kein Zweifel, es war der dritte Hund. Sorgfältig untersuchte der Wildhüter das tote Tier und studierte dann den umliegenden Boden.

Johann versuchte sich zusammenzureimen, was passiert war. Hatten die drei Hunde miteinander gekämpft? Das machte keinen Sinn. Waren sie von etwas anderem angegriffen worden? Doch ein Bär? Aber dagegen sprachen die Spuren. Der Leithund musste hierher geflüchtet und von seinem Verfolger eingeholt worden sein. Die Spuren deuteten auf einen weiteren Kampf an diesem Platz hin. Blieb die Frage: Wer oder was hatte mit den Hunden solch kurzen Prozess gemacht? Wohl kaum ein Fuchs oder Bussard. Es musste etwas deutlich Größeres gewesen sein. Johanns Augen weiteten sich. War das möglich? Der Wilde Jäger?

»Faul.«

Johann wandte sich stirnrunzelnd dem Hünen zu. »Was? Was ist faul?«

Doch der Wildhüter ging nicht darauf ein, sondern spähte einen langen Augenblick durch die Gegend. Dann erhob er sich. »Hab keine Angst mehr. Das sollte es mit den Biestern gewesen sein.«

»Ich habe keine Angst.« Johann sagte es empörter als nötig.

Der Hüne sah ihn einen Moment lang an. Mit einem Mal hob er die Hand und schlug Johann schwer auf die Schulter. »Komm!«

Als der Hüne sich abwandte, rieb sich Johann über die schmerzende Stelle. Dann folgte er.

Wenig später stießen sie auf die Felsformation, auf der die Mauerreste der alten Raubritterburg thronten. Johann hatte erwartet, dass der Wildhüter nun direkt den Rückweg einschlagen würde, doch stattdessen wandte er sich ihm zu und erkundigte sich mit tiefer Stimme: »Was jetzt?«

Verblüfft schaute Johann den Hünen an. Fragte er wirklich nach seiner Meinung? Er leckte sich die trockenen Lippen, dann antwortete er: »Die Kinder! Ich weiß, wo sie sind.«

Der Blick des Hünen zeigte keine Überraschung.

»Nun, ich meine ... ich glaube, ich weiß, wo sie sind. Irgendwo hier hoch droben muss es einen Unterschlupf geben, so eine Art Versteck. Da könnten sie sein. Verborgen meine ich. Versteckt vor ... vor ...« Für einen Augenblick kam ihm seine Theorie selbst unglaubwürdig vor. Doch dann erinnerte er sich an seine Eingebung in der kleinen Kammer der Mühle. Wie ein Zeichen. Es musste so sein. Sie waren hier oben, irgendwo. Wo sonst sollten sie sein?

»Es muss so sein. Der Herr hat es mir gewiesen.« Johann spürte, wie ihm die Hitze in die Wangen stieg.

Der Miene des Hünen war nicht zu entnehmen, was er dachte. Dann, endlich, durchbrach er die unangenehm werdende Stille. »Gut. Wo willst du suchen?«

Johann spürte, wie ihn ein Gefühl der Erleichterung regelrecht überschwemmte. Und Stolz. Endlich ein Erwachsener, der ihm glaubte, der ihn ernst nahm. Nun war er sicher: Gemeinsam würden sie das Geheimnis um die Dorfkinder lüften. Er deutete auf den Zugang zu der Ruine.

»Lass uns dort anfangen.«

*

Die Sonne stand bereits über dem westlichen Horizont und hatte die Schatten immer länger werden lassen, als Hildner und der Junge sich an die Rückkehr aus dem Gebirg machten. Am Himmel zogen von Süden her Quellwolken auf, und Hildner war sich sicher, dass ihnen in dieser Nacht ein Gewitter bevorstand. Es lag deutlich in der Luft. Amseln, Finken und Spechte hatten ihren Ruf verändert, inzwischen ebbte das Gezwitscher spürbar ab. Es war Zeit, zurück ins Tal zu kommen.

Gemeinsam hatten sie die Ruine noch genauer in Augenschein genommen, danach die Gegend um die Felsen weiträumig abgesucht. Der Knabe war mehrmals auf Findlinge und Bäume geklettert, in der Hoffnung, so einen besseren Ausblick auf die Umgebung zu erhalten, womöglich Einblick in eine versteckte Felsschlucht oder Höhle zu erhaschen. Doch gefunden hatten sie nichts.

Hildner war bereits mehrmals hier oben gewesen, hatte die Felsformationen und die Überreste der Bebauung, die sich hier einstmals befunden hatte, ausgiebig mit seinen Rüden erkundet. Daher wusste er bereits, dass hier oben nichts war. Keine Spuren. Keine Kinder. Dennoch hatte er den Knaben suchen lassen. Er wollte ihm nicht die Hoffnung nehmen. Doch auch wenn er sich für einen Augenblick vom Eifer des Jungen hatte anstecken lassen, hatte ihm doch rasch gedämmert, dass diese Suche nach den Bälgern etwas Verzweifeltes hatte. Es sprach vieles dafür, dass sie längst tot waren. Sicher, die Eingebung des Knaben, dass sie sich hier oben irgendwo versteckt hielten, deckte sich durchaus mit Gedanken, die auch ihm schon gekommen waren: Die Kinder mussten das Dorf nächtens selbst verlassen haben. Kein wildes Tier hatte sie eines nach dem anderen aus den Hütten gezerrt, ohne Spuren zu hinterlassen. So viel war klar. Kein Hund. Kein Wolf. Und auch kein Wolfsmensch. Kein Wiedergänger.

Was hatte der Rittmeister von Schirnding gesagt? Hexen und Zauberer, Berggeister und Nachtelfen. Und dass die Gegend verflucht sei. Nun ja, davon hatte er bisher nichts gemerkt. Dies Gebirg war wie alle anderen auch, der Wald wie viele Wälder, die er durchstreift hatte. Und das Rudel Kampfhunde war sehr real gewesen. Ein Fluch? Vielleicht bestand dieser Fluch ja nur darin, dass die Kinder dieser Gegend allesamt Toren waren, die in den Wald rannten, um sich von wilden Bestien zerfleischen zu lassen. Oder dass sie das trostlose Leben an der Seite ihrer Familien satthatten, sich nach Besserem sehnten. Vielleicht waren sie ja tatsächlich gegangen, zu den Zigeunern, hatten sich diesen angeschlossen und waren jetzt weit weg, im Hofer Land oder noch weiter. Oder aber ihre abgenagten Knochen verrotteten längst in irgendwelchen Erdhöhlen, unsichtbar für das menschliche Auge. Unerreichbar für ihn.

Stumm blickte Hildner den Jungen an, der mit gesenktem Kopf neben ihm herlief. Was hatte der Bursche gesagt? Gott habe es ihm gewiesen? Drauf gepisst! Gott interessierte sich einen Dreck für Normalsterbliche wie sie. Ein paar Kinder waren der Natur zum Opfer gefallen? Was machte das schon? Hildner hatte unzählige Leichen gesehen, Männer, Frauen,

Kinder, grotesk entstellte Leiber, zerhackt, verbrannt, geschändet. Was kam es da auf ein paar Bauerntrampel an?

Er atmete einmal tief ein, dann wandte er den Blick von dem Jungen ab. Nein, das hier war Zeitverschwendung. Er würde zurückkehren nach Selb, Meldung machen, berichten, dass die Kinder Opfer eines Rudels wilder Hunde geworden waren. Die Bestien waren erlegt, sein Auftrag als Sauvegarde erfüllt. Karl? War seiner Krankheit erlegen. Hans und Georg? Hatten sich von dannen gemacht. Das Dorf? Würde neue Bälger zeugen, die dann in ein paar Jahren die Arbeit der Alten würden übernehmen können. Er hingegen würde im Anschluss, um ein paar Gulden reicher, in seine Hütte im Wald zurückkehren, sich ein paar junge Hunde zulegen und diese neu ausbilden.

Seine Jagd war nicht so verlaufen, wie er sich das erhofft hatte. Aber nun war sie vorbei. Hier gab es nichts mehr für ihn zu tun.

Und Johann? Würde weiterhin in die Fußstapfen seines Vaters treten. Besser so. Besser, als in irgendeinem Graben zu verrecken, vor Hunger, an Krankheit oder weil ihm Blei oder ein paar Zoll Stahl in die Gedärme getrieben worden waren.

Blieb noch die Schwester, Anna. Was würde aus ihr werden? In Gefahr war sie nicht mehr, dafür hatte er gesorgt. Vielleicht würde sie ja ihren hübschen Kopf durchsetzen, auf Reisen gehen. Nach Nürnberg oder weiter nach Italia. Viel wahrscheinlicher aber war, dass sie in wenigen Jahren irgendeinen Bauernburschen aus der Gegend heiraten würde, um mit ihm ihrerseits eigene Gören in die Welt zu setzen. Was anderes hatte ein Mädchen in dieser Welt kaum zu erwarten.

Hildner blieb abrupt stehen und blickte überrascht vor sich den Weg hinab. Dort zwischen den Bäumen, etwa hundert Schritte von ihnen entfernt, stand ein Mädchen. Für einen kurzen Augenblick glaubte Hildner, in ihm Anna zu erkennen, doch dann wurde ihm klar, dass das nicht sein konnte. Dieses Mädchen war jünger. Und er hatte es noch nie gesehen. Es stand einfach da, starrte zu ihnen hinauf.

Im nächsten Moment verschwand es plötzlich, wie es aufgetaucht war, hinter der nächsten Biegung.

Hildner und Johann blickten sich an. Dann sprintete der Junge los und Hildner versuchte, so gut es sein Bein zuließ, hinterherzukommen. Gleich darauf verschwand auch der Junge zwischen Bäumen. Als Hildner an der Biegung ankam, war der Weg runter ins Tal leer. Stattdessen konnte er hören, wie sich Johann abseits des Pfades durch das Unterholz schlug. Von dem Mädchen war nichts mehr zu sehen.

Hildner folgte dem Jungen ein Stück durch den Wald, doch dann blieb er stehen. Ohne seine Hunde war er bei einer solchen Jagd hilflos.

Seine Hunde. Er verzog missmutig den Mund. In der Ferne knackte und raschelte es, doch die Geräusche entfernten sich. Nun war der Junge so etwas wie sein Jagdhund. Hildner zog seine Tonflasche aus der Tasche und nahm ein paar tiefe Schlucke. Der Schnaps brannte angenehm in der Kehle. Er gönnte sich noch einen weiteren Zug, dann stöpselte er die Flasche wieder zu.

Kurze Zeit später kehrte Johann zurück. Er war allein. Sein Brustkorb hob und senkte sich spürbar. Schweigend hielt Hildner ihm die Flasche hin, die der Junge nach kurzem Zögern nahm, entkorkte und an die Lippen führte. Johann trank einen Schluck, verzog das Gesicht, dann brach er in heftiges Husten aus. Ein Teil der Flüssigkeit lief ihm wieder aus dem Mund, verteilte sich auf dem Waldboden.

Rasch reichte Johann Hildner die Flasche mit schuldbewusster Miene zurück, versuchte dabei, weiteres Husten zu unterdrücken. Seine Wangen röteten sich.

Hildner steckte die Flasche ein. Das Gesöff machte einen Knaben zum Mann. Er war versucht, dem Jungen einen Klaps auf den Rücken zu verpassen, doch er ließ es. Stattdessen wandte er sich zum Gehen. Es war Zeit, ins Dorf zurückzukehren. Von hier aus verlief ein ihm bereits bekannter Wildwechsel bis hinunter zu einer Stelle unweit des Ortes, wo die Straße von Albrechtsreut wegführte.

Eilig lief der Junge ihm hinterdrein. »Das Mädchen? Es … Hast du sie schon einmal gesehen?«

Hildner sparte sich das Kopfschütteln.

»Was glaubst du, wer sie ist?«

Hildner schwieg. Er wusste es nicht. Sein Blick glitt über den Pfad, der hinab nach Albrechtsreut führte. Wenn es sich um eines der Kinder aus dem Dorf handelte, das hier einfach so herumlief, würden die Dörfler einiges zu erklären haben. Aber darüber würde er sich den Kopf zerbrechen können, wenn sie zurück in Albrechtsreut wären.

Als sie wenig später den Waldrand erreichten und auf die Straße traten, blieb Hildner stirnrunzelnd stehen. Nicht weit entfernt lag am Wiesenrand nahe des Bachlaufs ein umgestürzter Wagen. Der Weg dorthin war aufgewühlt. Hufe hatten tiefe Abdrücke in der Erde hinterlassen, weitere Spuren zeugten von zahlreichen Personen, die darübergetrampelt waren.

»Unser Wagen!« Johanns Stimme überschlug sich regelrecht. Hildner sah zu, wie der Junge zu dem Gefährt rannte. Es sah aus, als sei der Wagen in hohem Tempo ins Schleudern geraten und umgekippt. Ein Rad war gebrochen, erinnerte an ein Gerippe. Die Deichsel wies schräg in den Himmel. Ein Zugtier war nirgends zu sehen.

Hildner wandte sich dem Dorf zu. An dessen Rand tauchten einige der Bewohner auf und sahen zu ihnen herüber. Einer machte kehrt und lief davon, vielleicht, um Neuberg zu holen.

Fürwahr, die Dörfler würden einiges zu erklären haben.

*

Johanns Herz raste. Ihm war heiß und kalt zugleich. Er fühlte einen Tropfen seine Wange herunterlaufen, ob von Schweiß oder von Tränen konnte er nicht sagen.

Er stand da, allein, in ebenjenem Raum des Kirchenguts, in dem er am Boden gekauert hatte, als er sich dem Wildhüter das erste Mal Aug in Aug gegenübergesehen hatte. Doch jetzt war hier niemand. Niemand außer ihm. Und den Toten.

Vor ihm auf dem massiven Tisch, der nahezu das ganze Zimmer einnahm, lagen, verborgen unter einem großen Tuch, zwei menschliche Körper. Er sah die Wölbungen unter der wollenen Decke. Er erkannte die unterschiedlichen Größen. Und komisch, aber was ihm als Erstes ins Auge gesprungen war, war ein alter Schmutzfleck gewesen, der mitten auf dem Stoff prangte.

Unsicher blickte Johann sich um, wie um sich zu versichern, allein zu sein. Wie lange stand er schon so da? Wer hatte ihn hereingeführt? Der Wildhüter? Nein. Mit ihm war er ins Dorf zurückgekehrt. Doch dort waren ihnen Männer entgegengekommen, an ihrer Spitze der Dorfvorsteher und der Prediger. Sie hatten ihn ganz seltsam angeschaut, sie alle, ihn, nicht den Wildhüter. Dann hatte ihm Neuberg die Hand auf die Schulter gelegt und ihm gesagt, dass seinen Eltern etwas zugestoßen sei. Von diesem Moment an war alles nebulös gewesen. War es Neuberg gewesen, der ihn hierhergebracht und allein gelassen hatte? Nein, der Prediger war dabei gewesen, hatte etwas gemurmelt von Gott dem Herrn, vom Frieden, vom ewigen Licht, so glaubte er sich zu erinnern. Wann war das gewesen? Gerade eben erst? Oder schon vor Stunden? Er wusste es nicht.

Johann faltete seine Hände. *Der Herr segne dich und behüte dich. Der Herr lasse sein Angesicht leuchten über dir und sei dir gnädig. Der Herr hebe sein Angesicht über dich und gebe dir Frieden.*

Lautlos atmete er einmal tief ein und wieder aus. Er hatte das Gefühl, die Stille nicht durchbrechen zu dürfen, als wäre sie etwas Heiliges. Dann trat er vorsichtig um den Tisch herum. Dort erblickte er die nackten Sohlen zweier Füße. Das Tuch hatte nicht ausgereicht, sie vollends zu bedecken, hing nur schlapp über die Zehen, sodass die Fersen zu sehen waren. Sie waren schmutzig, natürlich, ebenso wie die Decke. Aber warum eigentlich nackte Füße? Hatte sein Vater nicht immer festes ledernes Schuhwerk getragen? Und seine Mutter solches aus Holz oder Kork?

Johanns Hände zitterten, für einen Moment glaubte er keine Luft mehr zu bekommen. Vielleicht waren sie es gar nicht. Was, wenn das Ganze ein großes Missverständnis war?

Er stürzte um den Tisch herum ans andere Ende, packte das Tuch und schlug es mit einem verzweifelten Ruck zurück – dann traten ihm Tränen in die Augen. Er blickte auf einen mit getrocknetem Blut überzogenen Schädel. Die eine Seite des Kopfes wirkte merkwürdig unförmig, wie eingedrückt. Die Augen standen ebenso offen wie der Mund, waren aber seltsam verzerrt. Doch der Bart … der Bart … es war der seines Vaters. Michael Hartmanns Schädel war zu einer Fratze des Todes geworden.

Johanns Sicht verschwamm, rasch wischte er sich mit beiden Händen über die Augen. Sein Blick glitt zu seiner Mutter. Magdalena Hartmann wirkte, als schliefe sie, die Augen geschlossen, die Haut fremdartig. Seltsam grau, wie aus Wachs.

Johann wollte schlucken, doch es gelang ihm nicht. Dann merkte er, dass er keine Luft mehr bekam, versuchte, rascher zu atmen, hektischer, hörte ein röchelndes Geräusch, das von ihm selbst zu kommen schien, japste. Endlich entglitt ein lautes Seufzen seiner Kehle, ging in einen Schluchzer über, der im Raum nachzuhallen schien. Rasch schlug er das Tuch wieder zurück, drehte sich um, ließ sich zu Boden plumpsen, landete schmerzhaft auf dem Hinterteil. Er umfasste beide Beine mit den Armen und kauerte sich so eng zusammen, wie es ihm möglich war.

Es war alles nicht wahr. Es konnte nicht wahr sein. Das war alles nur ein fürchterlicher Traum. Er kniff, so fest er konnte, die Augen zusammen. Er fror.

Er wusste nicht, wie lange er so dahockte. Irgendwann erklangen von draußen Stimmen, dann das knarrende Geräusch hölzerner Dielen. Ihm fiel mit einem Mal auf, wie verkrampft er dasaß. Seine Hände waren taub. Vorsichtig versuchte er, seine Arme von den Beinen zu lösen. Es schien ihm unwirklich, so ohne Gefühl in den Gliedern. Dann begannen seine Arme zu prickeln.

Schwere Schritte näherten sich. Sein Blick glitt zur Stubentür. In dem Moment, in dem sie nach innen aufschwang, krachte der erste Donner.

*

Es schüttete wie aus Eimern. Dunkle Wolken verdunkelten das Firmament und hatten die Nacht schneller, als zu erwarten gewesen war, hereinbrechen lassen. Der Wind fuhr heftig über die Wipfel der Bäume, ließ ihre Stämme hin und her wogen, pfiff durch Zweige und Blätterwerk. Ab und an zuckten Blitze über den Himmel, gefolgt von mächtigen Donnerschlägen.

Anna fuhr jedes Mal erschrocken zusammen, wenn wieder ein grelles Licht die Düsternis des Waldes erhellte, und hielt sich die Ohren zum Schutz gegen das Grollen mit beiden Händen zu. Ihr ganzer Körper zitterte und ihre Tränen vermengten sich mit dem Regenwasser, das von dem Felsvorsprung über ihr tropfte. Von heftigen Weinkrämpfen geschüttelt, liefen vor ihrem inneren Auge immer wieder dieselben Bilder ab: Ihr Vater, wie er aus der Kapelle taumelte, mit blutigem Schädel. Wie er zu Boden stürzte. Wie ihm Männer folgten, ohne zu zögern auf ihn einschlugen, gegen seinen zuckenden Leib traten, mit ungehemmter Brutalität, wie entfesselt, voll von Zorn, voll von Hass. Ihre Mutter, die vom Kutschbock sprang, schreiend zu der Meute hinlief, während Anna wie gelähmt, die Hände auf den Mund gepresst, zurückblieb, keiner Regung fähig, völlig hilflos, mal wieder hilflos, im Angesicht der tobenden Gewalt. Ihre Mutter rannte mitten unter die Meute, versuchte, die Irrsinnigen von ihrem Vater wegzureißen, wurde zurückgestoßen, fiel rücklings hin und blieb einfach liegen, wie eine Puppe, die man ins Gras geworfen hatte.

In diesem Moment hielt die mörderische Schar inne, blickte zu der Müllerin, wie sie am Boden lag und nicht mehr aufstand. Dann richteten sich alle Blicke wie auf ein Kommando auf Anna. Pure abgrundtiefe Bosheit in aller Augen.

Annas Lähmung löste sich. Sie griff die Leinen, rüttelte den unruhig mit dem Kopf wackelnden Konstantin auf, peitschte ihn an, sodass er sich mit einem wilden Ruck in Bewegung setzte. Panisch registrierte sie, wie der Pulk sich in ihre Richtung in Bewegung setzte, Verwünschungen ausspuckend. Geifer trat aus ihren Mündern. Feuer sprang aus ihren Augen. Anna brüllte den Gaul an, ließ die Leinen klatschen, trieb ihn vom Schritt in den Galopp. Für eine Wende zurück zu ihrem Zuhause war keine Zeit, daher jagte sie das Tier schreiend durch den Ort, der Wagen erzitterte, wackelte und ächzte, die Räder schlitterten, während das Pferd wie entfesselt davonstürmte, Anna sich krampfhaft am Kutschbock festkrallte. Die Leinen entglitten ihren Händen.

Gleich darauf donnerte Konstantin die Straße hinunter, raus aus dem Dorf. Anna wusste, dass das nicht lange gutgehen würde. Ihr Herz raste. Verzweifelt versuchte sie, die Leinen zurückzuerlangen, die hinter dem Ross auf dem aufgewühlten Boden her peitschten. Doch da ging es schon in die Kurve. Der Wagen schleuderte, wie durch ein Wunder kehrte er schlingernd zurück in die Spur, nur um gleich darauf erneut zu schleudern, auszubrechen und …

Anna flog vom Kutschbock und landete so hart, dass ihr alle Luft aus den Lungen gepresst wurde. Zugleich spritzte Wasser über ihr Gesicht, spürte sie am ganzen Körper feuchte Kälte. Lange Strähnen ihres Haares hingen ihr nass vor den Augen, Hemd und Rock klebten an ihr. Der Bach und das angrenzende Schilf hatten ihren Sturz abgemildert. Als sie aufzustehen versuchte, schrie ihr ganzer Körper und ein stechender Schmerz durchzuckte ihren rechten Arm. Sie ging kurz in die Knie, doch sofort zwang sie sich erneut auf, denn sie wusste, dass sie es musste. Die Angst, sie trieb sie an. Diesmal lähmte sie sie nicht. Sie trug sie.

Anna rappelte sich auf die Füße, erkletterte festen Grund, gelangte zurück auf die Straße. Ein Blick auf Wagen und Pferd zeigte ihr, dass es mit dieser Fluchtmöglichkeit vorbei war.

Sie riss den Kopf herum, sah in Richtung des Ortes. Da standen sie, am Rande des Dorfes. Die Todesboten. Die Mörder. Die Abkömmlinge des Teufels.

Anna hatte auf die Bäume geschaut, die vor ihr die Straße gesäumt, vor ihr aufgeragt hatten, eine Wand aus dunklem Grün und Braun. Dann war sie losgelaufen.

Weit in der Ferne, vor langsam grauer werdendem Horizont, hatte Wetterleuchten eingesetzt.

*

Wilde Lichter zuckten über den Himmel, gefolgt von unheimlichem Krachen. Wasser rauschte von oben herab auf Bäume und Büsche. Er hatte sich auf dem Boden zusammengekauert, die Gliedmaßen eng an den Körper gezogen, Rinnsale liefen ihm über die Haut. Er zitterte. Kein Knurren, kein Grollen, kein Schnauben half, wenn die Welt um ihn herum so war wie jetzt, das wusste er. Ein kaum hörbares Heulen, mehr ein Wimmern schon, entglitt seiner Kehle.

Seine Augen aber richteten sich immer wieder auf einen entfernten Punkt zwischen den Bäumen. Er konnte sie nicht riechen und auch nicht hören. Doch immer, wenn ein gleißendes Licht durch die Wolken zuckte, konnte er sie sehen. Sie war nur ein Schemen, aber er wusste, dass sie da war. Sie kauerte, schutzsuchend wie er, zwischen Gestein.

Erst hatte er sie gehört. Der Wind hatte ihre Laute zu ihm getragen. Sie war laut gewesen, ihre spitzen, hohen Rufe waren bis über die Wipfel der Bäume zu ihm hinaufgestiegen. Dann erlosch ihr Klang. Doch da hatte sich die innere Unruhe schon seiner bemächtigt. Sein Fell richtete sich auf, sein ganzer Körper bebte. So lief er los, Licht und Schatten wechselten sich noch ab. Etwas zog ihn zu ihr hin, etwas Starkes,

Unumstößliches. Er suchte nach ihr, ihrem Klang, ihrem Geruch. Erneut hörte er sie anfangs, lange bevor er sie sah. Sie bewegte sich anders durch den Wald, anders als die anderen. Anders als die Wölfe. Anders als die Eichhörnchen. Und auch ganz anders als der große und der kleine Bär. Anders, ungewohnt, leise und laut zugleich. Mal schien sie es eilig zu haben, dann wieder schlich sie. Die Wölfe waren hinter ihr. Aber sie holten sie nicht ein.

Eine ganze Weile folgte er ihr, beobachtete sie, wich immer wieder ihrem suchenden Blick aus, hielt sich im Schutze und Schatten von Bäumen und Gestrüpp. Bis der Himmel sich immer rascher verdunkelte und das Wasser kam, erst sanft, dann schneller, heftiger, um dann auf ihn einzustürzen. Und auf sie. Sie verkroch sich. Und er kauerte sich zusammen. Nun lag er hier. Und beobachtete sie. Und wartete, ohne zu wissen, worauf.

Und dann, ganz plötzlich, war da noch etwas. Etwas völlig Unerwartetes. Er horchte auf, verdutzt, legte den Kopf schief. Es kam von ihr. Ein sich veränderndes Geräusch, wie der Wind, der durch die Landschaft pfiff, ein Wind der wechselnden Töne, hoch und weich zugleich. Wie ein sanftes Summen, das sich seinen Weg zwischen plätscherndem Wasser und donnerndem Himmel bahnte. Ein Fiepen und Zirpen. Ein Perlen von Klängen, wie von einem Vogel.

Er schnaubte. Und entspannte sich. Und lauschte den Lauten noch lange, während sich die Dunkelheit immer dichter über ihrer beider Köpfe legte und ihn endlich gänzlich einhüllte.

*

Völlige Dunkelheit lag über dem Haus. Unaufhörlich prasselte der Regen aufs Dach. Kein Mondlicht erhellte die Zimmer. Kein Blitz erleuchtete die Nacht. Das Gewitter war längst weitergezogen, doch die dichten Wolken leerten sich unaufhörlich über dem Gebirg aus.

Johann lag, die Arme hinter dem Kopf verschränkt, auf seinem Bett und starrte in die Dunkelheit. Eine seltsame Stimmung hatte sich seiner bemächtigt. Sein Körper fühlte sich schwer an.

Er musste geschlafen haben, war mitten in der Nacht aus unruhigem Schlummer aufgeschreckt. Er wusste nicht einmal, wie er hier heraufgekommen war. Die gesamten Ereignisse der letzten Stunden kamen ihm seltsam unwirklich vor. War das wirklich alles geschehen? Seine Eltern, auf diesem Tisch liegend, unter einem Tuch verborgen? Der Wildhüter, der ihn heim zur Mühle begleitet hatte, während sich plötzlich tosender Regen über sie ergossen hatte, die Blitze über den Wald gezuckt waren? Und zuvor noch das fremde Mädchen, das sie beide im Wald entdeckt hatten und das davongelaufen war.

Das fremde Mädchen.

Anna.

Kaum daheim angekommen hatte er von Raum zu Raum geschaut, war mehrfach die Stiege unters Dach hinauf- und wieder hinuntergeeilt, auf der Suche nach Anna, und ja, nach Mutter und Vater, nach einem Beweis, dass das alles nicht geschehen war. Doch das Haus war leer.

Wo war Anna? Wenn seine Eltern dort auf diesem Tisch in diesem kargen Raum unten im Dorf lagen, wo in Gottes Namen war dann seine Schwester?

Der Hüne und er hatten beide geglaubt, dass sie hier wäre. Doch das war sie nicht. Während Johann verzweifelt durchs ganze Haus geirrt war – dieselben Räume, dieselbe Treppe, wieder, immer wieder –, war der Wildhüter nach draußen verschwunden, wurde vom Regen verschluckt. Dann, irgendwann, als Johann längst am Tisch saß, wie in Trance, öffnete sich die Tür wieder, und er stand da, riesig, massig, nahm den ganzen Eingang ein. Für einen Augenblick setzte Johann das Herz aus, dachte er, der Wiedergänger sei gekommen, um ihn zu holen. Doch dann bückte der Hüne sich unterm Türstock hindurch, trat ins Licht der flackernden Laterne. Er war triefend nass, das normalerweise zusammengebundene Haar fiel strähnig über den mächtigen Schädel und auf die Schultern. Mit versteinerter Miene kam der Hüne in die Stube herein. Und schüttelte den Kopf.

Er hatte Anna also nirgends gefunden. Sie war fort. Auch der Gaul Konstantin war fort. Sonst war alles unberührt. So unberührt, dass Johann nicht glauben mochte, dass sie nicht jeden Moment in die Ern treten konnten, von draußen herein, oder aus der Kammer heraus, die Stiege herab. Sein Vater. Seine Mutter. Anna.

Wer da lebt und glaubt an mich, der wird nimmermehr sterben.

Der Hüne war eine Weile stumm herumgestanden, linkisch, hatte sich dann eine Scheibe vom Brotlaib abgeschnitten und hörbar darauf herumgekaut. Schmatzend. Dann, endlich, als seine Anwesenheit Johann fast unerträglich geworden war, hatte der Hüne wieder das Wort ergriffen. Er würde ins Dorf zurückkehren, um herauszufinden, was in ihrer Abwesenheit mit Johanns Eltern und seiner Schwester passiert war.

Das war die Frage, die Johann sich seither immer und immer wieder stellte. Was war seit dem Morgen geschehen? War ein Balken der Mühle auf seinen Vater herabgestürzt? Oder ein Baum? Waren seine Eltern beide erschlagen worden von irgendetwas? Oder von irgendjemandem?

Das Schütten hatte ein wenig nachgelassen, das Plätschern, Gluckern und Tropfen der Rinnsale, die vom Dach liefen, übertönte inzwischen das Geräusch des fallenden Regens. Johanns Arme drohten einzuschlafen und so zog er sie unter seinem Kopf hervor. Unter seiner Matratze raschelte es. Er knetete seine Hände, die sich taub anfühlten, dann tastete er unter das Strohlager und erfühlte Papier. Das Flugblatt. *Abbildung deß unbarmhertzigen, abscheulichen, grausam Thiers.*

Ohne die Schrift hervorzuziehen, sah er vor seinem inneren Auge das Bild des Monsters, das im Zentrum des Kupferstichs stand: der Unhold mit Wolfskopf, der die Menschen verschlang. Johanns Gedanken glitten zu den beiden Kindern, die man tot im Wald gefunden hatte, bestialisch zugerichtet. Zugerichtet – oder gar gerichtet? Gerichtet vom Wilden Jäger womöglich. War seinen Eltern dasselbe widerfahren wie den Kindern? Hatte der Wolfsmensch sie gefangen und für irgendetwas bestraft? Wenn ja, was war ihre Schuld? Womit hatten sie dieses Los verdient? Er hetzt seine Hunde auf jene, die ihn herbeirufen – so hatte der Dorfvorsteher es gesagt. Hing das hier alles zusammen? War das wilde Rudel dort draußen das des Wilden Jägers gewesen? War diese Gegend irgendwie verflucht?

Seine Eltern hatten ihn gelehrt, dass vorherbestimmt war, wer Heil und wer Verdammnis erlitt. Dass das Schicksal eines jeden Menschen von Gott so gewollt war. Wenn Gott aber gewollt hatte, dass eine Bestie aus den Schatten kam und seine Eltern verschlang, was bedeutete das dann? War es als Zeichen zu verstehen, dass sie nicht gottesfürchtig gelebt hatten? Waren sie nicht fromm, fleißig und bescheiden genug gewesen? Was hatten sie falsch gemacht? Sollten gerade sie zu schwach im Glauben gewesen sein? Oder zu schwach in ihrem irdischen Tun? Fielen Menschen wie Michael und Magdalena Hartmann der Bestie zum Opfer, weil sie schwache Menschen waren? Waren auch die Kinder des Dorfes verschwunden, weil sie die Schwächsten der Ortschaft waren? Hilflos? Wehrlos? Holte der Unhold nur die Wehrlosen? Oder ... Johann richtete sich in der Dunkelheit auf ... holte er die Gottesfürchtigen? Hatte der Prediger ihn nicht als Satans Geschöpf bezeichnet, als Seelenfresser? Und waren die, die festen Glaubens waren, nicht der Dorn im Auge des Widersachers Christi? War dies alles eine Sache des Glaubens?

Mit einem Mal erschien ihm das Bild des Hünen vor Augen, wie er sich, das nasse Haar offen, unter der Tür hindurchgeduckt und wiederaufgerichtet hatte. Der Wildhüter war nicht gottesfürchtig. Und er war alles andere als schwach. Er war das genaue Gegenteil seiner Eltern. Wäre ihm passiert, was dem Müllerpaar widerfahren war? Und den Kindern? Würde der Wilde Jäger sich an ihn heranwagen? Würde er ihn überhaupt als Opfer betrachten? Hatte nicht jedes Raubwild seine ganz bestimmten Beutetiere? War dies das Beuteschema des Wilden Jägers: Schwache und Gottesfürchtige?

Ein Klappern ließ Johann zusammenzucken. Er hielt den Atem an, horchte in die Nacht. Seine Augen suchten die Dunkelheit ab.

Der Regen ergoss sich noch immer auf Haus und Landschaft, sorgte für ein monotones Geräusch auf dem Dach und für ein unentwegtes Tröpfeln von den Bäumen hinterm Haus.

Da, wieder. Diesmal ein Knirschen. Da war etwas, das nicht zum Regen gehörte. Geräusche auf matschigem, von Pfützen übersätem Boden.

Anna? Johann fuhr hoch. War sie es? Eine wilde Mischung aus Furcht, Sorge und Hoffnung durchzuckte ihn. Er wollte sich von seiner Bettstatt aufrappeln, doch etwas ließ ihn weiter innehalten. Und dann war da noch etwas anderes. Ein Heulen. Wie von einem Wolf.

Es war ganz nahe vor dem Haus.

Johanns Herz setzte aus. Einen Augenblick war er wie gelähmt, dann besann er sich. Rasch versuchte er, sich zu erinnern, was er hier oben in der Dachkammer hatte, das er als Waffe benutzen könnte. Es war zu dunkel, um auch nur schemenhaft etwas erkennen zu können. Doch lag nicht hinten am Waschzuber, neben Kamm und Tuch, eine Bügelschere, mit der sich seine Schwester das Haar schnitt?

Noch einmal horchte er kurz in die Nacht. Noch immer hatte er das Gefühl, dass da jemand war, unten, vor dem Eingang zum Haus, jemand … oder etwas.

Plötzlich knarzte es vernehmlich. Die Haustür. Jemand hatte versucht, sie zu öffnen. Doch der Riegel war vorgeschoben. Hatte er die Tür verriegelt, nachdem der Hüne gegangen war? Er erinnerte sich nicht.

Im nächsten Augenblick krachte etwas mit Wucht gegen die Eingangstür. Staub rieselte von der Decke.

Mit galoppierendem Herzen sprang Johann auf alle viere, krabbelte dorthin, wo er die Waschstelle wusste, tastete umher, fand den Zuber. Dann erstarrte er erneut, als er ein lautes Poltern unter sich vernahm.

Etwas war im Haus.

Hektisch wischte er mit beiden Händen in der Dunkelheit über den Boden, schubste dabei etwas von sich. Er tastete weiter, fühlte eine Haarnadel. Dann endlich bekam er etwas Metallisches zu fassen. Die Schere.

Unten im Haus rumorte und krachte es. Dinge zersprangen auf dem Boden.

Der Wilde Jäger war da.

Johann packte die Schere. All seine Instinkte schrien danach, sich zu verstecken, im hintersten Winkel der Dachstube, dort, wo ihn niemand sehen konnte. Doch etwas, ein letzter Funke Besonnenheit, machte ihm klar, dass nichts das Monster davon abhalten würde, ihn zu finden, wo immer er sich auch verbarg. Der Wolf in ihm konnte auch im Dunkeln sehen.

Er packte die Schere fester, zog die Beine an den Körper und wartete, dass die Bestie die Stiege zu ihm heraufkam.

Etwas krachte in der Ern, ein Keuchen war zu hören, draußen vor der Tür platschte es vernehmlich, dann kehrte plötzlich gespenstische Stille im Haus ein. Der Regen prasselte noch immer aufs Dach. Das Rauschen des Niederschlags auf den Blättern war wieder deutlich zu vernehmen, ebenso wie das Tropfen des Wassers von den Ästen und das Plätschern in den Pfützen.

Dann drang das Geräusch schwerer Schritte auf schlammigem Boden unten durch die offene Tür bis zu Johann hinauf.

Jemand trat ein. Erneute Stille. Dann ein schweres Atmen in der Ern.

»Junge?«

KAPITEL 9

Der Himmel war klar und blau. Hildner stand an einem der Teiche, ließ seinen Blick über die Wipfel der Bäume gleiten, sog die Morgenluft ein, die angenehm kühl und feuchtigkeitsgeschwängert war. Er wartete, dachte nach.

Die letzten Tage waren bizarr verlaufen. Das alles war so nicht geplant gewesen. Erst seine entlaufenen Rüden. Dann Hans und Georg und Anna. Gestern dann der tote Rest des wilden Rudels und das Mädchen, das vor ihnen davongerannt war. Hernach, als sie ins Dorf zurückgekommen waren, die toten Müllersleute. Anna verschwunden. Und schlussendlich in der Nacht der Versuch von irgendjemandem, ins obere Mühlhaus einzudringen.

Er hatte sich geirrt. Er war hier noch lange nicht fertig.

Hildner fuhr sich mit der Hand durch den buschigen Bart. Das Haar hatte er wieder eng nach hinten gebunden und zusammengeknotet. Hier war etwas verdammt faul. Nur, was war es? Wonach musste er suchen? Nach einem Tier? Nach einem Menschen? Oder gar nach etwas völlig anderem? War an dem Aberglauben, der hier herrschte, womöglich doch etwas dran?

Was es auch war, es galt erst einmal, beide Mädchen wiederzufinden: Anna, die plötzlich verschwunden war, und das andere kleine Ding, das vor ihnen aufgetaucht und dann davongelaufen war. Der Tod der Müllersleute hatte die Begegnung mit dem fremden Kind überlagert, es ihn fast vergessen lassen. Doch nur fast.

Hildner blickte zum Mühlhaus. Eigentlich hätte der Müllerssohn längst herauskommen müssen. Wie lange brauchte er, um sein Zeug zu packen?

Wie auf Zuruf öffnete sich die Tür und der Junge trat heraus. Er trug einen Gürtel, in dem ein Messer steckte, und einen Beutel auf dem Rücken. Dazu hatte er sich ein Seil um den Oberkörper gelegt. Keine schlechte Idee. Was aber vor allem auffiel, war sein Kopf: Johann hatte sich das dunkelblonde Haar, das ihm sonst knapp bis auf die Schultern gereicht hatte, streng nach hinten gebunden. So wie er.

Hildner folgte mit den Augen wieder dem Pfad, der ins Gebirg hinaufführte, bis an die Stelle, wo dieser zwischen den Bäumen verschwand, und ließ den Blick dann hoch über die Wipfel steigen. Es ging wieder auf die Jagd.

Unter seinem buschigen Bart zeichnete sich ein grimmiges Lächeln ab.

*

Johann und der Hüne marschierten zügig nebeneinanderher. Wie zwei Kameraden. Das waren sie jetzt schließlich auch, oder nicht? Kameraden. Zumindest empfand es Johann so. Auf jeden Fall hatten sie ein gemeinsames Tempo gefunden. Gut, der Wildhüter war ihm gegenüber mit seinen langen Beinen im Vorteil, schritt besonders auf gerader Strecke weit aus, doch sein steifes Bein nötigte ihn vor allem beim Bergan- und Bergabgehen, langsamer zu werden. Johann hingegen war zwar klar kürzer gewachsen, aber flinker. Und im Hinblick auf seine Ausdauer stand er dem Wildhüter auch in nichts nach. Fand er zumindest.

Während er mit dem Hünen Schritt zu halten versuchte, blickte Johann auf etwas hinab, das er seit ihrem Aufbruch in den Händen hielt. Es war ein schmales Buch mit rund zwölf Seiten. Die Blätter waren wellig und rochen feucht.

»Weißt du, was das ist?« Er hielt das Bändchen hoch. Als keine Reaktion erfolgte, fügte er hinzu: »Ich hab es gefunden.« Sorgsam strich Johann über den Einband.

Da der Hüne weiterhin kein Interesse daran zeigte, stattdessen stur weitermarschierte, fügte Johann endlich an: »Es lag in der Ern.«

Ohne innezuhalten warf der Wildhüter einen kurzen Blick auf das Büchlein. Er sagte nichts.

»Ich glaube, jemand hat es dort verloren, gestern erst. Es gehört nicht uns.« Als er gestern Morgen aufgebrochen war, hatte es dort noch nicht gelegen, da war er sich sicher. Und wenn, hätte es jemand gesehen, seine Mutter oder Anna, und nicht dort liegen gelassen. Mutter. Anna. Wehmütig blickte er von seinem Fund auf. Er spürte, wie ihm die Tränen in die Augen stiegen. Doch er wollte nicht weinen. Oh nein, nicht in Gegenwart des Hünen.

Er riss sich zusammen, schluckte, dann hielt er dem Wildhüter das Büchlein entgegen. »Willst du mal sehen?«

Doch der Hüne marschierte weiter, hielt nicht inne, wandte sich ihm nicht zu.

Johann runzelte die Stirn. Was war mit dem Kerl los? Verstand er denn nicht? Jemand hatte dieses Büchlein am gestrigen Tag in ihrem Haus verloren. Das heißt, jemand hatte seine Eltern besucht. Und dieser jemand wusste womöglich, was mit seinen Eltern und seiner Schwester geschehen war. Was, wenn es Hans und Georg gewesen waren? Doch dagegen sprach, dass beide nicht lesen konnten. Warum also hätten sie dies Büchlein mit sich tragen sollen? Dem Hünen gehörte es ganz offensichtlich auch nicht. Und schon gar nicht dem Wiedergänger.

Nein, es gab mit Sicherheit nur einen, der hier ein solches Buch besaß. Und dessen Besitzer wusste mit großer Wahrscheinlichkeit mehr über das Schicksal von Johanns Familie.

Er zog den Arm zurück und blickte auf den verschmierten Einband. *Etlich Cristlich lider. Lobgesang und Psalm, dem rainen wort Gottes gemeß.* »Es ist eine Liedersammlung.«

Da der Hüne ihn weiterhin ignorierte, zog Johann einen Flunsch, wurde langsamer, nahm den Rucksack vom Rücken und verstaute das Büchlein darin.

Als er aufblickte, war der Hüne ihm längst voraus.

Rasch warf Johann sich seine Sachen wieder über die Schulter und spurtete hinterher. Als er den Wildhüter eingeholt hatte, fragte er: »Willst du gar nicht wissen, woher ich das weiß?«

Eine Pause verstrich. Dann erwiderte der Hüne endlich: »Du kannst lesen.« Es klang seltsam missmutig.

»Ja. Es steht vorne drauf. Es ist ein Gesangbuch. Ein lutherisches Gesangbuch. Es muss Kernmann gehören.«

Der Wildhüter blieb plötzlich stehen, griff nach seinem Rucksack, zog eine Flasche heraus, entstöpselte sie und nahm einen großen Schluck. Nachdem er das Gefäß wieder abgesetzt hatte, reichte er es Johann.

Diesmal zögerte Johann nicht. Er griff nach der Flasche, die überraschend leicht war, führte sie an die Lippen und trank den kleinen Rest aus. Die Flüssigkeit gluckerte durch seinen Hals. Im nächsten Moment brannten sein Gaumen und sein Rachen, doch diesmal war er vorbereitet. Er unterdrückte ein Keuchen.

Der Hüne nahm ihm die leere Flasche wieder aus der Hand, verstaute sie in seinem Sack und betrachtete den Himmel.

Automatisch folgte Johann seinem Blick, versuchte erneut, ein Husten mannhaft zu unterdrücken. Nur wenige weiße

Wölkchen hingen am blauen Firmament. Eine Gruppe Vögel zog vorbei.

Als Johann den Kopf senkte, war der Hüne bereits wieder davonmarschiert. Stirnrunzelnd blickte er ihm nach. War dem Kerl nicht klar, was seine Worte bedeuteten? Das Gesangbuch: Es gehörte Kernmann! Der Prediger musste am gestrigen Tag also in der Mühle gewesen sein. Was, wenn es erneut zum Streit zwischen ihm und Johanns Vater gekommen war? Was, wenn Kernmann Johanns Eltern daraufhin angegriffen und erschlagen hatte? Dabei könnte er das Büchlein verloren haben. Konnte es so gewesen sein?

Johann sah sich gezwungen, dem Hünen rasch zu folgen, wenn er ihn nicht verlieren wollte. Er versuchte, sich wieder auf die Umgebung zu konzentrieren. Kurz darauf kamen sie an den Felsen vorbei, auf denen Johann sich nach dem Streit mit seiner Familie verkrochen hatte. Alles hier schien ihn an sie zu erinnern.

Sie stiegen den Berg weiter hoch und Johann erkannte, dass der Hüne wieder auf dem Weg zur Gebirgsspitze war. Wollte er erneut zu den Ruinen? Aber sie hatten dort doch alles abgesucht.

»Wo gehen wir eigentlich hin?«

Der Wildhüter marschierte noch ein Stück weiter, dann hielt er an und wandte sich ihm zu. Johann glaubte, Missfallen in seinem Blick zu erkennen.

»Wir suchen deine Schwester.«

Johann runzelte die Stirn. »Aber wo genau? Warum glaubst du, dass sie hier oben ist?«

Der Hüne ließ seine Augen einmal über die Gegend schweifen, dann richtet er sie wieder auf Johann. »Weil sie nur hier oben sein kann.«

Johann runzelte die Stirn. »Woher weißt du das?«

Der Blick des Hünen schien sich für einen Moment in sich zu kehren. Dann hob er den Kopf. »Wenn sie noch lebt, ist sie dort.«

Johann spürte einen Kloß im Hals. *Wenn sie noch lebt.* Leise hakte er nach: »Wo dort?«

»An einem Ort, den sie kennt.« Der Hüne drehte sich um und marschierte weiter.

Johann spürte wieder Tränen in sich aufsteigen, doch er riss sich zusammen. Wütend schlug er nach einem Insekt, das sich auf seine Wange gesetzt hatte. Dann eilte er seinem Kameraden nach.

*

Anna hockte erneut auf der Mauer, auf der sie gesessen war, nachdem Hildner sie hierhergeführt hatte. Sie schaute in die Ferne, ohne wirklich viel zu sehen. Immer wieder verschwamm ihr Blick, musste sie sich mit der Hand über die Augen wischen. Ihr Arm schmerzte höllisch, sie konnte ihn kaum bewegen. Eine Träne kullerte ihr über die Wange. Dazu lief ihr die Nase.

Eine melancholische Weise kam ihr in den Sinn, deren Text sie bis auf einen Refrain vergessen hatte, deren Melodie sich ihr aber regelrecht aufzwang. Sie summte sie eine Weile vor sich hin und musste plötzlich lächeln in Erinnerung an ihren Vater, der es so gern gemocht hatte, wenn sie für ihn sang. Erneut verschwamm ihr Blick. Daher fuhr sie fort, wechselte zwischen Summen und Singen hin und her, auch wenn ihr die Stimme wegen des Kloßes in ihrem Hals und der laufenden Nase anfangs ein paarmal versagte. Doch der eigene Klang und das Vibrieren in ihrem Kopf beruhigten sie, ließen sie gleichmäßiger atmen. Ihr Körper entkrampfte sich allmählich.

Eine Weile saß sie so da, dann wischte sie sich erneut die Feuchtigkeit aus den Augenwinkeln, leckte sich die salzigen Tränen von den Lippen. Sie zog laut die Nase hoch, ein langer Seufzer entglitt ihrer Kehle.

Sie warf einen Blick zurück über das Gelände, das einst wohl eine Ritterburg gewesen war. Das Bild des Wildhüters erstand vor ihrem inneren Auge, und sie erinnerte sich, wie er auf sie herabgeblickt hatte, als er sie in seinen starken Armen gehalten hatte. Sie sah neben sich auf den Stein und ihre Hand wanderte über dessen raue Oberfläche. Hier hatte er neben ihr gesessen und sie hatte seine Hand gehalten. Sie wusste längst, dass in ihm bei aller Größe und Kraft eine verwundbare Seele schlummerte. Die Seele eines Menschen, der viel Grauen und viel Gewalt erlebt hatte. War er deshalb so wortkarg, so verschlossen? Um sich vor den Schrecken der Welt abzukapseln?

Ihre Erinnerung glitt zu dem Amulett um seinen Hals, zur Haarlocke der Frau, die er einst geliebt hatte. Die ihm ein Kind hatte schenken wollen, erfolglos. Die er verloren hatte, genauso wie das Kleine. Er musste sehr einsam sein.

Wieder ließ sie den Blick über den Wald wandern, weit in der Ferne war eine Ortschaft zu sehen. Konnte das Albrechtsreut sein? Nein, dummes Zeug, der Ort lag ganz woanders. Dennoch schauderte es sie beim Gedanken an das Dorf.

Dorthin würde sie nie wieder zurückkehren, das stand für sie fest. Dieser Ort des Grauens. Was für gottlose Wesen waren fähig, einen so gütigen Menschen wie ihren Vater derart kaltblütig zu erschlagen? Und ihre Mutter? Ob sie noch lebte?

Nein, bestimmt hatten sie sie auch gemeuchelt. Und bestimmt hatten sie auch diese Kinder umgebracht, von denen Johann erzählt hatte, gemeuchelt wie Tiere. Ein Bibelvers kam ihr in den Sinn, den ihr Vater mal vorgelesen hatte: *Seht euch vor, vor den falschen Propheten, die in Schafskleidern zu euch kommen, inwendig aber sind sie reißende Wölfe.* Ja, so musste es gewesen sein. Satans Diener hatten ihre eigene Brut vernichtet. Wie die Wölfe, die ihre eigenen Jungen töteten. Waren ihre Eltern hinter dieses schaurige Geheimnis gekommen? Waren sie deswegen umgebracht worden? Und Johann womöglich auch?

Sie schloss die Augen, schlug sich die Hand vor den Kopf. Wie hatte das nur geschehen können? Wie hatten sie, gerade sie, auf der Flucht vor den Schergen des Papstes, den ihr Vater immer den Antichrist selbst genannt hatte, ausgerechnet hier Unterschlupf finden müssen? Hier, wo Satans Jünger in ihrem Versteck hausten? Warum nur? Warum ließ Gott so etwas zu?

Eine Weile saß sie so da, die Hand vor dem Gesicht, als sie merkte, dass sie fror. Sie war barfuß, trug nichts an ihrem Leib außer ihrem frisch genähten Hemd und ihrem Rock, beide noch klamm. Durch den Regen der Nacht war die Luft abgekühlt, zudem ging hier oben ein kalter Wind.

Sie zog ihre nackten Beine enger an den Körper, schlang einen Arm um sie. Dann begann sie, ein weiteres Lied anzustimmen, erst leise, dann kräftiger. Das Singen spendete keine Wärme, aber es beruhigte sie. Und hatte der Hüne nicht gesagt, dass sie rufen solle, wenn sie in Not war? Wenn sie sang, würde er sie gewiss hören.

Sie war sicher, dass er kommen würde, sie zu holen. Hatte sie nicht getan, was er ihr geraten hatte? Sie war nicht dagestanden wie ein Opfer. Sie war weggelaufen. Ja, sie war weggelaufen, so schnell sie konnte. Und sie hatte geschrien. Sie glaubte es zumindest. Gewiss hatte er sie gehört. Und wenn nicht, würde er dennoch längst wissen, was geschehen war. Er würde sie suchen kommen. Wo, wenn nicht hier? Es konnte nur noch eine Frage der Zeit sein. Dann würden sie gemeinsam weggehen, weit weg von hier. Er würde sie beschützen, vor allen Teufeln dieser Welt. Und sie würde gut für ihn sorgen. Ein Lächeln huschte über Annas Gesicht.

Hinter ihr raschelte etwas.

*

Das Mädchen trat plötzlich unter einem Baum hervor. Johann hatte es nicht kommen hören, er hatte es zuvor überhaupt nicht wahrgenommen. Doch ihm war klar, dass es dort schon gestanden haben musste, als sie den Hang hinaufgestiegen waren.

Er war völlig überrascht. Es war dasselbe Mädchen. Sein dunkles Haar fiel ihm über die Schultern, einzelne Locken reichten ihm bis zur Brust. Es trug eine Art Wams, die Arme frei, darunter einen dünnen Rock, der noch dünnere Beine offenbarte.

Und das Mädchen sah ihn an.

Unentschlossen, was er tun sollte, stierte er zurück. Dann blickte er in Richtung des Hünen, der ein Stück den Pfad voraus war. Der Wildhüter hatte das Kind auch bemerkt.

Johann hob vorsichtig die Hand. »Warte. Hab keine Angst. Wir tun dir nichts.«

Warte. Hab keine Angst. Ich tu dir nichts. Das hatte er dem fremden Mädchen gestern auch hinterhergerufen, während er es einzuholen versucht hatte. Doch es war gerannt und geklettert wie ein Wiesel und ihm scheinbar spielend entkommen, war zwischen den Bäumen untergetaucht und von den Schatten verschluckt worden. Er hatte noch ein-, zweimal nach dem Mädchen gerufen. Doch es war verschwunden geblieben.

Nun stand die Fremde erneut vor ihm. Und diesmal machte sie keine Anstalten wegzulaufen. Stattdessen musterte sie ihn.

Johann senkte den Arm. »Wie … wie heißt du?« Als sie den Kopf schweigend schief legte, klopfte er sich auf die Brust und fügte an: »Ich heiße Johann.«

Lächelte sie? Auf jeden Fall öffnete sich ihr Mund und eine zaghafte Stimme entgegnete: »Ich heiße Sibylla.«

Johann fiel die Kinnlade herunter. Sibylla. Er kannte diesen Namen.

»Bist du aus Albrechtsreut?«

Sie blickte scheu zu Boden, dann nickte sie leicht.

Ich kenne deine Großmutter, wollte er sagen, doch besann sich im letzten Augenblick. Vielleicht war die alte Elisabetha ja niemand, an den das Mädchen erinnert werden wollte.

Oder vielleicht doch? Warum war sie hier? War sie verwirrt? War sie geistig umnachtet?

Was sollte er tun?

Sie nahm ihm die Entscheidung ab. »Komm!« Sie winkte mit der Hand, dann drehte sie sich um und verschwand zwischen den Bäumen.

Unsicher sah Johann zum Wildhüter, der sich nicht vom Fleck gerührt hatte. Auch er wirkte unschlüssig.

Rasch rief er Sibylla nach: »Warte doch!« Er lief los. Für einen Augenblick hatte er die Befürchtung, sie bereits wieder verloren zu haben, aber dann tauchte sie vor ihm im Unterholz auf. Sie schaute ihn an, wartete, bis er näher herankam. Er blieb vor ihr stehen. Die Sonne fiel auf ihr Gesicht.

Jetzt erst bemerkte er, dass ihr Haar nicht dunkel war, sondern im Gegenteil, im Urzustand vermutlich hellblond. Doch es war schmutzig wie ihre Kleidung; Blätter, Nadeln und Kletten hingen ihr zwischen den Locken und steckten in ihrem Gewand.

Ihr Antlitz und ihre Arme waren braun, ob von der Sonne oder von Dreck ließ sich nicht sagen.

Sie war barfuß. Und sie war hübsch.

Der Gedanke kam ihm ganz unvermittelt, und er spürte, wie ihm Hitze ins Gesicht stieg. Er leckte sich über die rauen Lippen. Als es hinter ihm vernehmlich knackte, warf er einen Blick über die Schulter.

Der Wildhüter war ihm gefolgt, duckte sich gerade unter den Ästen eines Baumes hindurch. Als er sich wieder aufrichtete, wirkte er noch riesiger als sonst. Seltsam furchteinflößend.

Ahnungsvoll blickte Johann zurück zu Sibylla. Sie wich ängstlich zurück.

»Nein, nein, nein!« Er hob abwehrend beide Hände. »Du musst keine Furcht haben. Er … er ist nicht böse.« Mit einer weiteren Geste versuchte er, den Hünen auf Abstand zu halten. »Warte! Bleib stehen! Sie hat Angst vor dir.«

Zu seiner eigenen Überraschung folgte der Hüne seiner Aufforderung, zog sich wieder ein Stück zurück. Johann versuchte ein Lächeln, bewegte sich bewusst langsam, als er sich wieder dem Mädchen zuwandte. »Siehst du? Hab keine Angst!« Er legte eine Hand auf seine Brust. »Wir sind Freunde.«

Sie wirkte weiterhin unsicher.

»Er ist kein böser Mensch.« Johann deutete hinter sich. »Du musst ihn nicht fürchten. Er ist nur … er ist einfach so groß. Er kann nichts dafür. Sein Name ist Hildner. Er ist ein Wildhüter. Er ist hier, um das Rudel wilder Hunde zu erjagen. Das hat er auch getan. Die Tiere sind tot. Sie können dir nichts mehr tun.«

Das Mädchen legte den Kopf schief. Verstand sie ihn überhaupt?

Johann fuhr fort: »Er ist auch hier, um die … um euch … ich meine, um alle Kinder zu finden, die aus eurem Dorf verschwunden sind. Um euch zurückzubringen …«

Er brach ab, als er die Panik in ihrem Gesicht sah. Mit einem Mal drehte sie sich um und rannte davon.

»W-was …?« Johann wusste einen Moment nicht, was er tun sollte. Dann lief er ihr hinterher.

Diesmal gelang es ihr nicht, im Schatten der Bäume unterzutauchen. Stattdessen holte er sie ein.

»Warte doch! Bleib stehen! Bitte …!«

Als er gerade glaubte, sie zu fassen zu kriegen, schlug sie einen Haken wie ein Kaninchen und stürzte sich halsbrecherisch einen Hang hinunter. Ohne nachzudenken sprang er hinterher, halb laufend, halb rutschend. Er sah sie vor sich in einer Senke hinfallen, sich aufrappeln, dann war er auch schon über ihr, bekam ihr Wams zu fassen und riss sie um.

Sie stürzten beide auf den weichen Waldboden. Er wollte sie festhalten, doch sie schlug und trat mit Wucht um sich. Ein Ellenbogen streifte sein Kinn, ein Fuß landete in seinem Magen. Ihm blieb die Luft weg, doch geistesgegenwärtig griff er weiter zu. Sie war beim letzten Tritt weggerutscht und auf dem Hosenboden gelandet. Er packte sie am Knöchel, umfasste mit beiden Händen ihre Fessel und riss sie in dem Moment erneut zu Boden, als sie sich gerade aufrappeln wollte. Bevor sie ihn erneut treten konnte, sprang er vor und warf sich mit seinem ganzen Körper auf sie. Das Mädchen gab einen seltsamen Laut von sich, als würde Luft aus einem Blasebalg entweichen. Er nutzte den Moment und packte ihre Arme, setzte sich auf sie drauf und fixierte sie so am Boden. Sie zappelte noch herum, dann gab sie plötzlich jeglichen Widerstand auf.

Er betrachtete ihr Gesicht. Sie starrte zurück, zornig.

Johann keuchte. Er spürte einen drückenden Schmerz in der Magengegend. »Das wäre nicht nötig gewesen.«

Auch sie atmete heftig. Ihr Brustkorb hob und senkte sich. Mit einem Mal presste sie die Lippen fest zusammen, dann fauchte sie: »Ich gehe nicht zurück!«

Schwer schnaufend runzelte er die Stirn. »Das musst du auch nicht. Keiner zwingt dich.« Er hatte es ernst gemeint, doch in der nächsten Sekunde kamen ihm selbst Zweifel.

Sie zog skeptisch die Augenbrauen zusammen.

»Nicht?« Wieder kniff sie die Lippen zusammen. Dann, nach einer Pause, fragte sie: »Warum seid ihr dann hier? Hast du nicht gesagt, ihr wollt uns zurückbringen?«

Johann fiel sofort das kleine Wörtchen *uns* auf.

Er schüttelte den Kopf. »Nein. Ich nicht ... Wir ... wir sind nur hier, um herauszufinden, was mit euch passiert ist, mit dir und den anderen. Der Fürst persönlich hat Hildner geschickt, Markgraf Christian.«

Sie wirkte verblüfft. Doch dann schaute sie wieder grimmig. »Glaubst du, das kauf ich dir ab? Warum sollte der Markgraf sich um mich scheren? Er kennt mich doch gar nicht.«

Johann musste lächeln. Er atmete noch immer schwer. »Er mag dich nicht kennen, aber ihm sind seine Untertanen nicht egal. Er sorgt sich um sein Land. Er ist ein guter Mensch.«

Ihre Muskelspannung ließ nach. Zögerlich ließ er ihre Arme los.

Sie nutzte die gewonnene Freiheit, um sich Speichel und Dreck aus dem Gesicht zu wischen. Dann sah sie ihn wieder energisch an. »Würdest du von mir runtergehen?«

Er grinste. »Nur, wenn du nicht wieder wegläufst.«

»Dann gib mir keinen Anlass dafür.«

»Hab ich doch gar nicht.«

Sie schwieg. Er kletterte von ihr herunter, stand auf. Sie zögerte nur einen Augenblick, dann rollte sie sich rasch auf die Seite und rappelte sich hoch.

Sie strich sich mit beiden Händen über das Wams, befreite es von Nadeln und Blättern. Auch er klopfte sich ab.

Misstrauisch betrachtete sie ihn von oben bis unten. Sie waren nahezu gleich groß.

»Ist das wahr? Dass der Markgraf persönlich deinen Freund geschickt hat?«

Johann setzte eine ernste Miene auf, nickte. »Ja. Es ist wahr.«

»Und unsere Leute?«

»Was meinst du?«

»Na, die aus dem Dorf. Neuberg und die anderen. Was haben sie dazu gesagt?«

Johann wusste nicht, was er antworten sollte. Er zuckte die Schultern. »Sie wollen auch wissen, was mit euch passiert ist.« Dann kam ihm ein Gedanke. »Sie glauben, der Wilde Jäger hat euch geholt. Der Wolfsmensch. Er ist …«

»Ich weiß, was der Wilde Jäger ist.« Sie musterte ihn erneut kritisch.

In diesem Moment war oberhalb von ihnen ein Geräusch zu hören. Sie blickten gleichzeitig auf.

Der Wildhüter erschien in ihrem Blickfeld, blieb diesmal aber in gewisser Entfernung stehen.

Johann sah Sibylla an. Sie wirkte gefasst und machte keine Anstalten, erneut wegzulaufen. Er grinste verlegen. »Und was jetzt?«

Ihre Miene wurde grimmig. Sie nickte in Richtung des Hünen. »Schick ihn weg!«

*

Erneut raschelte es. Erst hatte Anna kaum gewagt, sich umzudrehen. Doch dann hatte sie sich eine dumme Gans gescholten. Sicherlich war das nur wieder eine Elster oder ein anderes Getier.

Ein erneutes Geräusch, doch diesmal war es nicht nur ein Rascheln. Es klang wie ein Schlurfen. Und mit einem Mal wusste sie, wer das nur sein konnte. Ihr Retter, ihr starker Held. Ihr Erlöser.

Anna sprang auf und blickte in Richtung des Treppenabgangs, der in den Haupthof der Ruine hinunterführte. Ihr Herzschlag setzte aus.

Wenige Schritte entfernt stand jemand am Aufgang zum Plateau. Nein, nicht jemand. Etwas. Und es war nicht ihr Retter.

Das Wesen vor ihr war ein Mensch, und doch war es keiner. Es trug eine Art Jacke. Doch alles andere war, es war … tierisch. Dichtes Fell stand von allen seinen Körperteilen ab. Das Gesicht war das eines Tieres, haarig, mit einem Maul dort, wo der Mensch den Mund hatte, einer klobigen Nase, kleinen bösartigen Augen, die zwischen dichtem Fell hervorstachen. Es trat auf das Plateau und gab ein leises, doch umso furchtbareres Schnaufen von sich.

Annas Körper begann unkontrolliert zu zittern.

Johann hatte recht gehabt: Es gab ihn. Den Wilden Jäger. Den Wolfsmann. Eine Kreatur des Teufels.

Du hättest schreien können.

Sie stieß einen spitzen Schrei aus. In diesem Moment hob die Bestie ihre Klauen.

Du hättest wegrennen können.

Sie drehte sich um. Und rannte.

*

Der Wind hatte zugenommen und pfiff durch den Eingang, der in die Burgruine hineinführte. Über den blauen Himmel glitten einzelne Wolken rasch dahin.

Nachdem Hildner schnaufend den Schutthaufen aus Mauerresten erklettert hatte, die am Fuße des Eingangstors des alten Raubritterschlosses lagen, erhob er sich und betrat in ungewohnter Anspannung den engen Gang, der in die Ruine hineinführte. Der Wind blies ihm kraftvoll ins Gesicht, und plötzlich überkam ihn die Furcht, dass Anna vielleicht nicht mehr lebte. Ein solches Gefühl hatte er schon seit langer Zeit nicht mehr verspürt.

Hinter ihm folgten Johann und Sibylla. Als sie in der Ferne den Schrei gehört hatten, der aus der Tiefe des Waldes erklungen war, hatte Hildner sich aufgemacht, so schnell ihn seine verflixten Beine trugen. Der Junge war ihm gefolgt, anfangs irgendetwas plappernd, dann endlich schweigend, und das Mädchen war nahe hinter ihnen geblieben. Hildner war es egal.

Er blickte über den Durchgang hinauf, registrierte in der Ferne am Himmel einen großen Vogel, der in der Luft zu stehen schien. Dann fiel ihm fast die Kinnlade herunter.

Am oberen Ende der steinernen Treppe, die zum Aussichtsplateau hinaufführte, stand jemand. Es war ein … er wusste nicht zu sagen, was es war. Es hatte ungefähr die Größe eines normalen Mannes, stand aufrecht auf zwei Beinen. Es trug menschliche Kleidung. Doch alles andere an ihm war viehisch, das Gesicht haarig, Arme und Beine mit Fell bedeckt. Es starrte ihn an, gab jedoch kein Geräusch von sich.

Hildner stierte zurück. Dann zog er den Hirschfänger.

Das Biest bewegte sich nicht.

Hildner nahm rasch die letzten Stufen und trat auf den Vorplatz. Dann besann er sich eines Besseren, steckte die

Klinge zurück, nahm die Armbrust vom Rücken und zog einen Bolzen. Sein Jagdfieber war erwacht.

»Nein! Tu das nicht!«

Sibylla stürzte an ihm vorbei und stellte sich vor ihm auf, die Hände in Abwehrhaltung erhoben. Sie reichten ihm nur bis zur Brust.

»Tu ihm nichts. Er ist nicht böse.«

Verwirrt blickte Hildner auf sie herab und wieder zurück zu dem Biest. Er bemerkte, dass das haarige Wesen sich versteifte, den Kopf einzog.

Entschlossen knurrte er: »Beiseite, Kind!« Er stemmte sich die Armbrust gegen den Oberschenkel.

Doch statt seiner Weisung zu folgen, wich Sibylla zurück und rief flehentlich: »Nein! Nein, er ist harmlos, glaub mir doch!«

Hildner spannte seine Schusswaffe, hob sie an und legte den Bolzen ein. Er würde problemlos über ihren Kopf hinweg schießen können.

Das Mädchen fuhr herum und lief zur Treppe. Der Junge rief ihr noch nach, doch da erklomm sie bereits die Stufen, direkt auf das Wesen zu, das einen Schritt zurücktrat. Hildner riss die Armbrust hoch. Doch da war das Mädchen bereits auf der letzten Stufe angekommen. Schon erwartete er, dass das Biest das Mädchen packen würde. Doch das Wesen stand weiterhin nur da, während Sibylla sich aufrichtete und es gezielt mit ihrem schmalen Körper deckte. Sie reichte ihm knapp bis unters Kinn.

Hildner wusste nicht, was er tun sollte. Er hielt die Armbrust weiter auf die Bestie gerichtet. Wenn er gewollt hätte, hätte er ihr in den Kopf schießen können. Aber etwas hielt ihn ab.

Da spürte er eine vage Berührung am Arm. »Vielleicht … vielleicht sollten wir sie anhören.« Hildner sah auf Johann hinab. Der Zweifel in dessen Stimme war deutlich erkennbar, doch zugleich wirkte der Junge plötzlich irgendwie größer, reifer. Hildner senkte langsam die Armbrust, seine Muskeln blieben gespannt.

Sibylla drehte sich zu dem Biest um, das sich etwas zurückgezogen hatte, sodass Hildner nur noch dessen Kopf sehen konnte. Dann wandte sie sich wieder ihnen zu und rief erneut: »Er ist nicht böse. Er …« Sie vollführte eine vage Geste. »Er ist ein Freund. Und er hat genauso viel Angst wie wir.« Sie kam langsam wieder die Treppe herunter, während sie weitersprach: »Er lebt im Wald. Er hat uns geholfen, viele Male. Ich hatte nicht gedacht, ihn heute hier draußen zu finden. Hätte ich gewusst, dass er hier ist, hätte ich … ich hätte euch von ihm erzählt.«

Hildner hatte die Armbrust noch immer fest im Griff und hielt den Blick auf das Biest gerichtet. Er hörte Sibyllas Worte, doch glauben mochte er sie nicht. Er hatte solch ein Wesen noch nie gesehen. Die Menschen im Dorf hatten recht behalten. Der Wilde Jäger. Es gab ihn wirklich. Die Worte des Rittmeisters von Schirnding kamen ihm wieder in den Sinn. *Manch einer glaubt, die Tat könnte von etwas anderem stammen. Vampire, Nachtalben, Wiedergänger.* Das hier war fraglos ein solches Wesen. Ein Wiedergänger. Ein leibhaftiger Werwolf.

Auf einmal verschwand der Kopf aus seinem Sichtfeld. Hildner zögerte nicht lange und hielt auf die Treppe zu. Er bemerkte, wie Johann ihm etwas nachrief und das Mädchen neben ihm herlief. Doch er verdrängte die Kleine einfach mit seinem massigen Körper, stampfte vor ihr die Stiege hinauf. Fast oben reckte er den Hals und stellte zu seiner Befriedigung fest, dass das Wesen sich an das Ende der Plattform zurückgezogen hatte und dort in der Falle saß. Er nahm die letzten Stufen und legte erneut auf die Bestie an.

»Bitte!« Schon stand das Mädchen wieder neben ihm und hob abwehrend den Arm. Ihre Fingerspitze berührte die Armbrust. »Du musst mir vertrauen. Er ist kein böser Mensch.«

Er runzelte die Stirn. Exakt dasselbe hatte der Junge zuvor über ihn, Hildner, auch gesagt.

*

Alles in ihm war angespannt. Das Haar stand ihm zu Berge. Nur ihre vertraute Stimme war es, die ihn etwas beruhigen konnte. Sie kam zu ihm herauf, stellte sich vor ihn hin. Sie beschützte ihn, wie er die Eichhörnchen immer wieder beschützt hatte. Er sah wieder zu dem großen Wesen hin. Der riesige Bär hatte ein seltsames Gerät in der Hand, das ihm Furcht einflößte. Es diente dazu, einem Schmerzen zuzufügen, das konnte er spüren. Er wusste nicht, was er tun sollte.

Als sie wieder hinunterkletterte und auf den großen und den kleinen Bären einredete, überlegte er fieberhaft. Dann fiel ihm der Grund seines Hierseins wieder ein. Rasch zog er sich von der Treppe zurück, lief an den äußersten Rand des Felsens, kletterte über das erhobene Gestein. Und sah vor sich in die Tiefe.

Als er sich wieder zurückwandte, war der große Bär heraufgekommen. Er war noch riesiger, als er von Weitem gewirkt hatte. So jemand war ihm noch nie begegnet. Der Bär strahlte pure Gewalt aus.

Doch die Stimme des Mädchens schien auch den Bären zum Innehalten zu bewegen.

Erneut drehte er sich um und blickte in die Tiefe. Dort lag sie, weiter unten, auf einem Felsen zwischen den Bäumen. Noch so, wie sie gefallen war, die Glieder seltsam vom Körper weggestreckt. Wie ein Vögelchen mit gebrochenen Flügeln.

Er klackerte.

*

Er ist kein böser Mensch. Ein Mensch. Hildner zog die Stirn kraus. Er fixierte das haarige Wesen genauer, das über die Mauerreste gestiegen war und nun kurz vor dem Abgrund stand. Es stimmte tatsächlich: Der Kopf, die Arme, der Körper, die ganzen Proportionen. Und dann noch die Jacke. Was fehlte, war ein Beinkleid. Aber konnte das sein? Ein Mensch, und dann ein solches … Fell?

Das Wesen drehte sich von ihm ab und für einen Augenblick dachte Hildner, es würde sich einfach in den Abgrund fallen lassen. Doch es sah anscheinend nur nach unten. Ein seltsames Geräusch ertönte, wie eine Mischung aus Wimmern und … und … schnalzte es mit der Zunge?

Sibylla ging abermals auf das Wesen zu und Hildner war sich erneut unschlüssig, was er tun sollte. Der Jäger in ihm wollte das wilde Biest erlegen. Doch etwas ließ ihn zögern.

Das Mädchen machte beruhigende Geräusche und kletterte langsam auf die Mauer. Das Wesen sah das Mädchen fast beiläufig an, dann wieder nach unten. Sibylla trat an ihn heran, folgte seinem Blick – und zuckte zurück.

Sie fuhr herum, die Hände vor dem Mund zusammengeschlagen, die Augen seltsam aufgerissen. Doch es war nicht Hildner, den sie ansah. Es war Johann.

Da wusste Hildner, was geschehen war. Er senkte die Armbrust und sein Blick kehrte sich nach innen.

*

Nachdem sie Annas zerschmetterten Körper weit unten zwischen den Bäumen auf einem Felsvorsprung entdeckt hatten, hatte Johann eine ganze Weile auf dem Stein gekniet und in die Ferne gestiert. Weinen konnte er nicht. Vielleicht war sein Vorrat an Tränen schon erschöpft. Oder hatte er seine Schwester einfach nicht wirklich liebgehabt?

Nein, das war es nicht. Sie hatte ihn oft geärgert und noch öfter genervt, das stimmte, aber trotzdem hatte er sie geliebt; und sie ihn. Wenn es darauf angekommen war, hatte sie ihn beschützt. So war er früher, als sie noch kleiner gewesen waren und er schlecht geträumt hatte, oft unter ihre Decke geschlüpft. Unter ihre, nicht unter die seiner Mutter oder seines Vaters.

Mutter. Vater. Und jetzt auch Anna. Sie alle waren tot. Er hatte alles verloren, was ihm je etwas bedeutet hatte. Und jetzt konnte er nicht einmal mehr um sie weinen. Vielleicht, ja vielleicht war er ja einfach inzwischen ein anderer geworden, abgehärteter. Machten einen Schicksalsschläge nicht stärker? War er einfach erwachsener geworden?

Nach einiger Zeit riss ihn der Wildhüter aus seiner trübsinnigen Stimmung, forderte ihn auf, aufzustehen. Als Johann sich umschaute und über das Mäuerchen zurückschaute sah er Sibylla in der Nähe kauern und ihn anblicken. Der Wilde Jäger hingegen war verschwunden.

Bei der Erinnerung an dessen Erscheinung spürte Johann eine Gänsehaut am ganzen Körper. Und doch war ihm das Wesen im Lichte der Sonne anders erschienen als damals in der Nacht.

Doch es war keine Zeit, sich darüber Gedanken zu machen. Sie beschlossen, Anna mithilfe des Seils zu bergen, das Johann mitgebracht hatte. Den Moment, als Johann zu ihr hinunterkletterte und den furchtbar verrenkten Körper seiner

Schwester von Nahem sah, würde er nie wieder vergessen. Als Erstes musste er sich übergeben. Als sich sein Magen einigermaßen beruhigt hatte, warf der Wildhüter ihm seinen Umhang zu, sodass er Anna darin einhüllen und dann das Seil mehrmals um ihren Körper wickeln konnte.

Als Johann endlich wieder zurück auf das Plateau geklettert war, standen der Wildhüter und Sibylla schweigend vor dem verpackten Leichnam.

Johann schluckte, dann sagte er: »Wir müssen sie ins Dorf bringen.« Sie sollte ein Begräbnis bekommen. Ein Begräbnis, bei dem niemand singen würde. »Sie soll mit meinen Eltern zusammen begraben werden.«

Der Wildhüter bückte sich und nahm Annas Leichnam auf den Arm. Die Art, wie er ihn hielt, wirkte fast zärtlich.

Als sie mühsam die Ruine verlassen hatten und Anstalten machen wollten, den Weg in Richtung Dorf einzuschlagen, blieb Sibylla kopfschüttelnd stehen.

Fragend sah Johann sie an.

Sie verschränkte die Arme vor der Brust. »Ich werde nicht mit euch ins Dorf gehen.«

Er wusste nichts zu erwidern. Sein Kopf war leer.

Direkt an ihn gerichtet fuhr sie fort: »Und du solltest dir gut überlegen, ob du da wieder hingehen willst.«

Johann runzelte die Stirn. Er holte tief Luft, wollte sie nach dem Warum fragen. Doch nach kurzem Überlegen fragte er stattdessen: »Du bist nicht allein hier oben, oder?« Es war mehr eine Feststellung.

Sie zögerte sichtlich. Dann bestätigte sie seine Ahnung mit einem Kopfnicken.

»Ihr haltet euch hier oben versteckt. Ist es nicht so?«

Sie nickte erneut. Dann hauchte sie kaum hörbar: »Ja.«

Der Wildhüter schwieg. Sein Blick wirkte grimmig.

Johann wusste nicht, was er sagen sollte. Nun war er so kurz vor dem Ziel, vor der Lösung des Rätsels, das ihn seit Wochen umtrieb. Er biss sich auf die Lippen, blickte kurz auf den eingewickelten Leichnam in den Armen des Hünen. Doch was war mit Anna?

Sibylla wirkte unruhig. »Du hast gesagt, dass mich keiner zwingt, zurückzugehen.« Sie sah von Johann zum Wildhüter. »Wenn es wahr ist, dass der Markgraf dich geschickt hat und er ein Mann ist, dem seine Untertanen nicht egal sind, dann gebt mir euer Wort, bei seiner Ehre, dass ihr mich nicht dazu zwingt. Mich nicht und …« Sie zögerte, kniff die Lippen zusammen. »Keinen von uns.«

Als der Wildhüter nicht antwortete, erwiderte Johann mit fester Stimme: »Wir geben dir unser Wort.« Er sah den Wildhüter auffordernd an. »Das tun wir, oder nicht?«

Der Hüne fing Johanns Blick ein. Dann sah er Sibylla an. »So sei es.«

Das Mädchen nickte vor sich hin, schien zugleich innerlich damit zu ringen, ob sie dem Gehörten Glauben schenken sollte. Endlich sah Sibylla Johann an und sagte: »Dann werde ich dir etwas zeigen. Aber nur dir.«

*

Die Sonne war längst hinterm Wald verschwunden, der Himmel wurde dunkler und dunkler. Die Finsternis legte sich wie eine Decke über das Lager zwischen den Steinen. Gleich darauf tanzte flackerndes Licht über die Felsen.

Sie hatten entschieden, dass es in Ordnung war, ein Feuer zu machen. Die Felsen um sie herum schluckten den Schein, und um möglichst wenig Rauch zu erzeugen, hatten sie trockenes Holz verwendet, das sie im Schutze eines Felsvorsprungs gelagert hatten, kein frisches, das noch feucht war. Sie hatten die Äste, Rinde und Zapfen so arrangiert, dass viel Luft an alle Seiten kam. So qualmte das Feuer nicht und erfüllte zugleich seinen Hauptzweck, alle, die sich darum geschart hatten, zu erwärmen. Alle. Alle sieben Kinder.

Johann wusste nicht, was er von all dem halten sollte. Die Gedanken und Erinnerungen an den vergangenen Tag überschlugen sich in ihm, bildeten ein Knäuel aus Fäden, das unentwirrbar schien. Eigentlich hätte er Triumph empfinden müssen, die Dorfkinder gefunden zu haben, mit seiner Vermutung richtig gelegen zu haben. Doch tatsächlich war ein kurzer Moment der Genugtuung rasch tiefer Traurigkeit gewichen. Zugleich war er todmüde von dem Marschieren und der Kletterei.

Während das Feuer knisterte und knackte, kauten die Kinder auf dem Proviant aus Brot und Speck herum, den Johann unter ihnen verteilt hatte, und schwiegen sich ansonsten an.

Verstohlen sah er von einem zum anderen. Sie waren wirklich alle hier, drei Mädchen und drei Knaben. Die Jüngsten mochten fünf oder sechs Jahre alt sein. Sibylla war das älteste Mädchen, daneben war da noch ein Junge von ungefähr Johanns Größe, den Sibylla als Conrad vorgestellt hatte.

Der Hüne hingegen war nicht hier. Sibylla hatte am Fuße der Ruine darauf bestanden, dass er zurückblieb. Der Wildhüter hatte dazu geschwiegen und Johann innerlich mit sich gerungen. Doch der Drang, dem Geheimnis der verschwundenen Kinder endlich auf die Spur zu kommen, war zu stark gewesen. Er hatte vorgeschlagen, dass der Hüne vor Ort auf ihn warten sollte bis zum nächsten Tag, und zu seiner Überraschung hatte dieser das schweigend akzeptiert. Kurzerhand hatte der Hüne Annas Leichnam auf einer Stelle, an der Moos den Boden weitflächig bedeckte, abgelegt und sich daneben niedergelassen. Nach kurzem Zögern war Johann daraufhin Sibylla gefolgt, voller Erwartung und zugleich düsterer Gedanken wegen Anna, und hatte dabei versucht, sich den Weg gut einzuprägen.

Und dann hatte sie ihn hierhergebracht. Der Lagerplatz selbst wirkte von oben wie eine Bergarbeitergrube, wie ein Becken inmitten von Gestein. Es war von allen Seiten umgeben von hohen Felsen, die wie von Riesenhand nebeneinandergelegt schienen oder von Bergtrollen hierher gerollt, nahezu kreisförmig angelegt, sodass sie gemeinsam die Grube umschlossen. Die Felsen waren zudem rundherum so hoch, dass man sie nur sehr mühselig erklettern konnte, und das auch nur mit irgendeiner Art von Tritthilfe oder Kletterseil. Nur an einer Stelle, verborgen hinter losem Strauchwerk, führte ein enger, niedriger Gang zwischen zwei Felsen hindurch, gerade groß genug, dass Kinder hindurchkriechen konnten. Das ideale Versteck.

Bevor Sibylla hineingekrochen war, hatte sie Johann noch das Versprechen abgerungen, niemandem zu erzählen, was sie ihm nun zeigen würde. Johann hatte es hoch und heilig geschworen.

Innen war an zwei Stellen überstehendes Gestein genutzt worden, um dort aus stämmigen Ästen schräge Dächer zu errichten. Diese waren mit Tannenzweigen, großen Blättern, Gras und Moos beschichtet worden, sodass die Konstruktion vor Sonne, Wind und Regen schützte. Der Boden unter den Schrägdächern war ebenfalls mit Moos, getrockneten Gräsern und sogar Stroh gepolstert, als Schutz vor der Kälte. Auch eine Feuerstelle war da, sogar ein bronzener Topf existierte, wie auch ein provisorisches Dreibein.

Alles in allem ein perfektes Wilderer-Lager. Wie hatten sie das entdeckt?

Johann sah wieder von einem der Kinder zum nächsten. Auf seine ersten verblüfften Fragen danach, wie sie sich ernährt hatten, hatten sie ihm erzählt, dass sie mit Schlingfallen Kaninchen, Eichhörnchen und Rebhühner gefangen, Beeren, Nüsse und Samen gesammelt, Morcheln und Eierschwämme, Löwenzahn, Spitzwegerich und Brennnesseln gegessen hatten. Zudem gab es hier oben verschiedene Quellen. Und jemand hatte einen verwilderten Kräutergarten erwähnt. Offenbar hatten Zigeuner ihn einst angelegt.

Für einen Moment siegte in ihm doch das Gefühl der Genugtuung. Er hatte recht behalten. Die Kinder waren die ganze Zeit hier oben im Gebirg gewesen. Und er, Johann, hatte sie dank der Hilfe des Herrn gefunden.

Sein Blick wanderte zu Sibylla, die neben ihm hockte. Schon trat ihm wieder seine Schwester in den Sinn und ließ das Hochgefühl verschwinden. Er schluckte bei der Erinnerung an ihren zerschundenen Körper. Seine Gedanken wanderten zum Wildhüter und er stellte sich vor, wie dieser gerade in der Dämmerung saß, neben sich die in seinen Umhang gewickelte Anna. Überhaupt, der Leichnam. Morgen würden sie ihn ins Dorf bringen müssen. Gedankenverloren schob er ein Stück Schwarte in seinem Mund hin und her. Als er die Hitze der Flammen auf seinem Hals und in seinem Gesicht zu stark zu spüren begann, rückte er etwas ab und sah erneut Sibylla an. Dann fiel ihm ein, was sie gesagt hatte.

»Ihr habt noch nicht erzählt, warum ihr hier oben seid.«

Alle Augen wandten sich ihm zu. »Versteckt ihr euch hier vor … vor diesem Wesen?«

Sie sahen ihn alle seltsam an.

»Ich meine … Wer oder was ist er?«

Sibylla blickte von einem der Kinder zum anderen, dann zurück zu Johann.

»Er ist eine verwirrte Kreatur.«

»Er ist ein Idiot.« Es kam von Peter, dem zweitältesten Jungen.

»Sag das nicht!«, fuhr Sibylla ihn an. »Er ist kein Idiot. Er ist … ein … ein Mensch von einfachem Gemüt.« Sie sah herausfordernd in die Runde. »Er ist eine gequälte Seele. Wie wir.« Ihr Blick wanderte zu Boden.

Johann runzelte die Stirn. Eine gequälte Seele? Ein Mensch von einfachem Gemüt? Aber … er war der Wilde Jäger, oder nicht? Nach kurzem Zögern fragte er: »Woher … woher kommt er?«

Sie zuckte mit den Schultern. »Wir wissen es nicht.«

»Aber … aber ist er nicht …« Er wollte sagen *aus dem Grab gestiegen*, doch er kam sich mit einem Mal dumm vor. Das da oben auf dem Felsen war ein lebendiges Wesen gewesen. Ein Mensch, wie Sibylla gesagt hatte. »Was … was genau ist er?«

»Auch das wissen wir nicht so genau.«

»Ein Fellmonster.« Peter grinste.

Die beiden Kleinsten kicherten. Doch Conrad schlug Peter mit der flachen Hand auf den Hinterkopf.

»Aua.«

»Halt die Klappe! Wenn man nichts Gutes zu sagen weiß, soll man besser schweigen.«

Johann zuckte zusammen. Diese Worte hatte seine Mutter auch immer gebraucht.

Sibylla sah Peter grimmig an. »Hast du vergessen, was er für uns getan hat? Wie oft hat er uns geholfen?« Dann fuhr sie erklärend fort: »Anfangs hat er uns tote Tiere vor den Zugang zu unserem Versteck gelegt, Kaninchen, Eichhörnchen. Und einmal einen Otter.«

Und Vögel, kam es Johann spontan in den Sinn.

Doch Peter fügte stattdessen an: »Und Molche.« Er sagte es mit noch immer spöttischem Unterton, doch diesmal erntete er kein Kichern.

Sibyllas Blick sprach Bände. Peter senkte den Kopf.

»Er hat uns geholfen, als wir uns anfangs kaum aus unserem Versteck herausgetraut haben.«

Sibyllas Worte vom Tage kamen Johann wieder in den Sinn. *Er ist nicht böse. Er ist ein Freund. Er hat uns geholfen.*

Das Mädchen fuhr fort: »Wir wussten erst gar nicht, woher die toten Tiere kamen. Wir dachten erst an ein zutrauliches Tier, eine Katze, oder so. Dann hatten wir Sorge, jemand könnte unser Versteck entdeckt haben und ein Spiel mit uns treiben. Also haben wir nachts oben auf den Felsen Wache gehalten. Wir sind fast gestorben vor Angst, als er das erste Mal aufgetaucht ist.« Sie blickte verlegen drein. »Wir dachten, der Wilde Jäger sei gekommen, um uns zu holen.«

Johann lief erneut ein Schauer über den Rücken. Er verstand das Gefühl nur zu gut. Er blickte über die Felsen, die sie umgaben. Zwischen den Bäumen war nun der Mond zu sehen.

Erklärend fügte Sibylla an: »Der Wilde Jäger, musst du wissen, ist eine ... ein Unhold, wie der Nachtgiger oder der Hägglmoo. Er kommt in der Gestalt Verstorbener. Manchmal hat er einen Wolfskopf. Er holt diejenigen, die Schlechtes denken oder Schlechtes getan haben. Bei uns im Dorf heißt es, dass er im Gebirg lebt und die Kinder holen kommt, wenn sie nicht brav sind. Manche behaupten, ihn schon gesehen zu haben.«

Johann verkniff sich zu erwähnen, dass er die Legende kannte. Er beobachtete die anderen. Die Jüngeren duckten sich bei Sibyllas Worten, schienen sich kleiner machen zu wollen. Niemand kicherte mehr.

»Aber er …« Sie wies vage in die Dunkelheit. »*Er* ist nicht der Wilde Jäger. Und auch nicht der Nachtgiger.« Ihre Stimme wurde lauter, entschiedener. »Er ist ein Mensch, der … er hat einfach überall Haare, am ganzen Körper. Auch im Gesicht. Aber er ist ein Mensch, da bin ich sicher.«

Johann hatte das Bild des Wesens vor Augen, wie es oben an der Treppe stand, mit zerzausten Haaren und der abgerissenen Jacke. Erneut kam ihm Anna in den Sinn. Es gab ihm einen Stich.

»Aber er hat Anna …« Er hielt inne. Was genau war da oben geschehen? Das Wesen hatte Johanns Schwester doch angegriffen, oder etwa nicht? Es war schließlich eine blutrünstige Bestie, die Kinder zerriss. Verwirrt sah er Sibylla an. »Er hat doch zwei von euch getötet! Oder etwa nicht?«

Kopfschüttelnd sagte sie: »Nein. Er hat nie jemandem von uns was getan. Im Gegenteil: Als Wolfram einmal im Wald schwer gestürzt ist, hat er ihn zurück in unser Versteck gebracht. Er hat ihn sanft getragen wie eine Mutter ihr Junges. Nicht wahr, Wolfram? War es nicht so?«

Der Knirps nickte eifrig. »Er ist weich«, entschlüpfte es ihm.

Die kleine Martha kicherte wieder und diesmal schlossen sich alle Kinder an. Auch Johann musste zu seiner eigenen Überraschung grinsen. Die Anspannung fiel ein wenig von ihm ab.

Auch Sibylla lächelte. »Seit dem Tag wissen wir, dass er unser Freund ist. Wir nennen ihn den Haarigen. Er kann nur nicht sprechen. Er gibt Laute von sich, so eine Art Keckern, wie eine Elster.«

»Und er kann perfekt Frösche imitieren«, warf Conrad ein. Es klang fast bewundernd.

»Und er schnalzt und klackert manchmal, wenn er aufgeregt ist und uns auf etwas aufmerksam machen will«, fügte

Sibylla hinzu. »Manchmal hört es sich gar an wie ... ich weiß nicht ...«

»Wie das Knacken einer Deichsel oder einer schlecht geölten Radachse«, sprang ihr Conrad bei. »Wie das Mühlrad an der Klöpper Mühl.«

»Ja, ganz seltsam. Keiner von uns kann das nachahmen. Obwohl wir's versucht haben.«

Johann kam das Geräusch des sich träge drehenden Mühlrads in den Sinn.

»Er verlässt sein Versteck sonst nur des Nachts oder wenn der Himmel bedeckt ist«, erzählte Sibylla weiter. »Daher war ich auch so überrascht, als wir ihn heute dort oben trafen. Ich glaube, ich hab ihn noch nie bei hellem Sonnenschein gesehen. Überhaupt wirkte er heute traurig ... irgendwie ...«

Sie verstummte und blickte Johann an, vielleicht, weil ihr sein Verlust erst jetzt wieder eingefallen war.

Er tat so, als hätte er es nicht bemerkt. »Wo hält er sich auf? Hat er ein Versteck wie eures?«

Er merkte, dass Sibylla mit der Antwort zögerte. Dann sagte sie: »Das wissen wir nicht ... nicht genau.«

Es klang nicht aufrichtig, und Johann spürte eine Veränderung unter den Kindern. Sie schwiegen, und er hielt es für besser, nicht nachzufragen.

Allmählich rutschte ein Kind nach dem anderen herum, nahm eine andere Sitzhaltung ein. Peter und Conrad legten Holz nach. Der kleine Wolfram flüsterte Martha etwas ins Ohr und beide glucksten verhalten. Dann merkten sie, dass Johann sie anblickte, und ihr Lächeln erstarb.

Trauten sie ihm nicht? Aber immerhin hatte Sibylla ihn doch hierhergeführt. Er war doch jetzt ein Eingeweihter. Ihr Verbündeter. Oder nicht? Aber natürlich, er war ein Kamerad des Wildhüters.

Etwas flatterte über ihre Köpfe hinweg. Johann blickte auf. Gleich darauf noch mal. Und noch mal. Fledermäuse.

Er sah wieder in die Runde. Christiane, das mittlere der Mädchen, zog sich gerade zum Schlafen zurück. Sie hatte noch kein Wort gesprochen, seit sie hier eingetroffen waren. Martha folgte ihr. Wolfram gähnte herzhaft, machte aber noch keine Anstalten, ebenfalls schlafen zu gehen. Die beiden anderen Jungs stocherten im Feuer herum.

Sibylla stellte ein paar Holzschüsseln ineinander. Dann hockte sie sich wieder neben Johann und fragte: »Woher kommst du eigentlich?«

Johann spürte die Blicke der anderen auf sich ruhen. »Meine Familie …« Er hielt inne. Dann seufzte er tief. Und begann zu erzählen.

*

Endlich hatte sich die schützende Dunkelheit über seinen Zufluchtsort gelegt. Er hockte zusammengekauert auf seinem Lager, die haarigen Arme eng um seine Beine geschlungen. Er wiegte sich hin und her, er schnalzte. Allmählich verlangsamte sich sein Herzschlag. Er schnaubte. Seine Augen weiteten sich in Erinnerung an die Geschehnisse der letzten Stunden.

Dieser Tag war verwirrend gewesen, verwirrender und beängstigender als jeder andere, an den er sich erinnerte. Der große Bär hatte ihm Furcht bereitet. Doch das Eichhörnchen hatte ihn irgendwie besänftigt. Und als er ihnen das Vögelchen gezeigt hatte, waren sie alle so abgelenkt gewesen, dass er hastig vom Felsen hatte runterklettern können. Weg aus dem Bauwerk. Weg aus dem Licht. Weg von dem großen Bären. Weg von dem Vögelchen mit den gebrochenen Flügeln.

Seine Gedanken wanderten zu ihr. Zuvor war er ihr schon die Nacht und den halben Tag auf der Spur geblieben, hatte sie beobachtet. Er war es nicht gewohnt, bei diesem Licht unterwegs zu sein. Die Decke über seinem Kopf war von einem leuchtenden Blau, wie ein See. Ein See, in dem man ertrinken konnte. Das gleißende Leuchten am Himmel stach ihm in die Augen, brannte auf seiner Haut, ließ seine Stirn und seinen Nacken und seine Hände und seine Achseln feucht werden, sein Haar eng am Körper kleben. Das einzige Vertraute war der Wind in seinen Haaren, der sie zauste und herumwirbelte. Der die Feuchtigkeit auf seinem Körper wieder trocknete. Hinzu kam ein sonderbares Gefühl, ein seltsamer Geruch, der in der Luft hing. Der Geruch nach ihr.

Er hatte eine Weile mit sich gerungen, ob er ihr weiter nachgehen sollte, dort hinauf, wo der Wald lichter war, die Schatten kürzer, und die Helligkeit über einen hereinbrach. Er hatte noch länger gezögert, ihr in das alte Bauwerk zu folgen. Eigentlich schrie sein ganzer Körper danach, dort wegzukommen, sich zurück zwischen die Bäume zu begeben, unter die Felsen, in die Sicherheit der Schatten.

Doch sie schien so ängstlich, so scheu. So verletzlich.

Als er vorsichtig die Stufen hinaufkletterte, sah er sie dort sitzen, zusammengekauert. Ihr Körper bewegte sich sachte, wiegte sich sanft hin und her. Ihr Haar, dem seinen nicht unähnlich, flatterte um sie herum im Wind. In einem Wind, der ihm Fetzen von Klängen zutrug, sanfte Töne, ein Summen und Zirpen und Perlen. Wie die Laute eines Vogels.

Rasch zog er den Kopf wieder ein.

Doch dieser Vogel war traurig. Er spürte es. Schon lange. Sie fühlte Angst, Trauer, Sorge. Er konnte es riechen. Was sie hier oben machte, was sie suchte, wohin sie wollte, er wusste es nicht. Er wusste nur, dass sie allein war, hilfsbedürftig. Sie war hier nicht zu Hause. Er lugte über die Kante zu ihr hin.

Ob es ihr so ging wie ihm? Fürchtete sie die tiefe blaue Weite über ihnen? Verbrannte ihr die feurige Kugel die Haut? Stach ihr das Grelle in die Augen?

Auf einmal erklang es wieder, diesmal stärker als zuvor, klarer, heller. Das Perlen, wie die Stimme eines Vogels, es beruhigte ihn. Es erinnerte ihn an etwas, wie ein ferner Klang aus einer lange vergangenen Zeit. Er entspannte sich.

Leise klackerte er mit der Zunge, hielt dann aber rasch wieder inne. Was, wenn sie ihn hörte? Wenn das Vögelchen erschrak? Doch es musste ihn ja gar nicht fürchten. So wenig wie er es fürchten musste. War es bei den Eichhörnchen nicht auch so gewesen?

Er zögerte. Dann richtete er sich vorsichtig wieder auf, erklomm die letzten Steine, die ganz nach oben führten. Und duckte sich rasch wieder. Was, wenn sie doch Angst bekam?

Aber er konnte hier nicht bleiben. Und sie doch auch nicht. Die Wölfe würden kommen, irgendwann. Oder der große Bär. Dessen Geruch schien hier noch in der Luft zu hängen.

Sie mussten hier weg, sie beide.

Er scharrte mit dem Fuß, richtete sich erneut auf, diesmal zur Gänze. Sein Haar wurde vom Wind zerzaust. Er spürte, wie sein Körper zitterte. Er wusste nicht, was er tun sollte.

Da drehte sie sich um.

Sie zuckte zusammen. Er zuckte ebenfalls zusammen. Mit großen Augen hatte sie ihn angeglotzt. Er hatte nur zurückgestarrt. Was er gesehen hatte, war: Verwirrung, Unruhe, Schrecken. Und Abscheu.

Seine Augen weiteten sich in der Dunkelheit noch mehr. Jetzt, wo er hier geduckt in seinem Unterschlupf hockte, über sich die Nacht, war die Erinnerung an diesen Moment so stark, stärker noch als die an ihren Geruch. Die Abscheu in ihren Augen.

Er hatte nicht gewusst, was er tun sollte. Er hatte ihr nur helfen wollen.

Ein furchtbarer Schrei war ihrer Kehle entstiegen, der ihn erneut hatte zusammenzucken lassen.

Langsam, ganz vorsichtig, hatte er die Hände gehoben, so, wie es die Eichhörnchen ihm gegenüber gemacht hatten.

Doch da hatte das Vögelchen beschlossen, davonzufliegen.

*

Das Feuer war schon länger heruntergebrannt. Der Schein des Mondes drang durch Ast- und Blätterwerk. Alle bis auf Johann und Sibylla hatten sich zum Schlafen zurückgezogen. Die Jungs teilten sich miteinander einen der beiden Unterstände, die Mädchen den anderen.

Johann spürte eine Schwere auf sich lasten. Doch er wollte noch nicht einschlafen. Er wollte den Tag noch nicht beenden, diesen Tag, der ihm auch den letzten geliebten Menschen genommen hatte. Er hatte Angst vor dem Aufwachen. Heute Morgen hatte er noch Hoffnung gehabt, Anna wiederzufinden. Morgen würde er aufwachen mit dem Wissen, gar keine Familie mehr zu haben. Und auch wenn er heute zeitweilig noch gedacht hatte, dass er und der Wildhüter ein gutes Gespann bildeten, war er sich da inzwischen nicht mehr so sicher. Womöglich sah der Hüne das ja ganz anders.

Und so würde er morgen früh eine Entscheidung fällen müssen, wie es für ihn weitergehen sollte. Da war nichts, was ihn zurück zur Mühle oder gar ins Dorf zog. Doch er musste für ein christliches Begräbnis sorgen, für Anna und seine Eltern.

Während er noch grübelte, bemerkte er, dass Sybilla ihn im Dunkeln beobachtete. Verlegen zog er die Mundwinkel schief. Dann erinnerte er sich, dass eine seiner drängendsten Fragen noch nicht beantwortet war.

»Du hast mir noch nicht erzählt, warum ihr hier droben lebt.« Er flüsterte. »Warum seid ihr hier oben, wenn nicht ...?« Er wies vage in den Wald. »Wenn nicht wegen *ihm*?«

Sie griff nach einem kurzen dürren Ästchen und stocherte damit in der verbliebenen Glut herum. Als sich Rauch in die Nacht kräuselte, hielt sie inne und legte das Stöckchen vor sich ab.

»Wir hatten keine andere Wahl. Entweder weglaufen oder ...« Sie sah ihn an. Schüchtern erwiderte er den Blick, versuchte, ihre Miene in der Dunkelheit zu ergründen. »Entweder weglaufen oder ich wäre gestorben. Ich hätte mich umgebracht.«

Johann war baff. Umgebracht? Selbsttötung? Wie konnte sie so etwas sagen? Das war eine Sünde. Er merkte, dass ihm der Mund offen stand, und schloss ihn. In seiner Heimat hatte es vor Jahren eine Selbstmörderin gegeben, man hatte ihr das kirchliche Begräbnis versagt. So wie auch dem Müller, der unten im Wald lag.

»Du musst eine glückliche Kindheit gehabt haben«, stellte Sibylla unvermittelt für ihn fest. »Nach dem, was du erzählt hast von deiner Familie. Zumindest bis ihr von daheim fortgehen musstet.«

Johann nickte, erst zögerlich, dann deutlicher. »Ja.« Seine Stimme war rau. Bis vor wenigen Tagen schon, ging es ihm durch den Kopf. Er spürte wieder einen Kloß im Hals.

»Deine Eltern müssen gute Menschen gewesen sein. Sie haben dich bestimmt liebgehabt, dich und deine Schwester.«

Johann antwortete nicht. Seine Augen waren auf ein kleines Stückchen Glut fixiert. Es verschwamm.

Nach einer weiteren Pause fuhr Sibylla fort: »Es muss schön sein, geliebt zu werden.«

Erneut vermochte er nichts zu sagen.

Sie schien auch keine Antwort zu erwarten. »Ich habe meinen Vater kaum in Erinnerung. Meine Mutter hat sich nicht groß um mich gekümmert, bis sie gestorben ist. Die letzten Jahre war sie kaum ansprechbar. Aber immerhin, sie hat mich auch nicht geschlagen oder so. Ich war einfach Luft für sie.«

Johann fiel die alte Elisabetha ein. »Und deine Großmutter?«

Sibylla schien die Frage falsch zu verstehen. »Natürlich. Aber nicht öfter als andere. Und manchmal hatte ich es auch verdient.« Sie zuckte mit den Schultern. »Sie war nie … wie hast du deine Eltern genannt? … herzensgut zu mir. Sie hat den Hof geführt, ich das Haus. Ich war wie eine Magd für sie. Sie hatte nie ein nettes Wort für mich übrig. Sie hat mich nie in den Arm genommen, so wie dein Vater deine Schwester.«

Johann war erstaunt. Wo hatte sie gesehen, wie sein Vater Anna in den Arm genommen hatte? Hatte sie die Mühle beobachtet? Dann glitten seine Gedanken zurück zu der alten Elisabetha. Er hatte sie nicht als herzlos wahrgenommen.

Als hätte sie seine Gedanken gelesen, fügte sie an: »Wenn das Liebe gewesen sein soll, dann gibt's keine auf der Welt.«

Ihre Worte bedrückten ihn noch mehr. Er verspürte das Bedürfnis, seine Hand zum Trost auf ihre zu legen, doch er traute sich nicht.

Sibylla schien derweilen mit ihren Gedanken weit weg zu wandern: »In unserem Dorf sind alle so.«

Das Dorf. Johann wartete in der Hoffnung, dass sie weiterreden und erzählen würde, was dort geschehen war. Was die

Kinder hatte weglaufen lassen. Aber Sybilla machte keine Anstalten, weiterzusprechen.

Eine Weile saßen sie schweigend nebeneinander und Johann versuchte, ein Gähnen zu unterdrücken. Er wollte noch nicht schlafen. Er hatte noch so viele Fragen.

Schließlich hielt er es nicht mehr aus: »Ich verstehe immer noch nicht, warum ihr hier oben seid. Doch nicht, weil ihr am Hof mit anpacken musstet? Oder weil deine Großmutter dich nicht liebhat, oder? Und was ist mit den Familien der anderen? Ihre Mütter und Väter vermissen sie. Das weiß ich doch.« Er musste an den Abend denken, als er die Versammlung des Dorfes belauscht hatte. Die Stimmung war spürbar bedrückt gewesen.

Es kam ihm unendlich lange her vor.

Sibylla hatte einen Blick in Richtung der Unterstände geworfen, wo die anderen schliefen. Oder lauschten sie alle ihrer Unterhaltung? Nun nahm das Mädchen das Stöckchen wieder auf und kratzte damit Muster in die Erde. Es wirkte irgendwie trotzig.

Johann hakte nach: »Du … du hast gesagt, du willst nicht zurück ins Dorf. Und die anderen auch nicht.« Er runzelte die Stirn. »Das heißt, ihr versteckt euch gar nicht vor dem … dem Haarigen, wie ihr ihn nennt. Ihr versteckt euch vor euren Familien.« Ihm fiel ein, was sie zu ihm gesagt hatte: *Du solltest dir gut überlegen, ob du da wieder hingehen willst.*

Das Mädchen sah nicht auf. Die Linien im Boden waren tiefer geworden. Auf einmal brach das Stöckchen ab. Johann sah Sibylla verstohlen an, doch die Glut war fast ausgegangen und die Dunkelheit verbarg ihre Züge. Er spürte, dass da etwas war, das sie nicht sagen wollte. Etwas musste im Dorf geschehen sein. Hing es mit dem Haarigen zusammen?

Wieder flatterte eine Fledermaus über ihre Köpfe. Dann kamen ihm ihre Worte an den Wildhüter in den Sinn. *Versprich, dass du mich nicht dazu zwingst, zurückzugehen. Mich nicht und … keinen von uns.*

Der Hüne. Johann hatte ihm das Versprechen abgerungen, das Mädchen nicht ins Dorf zurückzubringen. Doch der Wildhüter wusste nun dasselbe wie er: dass die Kinder hier oben waren, zumindest einige von ihnen. Er würde es, wenn sie morgen Annas Leichnam in den Ort brachten, dort erzählen. Und dann? Was würde dann geschehen?

Er blickte ins dunkle Rund. Das Versteck war gut. So bald würde man sie hier nicht finden. Aber ewig würden sie sich hier trotzdem nicht verbergen können. Vor allem nicht vor dem Wildhüter.

Würde er diesen überzeugen können, die Begegnung mit Sibylla ganz zu verschweigen? Würde der Hüne bereit sein, auf eine weitere Suche zu verzichten? War es überhaupt das Richtige, ihn dazu überreden zu wollen?

Wieder kam ihm die Frage nach dem Warum in den Sinn. Warum waren die Kinder hier? Warum waren sie aus dem Dorf weggelaufen? Erst wenn er die Antwort darauf kannte, würde er wissen, was das Richtige war.

Ihm kam ein Gedanke. »Sibylla?«

Sie hatte anstelle des Stöckchens mit den Fingern weitere Muster in die Erde gezeichnet. Nun strich sie sie wieder glatt und sah ihn dann fragend an.

»Warum hast du mich hierhergeführt? Warum hast du dich uns überhaupt offenbart? Du riskierst doch, dass Hildner euch findet.«

Er konnte ihre Miene in der Dunkelheit nicht lesen. Sein Herz klopfte plötzlich schneller. Das Büchlein fiel ihm ein, das in seinem Beutel irgendwo hier in der Dunkelheit lag. Er sog die kalte Luft durch die Nase ein. Kernmann. Der Prediger war oben an der Mühle gewesen. Oben bei seinen Eltern. Oder … oben bei ihm?

»Hast du es für mich getan? Bin ich in Gefahr? Hat der Tod meiner Eltern etwas damit zu tun, warum ihr hier seid?« Ihr folgendes Schweigen konnte er nicht deuten. Lag er falsch? »Letzte Nacht hat jemand versucht, in die Mühle einzudringen«, fuhr er fort. Seine Gedanken rotierten. »Die Tür wurde aufgebrochen. Ich dachte, es wäre der Wilde Jäger. Aber es war jemand anderes, nicht wahr?«

»Was meinst du?« Sie sah ihn mit einem Mal an.

Er begann weiter auszuholen: »Am Abend, nachdem ich Totenwache bei meinen Eltern gehalten hatte, hat Hildner mich heimbegleitet. Ich dachte, meine Schwester wäre zu Hause, aber sie war es nicht. Ich weiß gar nicht genau, was ich an dem Abend gemacht habe, ich …« Er spürte wieder Tränen in seine Augen steigen. Er schluckte. »Ich bin irgendwann zu Bett gegangen. Ich glaube, Hildner hat gesagt, dass er ins Dorf zurückgehen würde. Er wollte herausfinden, was geschehen war, was meine Eltern …« Sein Magen krampfte sich zusammen. Er atmete tief ein, dann fuhr er fort: »Er – ich meine Hildner – hat erzählt, dass er wieder umgekehrt ist, wegen dem Regen. Er muss dann in der Küche eingeschlafen sein. Er hat erzählt, dass er aus dem Schlaf geschreckt ist und irgendwas in der Ern stand. Hildner hat beim Aufspringen den Tisch umgeworfen und die halbe Küche verwüstet, ich hab von oben nur argen Tumult gehört. Ich glaube, er hat zuvor getrunken. In der Küche hat's hernach nach Branntwein gestunken. Er hat ihn … nun, er hat denjenigen verscheucht, der versucht hatte, ins Haus zu gelangen. Er hat aber nicht erkennen können, wer oder was es war. Wir haben … Na ja, wir haben natürlich gedacht, dass es …« Er wollte *der Wilde Jäger* sagen, besann sich aber. »Dass es der Haarige war.«

»Das passt nicht zu ihm.« Ihre Stimme klang bestimmt. »Dafür ist er viel zu scheu.«

Die Fratze am Fenster kam ihm wieder in den Sinn. Zögerlich warf er ein: »Und … und wenn er's doch war?« Erneut klang seine Stimme rau.

Energisch wiederholte sie: »Er kann es nicht gewesen sein. Er ist ein friedvolles Wesen. Ich glaube, er hat sogar mehr Angst vor uns als wir vor ihm. Nein, du kannst mir ruhig glauben.«

Johann spürte Scham in sich aufsteigen. Er wünschte, er hätte die letzte Frage nicht gestellt. »Nein, inzwischen glaube ich das auch nicht mehr.« Erneut fiel ihm das Büchlein ein. Er griff nach seinem Beutel, kramte darin und ertastete es. »Ich glaube, ich weiß, wer es war.« Er zog die Schrift heraus und drehte sie in den Händen. »Es war der Prediger. Ich meine, der Pastor, wie du ihn nennst.« Ihm fiel ein, dass sein Vater erklärt hatte, dass der Mann kein geweihter Pfarrer war. Aber was spielte das noch für eine Rolle? »Das hier gehört ihm. Ein Gesangbüchlein. Ich dachte erst, dass er es tagsüber verloren hat, womöglich als er an der Mühle war und Streit mit meinen Eltern hatte. Aber dann hätte ich es doch sehen müssen, als wir heimkamen. Nein, es muss in der Nacht gewesen sein.« Johann atmete hörbar aus. So musste es gewesen sein. Kernmann war es gewesen, der nachts ins Haus eingedrungen war und den der Hüne verscheucht hatte. Was hatte der Prediger gewollt? Hatte er gehofft, Johann allein vorzufinden?

Er strich über den Einband und rief sich den Titel des Büchleins ins Gedächtnis zurück. *Lobgesang und Psalm, dem wort Gottes gemeß*. Er packte das Buch wieder ein.

»Ich hatte so etwas befürchtet.« Sibylla klang verdrossen. »Ich dachte mir schon, dass der Pastor über kurz oder lang auch dich ins Aug' fassen würde.«

»Dann habe ich also recht? Und du hast mich warnen wollen?«

Sie schien zu nicken. »Ja.« Sie seufzte. »Wir haben es schon mal versucht. Nachdem wir mitbekommen hatten, dass jemand Neues in die Mühl eingezogen ist, haben Conrad und ich uns ein paarmal hinuntergeschlichen und dich und deine Schwester gesehen. Aber wir wussten nicht, wie wir euch ansprechen sollten. Am helllichten Tag ging es nicht. Wir hatten Angst vor den Soldaten ... ich meine, deinem Kameraden und den anderen. Und ihren Hunden.«

Er verstand. Dann kam ihm ein Gedanke: »Habt ihr in einer Nacht das Tor zum Gutshaus geöffnet, sodass die Jagdhunde weggelaufen sind?«

»Nein, warum hätten wir das tun sollen? Zu den Biestern sind wir auf Abstand geblieben.«

Dann musste es Kernmann gewesen sein. Hatte er gehofft, den Hünen so loszuwerden?

»Nach Albrechtsreut wären wir nie zurückgegangen. Deswegen haben wir auch bei Dämmerung keine Möglichkeit gesehen, dich zu warnen. Da bist du immer runter ins Dorf.«

Er zog den Mundwinkel schief. »Ich habe die Schafe und Gänse zusammentreiben müssen.«

Sie nickte verstehend. »Das hab sonst ich immer gemacht.«

»Ja, das habe ich mir schon gedacht. Wegen eurem Hund. Er ist das ideale Tier, die sturen Viecher heimzutreiben.«

Sie wirkte erstaunt. »Hat er dich etwa an sich rangelassen? Er lässt sonst niemanden an sich heran außer mir.«

Er zuckte mit den Schultern. »Ich kann gut mit Tieren.«

War da so etwas wie ein anerkennendes Nicken? Sie fuhr

fort: »Nun, vor ein paar Nächten haben wir uns dann entschlossen, dir ein Zeichen zu geben, irgendwie. Conrad und ich sind zur Mühle runtergeschlichen.« Sie senkte die Stimme. »Es war meine Idee. Doch als wir vor dem Haus standen, wussten wir nicht, was wir tun sollten. Conrad hat dann versucht, hineinzugelangen.«

»Ihr wart vor unserem Haus? Wann?«

Das Mädchen gähnte mit einem Mal und trotz der Anspannung, die Johann empfand, ließ er sich davon anstecken. Doch jetzt wollte er erst recht nicht schlafen gehen. Nicht, bevor er nicht Sibyllas ganze Geschichte gehört hatte.

»Das war ... vor fünf oder sechs Nächten. Du musst es doch mitbekommen haben, bei euch war plötzlich großer Lärm. Jemand muss aufgewacht sein, dein Vater oder deine Mutter, gerade als wir vor der Tür standen. Wir sind schnell weggerannt.«

Nun verstand er. Die Nacht, in der er vermeintlich den Wilden Jäger am Fenster gesehen hatte.

»War ... war der Haarige auch bei euch?«

Er glaubte mit einem Mal Verlegenheit aus ihrer Stimme herauszuhören. »Ja. Er ist plötzlich aufgetaucht, als wir schon ganz in der Nähe der Mühl waren. Er hat uns zu Tode erschreckt.« Sie schabte mit irgendetwas vor sich auf dem Boden. »Er schleicht öfters dort unten herum, glaube ich. Irgendwas scheint ihn den Berg runter und in die Nähe der Mühle zu ziehen. Obwohl er das Dorf meidet. Seltsam, nicht?«

Johann dachte an jene Nacht zurück und an die Angst, die er ausgestanden hatte. »Aber dann war er doch an der Mühle. Du hast gesagt, er wäre zu scheu.«

»Ist er auch. Ich kann mir nicht vorstellen, dass er versuchen würde, eine Tür aufzubrechen. Das hast du doch gesagt, dass eure Tür aufgebrochen wurde. Normalerweise schleicht er nur oberhalb der Mühle im Wald rum. Es war das einzige Mal, dass ich ihn im Tal so nah an den Häusern gesehen hab. Ich hatte das Gefühl, dass er nur unseretwegen beim Haus war. Als wollte er uns beschützen.«

»Euch beschützen?« Es klang abfälliger, als er es gemeint hatte. »Das glaubst du?«

»Nun ja, schon. Irgendwie. Ich hab ja gesagt, er ist nicht böse. Er hat Wolfram geholfen, oder nicht? Und uns immer wieder mit toten Tieren versorgt.«

Mit toten Tieren. In Johann stieg eine Erinnerung hoch. »Er hat euch kleine Tiere gebracht, hast du gesagt. Waren darunter auch Vögel?«

»Vögel? Nein. Wieso fragst du?«

»Ich habe ein Grab im Wald gefunden, nicht weit entfernt von der Mühle. Ich glaube, es ist das Grab des vorherigen Müllers. Der, der vor uns die Mühle betrieben hat.«

»Der Alwin?«

»Ich weiß nicht, wie er hieß. Was weißt du von der Geschichte?«

»Er hat die Müllerin erschlagen und die Johanna, seine eigene Tochter. Dann hat er Feuer gelegt. Im Wahn, haben sie gesagt.«

»Haben *sie* gesagt?« Johann sah Sibylla an. »Wer?«

»Na, unsere Leute im Dorf.«

Johann runzelte die Stirn. Kurz blitzte ein Gedanke in ihm auf, der ihm aber im selben Moment wieder entfleuchte.

Sibylla schloss ihre Erzählung ab: »Auf jeden Fall sind wir dann rasch weg und haben uns erst mal nicht wieder ins Tal getraut.« Sie gähnte erneut.

»Das heißt, als wir uns das erste Mal im Wald getroffen haben, war Zufall?«

»Ja … nein. Ich habe weiter nach einer Möglichkeit gesucht, zu dir Kontakt aufzunehmen.« Wieder so etwas wie Verlegenheit in ihrer Stimme, da, wo sonst so viel Entschiedenheit zu herrschen schien. »Ich dachte an dem Tag erst, du wärst allein unterwegs. Aber als ich dich zusammen mit dem Riesen gesehen habe … entschuldige, so haben wir ihn immer genannt. Er hat uns Angst gemacht, er und seine Hunde. Auch an dem Tag hab ich es mit der Angst bekommen. Ich wusste nicht, was er mit mir tun würde.«

»Deshalb bist du davongelaufen.«

Ihre Kopfbewegung deutete er als Nicken.

»Und gestern?«

Sie schien ihn in der Dunkelheit einen Augenblick zu mustern. Dann zuckte sie mit den Schultern. »Ich habe am Abend darüber nachgedacht. Und beschlossen, dass ich das Wagnis eingehen muss, um mit dir sprechen zu können. Ich dachte mir, jetzt wo der Riese … dein Kamerad seine Hunde nicht mehr bei sich hat, hätt ich jederzeit wieder vor ihm weglaufen können. Und nichts zu tun … Es wäre nicht recht gewesen, dich diesen Wölfen zu überlassen.«

Wölfen? Johann runzelte erneut die Stirn. Was meinte sie damit? Diese ganzen Andeutungen. Was war im Dorf geschehen?

Auf einmal erinnerte er sich an das Heulen, das er in der letzten Nacht vor der Mühle gehört hatte. In dem Moment hatte er furchtbare Angst gehabt, aber er erinnerte sich auch, dass es seltsam geklungen hatte.

Er blickte nach oben, suchte nach dem Mond, doch der war irgendwo hinter den Bäumen verborgen. Stattdessen sah er kurz den Schweif einer Sternschnuppe über den Himmel zucken.

Sibylla gähnte wieder, diesmal besonders vernehmlich, und

erhob sich. »Jetzt kennst du meine Geschichte. Ich muss jetzt endlich schlafen.« Sie trat vorsichtig hinüber zu der Überdachung, unter der die Mädchen schliefen, und kroch unter das Dach aus Zweigen und Moos, bis die Dunkelheit sie verschluckte.

Johann blieb noch einen Augenblick sitzen, versuchte, die tausend Gedanken, die ihm durch den Kopf wirbelten, zu sortieren. Ihre Geschichte kennen? Von wegen, da fehlte noch zu viel. Er blickte erneut zum Himmel, in der Hoffnung, weitere Sternschnuppen zu sehen. Und tatsächlich schoss nach einem kurzen Augenblick eine weitere über das dunkle Firmament. Gleich darauf folgte noch eine. In seiner Heimat hieß es, dass dort, wo sie niedergingen, ein Schatz zu finden sein würde. Ein seltsamer Gedanke, gerade jetzt. Doch wenn er einen Schatz hätte, würde er … er würde weggehen und Männer anheuern, Kämpfer, die ihn hierher zurückbegleiten würden. Männer wie den Hünen. Und dann würde er dafür sorgen, dass alles aufgeklärt würde: der Tod seiner Eltern und der von Anna; was den Kindern im Dorf widerfahren war; was der Pastor damit zu tun hatte; was es mit dem Haarigen auf sich hatte.

Er schnaubte leise. Ein kindischer Wunsch. Er hatte keinen Schatz und keine Männer. Resigniert legte er sich neben dem erloschenen Feuer nieder, zog über sich die Decke, die ihm die anderen überlassen hatten, suchte nach der besten Schlafposition. Keine Männer. Nur der Wildhüter.

Es dauerte nicht lange, dann fiel Johann in unruhigen Schlaf.

*

Weiter entfernt, nahe der Ruine, hockte Hildner im Schutz eines Baumes auf der Erde und kämpfte mit den Dämonen der Vergangenheit. Annas Tod hatte in ihm Gefühle freigesetzt, die er seit langer, langer Zeit nicht mehr gespürt hatte. Dunkle Erinnerungen an etwas, das er längst verdrängt hatte. An eine Zeit, in der er sich um jemanden gesorgt hatte, in der er geliebt hatte und in der er – war er das tatsächlich? – geliebt worden war. Bis man ihm diese Liebe eines Tages genommen hatte.

Er blickte zu dem regungslosen Bündel, das neben ihm im Moos lag. Sie hatte ihn als ihren Retter bezeichnet. Er hätte das Mädchen beschützen sollen. Er hätte sie hier fortbringen müssen. Zorn wallte in ihm auf, jäh und intensiv. Er hätte sie retten müssen!

Seine Gedanken glitten zu dem Biest. Er sah es vor sich, wie es oben an der Treppe stand. Eine abartige Ausgeburt der Hölle.

Er konnte deutlich seinen Herzschlag spüren. Das Blut rauschte in seinen Ohren. Er wusste, was er als Nächstes zu tun hatte. Er hatte schon einmal kurz davorgestanden, das Biest zu fassen, als er letzte Nacht in der Stube des Müllerhauses geschlafen hatte und bei dem Versuch der Bestie, ins Haus einzudringen, aufgewacht war. Er war zu betrunken gewesen und sein Bein hatte geschmerzt, sodass er dem Vieh nicht schnell genug nachgekommen war. In jener Nacht war ihm die Bestie entkommen. Die Dunkelheit war ihr Verbündeter. Und auch oben auf dem Felsen war sie ihm entwischt, als er für einen Moment gehofft hatte, Anna noch retten zu können. Die Gelegenheit hatte das Biest genutzt, um sich aus dem Staub zu machen, war die Felsen hinabgeklettert, geschickt wie ein Wiesel, wie eine Kreatur der Wildnis. Warum war er nicht seinem Instinkt gefolgt? Warum hatte er dieser

Sibylla geglaubt? Seine Sorge um Anna hatte ihn seiner Sinne beraubt. Er hätte das Biest gleich im ersten Augenblick abschießen sollen. Nein, er hätte es schon viel früher aufstöbern und erlegen müssen. Er hatte sich zu sehr auf das wilde Rudel konzentriert. Er hatte nicht nach einem einzelnen Wesen des Waldes gesucht. Einem Wesen, das auf zwei Beinen lief.

Weil er versagt hatte, war Anna tot. Einem Impuls folgend, wollte er die Hand nach dem Bündel neben sich ausstrecken, zog sie jedoch wieder zurück.

Seine Nasenflügel vibrierten. Er spürte, wie sich der dubiose Schmerz von damals wieder in seinen Gliedern ausbreitete. Er spannte die Muskeln an. Tief sog er die kalte Nachtluft ein und stierte in die Dunkelheit. Zweimal hatte er dieses Vieh fast zu fassen bekommen. Ein drittes Mal würde er nicht versagen. Er würde wieder auf die Jagd gehen.

Und diesmal lächelte Hildner nicht.

KAPITEL 10

Der folgende Tag war noch kühler als der vorangegangene. Die Kinder teilten mit Johann Körner, Nüsse und Beeren, dann machte er sich auf, zum Wildhüter zurückzukehren, um mit diesem über das weitere Vorgehen zu beraten. Wenn er Sibylla Glauben schenken sollte, dann war es für Johann womöglich besser, nicht ins Dorf zurückzukehren. Andererseits wusste er noch immer nicht genau, warum. Und dann war da noch Annas Leichnam.

Nachdem Sibylla ihn aus dem Lager begleitet hatte, standen sie sich einen Moment verlegen gegenüber. Dann fragte das Mädchen: »Wird dein Kamerad sein Wort halten?«

Er wollte rasch bejahen, hielt dann aber inne. Wie gut kannte er den Wildhüter wirklich? Daher zuckte er stattdessen mit den Schultern. »Ich denke schon. Aber ich weiß es nicht mit Gewissheit. Um ehrlich zu sein, werde ich nicht völlig schlau aus ihm.«

»Traust du ihm denn?«

»Eigentlich schon. Er hat mich beschützt, als ich in Not war. Er hat mir keinen Grund gegeben, an ihm zu zweifeln.«

»Wäre es möglich, dass er längst ins Dorf gegangen ist?«

Johann verstand ihre Sorge. »Ich denke nicht. Ich glaube auch nicht, dass er euch so ohne Weiteres verraten wird. Zumindest nicht, ohne eure Gründe für euer Weglaufen angehört zu haben.« Er hoffte, dass seine Stimme überzeugend klang. Denn ganz sicher war er sich selbst nicht.

»Wir werden nicht zurückgehen. Niemals!« Das Entschlossene war in ihre Stimme zurückgekehrt. »Eher sterben wir!«

Johann glaubte ihr. Zu gerne hätte er erneut gefragt, was die Kinder veranlasst hatte, aus dem Dorf wegzulaufen. Doch er spürte, dass sie nicht bereit war, es ihm zu erzählen. Nicht hier und jetzt. Daher sagte er stattdessen: »Danke, dass ihr mich warnen wolltet. Ihr habt viel für mich riskiert. Ich verstehe es noch nicht so ganz … Aber trotzdem: Danke!«

Sie nickte nur. Ihre Miene drückte Sorge aus, doch ob um ihn oder um sich wusste er nicht zu deuten.

Er wollte sich gerade abwenden, als ihn ein eigenartiges Gefühl beschlich. Er hob warnend die Hand und horchte in den Wald. Die Vogelrufe um sie herum waren verstummt.

Sie lauschten beide. Ein Geräusch war zu hören, knackende Äste. Johann sah Sibylla an. Auf ihrer Stirn zeichneten sich deutlich Sorge und Furcht ab.

Etwas oder jemand näherte sich. Und es war kein Tier.

*

Er schreckte aus dem Schlaf hoch. Sein Innerstes klopfte nach außen. Sein Körper zitterte. Rasch vergewisserte er sich, dass es draußen noch hell war. Hell, aber ruhig. Niemand war hier. Alles roch vertraut.

Er ließ sich auf sein Lager zurücksinken, schnalzte leise mit der Zunge. Die Erinnerung hatte ihn im Schlaf gepackt, ihn überwältigt. Eine Erinnerung an eine lange vergangene Zeit.

In seinem Traum war er woanders gewesen, vertraut, aber weit entfernt: die Dunkelheit einer kleinen Kammer, nur erhellt durch vier dünne Streifen matten Lichts. Gewohnte Geräusche, ein ewiges Klappern und Plätschern, ein Rieseln und

Rinnen. Dann hatte *sie* sich genähert, hatte sich angekündigt wie immer, zart und beruhigend, ein Perlen und Zirpen gleich einem Vögelchen. Beruhigend, vertraut, so wie immer.

Doch dann hatten sich andere Geräusche dazugesellt, ein Brummen, ein Keckern und ein Bellen. Fremde Geräusche, die an Intensität rasch zugelegt hatten. Und als sich die vier dünnen Streifen Licht zu einem großen Hellen geöffnet hatten, war plötzlich alles anders gewesen. Die Haare an seinem Körper hatten sich aufgestellt.

Nicht *sie* war gekommen. Stattdessen drang Helligkeit in den Raum. Licht kräuselte sich in der Luft, formte Muster, wand sich, wirbelte und tanzte. Ein Zischen und Sausen, ein Knistern und Knacken erklang, erhob sich rasend schnell zu einem Tosen und Toben. Kleine glitzernde Punkte, wie die im nächtlichen Draußen, schwirrten umher, gepaart mit beißender Trockenheit. Die Helligkeit brannte ihm auf dem Körper, machte ihm Angst. Er spürte, dass dies das Ende war. Sein Ende. Wenn er hierblieb. Wenn er weiter hier kauerte. Wenn er zuließ, dass der sich kräuselnde heiße Staub mit den glitzernden Punkten ihn gänzlich einhüllte.

Sein ganzer Körper hatte gezittert. Er hatte geschnaubt. Dann war er aufgesprungen und losgehastet. Hinein in das verhasste Licht, durch die Hitze, raus. Nur raus. Raus in die schützende Dunkelheit.

Plötzlich war er aufgewacht. Und die Erinnerung und der Traum hatten sich zu einem Ganzen vermischt.

*

Es war lange her, dass Hildner an die Zeiten gedacht hatte, als er dem Forstmeister weggelaufen war und sich den Musketieren angeschlossen hatte. Es war jener Winter gewesen, in dem wochenlang ein helles Licht das Firmament überzogen hatte. Viele hatten es als einen Unglücksboten bezeichnet, ein Vorzeichen für Blutvergießen, Aufruhr und Pestilenz. Durch den Ausbruch des Krieges und die im Jahr darauf folgende Große Theuerung fühlten sie sich darin bestätigt. Manche meinten gar, es prophezeie den nahenden Untergang der Welt.

Doch die Welt gab es immer noch.

Hildner hatte nichts von alledem geglaubt. Für ihn war das Licht ein Zeichen gewesen zu handeln. Der Himmel hatte geleuchtet, um ihm den Weg zu den Soldaten zu weisen.

In den folgenden Jahren reifte er durch den Krieg. Aus einem großen, unsicheren, störrischen Jungen wurde ein noch größerer, selbstbewusster Mann. Ein Mann, der seinen Platz und seine Aufgaben kannte. Er erlebte viele Märsche, oft nachts, dann wieder tagelanges Stillliegen, das ständige Lagern in offenem Gelände, das Ausheben von Schanzen und Gräben. Und von Gräbern. Er durchlitt oft Hunger, Nässe und Kälte, sah Krankheiten seine Kameraden dahinraffen. Er wurde überfallen und überfiel, wurde beklaut und klaute, er plünderte, brandschatzte, vernichtete Ernten und fackelte Häuser ab. Offene Feldschlachten erlebte er vergleichsweise selten. Ein trostloses Leben zwischen Ruhen und Marschieren, häufigem Darben und gelegentlicher Völlerei, das war das Leben des Soldaten im Krieg.

Er war immer dem Diktat seiner Herren gefolgt, seiner Fürsten und Obristen, seiner Leutnants, seiner Rott- und Wachtmeister. Nie hatte er einen Befehl infrage gestellt.

Damit war er gut gefahren. Doch nun war er sich unsicher, ob er das noch konnte.

Markgraf Christian persönlich hatte ihm aufgetragen, die Gründe für die Todes- und Vermisstenfälle von Albrechtsreut zu finden und dem Ganzen Einhalt zu gebieten. Sollte er die verschwundenen Kinder finden, so war es sein Auftrag, sie zu ihren Eltern zurückzubringen.

Mit der Zerschlagung des verwilderten Rudels hatte er gedacht, seine Obliegenheiten erfüllt zu haben. Doch dann war dieses Untier aufgetaucht, von dem er bis dahin angenommen hatte, dass die Dörfler und auch der Müllerssohn es sich nur zusammenfabuliert hatten. Doch dem war nicht so. Es gab ihn wirklich: den Wilden Jäger.

Natürlich war das Scheusal kein Fabelwesen, keine Legende. Es war aus Fleisch und Blut. Was es war, wusste Hildner nicht. Eine Kreuzung aus Mensch und Tier, eine Laune der Natur. Doch letztendlich war ihm das auch egal. Er würde das Untier finden und töten, so viel stand fest.

Doch wie es aussah, wäre damit nur die Hälfte seines Auftrags erfüllt. Denn da waren noch die Kinder. Sie lebten. Alle sechs.

Als Hildner schon früh am Morgen erwacht war, hatte er den Leichnam der Müllerstochter in die Ruine zurückgetragen und dort gut verborgen. Dann hatte er sich auf die Fährte von Sibylla und Johann begeben. Dabei war ihm eine Hilfe zuteilgeworden, die er fast schon vergessen hatte. Wenn man so wollte, die Hilfe eines alten Freundes.

Als er den Müllerssohn und das Mädchen im Wald aufstöberte, sah er ihnen sofort an, dass sie etwas vor ihm verbargen. Er betrachtete die Felsen und erkannte untrügliche Spuren, die auf einen engen Durchgang hinführten. Damit konfrontiert, gestand ihm das verunsicherte Pärchen das, was er tatsächlich lange nicht für möglich gehalten hatte: Die vermissten Dorfkinder lebten. Sie wohnten hier, hoch droben im Gebirg. Sie hatten sich dies Lager errichtet und die vergangenen Wochen und Monate hier zugebracht. Der Müllerssohn hatte recht gehabt.

Eines nach dem anderen waren sie aus ihrem Versteck gekrabbelt und hatten mit angstvollen Blicken vor ihm Aufstellung genommen. Dann hatten Johann und das Mädchen begonnen, ihn abwechselnd zu beknien, die Kinder nicht ins Dorf zurückzubringen. Nicht vor den wilden Hunden waren sie geflohen, so behaupteten sie, auch nicht vor dem Ungeheuer. Sie waren freiwillig hier oben und weigerten sich eines wie das andere, zu ihren Familien zurückzukehren. Warum? Das hatten sie nicht gesagt – und Hildner hatte auch nicht den Versuch unternommen, es aus ihnen herauszupressen. Insbesondere, dass der sonst so mitteilsame Müllerssohn nicht sofort damit herausgerückt war, hatte Hildner deutlich gemacht, dass hier ein Geheimnis in der Luft lag. Ein Geheimnis, das die Kinder mit ihm nicht zu teilen bereit waren.

Hatten die Kinder im Dorf ein hartes Leben gehabt? Mit ziemlicher Sicherheit. Aber war das ein Grund, in den Wald zu laufen und sich dort in der Wildnis einzurichten? Zumal, wenn hier Wildhunde die Gegend unsicher machten?

Hildner hatte über den Antrieb der Kinder nachgedacht. Er wusste sehr wohl, was manche denen, die ihnen am nächsten standen, anzutun imstande waren. Er kannte alle Abgründe des menschlichen Daseins. Das war der Grund, warum er die Gesellschaft von Tieren der von Menschen vorzog. Tiere töteten nie aus Hass oder Gier, höchstens aus Zorn, und auch nur dann, wenn der Mensch ihnen diesen eingepflanzt hatte. Es war der Mensch, der die Unschuld der Seele zu zerstören neigte. Und er kannte den starken Antrieb, dem eigenen Elternhaus zu entkommen, nur zu gut.

Doch das war kein Grund, dem Wunsch der Kinder zu folgen.

Dann war da noch die Bestie. Sie stand in irgendeiner Beziehung zu den Kindern, so viel stand fest. Das Mädchen hatte sich mit all seiner wahnwitzigen Tapferkeit dafür eingesetzt, das Vieh zu schützen. Das *Warum* wollte ihm nicht in den Kopf. Aber er wusste, dass ihm das von Nutzen sein konnte. Er hatte erst das Mädchen dazu aufgefordert, ihm das Versteck des Wesens zu verraten, und dann eines der Dorfkinder nach dem anderen. Sie alle wussten, wo das Scheusal sich aufhielt, da war er sich sicher. Doch sie hatten alle geschwiegen. Auch dann noch, als er Sibylla angedroht hatte, sie zu schlagen.

Die Empörung des Müllerssohnes hatte Hildner ignoriert. Was ihn viel mehr beeindruckt hatte, ohne dass er es zugegeben hätte, war das Verhalten des Mädchens gewesen. Statt sich vor ihm zu fürchten, hatte sie Trotz gezeigt. Und ihn dann aufgefordert, dem Biest kein Leid anzutun. Das Mädchen schien fest davon überzeugt, dass das Vieh nicht böse war. Und Johann schien ihr zu glauben. Doch wie passte das mit Annas zerschmettertem Körper zusammen? Trug das Biest nicht Schuld an ihrem Tod?

Wie gestern, als er der Bestie Aug in Aug gegenübergestanden hatte, war Hildner unschlüssig. Das kam selten vor, und jetzt schon zum zweiten Mal. Das irritierte ihn. Er wusste sonst immer, was er zu tun hatte. Er folgte seinen Instinkten. Und er befolgte Befehle. Doch diesmal sagte ihm sein Gefühl, dass die Kinder aufrichtig waren – und dass er selbst womöglich falschlag. Und mit einem Mal rieten ihm seine Instinkte, seinen Befehlen nicht zu folgen. Und das verwirrte ihn umso mehr.

Er hatte das Mädchen darauf hingewiesen, dass sie nicht ewig dort droben im Gebirg würden bleiben können. An manchen Bäumen fielen schon erste verfärbte Blätter auf. Der Sommer neigte sich seinem Ende zu, früher noch als letztes Jahr. Ein paar Wochen noch, und der Herbst würde da sein.

Doch nur kurz. Danach würde wieder ein langer Winter folgen, und der würde hier oben ihren Tod bedeuten. Doch mit fester Stimme hatte das Mädchen ihm erklärt, dass sie lieber sterben wollten, als ins Dorf zurückzugehen.

Tapferes kleines Ding.

Doch ihre Sache war aussichtslos, und das musste auch sie erkennen. Hier oben würden sie umkommen. Und wohin auch immer sie gehen würden, die Amtleute und Vögte, die Forst- oder Landknechte des Fürstentums würden sie umgehend nach Hause zurückbringen. So, wie es eigentlich auch sein Auftrag war.

Er hatte daraufhin eine Entscheidung gefällt. Er würde das Gebirg verlassen und im nächsten großen Ort einen Boten zu Markgraf Christian entsenden. Sollte der Fürst über das Schicksal der Kinder entscheiden. Seine Pflicht war damit erfüllt. Und er handelte keinem Befehl zuwider. Danach würde er zurückkehren, um ein für alle Mal dieses wilde Scheusal im Wald auszumerzen. Der Jäger würde jagen.

Die Idee mit dem Boten an den Landesfürsten war ihm gekommen, als er in der Nacht die Sternschnuppen über seinem Kopf gesehen hatte. Sie hatten ihn nach Norden gewiesen. Dort war das Gebiet der Landeshauptmannschaft Hof. Damit würde er die Verwaltungsbeamten des Sechsämterlandes umgehen können. Wieder also hatte ihm ein Licht am Firmament den Weg gezeigt. Ob es auch ein Zeichen war, seinem Leben nach Jahren wieder eine neue Richtung zu geben?

Welch ein dummer Gedanke! Als er jetzt durch den Wald nach Norden marschierte, schüttelte er über sich selbst den Kopf. Der Junge hatte ihn mit seinen Grübeleien angesteckt. Er sollte aufhören, zu viel über die Vergangenheit oder die Zukunft nachzudenken. Das war nur schädlich. Es setzte einem Ideen in den Kopf, die einen nur verwirrten und von seinen Aufgaben im Hier und Jetzt ablenkten. Die von etwas träumen ließen, das ohnehin nie Wirklichkeit werden würde.

Er hörte Annas Stimme in seinem Kopf: *Wenn ich ein Mann wäre, ich würde weit fortgehen.*

*

Die Kinder hatten aufgeatmet, als der Hüne sich verabschiedet hatte. Sein Auftauchen hatte sie völlig überrumpelt. Auch Johann. Überrumpelt – und insgeheim beeindruckt.

Der Wildhüter war ein noch viel besserer Fährtenleser, als Johann gedacht hatte. Er hatte ihn unterschätzt. Ohne seine Rüden und mit seinem steifen Bein hatte er einer seiner wichtigsten Fähigkeiten beraubt gewirkt: der des Jägers. Und mit seinem kameradschaftlichen Verhalten und seinem Eingehen auf Johann hatte er diesen eingelullt. Doch der Hüne war alles andere als friedfertig. Das hatten seine Drohungen gegen Sibylla gezeigt. Er war ein Mann, bei dem mit allem zu rechnen war.

Nachdem sie sich vergewissert hatten, dass er wirklich den Weg nach Norden und nicht etwa den ins Dorf eingeschlagen hatte und tatsächlich das Gebirg zu verlassen beabsichtigte, zogen sie sich in ihr Lager zurück, um Kriegsrat zu halten.

Als sie alle im Kreis zusammensaßen, ergriff Sibylla das Wort. »Bevor wir beraten, möchte ich eines festhalten.« Sie sah Johann an und mit einem Mal spürte er alle Blicke auf sich ruhen. »Johann ist von nun an einer von uns. Er hat seine Familie verloren. Und er hat sich beim Riesen für uns eingesetzt. Ich vertraue ihm.« Sie sagte es mit der ihr eigenen Bestimmtheit.

Dankbar sah er sie an. Dann sagte er spontan: »Ich bin jetzt heimatlos. So wie ihr.«

Sechs Augenpaare waren auf ihn gerichtet.

»Dann gehörst du jetzt zu uns«, stellte Conrad fest. Alle nickten.

Erleichterung überkam Johann. Für einen Moment hatte er befürchtet, sie könnten ihn wegschicken, als Außenseiter behandeln. Er lächelte zaghaft.

Für eine kurze Zeit hatte er gedacht, der Wildhüter wäre sein neuer Kamerad. Gestern noch hatte er sich eine Zukunft an dessen Seite ausgemalt. Doch das war gestern gewesen – und gestern schien lange her. Sein Platz war jetzt hier, natürlich, bei den anderen Kindern. Wo sonst? *Danke, oh Herr, dass du mir den Weg gewiesen hast.*

Nun kam Sibylla darauf zu sprechen, wie es mit ihnen hier oben weitergehen sollte. Mit dem Wildhüter wusste nun der erste Erwachsene, dass sie noch am Leben waren, ja sogar, wo sie sich versteckt hielten. Womöglich würden es bald auch andere wissen. Johann spürte die Beklommenheit der anderen. Selbst er war sich nicht mehr sicher, ob er dem Hünen gänzlich vertrauen konnte.

Und dann war da noch dessen Argument mit der bevorstehenden kalten Jahreszeit. Sie alle wussten, wie hart und lang die Winter sein konnten. Ganz besonders hier oben. Der Hüne hatte recht. Sie konnten nicht dauerhaft hierbleiben. Doch welche Optionen hatten sie dann noch?

»Ewig hier bleiben können wir nicht.« Sibylla sprach aus, was sie alle längst wussten. »Ins Dorf zurück auch nicht.« Wieder hatte sie diesen bestimmten Gesichtsausdruck, der ihre feste Überzeugung auszudrücken schien. Doch zugleich glaubte Johann ihre Anspannung zu spüren. Sie alle waren aufgeregt. »Bleibt nur noch, das Gebirg zu verlassen.« Sie sah von einem zum anderen.

»Aber wohin sollen wir denn?«, fragte Peter.

Conrad schaltete sich ein: »Na eben fort. Woandershin, uns ein anderes Versteck wie dieses suchen und dort ein neues Lager aufbauen. Irgendwo, wo uns keiner vermutet. Wir haben es einmal geschafft, wir werden es wieder schaffen.«

Sibylla sah ihn nachdenklich an. Dann sprach sie aus, was auch Johann sogleich durch den Kopf gegangen war. »Das könnten wir, das löst aber nicht unser Problem mit dem Winter.«

Conrad kniff die Lippen zusammen, dann nickte er einsichtig.

Nun sah Sibylla Johann an: »Du warst doch in Weisstadt und sogar in Wonsidl, nicht? Wie ist es da?«

Johann schüttelte den Kopf. »Nein, da können wir nicht hin. Dort würden sie Fragen stellen und es käme schnell raus, wer wir sind.« Er erinnerte sich an seine Reise hierher, die Leute in den großen Ortschaften, die sie teils neugierig, teils misstrauisch beäugt und seine Eltern ausgefragt hatten. Seine Gedanken schweiften weiter, zu den langen Fahrten mit dem Wagen übers Land, durch teils herrliche Wald- und Wiesenlandschaften, aber auch durch Gegenden mit verbrannten Feldern, verlassenen Dörfern und zerfallenen Gehöften. Ihm kam eine Idee. »Aber vielleicht finden wir einen Weiler oder einen Hof, der aufgegeben wurde. Viele sind auf der Flucht vor den Katholischen in die Städte gezogen.« Er musste an Stamsried denken, an ihre alte Mühle. War nicht auch die Klöpper Mühl verlassen gewesen, bevor sie hierherkamen? Vielleicht fanden sie einen solchen Ort, der nicht zerstört war, dessen Bewohner vielleicht einfach verstorben waren. Einen, wo sie überwintern konnten.

Er spürte die auf ihn gerichteten Blicke der anderen. Es war Conrad, der fragte: »Aber wo finden wir so einen Hof?«

»In Sachsen!« Es war aus Johann einfach so herausgesprudelt. »Mein Vater hat immer gesagt, der Kurfürst von Sachsen ist der Schlaueste von allen Protestanten: Er ist Mitbegründer der Union, aber steht treu zum Kaiser in Wien. Sein Land mag nicht von Durchmärschen verschont bleiben, aber es dürfte eines der sichersten im Reich sein. Und bestimmt haben sich auch dort manche Bauern in die Städte geflüchtet.«

Staunend sahen die anderen ihn an. Dann fiel ihm ein, warum. Ihre Welt hatte bisher am Rande des Gebirgs geendet. Etwas anderes kannten sie nicht. Er war der Einzige in diesem Kreis, der schon weiter gereist war, der schon etwas von der Welt gesehen hatte. Er kam sich sehr weltmännisch vor.

»Gut.« Sibylla nickte erst langsam, dann fester mit dem Kopf. »So machen wir es.«

»Moment!« Peter hatte die Hände erhoben. »Wir haben mal gesagt, dass wir alles gemeinsam entscheiden.«

Johann erkannte einen gewissen Vorwurf in seiner Stimme. Die Kleinen nickten.

»Gut«, wiederholte Sibylla. »Richtig.« Erneut sah sie einen nach dem anderen an. »Noch länger hierbleiben oder weggehen? Stimmen wir ab.«

Das taten sie. Niemand stimmte fürs Hierbleiben. Die Großen waren dafür, die Gegend zu verlassen. Doch die Kleinsten wollten zu Johanns Überraschung heimkehren. Sie schienen Sehnsucht nach ihren Familien zu haben. Zum Erstaunen der Älteren schloss sich ihnen auch Peter an. Erneut fragte sich Johann, was sie von ihren Familien weggetrieben hatte. War es womöglich gar nicht so schlimm gewesen?

Er war der Einzige, der sich bisher noch nicht geäußert hatte. Nachdem Martha als Erste damit herausgeplatzt war, Heimweh zu haben, hatte er geschwiegen. Wie sollte er einschätzen, was sie im Dorf erwartete? Sollte er fragen? Doch wieder schien es ihm nicht der richtige Zeitpunkt. Zugleich stellte er fest, dass er so etwas wie das Zünglein an der Waage war.

Er dachte kurz nach, dann ergriff er das Wort, als die Stimmung zu kippen drohte, und sagte: »Ihr solltet eines wissen: Da draußen, da gibt es unheimlich viel.« Es gab viele Orte, wo man heimisch werden konnte. Das hatte sein Vater gesagt. Jetzt galt es, darauf zu vertrauen und zuversichtlich zu sein. *Gott ist überall.* »Viel Neues, meine ich.«

Er begann davon zu erzählen, wie das Land um sie herum aussah. Von Bächen voller Forellen, Weihern mit Karpfen. Von Wäldern voller Beeren, Kräutern, Wurzeln und Honig. Von Fasanen, Hasen und Rehen, die man mit Schlingen fangen konnte. Vom Anbau von Getreide und Gemüse, von dem sie alle etwas verstanden. Von der Weite der Landschaft, die über den Horizont hinausging und noch viel weiter. Von einem Leben, wie er es sich selbst immer vorgestellt hatte: einem Leben in und mit der Natur, einem Leben ohne Begrenzungen, ohne Fesseln. Ein Leben der Möglichkeiten, nicht der Ängste. Er spürte, dass er da etwas idealisierte, und doch riss ihn sein eigener Eifer einfach mit.

Die größeren Kinder wirkten beeindruckt. Sogar Peter. Martha und Wolfram hingegen schienen von seinen Worten nur zusätzlich eingeschüchtert. Sie murrten. Bis Sibylla ihnen erklärte, dass es Adam gewesen war, der den Plan gehabt hatte, mit ihnen wegzugehen.

Adam? Den Namen hatte Johann schon einmal gehört. Es war der Name des Jungen, der getötet worden war. Grausam zerrissen, wie von einem Untier. Wieder kam ihm der Haarige in den Sinn. Ob er wirklich so harmlos war? Wenn sie weggehen würden, würde er ihnen dann folgen?

Sibylla sprach derweilen weiter. Er konnte ihren Worten entnehmen, dass Adam ein enger Verwandter der beiden Kleinen gewesen war, womöglich sogar ihr Bruder. Mit fester Stimme erklärte Sibylla den Jüngeren, dass es nun galt, der Entscheidung der Großen zu vertrauen, die zugleich die Entscheidung Adams gewesen war. Und dass das Dorf die Schuld an seinem Tod trug.

Bedrückte Stille kehrte ein. Dann, mit einem Mal, nickte Martha traurig. Nun schloss sich auch der kleine Wolfram tapfer an. Alle Augen wanderten zu Peter. Er zögerte, dann seufzte er, nickte stumm, als würde er sich in sein Schicksal ergeben.

Die Großen atmeten erleichtert aus. Damit stand es fest. Sie würden zusammen fortgehen.

»Dann machen wir es so.« Conrad sah energisch in die Runde, dann blieb sein Blick auf Johann haften. »Sachsen. Das ist ... wo genau ist das?«

»Irgendwo im Nordosten von hier, denke ich.«

»Gut.« Conrad schien kurz nachzudenken. »Dann folgen wir dem Gebirg erst einmal in Richtung Sonnenaufgang. Hinter Kirchenlamitz zieht es sich noch weit, bis über die Grenzen nach Bohemiae, hat mir mal der Neuberg erzählt. Wenn wir aus dem Fürstentum raus sind, sehen wir weiter.«

Alle nickten. Sie hatten ein Ziel.

Johann verspürte eine Mischung aus Erleichterung und Begeisterung. Es fühlte sich an wie ein großes Abenteuer, und er fühlte sich den anderen verbunden. Und das Gefühl schien ansteckend zu sein, denn der Trübsinn, der sich zeitweilig aller bemächtigt hatte, war wie weggeblasen.

Bald darauf begannen sie, alles für den Aufbruch vorzubereiten. Sie benötigten ausreichend Proviant für die Reise.

Sie vermuteten, dass der Wildhüter nicht vor morgen Mittag zurück sein würde, womöglich später. Also wollten sie gleich im Morgengrauen aufbrechen.

*

Einige Zeit später stiegen Johann und Sibylla in der Abenddämmerung durch den Wald hinab Richtung Tal. Ihr Ziel war die Klöpper Mühl. Johanns Herz begann schneller zu schlagen. Es würde das letzte Mal sein, dass er das Haus betrat, das erst vor Kurzem sein neues Zuhause geworden war.

Die Idee hierfür war ihm gekommen, als die Kinder im Lager ihre gesammelten Früchte, Nüsse und Pflanzen sowie ihr weniges Hab und Gut zusammengelegt hatten. Sie würden nicht in den Ort gehen können, um sich mit zusätzlicher Nahrung wie Brot und Rüben einzudecken. Doch es gab noch Lebensmittel im oberen Mühlhaus. Und Säcke mit Getreide. Und dann waren da noch die Ersparnisse seiner Eltern. Keines der Kinder hatte Geld, nicht einmal ein einziges Hilpertlein. Doch mit zumindest einer Handvoll Groschen, Pfennigen und Hellern würden sie die Möglichkeit besitzen, Essen zu erwerben oder Helfer zu entlohnen. Es war das Risiko, hierher zurückzukommen, allemal wert.

Sibylla hatte ihn erst erschrocken angesehen, als er verkündet hatte, noch einmal ins Tal runter zu wollen. Doch dann hatten seine Argumente sie überzeugt und sie sich nach kurzem Zögern angeboten, mitzukommen. Auch Conrad hatte mitgehen wollen, doch es war besser, wenn einer der Älteren im Lager bei den anderen blieb.

Johann wäre auch allein gegangen. Aber er war froh, dass Sibylla ihn begleitete. Sie erwies sich als überaus kundig und leitete sie beide geschickt über versteckte Wildwechsel ins

Tal. Heute war Vollmond und nur vereinzelte Wolken zeigten sich am Himmel, was ihnen den Abstieg durch den nächtlichen Wald deutlich erleichterte.

Vollmond. Zeit des Wilden Jägers.

Bang sah Johann sich hin und wieder im dunklen Wald um. Ob der Haarige sie beobachtete? Was, wenn er sich wieder in der Nähe des Grabs herumtrieb?

Leise fragte er: »Wo lebt der Haarige eigentlich? Ich meine, wo hält er sich versteckt, dass die Hunde ihn nicht gefunden haben? Ihr wisst es doch, oder?«

Zögerte sie wieder mit der Antwort? Oder musste sie sich nur im Dunkeln auf den Pfad konzentrieren? Zumindest dauerte es einen Moment, bis sie entgegnete: »Ja, wir kennen sein Versteck. Es ist ein alter Zigeunerfriedhof. Es ist ein wenig gruselig, da liegen noch Gebeine herum. Da müssen einige von denen gestorben sein, vielleicht durch den Winter oder an Krankheit.«

Johann verstand. Noch eine Art Zigeunerlager. Es waren die idealen Verstecke. Ob der Haarige doch nicht so dumm war?

Eine Weile liefen sie stumm hintereinander her. Der Gedanke an den Haarigen ließ Johann jedoch nicht los. Sibylla hatte gesagt, er treibe sich nachts in der Nähe des Tals mit der Mühle herum. Dann kam ihm wieder das Grab in den Sinn.

»Du hast gesagt, dass der Müller im Wahn seine Frau und seine Tochter erschlagen hat. Und dann alles angezündet hat. Glaubst du das?«

Wieder ein Zögern. Dann hauchte sie über die Schulter: »Ich weiß nicht.«

Er grübelte weiter. Dann sprach er seinen Gedanken laut aus. »Was, wenn es anders war?«

Sibylla blieb stehen und drehte sich nach ihm um. Doch sie sagte nichts, sondern sah im Mondschein nachdenklich drein.

Wieder juckte es ihn zu fragen, was ihr und den anderen im Dorf widerfahren war. Doch stattdessen kamen ihm plötzlich seine Eltern in den Sinn. Er holte tief Atem. »War dieser Alwin ein Reformierter?«

»Nein. Nein, ich glaube nicht.« Sie schien kurz nachzudenken. »Aber ich kannte ihn nicht sehr gut. Er hat sich arg vom Dorf abgeschottet. Hat kaum ein Wort gesprochen. Ich und die anderen ...« Sie hielt inne. Dann ließ sie ein leises Schnauben hören, doch er konnte nicht sagen, ob es belustigt oder verächtlich gemeint war. »Wir ... wir haben geglaubt, er verberge ein Geheimnis, er wäre ein Bandit oder ein Schmuggler oder sowas und würde dunkle Geschäfte in seiner Mühle betreiben. Zu der Johanna, seiner Tochter, hatten wir nie wirklich Kontakt. Er hat uns Kinder verscheucht, wenn wir am Abend noch oben an den Teichen waren. Darüber gab es wohl auch Streit mit den Unsrigen. Wegen der Teiche.«

»Streit«, wiederholte Johann tonlos. Das kam ihm bekannt vor. Seine Gedanken wanderten zurück zu jenem Tag, an dem sie die Kapelle besucht hatten. Streit. Hatte schon der alte Müller Streit mit den Dörflern gehabt?

Ihm fiel ein, was Sibylla gestern Nacht gesagt hatte: *Es wäre nicht recht gewesen, dich diesen Wölfen zu überlassen.* Wen hatte sie damit gemeint? Die Leute im Dorf? Den Prediger?

Wölfe. Was, wenn das mit dem Wahn des Müllers gelogen war? Was, wenn die alte Müllerfamilie dasselbe Los ereilt hatte wie seine Eltern? Was, wenn seine Eltern vom Prediger erschlagen worden waren wie der vorherige Müller auch? Würden Michael und Barbara Hartmann gar wie dieser in einem Grab im Wald enden?

»Wir sollten weitergehen!« Sibylla wandte sich um und bahnte sich ihren Weg weiter hangabwärts.

Johann sah sie vor sich mit der Dunkelheit verschmelzen. Rasch schüttelte er den Gedanken an seine Eltern ab und schloss wieder zu ihr auf.

Etwas später näherten sie sich dem Waldrand. Vor ihnen lag die Wiese, durch die der Bach floss. Untere Mühle und Haupthaus lagen dunkel und verlassen da.

Erneut überkam Johann ein mulmiges Gefühl. Was, wenn sich jemand aus dem Dorf im Haus aufhielt? Der Prediger womöglich?

Nein, dummes Zeug. Warum sollte irgendwer die Nacht in der Mühle zubringen, die schon zuvor, bevor die Müllerfamilie zugezogen war, monatelang leer gestanden hatte? Und würde der Prediger diesen Ort nicht meiden, nach seiner nächtlichen Begegnung mit dem Hünen?

Er lauschte. Man konnte den Bach plätschern hören sowie das Klappern des Mühlrades. Dazu waren das gelegentliche Knattern und Keckern von Fröschen oder Unken zu hören. Wieder kam Johann der Haarige in den Sinn. Ob er sich jetzt irgendwo hier herumtrieb? Ihn fröstelte. Mochte Sibylla auch noch so sehr die Gutmütigkeit des Wesens betonen, der Gedanke an dessen Fratze in der Nacht ließ Johann nach wie vor erschauern. Er wollte Sibylla nur zu gerne glauben. Aber was, wenn sie sich täuschte?

Er warf einen sorgenvollen Blick hinter sich in das undurchdringliche Schwarz des Waldes. Dort irgendwo lag der Grabhügel. Gab es einen Zusammenhang zwischen dem Müller Alwin und dem wilden Mann? Seine Augen wanderten durch die Dunkelheit zurück zur Mühle. Ihm fiel das Versteck im unteren Mühlhaus wieder ein. Konnte es sein, dass …

Doch das waren Gedanken, die nur ablenkten. Es galt, seine Sinne ganz auf ihren Plan auszurichten.

Nachdem sie inzwischen eine ganze Weile still am Waldrand gelegen hatten, beschloss er, dass es Zeit war. Nichts deutete darauf hin, dass sich jemand im Wohnhaus oder in der Mühle aufhielt. Es machte keinen Sinn, noch länger zu warten. Sie würden heute Nacht noch dringend Schlaf benötigen, um morgen früh ausgeruht zu sein.

Johann gab Sibylla ein Zeichen. Dann rappelte er sich leise auf und trat zaghaft aus dem Wald. Der Himmel war teilweise verhangen, der helle Mond wurde immer wieder von Wolken verdeckt. Doch das Licht genügte Johann, um auf der Lichtung um die Gebäude alles Notwendige erkennen zu können.

Er huschte über die Wiese, hielt inne, bis Sibylla zu ihm aufschloss. Dann sprang er über den Bach und schlich zum unteren Mühlhaus. Erneut harrten beide eine Zeit lang aus, lauschten in die Nacht. Als die Wolken den Mond mit einem Mal vollends freigaben, blickte Johann zum Firmament. Das Himmelsgestirn leuchtete hell, wies zudem einen deutlichen Vorhof auf. Bei ihm daheim hielten manche dies für ein Zeichen, dass bald ein Mensch starb. Womöglich deutete es aber auch nur auf Regen hin.

Umso wichtiger, dass sie sich beeilten.

Johann huschte weiter, über den Weg und zum Haupthaus hin, und drückte sich in den Schatten, den das Gebäude warf. Alles wirkte, wie er es verlassen hatte. Im hellen Mondlicht wies nichts darauf hin, dass jemand hier gewesen war, seit er und der Hüne diesem Ort den Rücken gekehrt hatten.

Als Sibylla zu ihm aufschloss, schlich er zur Vordertür. Sein Herz schlug ihm bis zum Hals. Er langte nach der Klinke, hielt noch einmal inne, dann drückte er sie behutsam nieder.

Die Tür ging auf. Im Haus war es finster. Er konnte Sibyllas Atem in seinem Nacken spüren. Vorsichtig trat er in die Ern, warf einen raschen Blick in Küche und Stube, die beide leer schienen. Er entspannte sich leidlich, drehte sich zu Sibylla um und flüsterte ihr zu, in der Küche nach Vorräten zu schauen. Er selbst trat in die Stube ein, um etwas zu suchen, in dem sie das Essen verstauen konnten.

Ein heftiger Schmerz durchfuhr ihn, als ihn etwas Hartes am Schädel traf. Er sackte in die Knie. Etwas wurde ihm in die Seite gerammt, sodass er mit dem Kopf gegen das Mauerwerk knallte.

Das Letzte, was er vernahm, war eine Männerstimme.

Sie sagte: »Grüß dich, Sibylla.«

*

Als Johann zu sich kam, war das Erste, was er wahrnahm, ein dumpfer, drückender Schmerz am Hinterkopf. Er lag auf hartem Grund. Als er die Augen aufschlug, stellte er fest, dass es der Boden eines erleuchteten Raumes war. Er war in der Kapelle. Jemand schien ihn hierhergeschleppt und auf dem Boden des Gotteshauses abgelegt zu haben, direkt vor dem Abendmahlstisch. In der Luft hing der Geruch nach Talg und Räucherwerk, mehrere Kerzen brannten ringsum. Draußen schien es noch finster zu sein. Johann versuchte sich aufzurichten, doch ein stechender Schmerz fuhr ihm vom Kopf über den Nacken bis in den Rücken.

»So, aufgewacht?«

Johann kannte die kehlige Stimme. Er hob vorsichtig den Kopf und sah neben sich den Dorfprediger in der ersten Bankreihe sitzen. Ansonsten war die Kapelle leer.

»Du schleichst gerne herum, was? Ich wusste, dass du zurückkommen würdest.« Kernmann erhob sich. »Dreister Knabe.«

Johann zwang sich, sich trotz des Schmerzes aufzusetzen, und rieb sich den Hinterkopf. Der Prediger ging neben ihm in die Hocke. Seine Augen glänzten seltsam glasig.

»Dreister Knabe!« Sein Atem roch sauer.

Sie starrten einander an.

Johann spürte seinen schnellen Herzschlag, doch er versuchte, seine Furcht möglichst zu verbergen. »Was wollen Sie von mir?«

Kernmann stierte weiter, dann erwiderte er endlich mit kehliger Stimme: »Was willst *du* von mir?«

»Ich? Nichts! Ich will nichts von Ihnen.«

Der Schlag mit der flachen Hand gegen seinen Kopf traf ihn völlig unvorbereitet.

»Au!«

»Dreister Ketzer. Lüg nicht! Du hast von Anfang an meine Nähe gesucht, bist um mich herumgeschlichen wie eine läufige Straßenhündin um einen Hütehund. Bist du das, eine läufige Straßenhündin, kleiner Ketzer?«

»Nein. Nein! Ich bin nicht herumgeschlichen. Bitte, lassen Sie mich einfach gehen.« Er spürte, dass Verzweiflung in seiner Stimme mitschwang, und verwünschte sich dafür selbst.

Wieder dieser starre Blick. Die Augen machten ihm Angst.

Als hätte er seine Gedanken gelesen, trat ein gehässiges Lächeln auf Kernmanns Gesicht. »Hast du Angst, kleiner Ketzer?«

»Nein! Und ich bin kein Ketzer!«

»Oh doch, das bist du, ein kleiner Ketzer. Sohn eines Ketzers und einer Ketzerin, die versucht haben, ihre häretische Lehre der Verbote und der Verleugnung der wahrhaftigen Präsenz Christi bei der Eucharistie in die Köpfe der Menschen zu tragen. Ketzer, die von Glück sagen können, den baierischen und wienerischen Papisten entgangen zu sein. Aber so, wie deine Häretiker-Eltern ihre gerechte Strafe erhalten haben, wirst auch du deine Strafe erhalten. Vorherbestimmung, eh? Ist es nicht das, woran ihr glaubt?«

Der Prediger erhob sich und blickte abfällig auf ihn herab. Johann begann, stumm den Herrn um Hilfe anzuflehen, hielt jedoch jäh inne. War er nicht in einem Gotteshaus? Und stand da vor ihm nicht ein Diener Gottes? Wie konnte der Herr dies zulassen?

Kernmann trat an den Altar und nahm eine Kerze in die Hand. Mehr zu sich selbst fragte er: »Was glaubst du, was deine Bestimmung ist?«

Für einen kurzen Augenblick glaubte Johann eine Bewegung im Augenwinkel wahrzunehmen. Er sah zum Fenster, erwartete fast, die unheimliche Fratze des Haarigen dort zu erblicken. Doch da war nichts. Rasch glitt sein Blick zurück zum Prediger.

Schon kniete Kernmann wieder neben ihm nieder. »*Jener aber, dessen Kommen das Werk des Satans ist, wird mit aller Macht auftreten, mit trügerischen Zeichen und Wundern. Und er wird mit großer List zur Ungerechtigkeit verführen.*« Im Schein der flackernden Flamme wirkte der starre Blick des Predigers noch dämonischer. »Ich weiß, warum du hier bist. Du bist gesendet von Satan, ein Buhlteufel, gekommen, um mich zu verführen.«

Johann war wie erstarrt. Dieser Mann war wahnsinnig. Er riss seinen Arm zurück, als ihm heißes Wachs auf die Hand tropfte. Der Prediger hielt die Kerze schräg vor sich. Wie aus dem Nichts war in seiner anderen Hand ein gebogenes, spitz zulaufendes Metallteil aufgetaucht, eine Art Werkzeug, wie ein scharfkantiger Holzraspel. Kernmann gab ein Heulen von sich. Es klang wie das Heulen eines Wolfes.

Johann war wie gelähmt.

Er zuckte heftig zusammen, als das Portal der Kapelle krachend aufflog. Kernmann fuhr herum.

Panisch starrte Johann zum Eingang und brauchte einen Moment, um zu verstehen, was er sah. Dort stand *er*. Der Haarige. Er gab klackernde Laute von sich.

Der Wilde Jäger war gekommen!

Wie er so im Halbdunkel dastand, hinter sich die Nacht, erinnerte er Johann an die furchtbare Fratze am Mühlenfenster. Dann stülpte sich ein grauenhafter Gedanke über Johann und ließ ihn am ganzen Körper unkontrolliert zittern. Der Prediger und das Ungeheuer. Hatte Sibylla sich geirrt? Waren sie einen Bund des Teufels eingegangen?

Mit einem Mal setzte sich der Haarige in Bewegung, stürmte durch den Mittelgang auf sie zu, mit wehenden Haaren. Der Schein der flackernden Kerzen warf dämonenhafte Schatten an die Kapellenwand.

Johann duckte sich und riss die Hände vor den Kopf, in Erwartung der Klauen der Bestie, die ihn packen und zerreißen würden. Doch stattdessen erscholl ein hoher Schrei aus Kernmanns Kehle. Ein Trampeln, dann zog ein eisiger Lufthauch an ihm vorbei. Etwas fiel mit lautem Scheppern zu Boden, ein Ächzen und Stöhnen erklangen.

Panisch schielte Johann zwischen seinen Fingern hindurch. Er konnte kaum fassen, dass niemand ihn gepackt hatte. Dann erst verstand er, was er sah. Die beiden rangen miteinander. Der Haarige hatte Kernmann gegen die Wand gepresst, hielt dessen nach oben gerichtete Arme mit seinen Pranken fest. Doch der Prediger konnte einen Arm loszerren und schlug damit auf den Haarigen ein, der ihn wild herumriss und dabei über eine Bank schleuderte.

Johanns Hände sanken nach unten. Auf einmal spürte er

Hitze auf Stirn und Wangen. Er hob den Kopf und sah Flammen, die am Altar emporwaberten.

Feuer – die größte Angst eines jeden Müllers. Sein Vater hatte ihn einst gewarnt, dass durch einen einzigen Funken im Mehl eine ganze Mühle zerbersten konnte.

Der Gedanke an seinen Vater ließ ihn mit einem Mal wieder zur Besinnung kommen. Er rappelte sich auf, fiel fast vornüber, fing sich und rannte so schnell er konnte den Gang hinunter. Als er aus der Kapelle stürmte, war es, als liefe er gegen eine kalte Wand. Das Atmen fiel ihm schwer. Dann sah er in einem Fenster des nächstgelegenen Hauses ein Licht aufleuchten. Rasch rannte er zur Seite davon, tauchte hinter dem Hof der alten Elisabetha in die Schatten, lief weiter, um ein weiteres Haus, aus dem Stimmen erklangen. Er flitzte um den mondbeschienenen Teich, über die angrenzende Wiese, und sprang mit einem Satz über das dortige Mäuerchen, hinter das er sich duckte.

Sein Herz schlug ihm bis zum Hals. Gierig sog sein Mund die Nachtluft ein. Seine Lungen brannten. In seinem Schädel wummerte es. Doch zugleich begann er auch die Kühle des feuchten Grases an Händen und Füßen zu spüren, fühlte das kalte Mauerwerk, an das sich sein Körper presste. Die Nachtluft, die den Geruch von Erde und Feuchtigkeit in sich trug, wirkte tröstend.

Jetzt merkte er, dass er an derselben Stelle kauerte, an der er an jenem Abend gehockt hatte, als die Musketiere die Dorfgemeinschaft befragt hatten. Ein lautes Rufen und das Wort »Feuer« rissen ihn aus seiner Erstarrung. Die Kapelle! Johann blickte auf und nahm sofort den hellen Schein war, der von den Wänden der anderen Häuser zurückgeworfen wurde. Das Gotteshaus brannte.

Sofort hatte er wieder das Gesicht des Haarigen vor Augen.

Wie er in der Tür gestanden hatte. Der wilde Blick, das Klackern. Aber auch den Prediger, wie er mit dem Rücken an die Wand gepresst wurde, die Hände erhoben, sein Gesicht eine einzige Fratze aus Abscheu und Entsetzen.

Er duckte sich wieder hinter die Mauer. Er spürte auf einmal, wie sehr er fror. Sein ganzer Körper zitterte. Es galt, so schnell wie möglich hier zu verschwinden.

Dann fiel ihm Sibylla ein.

Er ging in die Hocke, blickte zurück zur Kapelle. Erst jetzt nahm er die Menschen wahr, die rufend umherliefen. Manche eilten mit Eimern zum Gotteshaus, andere waren auf dem Weg zum Bach oder Teich. Das ganze Dorf schien auf den Beinen zu sein.

Angstvoll sah er sich um. In seiner unmittelbaren Nähe war niemand, kein Mensch schien ihn bemerkt zu haben.

Er starrte vor sich auf die Wiese, die bei diesem Licht nur eine graue Masse bildete. Wo mochte Sibylla sein? Was genau war seit ihrem Eintreten in das obere Mühlhaus passiert?

In der Kapelle hatte er sie nicht gesehen. War sie noch bei der Mühle?

Dann kamen ihm die Worte wieder in den Sinn, die er noch wahrgenommen hatte, bevor ihm schwarz vor Augen geworden war. *Grüß dich, Sibylla.* Er stutzte.

Das war nicht Kernmanns kehlige Stimme gewesen. Es war Neuberg gewesen. War das möglich?

Johann hob wieder den Kopf über das Mäuerchen und betrachtete das Haus des Dorfvorstehers. Es lag dunkel vor ihm.

Er atmete einmal tief ein und wieder aus, sah sich erneut um. Dann erhob er sich, versuchte, das Zittern seines Körpers in den Griff zu bekommen, und kletterte über das Mäuerchen. Mit gesenktem Kopf lief er zum Fenster, unter dem er schon einmal gekauert hatte, und hielt dort halb in der Hocke inne. Erneut vergewisserte er sich, dass um ihn herum niemand zu sehen war. Auf einmal glaubte er die Stimme Neubergs drüben an der brennenden Kapelle zu hören. Sicher war er sich zwar nicht, aber würde ausgerechnet der Ortsvorsteher bei einem Brand nicht zu Hilfe eilen? Und Neubergs Schwester, die bei ihm wohnte? Nein, sie würden alle herbeieilen, um das Gotteshaus zu retten.

Johann presste die Fäuste gegen seinen Mund. Bei dem Gedanken, erneut in ein dunkles Haus zu schleichen, wurden seine Knie wieder weich. Was, wenn Sibylla gar nicht in der Hütte war? Was, wenn er dort hineinging und dann in der Falle saß? Alles in ihm schrie danach, Reißaus zu nehmen. Was sollte er bloß tun?

Der Wildhüter kam ihm in den Sinn. Was würde er tun?

Er würde handeln.

Johann richtete sich auf und huschte zur Vordertür. Auf der Straße war niemand in unmittelbarer Nähe. Er drückte die Klinke nieder und gewahrte halb erschrocken, halb erleichtert, dass die Tür sich öffnen ließ.

Die Stube lag dunkel vor ihm, doch das Licht des vollen Mondes und der wabernde Schein des Feuers, die durch die Fenster hereindrangen, sorgten dafür, dass er sich zurechtfand. Rasch schlüpfte er ins Haus und schloss die Tür von innen. Dann sah er sich um. Er kannte den Raum von dem einen oder anderen Besuch.

Was er nicht kannte, waren die weiteren Räumlichkeiten. Zwei Türen führten von der Stube weg, die einst vermutlich mal als Stall gedient hatte. Hinter der einen, jetzt nur angelehnten Tür, so wusste er, befand sich eine Art Vorratskammer. Also musste hinter der anderen der Wohn- und Schlafbereich liegen.

Johann schlich dorthin und legte sachte das Ohr an die Tür. Kurz glaubte er, ein Scharren zu hören, doch die Rufe von draußen überdeckten alle Geräusche. Auch hier fasste er vorsichtig nach der Klinke und drückte sie herunter.

Die Tür schwang knarrend nach innen auf und offenbarte einen dunklen Raum, der nur durch milchiges Mondlicht erhellt wurde, das durch ein kleines, der brennenden Kapelle abgewandtes Fenster drang. Das Erste, was Johann sah, war ein Schemel, vor dem eine Bürste am Boden lag. Darüber hing ein Heiligenbildnis. Ausgerechnet.

Er trat ein. Der kleine Raum beinhaltete eine Kommode, einen Ofen sowie einen Tisch, unter dem ein Paar umgefallene Stiefel lagen. Eine Öffnung ohne Tür führte in eine hintere Kammer, die offensichtlich als Schlafraum fungierte. Johann konnte im Dämmerlicht zwei Betten und davor einen Nachttopf erkennen, im Hintergrund stand ein Schrank.

Mit wachsender Enttäuschung sah er sich erst im vorderen, dann im hinteren Raum um. Es war niemand da. Doch gerade, als er wieder hinausgehen wollte, erklang ein Klopfen. Er fuhr herum. Das Geräusch kam nicht von außen, sondern aus der Kammer. Wieder pochte etwas dumpf gegen Holz. Es kam aus dem Schrank.

Mit klopfendem Herzen trat Johann an das Möbelstück und drehte den außen am Schloss steckenden Schlüssel. Als er die Schranktür öffnete, sah er Sibylla am Boden kauern. Sie schien an Händen und Füßen gefesselt. Über einem Tuch, das um ihren Mund gewickelt war, trat das Weiß ihrer angstvoll geweiteten Augen besonders hervor.

Johann wollte nach seinem Messer greifen, das er stets am Gürtel bei sich trug, doch es war nicht mehr da.

»Warte!« Rasch huschte er hinaus in die Stube und suchte nach einer Klinge, fand eine und kehrte zurück. Mühsam schnitt er Sibylla los. Dann half er ihr aus dem Schrank. Sie rieb sich kurz die Handgelenke, dann umarmte sie ihn unvermittelt und hätte ihn dabei beinahe umgeworfen. Sie drückte sich einen Augenblick fest an ihn und er spürte ihren warmen Körper. Er merkte, dass sie zitterte.

Im nächsten Moment hauchte sie ihm kaum hörbar ein »Danke« ins Ohr, dann löste sie sich von ihm.

Ein Gewirr aus Gefühlen durchströmte ihn. Rasch versuchte er, seine Gedanken zu ordnen. »Wir müssen hier sofort weg!«

Sie nickte.

Die beiden schlichen zur Außentür. Johann öffnete sie einen Spalt und lugte hinaus, während Sibylla durchs Fenster spähte. Direkt vor dem Haus schien niemand zu sein. Die beiden wechselten einen Blick. Sibylla deutete in stummer Frage aus dem Fenster in Richtung des Lichtscheins.

»Ja. Die Kapelle brennt.« Ohne weiter abzuwarten, schob Johann die Tür weiter auf und sie schlüpften dicht hintereinander hinaus. Dann rannten sie, so schnell sie konnten, ums Haus und über die Wiese in Richtung Ortsausgang.

Dort tauchten sie zwischen den Bäumen in den dunklen Forst ein und liefen ein Stück in Richtung der Klöpper Mühl. Hinter einer Biegung, außer Sichtweite des Dorfes, traten sie dann auf den Weg, denn in der Dunkelheit liefen sie Gefahr, sich im Unterholz zu verletzen. So schnell sie konnten, folgten sie dem Pfad bergan, bis ihnen die Puste ausging. Inzwischen fror Johann kaum mehr.

Er hatte erwartet, dass Sibylla ihn fragte, was in der Kapelle passiert war, doch sie schwieg den ganzen Weg. Wenig später erreichten sie wieder das kleine Tal. Johann steuerte automatisch das obere Mühlhaus an.

Sibylla fasste ihn am Arm. Er blieb stehen und sah sie fragend an.

»Was hast du vor?« Sie flüsterte noch immer.

Diese Frage hatte er sich auf dem Weg hierher auch gestellt. Nun erwiderte er entschlossen: »Wir gehen noch mal ins Haus. Wir brauchen die Sachen.«

»Bist du sicher?«

»Ja.« Er versuchte, zuversichtlich zu klingen, spürte aber, dass seine Stimme vor Anstrengung und Aufregung noch immer bebte. »Es wird keiner hier sein. Sie sind alle im Dorf. Vertrau mir.«

Sie sagte einen Moment lang nichts. Dann fasste sie ihn an der Hand.

»Gut.«

Sie liefen Hand in Hand an den Teichen vorbei zum Haupthaus. Diesmal gab Johann sich nicht groß die Mühe, sich anzuschleichen. Er hielt auf die Tür zu, öffnete sie und trat mit klopfendem Herzen ein. Das Haus lag still da, wie vor einigen Stunden.

Als Erstes vergewisserte er sich, dass diesmal wirklich niemand da war, nicht in der Küche und nicht in der Stube. Dann entzündete er einen Kienspan, trug Sibylla auf, Vorräte zusammenzusammeln, und schlich selbst die Treppe hinauf.

Auch das Dachgeschoss war leer. Johann lief zu der Truhe in der Ecke, in der seine Eltern ihr Erspartes aufbewahrten. Doch der Kasten war ausgeräumt.

Enttäuscht starrte er einen Augenblick lang im schwachen Licht in den dunklen Schlund der Truhe. Natürlich, Neuberg, er hatte von dem Geld der Hartmanns gewusst. Johann klappte den Deckel wieder zu und ging zurück zur Treppe. Einer Eingebung folgend blieb er stehen, trat zu seiner Matratze, griff darunter und fischte die Druckschrift heraus. Er betrachtete das Bild im flackernden Schein seiner Lichtquelle.

Im Hintergrund, im Rücken der Bestie, stand eine Kirche in Flammen.

Ob die Kapelle noch brannte? Wo mochte der Haarige jetzt sein? Und der Prediger? Für einen Moment spürte er so etwas wie Scham, dass sie davongelaufen waren, ohne sich darum zu kümmern, was mit dem Haarigen geschehen war. Doch er schüttelte den Gedanken ab, faltete den Kupferstich zusammen, schnappte sich seine und Annas Decke und lief wieder die Stiege hinunter. Es war Zeit, hier zu verschwinden.

Irgendwo weit entfernt vom Tal mit der Mühle rannte jemand brennend durchs Unterholz.

*

»Ich verstehe euch jetzt.« Johann hockte auf dem kalten Waldboden und stierte vor sich in die Dunkelheit.

Nachdem er und Sibylla mit bangen Blicken Richtung Dorf die Mühle verlassen hatten, waren sie rasch wieder in den Wald eingetaucht. Doch ihre Sorge war unbegründet gewesen. Niemand vom Dorf schien hinter ihnen her zu sein. Schwer bepackt waren sie wieder ins Gebirg hinaufgestiegen. Sie hatten allen Proviant mitgenommen, den sie hatten finden können, dazu ein verschließbares Tongefäß, ein Messer und etwas Werkzeug sowie Decken. Auch die Bibel seiner Mutter hatte Johann nicht vergessen. Der Abstieg aus dem Gebirg mochte sie in tödliche Gefahr gebracht haben. Aber er hatte sich zuletzt doch gelohnt.

Doch noch saß der Schock über das Erlebte tief, zudem waren sie erschöpft und müde. Und das Gepäck tat sein Übriges, dass sie nur mühsam vorankamen.

Bald hatte Johann wieder zu frieren begonnen. Dann hatte zu seiner Erleichterung Sibylla um eine Rast gebeten. Nun saßen sie im Schutze einer Ansammlung niedriger Bäume nahe beieinander, und die Dunkelheit verschluckte alle Farben, die den Wald ansonsten ausmachten. Die Stille wurde nur vom Knacken und Knistern nachtaktiver Tiere durchbrochen.

»Ich verstehe, dass ihr da wegmusstet«, wiederholte Johann nun. Er wollte mehr sagen. Aber wie sollte man mit Worten den Wahnsinn ausdrücken, den er in Kernmanns Blick gesehen hatte?

»Ich hätte es dir längst sagen sollen.« Sibyllas Stimme war nur ein Hauchen. Er hörte sie auf dem Hosenboden herumrutschen, dann fuhr sie fort: »Vielleicht hättest du dann gar nicht zur Mühle zurückgewollt und das alles wäre nicht passiert.«

Wäre er nicht gegangen, wenn er gewusst hätte, dass der Prediger wahnhaft war? Er war sich da nicht sicher. »Schon gut. Es ist nicht deine Schuld.« Er schlang die Arme um seinen Körper. Trotz der Decken, die sie sich umgelegt hatten, fror er noch immer. »Wie hättest du wissen sollen, dass Neuberg in der Mühle ist, wenn wir kommen?« Er schüttelte den Kopf bei dem Gedanken an diesen schicksalhaften Zufall. Ausgerechnet in dieser Nacht musste der Dorfvorsteher sich dorthin schleichen, um das Geld der Hartmanns zu stehlen. Nur – wie hatte der Dorfvorsteher sie beide ins Dorf gebracht?

»Es war nicht nur Neuberg.« Noch immer war Sibyllas Stimme so leise, dass er sich trotz der Stille im Wald anstrengen musste, sie zu verstehen. Vielleicht war sie auch so dick in ihre Decke eingemummt, dass diese ihre Worte verschluckte. »Und ich glaube nicht, dass sie zufällig da waren.«

»Sie?«

»Neuberg und Kernmann.«

Johann runzelte die Stirn. So war das also gewesen. Dann waren beide auf das Geld aus gewesen? Er schnaubte verächtlich. »Kernmann, ein Verrückter. Und Neuberg, ein Dieb. Wenn meine Eltern das gewusst hätten.«

»Er ist mehr als ein Dieb. Du verstehst es noch immer nicht. Sie haben auf dich gewartet. Auf dich und auf deine Schwester.«

Wie meinte sie das? Johanns Herz klopfte wieder schneller.

»Ich habe es ja gesagt: Ich hätte es dir längst erzählen sollen.«

Johann konnte in der Dunkelheit nur ihren Schemen erkennen. Kam nun endlich die Erklärung?

Auch sie schien ihn nun anzusehen, denn sie bewegte ihren Kopf in seine Richtung. »Es ist Neuberg. Er hat im Dorf das Sagen. Wegen ihm bin ich geflohen. Und der Pastor, ja. Aber ohne Neuberg hätte er nie tun können, was er getan hat.« Sie seufzte tief. Oder war es ein Schluchzen? Dann wiederholte sie erneut: »Ich hätte es dir erzählen sollen. Das Leben bei uns im Dorf war immer hart. Aber wir kannten es nicht anders. Woher auch? Wir sind nicht gereist wie du. Aber dann wurde der Neuberg Dorfvorsteher. Er stand gut mit dem Kastner. Von da an ging's uns besser. Er hat neue Teiche ausheben lassen, es durfte mehr Holz geschlagen werden. Es war das erste Mal, dass einer von uns Essen und Waren aus der Stadt zukaufen hat können. Er hat regelmäßig Hopfen zugekauft, und die Theresa, Neubergs Schwester, hat daraus Bier gebraut, das für das ganze Dorf gereicht hat. Und der Kastner hat den Fischer, so heißt der Vogt von Weisstadt, dazu gebracht, dass dieser anordnet, dass auch die weiter entfernt liegenden Dörfer zur Klöpper Mühl kommen müssen, um ihr Korn zu mahlen.«

Sie brach ab.

Johann traute sich nicht zu sprechen.

Dann, endlich, fuhr sie fort: »Dafür hat er aber … er hat

auch was dafür gewollt.« Ihre Stimme hatte einen anderen Klang angenommen. Bitterer.

Johann fragte sich, was sie meinte. Was hatte *er* gewollt? Und wer war *er*? Der Neuberg? Oder der Kastner? Der Vogt?

»Es war vor drei oder vier Jahren, im Winter, da bin ich das erste Mal ... da hat mich der Neuberg vor den Kastner geführt. Es hieß ... Er sagte, ich sollte ihn ein wenig unterhalten. Dass er die Stimmen junger Mädchen und ihren Gesang so gern hätt. Der Neuberg hat uns dann miteinander allein gelassen. Ich hab ein Lied vorgesungen.« Sie schwieg kurz. Dann: »Es war warm in der Stube. Und ... Der Kastner hat von mir gewollt, dass ich meine Sachen ausziehe.«

Johann hielt den Atem an.

»Fortan hab ich immer meine Sachen ausziehen müssen, wenn der Kastner zu Besuch war.« Sibyllas Tonfall hatte sich weiter verändert. Er war wieder leiser geworden, doch zugleich klang es, als spreche sie von jemand anderem, nicht von sich selbst. »Aber er kam nicht so oft.« Erneut brach sie ab.

In Johanns Kopf wirbelten die Fragen umher. Neuberg. Dabei hatte er doch immer so ... freundlich gewirkt. »Aber ... Hast du es deiner Großmutter erzählt?«

Sie zögerte. »Einmal. Einmal hab ich der Großmutter gesagt, dass ich das nicht mehr tun mag. Da hat sie gesagt, ich sollte mich nicht anstellen, das ginge jedem Mädchen so.« Wieder Schweigen. Dann fuhr sie fort: »Ein andermal hab ich mich versteckt. Sie haben mich nicht gefunden.« Er glaubte so etwas wie Stolz aus ihrer Stimme herauszuhören. »Zur Strafe hat die Großmutter mich nachher drei Tage ohne Essen weggesperrt. Zuvor waren der Neuberg und der Kernmann bei uns im Haus gewesen.«

Neuberg. Und Kernmann. Johann spürte wieder, wie sich ihm der Hals zuschnürte. Sein Herz schlug heftig. Der Dorfvorsteher und der Prediger. Die beiden, die er in der Stube hatte sitzen sehen, an dem Abend, als sein Vater auf dem Heimweg so still gewesen war. Neuberg und Kernmann, die in der Mühle auf sie gewartet hatten. Kernmann, dessen Gesangbuch er vor der Mühle gefunden hatte. Der schon die Nacht zuvor versucht hatte, ins Haus einzudringen. Auch da schon gemeinsam mit dem Neuberg?

»Von da an tauchte einer von beiden immer bei uns zu Hause auf«, fuhr Sibylla fort. »Und trug dafür Sorge, dass die Großmutter mich rechtzeitig einsperrte, wenn der Kastner wieder zu Besuch kommen wollte. Irgendwann wusste ich schon Bescheid, wenn ich den Neuberg oder den Pastor nur von Weitem hab kommen sehen. Ich hab oft ans Weglaufen gedacht.« Sie schien wieder mit der Hand vor sich über den Boden zu streichen. »Aber es hatte ja alles keinen Zweck. Wo sollte ich denn hin … allein?« Etwas knackte nahe bei ihr. Zerbrach sie Stöckchen? »Die beiden sind dann immer im Nebenzimmer geblieben und haben gewartet, bis … bis dass der Kastner mit mir fertig war.«

Er wollte irgendetwas sagen, etwas Tröstendes, aber ihm fiel nichts Passendes ein.

Ihre Stimme war wieder nur noch ein Hauchen. »Ich hab gedacht, schlimmer kann's nimmer werden. … Und dass ich's irgendwie überstehen muss … Dass es vorbeigeht … Dann war ich irgendwann nicht mehr allein. Die Christiane war auch da. Fortan wurde ich nicht mehr jedes Mal geholt, wenn der Kastner kam. Dafür kam er noch häufiger ins Dorf. Der Neuberg hat gute Geschäfte gemacht. Bis dass der Martin sich aufgehängt hat.«

Ein kalter Schauer ließ Johann regelrecht erzittern. Martin? Den Namen hörte er zum ersten Mal. Aufgehängt? Noch ein Toter?

Sibyllas Stimme nahm wieder den festen Klang an, den sie letzte Nacht gehabt hatte. »Martin war der Sohn vom Teichwirt Lohmüller. Er war etwa so alt wie du. Danach hab ich mich nachts heimlich mit der Christiane im Wald getroffen. Dann kam auch Conrad dazu. Erst wollte ich ihn nicht dabeihaben, weil er ein Junge ist. Aber die Christiane … Sie sind Bruder und Schwester.« Sie atmete einmal tief ein und wieder aus. »Bis dahin hab ich gedacht, dass nur wir Mädchen betroffen sind. Und dass die Jungs alle genauso sind. Weil doch der Veit …« Sie brach ab. Nach einem kurzen Moment fuhr sie wieder zögerlicher fort: »Der Veit hat mich mal im Wald abgepasst und … Er hat mich ins Unterholz gezwungen.«

Veit. Das war der große Jugendliche, der zurzeit als Einziger noch unten im Dorf wohnte. Beklommen starrte Johann vor sich ins Dunkel. Er fühlte Scham. Scham über sein Geschlecht. Für einen Moment wünschte er, sie hätte ihm das alles nicht erzählt.

»Er hat dasselbe gesagt wie die Großmutter. Dass das jedes Mädchen machen müsse.« Sie schnaubte. »Und schließlich sei ich's ja gewohnt … Aber der Conrad hat dann gewusst, warum der Martin sich aufgehängt hat. Es ist der Pastor. Er holt sich die Jungs, so wie der Kastner uns Mädchen. Und der Neuberg lässt ihn gewähren.« Sie schien ihn wieder anzuschauen. »Wir glauben, der Martin hat's nicht mehr ausgehalten. Conrad hat dann den Adam zu unseren geheimen Treffen mitgebracht. Adam ist Marthas und Wolframs größerer Bruder … war es. Wir haben überlegt, gemeinsam fortzugehen.« Ihr Kopf wandte sich weg und ihre Stimme klang wieder wie von weit her. »Wir wollten durchs Land ziehen, wie die Zigeuner. Aber getraut haben wir uns dann doch nicht.«

»Aber … Was ist mit den anderen Familien? Die Eltern von

Conrad und Christiane? Hat euch keiner beschützen können?«

»Warum hätten sie sollen? Der Neuberg sorgt für ihr Auskommen. Und der Pastor für ihr Seelenheil.«

Johann hielt den Atem an. Dann verstand er. Warum das für Kinder aufs Spiel setzen?

Sibylla fuhr fort: »Den Winter über ist der Adam immer verschlossener geworden, hat kaum noch mit jemandem geredet. Ich hab schon gedacht, er geht denselben Weg wie Martin. Verdenken hätt ich's ihm nicht können. Dann war er ein paar Tage fort, das war, als der Schnee gerade weggeschmolzen ist. Wir dachten schon, er wäre ohne uns weggelaufen, aber dann kam er wieder. Als er wieder da war, hat er uns erzählt, dass er ein altes Zigeunerlager gefunden hat. Und dass es ein gutes Versteck wäre.« Sie zog ihre Beine näher an den Körper und umklammerte sie. »Er ist nur wiedergekommen, weil er sich um Wolfram und Martha gesorgt hat. Und dann ist er eines Tages tot an den Teichen gelegen, oben, da, wo eure Mühle steht.«

Johann lief erneut ein eiskalter Schauer über den Rücken. Immer wenn er dachte, dass Sibylla ihrer Erzählung nichts Schlimmeres hinzuzufügen vermochte, schien sie noch einen draufsetzen zu können.

Doch das Mädchen schien es nicht zu merken. »Er war furchtbar zugerichtet, wie von einem wilden Tier. Wir dachten erst alle an einen Wolf oder einen Bären, aber dann hieß es von den Erwachsenen immer öfter, es sei der Wilde Jäger gewesen. Der Neuberg hat die Geschichte überall erzählt. Alle Erwachsenen haben sie übernommen. Doch sie ist gelogen.« Der letzte Satz vereinte Bitterkeit und Wut in sich. »Sie wollen es uns nur weismachen. Er kam ihnen gerade recht. Es begann vor zwei Wintern. Damals wollte ihn jemand gesehen haben, ich weiß nicht mehr, wer es zuerst erzählt hat. Sie sagen, es sei der Geist des toten Müllers.«

Johanns Gedanken glitten zu Neuberg am Tag ihrer ersten Begegnung. Und zu der Geschichte, die dieser vom vorherigen Müller, diesem Alwin, erzählt hatte. »Dann hat Neuberg die Geschichte nur erfunden? Um Kernmanns Tun zu decken? So wie das des ...?« *Kastners* wollte er sagen, aber verkniff es sich im letzten Moment.

Sie ging nicht direkt darauf ein, sondern fuhr mit fester Stimme fort: »Wir glauben, dass Adam dem Pastor oder dem Neuberg irgendwas gesagt hat, von wegen, dass er weggehen würde oder so. Oder er hat ihnen gedroht, dass sie ja keine Hand mehr an seine Geschwister legen sollen.«

Die Kleinen. Wolfram und Martha.

»Wir glauben, dass der Pastor ihn im Zorn erschlagen hat. Oder Kernmann ist zu Neuberg gegangen und sie haben es gemeinsam getan. Es ist einerlei. Sie haben ihn umgebracht. Und dann haben sie es auf den Haarigen geschoben. Der Pastor war schon immer ganz besessen vom Wolf als dem Diener des Teufels. Vom Wandelwolf hat er gesprochen, dem Gehilfen der Hexen, von Necromancei und Zauberei.«

Diener des Teufels. Die Diener des Teufels, das waren diese Männer selbst. *Wölfe* – so hatte Sibylla sie auch genannt. Ein Vers aus der Bibel fiel ihm ein: *Siehe, ich sende euch wie Schafe mitten unter die Wölfe*. So hatte Jesus zu seinen Jüngern gesprochen und ihnen damit ihre kommende Verfolgung prophezeit. Johann war, ohne es zu ahnen, kein Hirte gewesen, sondern ein Schaf unter Wölfen.

»Dann hat der Herr dich gesandt, um mich zu beschützen.«

Sie schien überrascht über seine Worte. Zögernd erwiderte sie: »Ich weiß nicht. Ich weiß schon lange nicht mehr, ob der da oben über uns wacht.«

Johann runzelte die Stirn. Wieder dieser Zweifel an Gott. Doch zugleich konnte er sie ein bisschen verstehen. Ausgerechnet der Pastor des Dorfes hatte sich als einer der Wölfe erwiesen, von denen Jesus gesprochen hatte. Und doch hatte Gott Johann die Eingebung gesandt, dass die Kinder des Dorfes noch irgendwo hier oben im Gebirg sein mussten. Oder etwa nicht? Womöglich ... ja, womöglich hatte der Herr sogar den Haarigen gesandt, um ihn aus den Fängen des vom Wahn besessenen Predigers zu befreien. Einmal mehr glitten seine Gedanken zurück zur Kapelle. Ihm kam der scharfkantige Holzraspel in den Sinn, den Kernmann in der Hand gehalten hatte.

Hatte der Prediger damit Adam so übel zugerichtet? Bei dem Gedanken an das Schicksal, dem er selbst nur um Haaresbreite entgangen war, fror er so sehr, dass er nicht mehr sitzen bleiben konnte. Er stand schlotternd auf. Sie mussten sowieso weitergehen. Die anderen würden sich Sorgen machen. Dann fiel ihm das zweite tote Kind ein, von dem die Erwachsenen gesprochen hatten.

»Und das Mädchen? Wer war das getötete Mädchen?«

Sibylla war seinem Beispiel gefolgt, hatte sich erhoben. Sie stand nahe bei ihm und er konnte spüren, wie sie ihn ansah. »Lisbeth.« Ihre Stimme klang traurig. »Bei ihr war's genauso. Nur lag sie hoch droben bei den Steinen. Verstümmelt ... Wie von einem Wolf, haben sie gesagt. Und weiter die Mär verbreitet, dass der Wilde Jäger auch sie geholt hätt.«

Er versuchte, den Gedanken an Kernmann und sein grausames Werkzeug abzuschütteln. »Warum sie? Was hat sie gemacht?«

»Wir wissen es nicht. Sie hat nie viel geredet. Aber ich habe eine Vermutung. Sie hat ein Bäuchlein gekriegt.«

Ein Bäuchlein gekriegt? »Was ... was bedeutet das?«

»Na, dass in ihr ein Kind herangewachsen ist. Ich weiß es nicht mit Gewissheit, aber …« Sie verstummte.

Johann zuckte zusammen, als eine kurze, heftige Windböe die Blätter über ihren Köpfen hörbar rascheln ließ.

Sibylla sammelte ihr Gepäck auf. »An dem Tag wusste ich, dass es Zeit war, dass wir fortgehen. Wir alle, die noch übrig waren.« Sie richtete sich auf. »Wir sollten jetzt auch weiter.«

Er nickte, während er seinen Teil des Gepäcks zusammenraffte. Vorsichtig traten sie aus dem Unterholz und bogen wieder auf einen Wildwechsel ein. Der Wald lag jetzt stockdunkel vor ihnen, dichte Wolken hatten sich vor den Mond geschoben.

Nach einer kurzen Strecke, die sie schweigend zurückgelegt hatten, fragte Johann: »Wie bist du … wie seid ihr abgehauen?«

»Das war gar nicht so schwer. Ich hab mich so oft es ging zum Sammeln im Wald angeboten. Und hab das genutzt, um nach dem Zigeunerversteck zu suchen, das Adam beschrieben hatte. Es hat gedauert. Aber als ich es endlich gefunden hatte, hab ich nicht mehr groß nachgedacht und die anderen geholt. Wir sind einfach weg, in der Nacht.«

Und die Hunde und Gänse haben keinen Laut von sich gegeben. Gut, wenn man ein Hirte war.

Siehe, ich sende euch wie Schafe mitten unter die Wölfe. Darum seid klug wie die Schlangen und ohne Falsch wie die Tauben.

KAPITEL 11

»Ihr müsst kommen, schnell!«
Christianes Stimme war schon von Weitem zu hören, kaum dass sie zwischen den Bäumen auftauchte. Das war doppelt ungewöhnlich, denn zum einen sprach das Mädchen selten. Zum anderen besagte eine ihrer unausgesprochenen Regeln, im Wald wie auch im Lager nie zu rufen oder auch nur laut zu reden, wusste man doch nie, wer in Hörweite war.

Johann und die anderen legten die Sachen ab, die sie in den Händen hielten. Sie hatten bei Anbruch der Dämmerung alles, was sie mitnehmen wollten, aus dem Lager geschafft, standen vor der Steinansammlung und warteten darauf, dass Christiane und Peter von der Quelle zurückkehrten, von der sie klares Wasser hatten holen wollen. Es war windstill. Dafür ging seit Stunden ein leichter Nieselregen nieder, nachdem es in der Nacht noch einmal einen kurzen Schauer gegeben hatte. Um sie herum tropfte es von den Bäumen.

Johann sah Christiane fragend an, die in einiger Entfernung stehen blieb und winkte.

»Was ist passiert?« Conrad versuchte sich in einer seltsamen Mischung aus Flüstern und Rufen. »Ist was mit Peter?«

Christiane schüttelte den Kopf, dann winkte sie erneut. Johann und die anderen setzten sich gleichzeitig in Bewegung.

»Was ist los?«

»Es ist der Haarige.« Christiane drehte sich um und lief in die Richtung davon, aus der sie gekommen war. Die anderen sahen sich an, dann folgten sie ihr.

Johann sah ihnen nach. Bei der Nennung des Haarigen war schlagartig die Erinnerung an die letzte Nacht in ihm wach geworden. Wie der Haarige im Eingang der Kapelle gestanden war. Wie er sich auf den Prediger gestürzt hatte. Rasch setzte auch er sich in Bewegung.

Sie liefen eine Weile durch den Wald. Anfangs dachte er, sie würden zur Ruine zurücklaufen, doch bald bogen sie ab und folgten einer unsichtbaren Spur, bis Johann nicht mehr sicher war, wo sie sich befanden. Als sie auf eine weitere Felsformation stießen, blieben sie stehen. Aller Augen richteten sich auf eine Spalte im Gestein, die eine Art spitzes Dreieck bildete. Irgendwo plätscherte ein Bach. Als Christiane plötzlich durch den Durchgang verschwand, begannen die anderen, ihr nach kurzem Zögern zu folgen.

Johanns Atem ging schneller. Mit einem Kloß im Hals trat er als Letzter auf die Engstelle zu und drückte sich hinein.

Der muffige Geruch von Moos und feuchtem Gestein stieg ihm in die Nase und er riss sich an einer scharfkantigen Stelle den Handrücken auf. Dann teilten sich die Felsen schon wieder und gaben den Blick auf eine kleine Lichtung frei, auf deren festem Grund bis auf eine dünne Moosschicht nichts wuchs. An einer Stelle waren zahlreiche Steinbrocken übereinandergeschichtet, anscheinend von Menschenhand und nicht natürlichen Ursprungs, denn dafür wirkten sie zu gleichmäßig verteilt. Inzwischen ging der feine Regen nahezu senkrecht hernieder.

Johann zuckte zusammen, als er vor sich Knochen liegen sah. Waren das Menschenknochen? Oder die eines großen Tieres? Dann wurde seine Aufmerksamkeit auf die anderen gelenkt, die eine Art Halbkreis um eine Stelle am Boden bildeten. Auch Peter war dort.

Johann trat näher und hielt den Atem an. Es war der Haarige. Er lag still auf dem Rücken und schien in den Himmel zu blicken. Sein Gesicht war mit schwarzem Fell bedeckt, wie Flusen einer ausgefransten Decke. Für einen Moment befürchtete Johann, dass die Augen sich gleich auf ihn richten würden, doch sie lagen starr zwischen verkohlter Gesichtsbehaarung. Johanns Blick wanderte über den Körper des Wesens. Es trug eine verschlissene, an vielen Stellen eingerissene Jacke, die Schulterteile wirkten verbrannt. Von der Hüfte abwärts hingegen schien das Fell unversehrt, das dunkelbraune Haar bedeckte seinen ganzen Körper wie Wolle ein Schaf. Ein unangenehmer Geruch hing in der Luft. Verbranntes Fell. Johann hatte das schon einmal gerochen, vor ein paar Jahren in seiner Heimat, als eine Bauernkate mit allem Viehzeug darin abgebrannt war.

Das Wesen schien tot. Das Seltsame war, dass es trotz seines Zustandes einen friedlichen Eindruck machte. Womöglich trug auch die andächtige Ruhe dazu bei; bis auf den Nieselregen auf den Blättern lag der Wald still da. Die Kinder blickten bedrückt zu Boden, schweigend. Sie alle wussten, was letzte Nacht geschehen war. Das Feuer musste vom Altar auf die ganze Kapelle übergegriffen haben. Offenbar hatten die Flammen auch den Haarigen erfasst. Er hatte sich wohl noch hierhergeschleppt. Dann …

Johann beugte sich vor, verzog das Gesicht, als ihm ein stechender Geruch in die Nase biss. Dann staunte er. Unter der verkohlten Gesichtsbehaarung des Wesens waren eindeutig menschliche Züge zu erkennen, eine Nase, ein Mund, ein fliehendes Kinn, Ohren. Die Behaarung schien gleichmäßig gewesen zu sein, rund um die Augen, auf allen Partien.

Johann richtete sich wieder auf. Sein Starren erschien ihm pietätlos. Doch zugleich schossen ihm tausend Fragen durch den Kopf: Wie war dieser Mann so geworden? Was war ihm widerfahren? Warum hatte Gott zugelassen, dass er so entstellt war? Hatte er sich in irgendeiner Form versündigt? Wie kam es, dass er nie gesprochen hatte?

Johann schaute sich um, starrte auf die herumliegenden Knochen. Dann blieben seine Augen an dem Steinhaufen hängen. Etwas an dessen Fuße zog seinen Blick an und er trat näher. War das möglich? Er kniete nieder und betrachtete die Überreste mehrerer Vögel. Sie waren in verschiedenen Stadien der Verwesung, doch es sah nicht danach aus, als hätte der Haarige sie zu Nahrungszwecken erlegt. Es waren Drosseln.

Er erhob sich und starrte erneut den Steinhaufen an. Natürlich, ein Grab. Auch das hier war eine Grabstätte.

Sibylla trat zu ihm heran. »Wir glauben, es ist ein Zigeunergrab. Sie haben hier oben gelebt, um sich der Verfolgung durch die Landsknechte zu entziehen. Meine Großmutter hat es mir erzählt.«

Er nickte. »Und die Knochen?« Er deutete auf die großen Gebeine, war sich nun sicher, die Knochen von Menschen vor sich zu sehen. Unter einem Überhang lugte ein Schädel hervor.

Sie zuckte mit den Schultern. »Wir wissen es nicht.«

Johann schauderte. Vielleicht diejenigen der Zigeuner, die am Ende übrig geblieben waren, erfroren oder einer Krankheit zum Opfer gefallen, und die niemand mehr hatte begraben können. Begraben. Johann sah wieder auf den Haarigen. Sie mussten ihn begraben.

»Wir müssen gehen!« Conrad stand neben ihnen und blickte von Johann zu Sibylla und wieder zurück. »Es ist schon zu lange Tag.«

Die anderen Kinder nickten, wandten sich eines nach dem anderen von dem Leichnam ab.

»Aber … aber wollen wir ihn denn nicht bestatten?« Johann sah zwischen ihnen hin und her.

Conrad runzelte die Stirn, die anderen blickten betroffen drein. Selbst Peter warf einen schuldbewussten Blick zurück auf den Toten.

»Ja.« Das kam von Christiane.

»Das geht nicht, wir verlieren zu viel Zeit.« Conrad trat an Johann vorbei in Richtung der Spalte in den Felsen.

Johanns und Sibyllas Blicke trafen sich. Waren das Tränen in ihren Augen? Oder war es der Regen?

»Er hat recht.« Sie zog die Nase hoch. »Wir können nicht noch länger bleiben.« Auch sie wandte sich ab.

»Aber …« *Er hat mich gerettet,* wollte er sagen. Stattdessen blickte er zu dem Leichnam und von diesem zurück zur Grabstätte. Was, wenn sie diese freilegten, um ihn darunter beizusetzen? Doch die Steine wirkten groß und schwer. Eine Bestattung würde viel Zeit kosten. Conrad hatte recht. Was, wenn die Dörfler der Spur des Haarigen folgten, womöglich noch heute?

Ein Kind nach dem anderen verschwand durch den Durchgang. Sibylla wartete, bis auch Christiane sich nach kurzem Zögern hindurchbegab. Dann sah sie Johann auffordernd an.

Johann blickte erneut zu dem Haarigen. Er wirkte noch immer friedlich, als schliefe er nur.

Der Herr ist nahe denen, die zerbrochenen Herzens sind. Er hilft denen, die ein zerschlagenes Gemüt haben. Überrascht stellte Johann fest, dass ihm eine Träne über die Wange kullerte. Er schloss die Augen und dachte an die vergangene Nacht. Der Haarige war wegen ihm in die Kapelle gekommen, da war er sich sicher. Er hatte sich für ihn geopfert.

Instinktiv berührte er die Stelle an seiner Kleidung, an der er die Flugschrift in seinen Hosenbund gestopft hatte. Nein, der Haarige war kein Monster gewesen, das die anderen verschlang. Er war ein Ausgestoßener, ein von der Menschheit Verlassener und ein von Gott Verlassener. Und er hatte geholfen, als niemand sonst geholfen hatte. Als Gott auch ihn, Johann, verlassen hatte. Er musste sehr einsam gewesen sein.

Er sah auf die toten Drosseln. Das Grab des Müllers erstand als Bild vor seinem inneren Auge. Mit einem Mal fiel ihm die versteckte Kammer in der Mühle wieder ein. Das Stroh. *Er schleicht öfters dort unten herum.* Der Gedanke war ihm schon gekommen, als sie zur Mühle hinuntergeschlichen waren. »Was, wenn er das Grab besucht hat?«

»Was meinst du?«

»Der Haarige. Das Grab unten im Wald. Was, wenn er deswegen nachts ins Tal gegangen ist, weil er das Grab von diesem Alwin besucht hat? Du hast gesagt, dass er euch keine Vögel gebracht hat. Hier liegen welche. Und unten auf dem Grab waren auch welche abgelegt. Vielleicht hatten sie für ihn eine Bedeutung.«

Sibylla sah ihn verständnislos an. »Das verstehe ich nicht.«

»Das Geheimnis.« Johann lächelte. Das Versteck im unteren Mühlhaus. An *ein verborgenes Geheimnis* des Müllers Alwin hatten die Kinder des Dorfes geglaubt. An *dunkle Geschäfte in der Mühle.* Dann schüttelte er den Kopf. »Egal.«

Er kannte nun das Geheimnis des Haarigen. Mehr als das würde niemand mehr jemals über ihn in Erfahrung bringen.

Sibylla verschwand im Felsdurchgang. Johann presste die Lippen zusammen. Ein letztes Mal ließ er den Blick über das Versteck schweifen. Dann wandte auch er sich ab.

*

Sie sahen Hildner erst, als es zu spät war. Ein Kind nach dem anderen tauchte zwischen den Bäumen auf, blieb wie erstarrt stehen und blickte ihn an. Als Letzter kam der Müllerssohn hinter einer Tanne hervorgetreten und hielt merklich erschrocken inne.

Hildner wartete einen Moment, dann erhob er sich gelassen von dem Felsbrocken, auf dem er gesessen hatte und stellte sich breitbeinig hin. Er betrachtete den Müllerssohn. Während die anderen Kinder nur sorgenvoll dreinblickten, suchte Johann mit den Augen rasch die Gegend ab. Guter Junge. Der Knabe hatte verstanden, worauf es in Momenten wie diesem ankam. Er wähnte noch andere Männer hier, vielleicht Leute aus dem Dorf, vielleicht Soldaten. Doch tatsächlich war Hildner allein.

Er schob das Kinn vor, sah von einem zum anderen. Keines der Kinder machte Anstalten, sich zu bewegen. Bis Johann zwischen ihnen hindurchtrat.

»Du bist schon zurück?«

Dumme Frage. Ein Zeichen der Hilflosigkeit.

Hildner ließ den Blick demonstrativ über die Taschen, Säcke und Decken schweifen, die herumlagen.

»Wir ... wir haben alle gepackt.« Der Knabe zögerte, schien zu überlegen, ob er die Wahrheit sagen oder ihm eine Lügengeschichte auftischen sollte. »Wir wollen fort von hier. Hier können wir nicht bleiben.«

Gut, es war die Wahrheit. Nur nicht die ganze. Der Bursche verschwieg, dass sie ohne ihn hatten fortgehen wollen. Aber das war Hildner in dem Augenblick klar geworden, als er das verlassene Lager erreicht hatte.

Johanns Stimme hob an. »Wir können nicht zurück ins Dorf. Und bleiben können wir auch nicht.« Und drängender: »Wir müssen fort.«

Hildner fiel auf, dass der Junge die ganze Zeit das Wort *wir* benutzte. Johann fühlte sich also der Schar zugehörig. Er ließ erneut den Blick über die Kinder gleiten. Er sah Sorge, Furcht bei den Kleinen, aber auch so etwas wie Entschlossenheit bei den Großen.

Er fixierte wieder den Müllerssohn. »Ihr könnt nicht gehen.«

Die Kinder wechselten betroffene Blicke.

Johann machte zwei weitere Schritte auf Hildner zu. »Wir müssen aber. Bitte, versteh doch.«

Das große Mädchen trat neben Johann. »Bitte. Wir können nicht zurück zu unseren Familien. Wir ... wir sind dort nicht sicher.«

»Da *draußen* seid ihr nicht sicher.«

»Aber dort werden wir nicht von unseren eigenen Verwandten geschunden und misshandelt.« Sibylla klang trotzig.

»Aber von anderen.«

Nun trat auch der andere große Junge vor. »Das nehmen wir in Kauf.« Er verschränkte die Arme in einer Geste des Widerstandes.

»Jawohl!« Es war die Kleinste. Wie hieß sie noch? Maria oder Martha. Auch sie machte einen Schritt nach vorne und sah trotzig drein. Wie drollig.

Mit einem Mal rückten alle auf, stellten sich mit vor der Brust gekreuzten Armen nebeneinander hin und starrten ihn entschlossen an. Ein lächerlicher Versuch, eine Stärke zu zeigen, die sie nicht besaßen.

Und doch: Sie bewiesen Mut.

Auch Hildner verschränkte die Arme, spannte die kräftigen Oberarmmuskeln an. Dann wiederholte er: »Ihr könnt nicht gehen.« Er ließ eine kurze Pause folgen. Dann fügte er an: »Das Land ist im Krieg.«

Die Mienen der Kinder veränderten sich nur langsam, doch allmählich schien ihnen zu dämmern, was er ihnen damit sagen wollte. Erneut wechselten sie unsichere Blicke.

Es war wieder Johann, der als Erster sprach: »Was ... was soll das heißen?«

»Es soll heißen, dass die Kaiserlichen im Norden und im Osten ins Land eingefallen sind. Der Markgraf hat sich auf die Seite der Protestanten geschlagen.«

»Aber ... war er das nicht schon immer? Ein Protestant?«

Hildner entspannte seine Muskeln wieder. »Er hat sein Land seit Ausbruch des Krieges neutral gehalten. Doch nun nicht mehr. Er hat sich dem Schwedenkönig angeschlossen.«

Die Kinder wirkten verwirrt. Doch der Müllerssohn schien die Bedeutung zu verstehen. »Das heißt, um uns herum wird gekämpft?«

»Die Kaiserlichen marodieren durchs Land. Ein paar Dörfer wurden bereits geplündert. Es heißt, die Truppen des Generals Tilly stehen an den Grenzen.«

»Wer ist der Schwedenkönig?« Es war der ältere Junge, der fragte. »Was hat er mit dem hier zu schaffen?«

»Er ist Protestant. Er ist mit Schiffen aus seinem Land gekommen, an den Küsten des Nordens gelandet und hat in den Krieg eingegriffen. Sein Heer zieht nach Süddeutschland.«

»Kommt er hierher?« Der Kleinste. Seine Piepsstimme verriet Angst. »Zu uns? In den Wald?«

»Nein. Hierher wird er nicht kommen.«

»Aber die Katholischen?« Johanns Hände waren geballt.

»Auch die nicht. Aber die umliegenden Dörfer und Städte sind nicht sicher, weder die im Hofer Land noch die im Sechsämterland.« Hildner ließ den Blick wieder auf Johann ruhen. »Ihr seid dort draußen nirgendwo sicher.«

Er konnte spüren, wie sich ein Gefühl der Hilflosigkeit unter den Kindern breitmachte. Sie wechselten Blicke, dann trat Sibylla nahe an Johann heran und flüsterte ihm etwas zu.

Der Müllerssohn nickte und sah wieder Hildner an: »Was hast du jetzt vor?«

War Johann jetzt der Sprecher der Kinderschar? Schickten sie ihn vor, weil er ihn am besten kannte?

Doch die Frage war berechtigt. Hildner hatte sie sich schon selbst gestellt. Von einem Bauern hatte er erstmals von den Einfällen von Kosaken oder Kroaten im Norden gehört. In Sparneck hatte ihm ein Gegenschreiber dann voller Inbrunst und überaus anschaulich von üblen Begebenheiten in Hofeck und Unterkotzau berichtet, wo die Soldateska gehaust hatte. Häuser waren abgefackelt worden und allen Bewohnern, deren der Feind habhaft geworden war, waren Arme und Beine abgehackt worden. Der Gegenschreiber war es auch gewesen, der ihm gesagt hatte, dass derzeit niemand wusste, wo sich der Markgraf aufhielt. Manche behaupteten, er sei nach Leipzig gegangen, wo ein großer Konvent tagte. Andere wähnten ihn auf einer seiner Festungen, auf Hohenberg im Osten oder der Plassenburg im Westen. Dann schwafelte der Beamte etwas von dem letzten Kampf, der ihnen allen bevorstünde, einem Kampf für Wahrheit und Seelenheil, gegen den römischen Aberglauben und den lästerlichen Betrug des Ablasshandels. Und dass der große Feldherr Wallenstein, ein Ehrenmann, ein solch abscheuliches Tun seiner Männer niemals hätte durchgehen lassen. Er war im Jahre 1625 hier hindurchgezogen und hatte mustergültige Ordnung unter seinen Truppen walten lassen.

Alles dummes Zeug. In diesem Krieg ging es schlichtweg um Gier, die Gier nach Macht und Land, nach persönlicher Bereicherung, um die Lust am Plündern, Vergewaltigen und Töten. Für den normalen Mann war dies ein einziger Kampf ums Überleben. Das Seelenheil spielte dabei keine Rolle. Und dieser Wallenstein war kein bisschen weniger gierig und blutrünstig als alle anderen Heerführer. Auch vom Schwedenkönig versprach sich Hildner nichts. Als der Gegenschreiber dann noch einen Lobgesang auf den Erzengel Michael hatte anstimmen wollen, war Hildner grußlos davongegangen.

Doch er hatte verstanden. Wo auch immer Markgraf Christian sich aufhielt, der Landesfürst hatte in diesen Zeiten Wichtigeres zu tun, als sich mit einer Handvoll Rotzlöffel zu beschäftigen. Die Kinder waren auf sich allein gestellt.

Hildner war auf sich allein gestellt.

»Ich … wir meinen damit: Was wirst du jetzt mit uns tun?«, wiederholte Johann seine Frage.

Sieben Augenpaare sahen zu Hildner auf.

Er hatte die Frage schon verstanden. Und sich bei seiner Rückkehr hierher entschieden.

Er war die Sauvegarde von Albrechtsreut. Und er würde die Kinder von Albrechtsreut beschützen.

*

Der Nieselregen hatte aufgehört, doch die Wolken hingen noch immer am Himmel und ließen kaum wärmende Sonnenstrahlen durch, die das nasse Grün der Bäume und des Bodens hätten trocknen können. Stattdessen stieg Nebel über dem Wald auf.

Die Luft war feucht und Johanns Kleidung fühlte sich klamm an. Ein Vorgeschmack auf kommende kühlere Tage, so schien es. Wenn erst der Herbst und dann der Winter Einzug hielten, würde es hier oben ungemütlich werden. Er wollte nicht so enden wie die Zigeuner.

Doch der Wildhüter hatte ihnen erklärt, dass sie vorerst ihr

Lager noch nicht räumen sollten, und die Kinder hatten seinen Rat dankend angenommen. Zwar war die Aussicht, hier länger zu bleiben, nicht verlockend, aber dieser Platz war ihnen vertraut. Hier fühlten sie sich sicherer als irgendwo draußen.

Blieb die Frage, was sie tun sollten, wenn Neuberg, Kernmann und die anderen Dörfler sich auf die Suche nach ihnen begeben würden, nun, da diese wussten, dass sich Sibylla und Johann noch in der Gegend aufhielten. Was, wenn sie mit Hunden hier heraufkamen?

Doch der Wildhüter beruhigte sie. Offenbar hatte er beschlossen, eine Weile mit ihnen hier im Gebirg zu verbringen. Zwar blieb er außerhalb ihres Lagers, weil das Erklimmen der Steine ihm zu viel Mühe bereitete. Doch er war da. Als der Hüne überraschend frühzeitig aufgetaucht war, hatte Johann erst das Schlimmste befürchtet. Doch nun empfand er tiefe Erleichterung. Hildner hatte sich offenbar dafür entschieden, sie zu beschützen. Er hatte seine Redlichkeit zu Unrecht bezweifelt. Ihn in der Nähe zu wissen, war gut. Niemand verstand sich besser auf die Jagd und das Verbergen in Gebirg und Forst. Der Wildhüter war der beste Verbündete, den sie sich wünschen konnten. Nun waren sie unbesiegbar.

Nach ihrem Aufeinandertreffen am Morgen waren Johann und der Wildhüter zur Ruine zurückgegangen und hatten Annas Leichnam geborgen. Der Hüne hatte das Bündel wie ein Kleinkind in seinen Armen gehalten und bis zu ihrem Versteck getragen. Nahe dem Lager betteten sie den Leichnam ins Moos, suchten nach einer Stelle mit weichem Waldboden und begannen, mit dem Hirschfänger des Wildhüters und einem Flachmeißel aus der Mühle als provisorischem Grabwerkzeug ein tiefes Loch auszuheben. Mit der Zeit kamen die anderen Kinder hinzu und halfen eines nach dem anderen mit. Es war schon später Nachmittag, als sie das Grab mit Erde und Zweigen bedeckten und ein Kreuz aufstellten, das die Kleinsten aus zwei mit Gräsern zusammengebundenen Stöcken gebastelt hatten. Johann holte die Bibel seiner Mutter und blätterte eine Weile darin herum. Er hatte zuvor darüber gegrübelt und ein Psalm, der ihm noch gewärtig war, war ihm als der einzige passende eingefallen. Doch er konnte sich einfach nicht mehr erinnern, an welcher Stelle er zu finden war. Schließlich klappte er das Buch wieder zu, presste es fest an seinen Körper und rezitierte aus dem Kopf: »*Der Herr ist mein Licht und mein Heil, vor wem sollte ich mich fürchten? Der Herr ist meines Lebens Kraft, vor wem sollte mir grauen? Wenn die Übeltäter mich verschlingen wollen, müssen sie selber straucheln und fallen. Wenn sich auch ein Heer wider mich lagert, so fürchtet sich dennoch mein Herz nicht. Wenn sich Krieg wider mich erhebt, so verlasse ich mich auf ihn. Eines das hätte ich gerne: dass ich im Hause des Herrn bleiben könne mein Leben lang, zu schauen die schönen Gottesdienste des Herrn und seinen Tempel zu betrachten. Denn er deckt mich in seiner Hütte zur bösen Zeit, er birgt mich im Schutz seines Zeltes und erhöht mich auf einen Felsen. Verlass mich nicht und tu die Hand nicht von mir ab, du mein Gott! Denn mein Vater und meine Mutter verlassen mich.*« An dieser Stelle fügte er leise »*und meine Schwester*« hinzu. Dann fuhr er fort: »*Aber der Herr nimmt mich auf. Herr, weise mir deinen Weg! Gib mich nicht preis dem Willen meiner Feinde! Denn es stehen falsche Zeugen wider mich auf und tun mir Unrecht. Ich aber glaube, dass ich sehen werde die Güte des Herrn im Lande der Lebendigen.*«

Johann spürte noch eine ganze Weile den Blick des Hünen auf sich ruhen.

Es war Christiane, die nach langem Schweigen als Erste an

den toten Haarigen erinnerte. Auch er war den Übeltätern zum Opfer gefallen. Er, dem so viel Unrecht zuteilgeworden war. Er war zur Bestie erklärt worden, und auch Johann hatte ihn für eine solche gehalten. Dabei war er ihr Verbündeter gewesen. Mehr noch: Er war Johanns und Sibyllas Retter gewesen.

Der Hüne reagierte seltsam, als sie ihm vom Schicksal des Haarigen erzählten. Er verlangte das Versteck sofort zu sehen und erschien den ganzen Weg auf ungewohnte Weise unruhig.

Johann, Christiane und Peter führten ihn. Der Zugang erwies sich als fast zu eng für den muskulösen Kerl, um hindurchzukommen. Er musste auf allen vieren und an einer Stelle sogar flach über den Boden kriechen. Als Johann zusah, wie der Hüne sich abmühte, wurde ihm erstmals bewusst, dass der Haarige weder besonders groß noch besonders kräftig gewesen war. Er erinnerte sich an ihre Begegnung in der Ruine, als Sibylla sich schützend vor das Wesen gestellt hatte. Der Haarige hatte sie überragt, gewiss, aber keineswegs so, wie man es von einem ausgewachsenen Mann hätte erwarten können.

Als sie beim Leichnam ankamen, sah Johann genauer hin. Die Statur, die Hände und vor allem das Gesicht des Haarigen wiesen tatsächlich etwas Jugendliches auf. Johann wurde einmal mehr schwer ums Herz. Der Haarige war gar kein Erwachsener gewesen.

Der Hüne kniete nieder und streckte bedächtig die Hand nach dem Leichnam aus, strich ihm fast ehrfürchtig über die offen stehenden Augen. Keines der Kinder wagte zu sprechen. Doch dann schien der Jäger im Wildhüter durchzukommen. Er atmete einmal hörbar ein, zupfte an dem versengten Haar, fasste danach in den Mund des Wilden und schien dessen Zähne zu prüfen, schwarze Stummel in einer dunklen Höhle. Dann drehte der Hüne den Leichnam um. Die Jacke bestand hier nur noch aus Fetzen, die Schultern und der Hinterkopf waren verkohlt, das Fell an dieser Stelle wie auch an den Oberarmen bis auf die Haut versengt. Der arme Kerl schien am Rücken lichterloh gebrannt zu haben. Er musste fürchterliche Schmerzen ausgestanden haben.

Johann beobachtete den Hünen. Befriedigte ihn der Tod des Haarigen? Oder enttäuschte es ihn, dass seine Beute ein solches Ende gefunden hatte? Wirkte er womöglich betroffen? Aber nein, Letzteres bestimmt nicht. Vermutlich kannte der Hüne ein solches Gefühl gar nicht.

Johann sah zu der Grabstätte hin. Dann traf sich sein Blick mit dem von Christiane. Er presste die Lippen zusammen. »Sollten wir nicht auch ihn begraben?«

Der Hüne kniete noch einen Moment regungslos vor dem Leichnam. Dann erhob er sich. Inmitten des alten Zigeunerlagers wirkte er noch massiger als sonst, als gehörte er nicht hierher.

Johann versuchte, die Miene des Wildhüters zu ergründen. »Er verdient ein christliches Begräbnis. Er hat mich gerettet. Und Sibylla.« Er holte tief Luft. »Er war kein Tier. Er war ein Mensch.« Er erinnerte sich an Sibyllas Worte. »Er war kein böser Mensch. Er war ein Freund. Eine geschundene Seele. Ich bin mir sicher, dass er Anna nichts angetan hat. Ganz bestimmt nicht. Warum hätte er das tun sollen? Er hat mich und die anderen beschützt.«

Die Augen des Hünen hatten den Haarigen lange nicht losgelassen. Nun wanderten sie zu Johann. Der Hüne wirkte nachdenklich. Dann, mit einem Mal, kniete er sich erneut nieder. Als er sich aufrichtete, hielt er den Leichnam im Arm. »Gehen wir!«

*

Hildner hörte sie kommen, lange bevor er sie sehen konnte. Sie hatten einen Hund dabei. Ob es ein Hüte- oder Hetzhund war, wusste er nicht zu sagen. Doch als er ihn sah, war er nicht beeindruckt. Er vermutete einen Saufinder, darauf abgerichtet, Wild aufzuspüren. Erstaunlich, dass sie ein solches Tier nicht schon früher eingesetzt hatten. Womöglich hatten sie bis zur letzten Nacht die verschwundenen Kinder längst nicht mehr im Gebirg gewähnt.

Der Müllerssohn hatte ihm erklärt, dass die Kinder vor ihren Familien geflohen waren, dass sie alle sich an ihren eigenen Abkömmlingen versündigt hatten. Versündigt durch Schändung und die Gewährung der Schändung.

Nichts Neues auf der Welt.

Hildner erwartete sie breitbeinig mitten auf dem Weg. Es waren mehrere. Neuberg ging voran, die anderen hatte Hildner bereits in der Ortschaft gesehen. Nur den Hundeführer kannte er nicht, womöglich aus einem Nachbarort angeworben. Und dann war da noch einer, bei dem er genauer hinsehen musste, um in ihm den Prediger zu erkennen. Kernmanns Gesicht war stark gerötet und wirkte darüber hinaus seltsam verunstaltet, als leide er unter Ausschlag. Als sei er mit dem Kopf voran in einen Busch aus Brennnesseln gefallen. Johann hatte Hildner vom Brand in der Kapelle erzählt. Also hatte auch der Prediger Bekanntschaft mit den Flammen gemacht. Leider nicht in dem Maße wie der wilde Mann.

Als sie ihn sahen, reagierten sie erst einmal wie am Morgen die Kinder: Sie blieben überrascht stehen und starrten ihn an, auf den meisten Gesichtern zeichneten sich Sorgenfalten ab. Neuberg aber fasste sich schnell. Er sagte leise etwas zu den anderen, die zustimmend nickten. Dann gingen sie vorsichtig weiter auf ihn zu.

Hildner verzichtete darauf, zu Armbrust, Pistole oder

Hirschfänger zu greifen. Er wusste um seine Wirkung auf Leute wie sie. Sie waren Seldner und Köbler. Sie trugen keine Waffen.

Doch er würde sie auch nicht unterschätzen.

Vor Jahren waren er und seine Rotte einmal von mehreren Hundert Bauern angegriffen worden. Eine Handvoll seiner Kameraden war von den spitzen Zinken ihrer Forken aufgespießt, ihre Köpfe mit ihren Dreschschlegeln eingeschlagen worden. Tags drauf hatten er und die verbliebenen Söldner ihr Dorf angezündet und brennen lassen. Keiner, der sich nicht rechtzeitig in die Wälder geflüchtet hatte, war ihnen entkommen. Doch er hatte nicht vergessen, wozu einfache Menschen fähig waren, wenn sie in die Ecke gedrängt wurden.

Diesmal hatte der Brand schon stattgefunden. Doch die Schlacht stand noch aus.

Verdammt. Er hätte jetzt einen Schluck von seinem Branntwein gebrauchen können.

»Gott befohlen, Wildhüter!« Der Ortsvorsteher blieb einige Schritte von ihm entfernt stehen. »Du bist zurück? Wir dachten, du wärst längst fort. Verschwunden wie deine Kameraden.«

Die Dörfler sahen Hildner überwiegend ehrfürchtig an. Nur der Prediger mit seinem entstellten, geröteten Gesicht wirkte sauertöpfisch. Ein flüchtiger Blick bewies Hildner, dass es tatsächlich Verbrennungen waren, die Kernmanns Antlitz so verunstaltet hatten. Augenbrauen und Haarschopf waren nicht mehr vorhanden.

Der fremde Hund knurrte und zog an der Leine.

Hildner sagte nichts.

»Wollen Sie sich uns anschließen?« Neuberg schien eine Antwort abzuwarten, doch als keine kam, fügte er hinzu:

»Wir sind auf der Suche nach unseren Kindern. Wir haben allen Grund anzunehmen, dass der Wilde Jäger sie nicht geholt hat. Zumindest zwei von ihnen sind noch irgendwo droben im Gebirg. Sie haben vorletzte Nacht unser Gotteshaus in Brand gesetzt.«

Hildner ließ seine Augen von einem der Männer zum anderen wandern. Auf dem Prediger ruhten sie etwas länger. Keiner der Männer hielt seinem Blick lange stand. Und wie immer war zu spüren, wie Hildners Schweigen seine Gegenüber zunehmend irritierte.

Neuberg räusperte sich. »Nun, wie auch immer. Wir brauchen deine Hilfe nicht. Aber wenn du dich als Sauvegarde unseres Dorfes verstehst – und für nichts anderes seid ihr hier, wie uns dein Kamerad erklärt hat –, dann solltest du auch deines Amtes walten.« Es war eine Vorwärtsverteidigung, nicht einmal ungeschickt. Der Dorfvorsteher drehte sich zum Prediger um. »Schauen Sie sich unseren bedauernswerten Mann Gottes an. Sein Kopf und Teile seines Körpers wurden durch das Feuer versehrt, das diese kleinen Teufel gelegt haben. Dafür müssen sie zur Rechenschaft gezogen werden. *Wir* werden sie zur Rechenschaft ziehen.«

Hildner schüttelte langsam den Kopf.

Neuberg runzelte die Stirn: »Was soll das heißen? Willst du uns deine Hilfe verweigern?« Er wies drohend mit dem Finger auf Hildner. »Du bist uns verpflichtet, uns und unserem Dorf. Seine Durchlaucht, der Markgraf, hat dich dafür bestellt.«

»Geht zurück in euer Dorf.« Hildner sprach mit ruhiger Stimme. »Bleibt dort und schützt eure Familien. Es ist Krieg.«

»Wir wissen, dass Krieg ist. Das geht uns nichts an. Der Feind ist weit weg. Hierher kommt er nicht. Der Feind, das sind die da oben.« Er wies wütend das Gebirg hinauf. »Sie haben uns betrogen. Sie sind unserer Liebe mit grobem Undank begegnet. Und sie haben uns unserer Zukunft beraubt. Bestimmt haben die Größeren die Kleineren gegen uns aufgehetzt, womöglich haben sie sie entführt. Wir werden sie zurückholen!«

Zustimmende Rufe von den anderen erklangen. Einige nickten. Alle sahen nun grimmig drein.

Hildner hätte zu gern gewusst, welche der Anwesenden die Väter der Kinder waren, die sich dort oben verbargen. Er verspürte Lust, ein paar Schädel einzuschlagen. »Ihr werdet nichts dergleichen tun. Kehrt zurück in euer Dorf und lasst von eurem Plan ab.« Er legte eine Hand lässig auf den Griff seines Hirschfängers. »Die Kinder stehen unter meinem Schutz.«

Der Hund begann wild zu bellen und weiter an seiner Leine zu zerren. Sein Besitzer musste fest zupacken, um ihn zu halten. Der Mann sah den Dorfvorsteher fragend an.

»Was soll das bedeuten, Neuberg?«

Der Angesprochene erwiderte den Blick des Hundeführers, schaute auf das Tier, dann wieder zurück auf dessen Herrn. Neubergs Augen verengten sich.

Hildner wusste, was jetzt kam.

Der Dorfvorsteher gab dem anderen mit einem Nicken ein Zeichen. Noch bevor der Mann die Leine losließ, hatte Hildner bereits den Hirschfänger gezogen. Der Saufinder stürzte bellend auf ihn zu, doch er hatte nicht die Kraft von Hildners Rüden, und er war ein Hetzhund, kein Packer. Hildner riss zur Abwehr den Arm hoch, ließ den Hund zuschnappen und rammte ihm von unten die Klinge so tief in den Unterkiefer, dass sie oben zwischen den Ohren wieder heraustrat. Das Tier hatte nicht einmal mehr Zeit, einen Laut von sich zu geben. Es hing für einen Moment zuckend an seinem Arm, dann fiel es von ihm ab wie ein abgestorbener Parasit von seinem Wirtskörper.

Blut tropfte von Hildners Arm auf die Erde. Es war nicht nur das des Hundes.

Sichtlich schockiert stierten die Männer ihn an, die Münder weit aufgesperrt. Der Hundeführer stotterte irgendetwas Unverständliches.

Es war Kernmann, der sich als Erster fasste. Wütend trat er vor und deutete mit spitzem Finger auf Hildner. »Du bist des Teufels! Wie kannst du es wagen, dich uns in den Weg zu stellen und uns zu bedrohen? Du Druder! Dämon! Du hast dich unserem Willen zu beugen, sonst wird der Vogt dich aufknüpfen lassen! Hinfort mit dir, Ausgeburt des Satans! Mach den Weg frei!«

Hildner nahm Kampfhaltung ein. Er wusste, dass die nächsten Sekunden darüber entscheiden würden, ob weiteres Blut floss.

Auf einmal starrten alle Männer wie auf ein Zeichen an ihm vorbei, fixierten irgendetwas hinter ihm. Einigen fiel die Kinnlade vollends herab.

Hildners Stirn legte sich in Falten. War das eine List? Zögerlich drehte er sich um.

Nicht weit entfernt auf einem Felsen stand ein riesiger Hund. Ein gewaltiges Vieh, sehnig, mit dunklem, zotteligem Fell. Es stand völlig reglos da, wie eine Statue, den Kopf gesenkt. Sein tiefes Knurren drang bis zu ihnen.

Hildner wandte sich wieder den Dörflern zu. Panik sprach aus ihren Mienen. Langsam, ganz langsam griff er nach dem Riemen seiner Armbrust.

In diesem Augenblick erklang aus der Ferne der leise Schlag einer Glocke.

Die Männer wechselten völlig verunsicherte Blicke. Einige schauten den Weg zurück, den sie gekommen waren, dann wieder in Richtung des riesigen Hundes. Nur der Prediger fixierte mit weit aufgerissenen Augen allein den Hünen.

Die Glocke schlug weiter. Dann gesellte sich eine zweite hinzu, aus noch weiterer Ferne. Der tiefe metallische Ton der beiden Klangkörper wirkte bedrohlich.

»Das ist Sankt Jacobus.«

»Es sind die Sturmglocken!«

Hildner war klar, was das bedeutete.

In die Gruppe kam Bewegung. Ein Dörfler nach dem anderen begann loszulaufen, fort von ihm, den Weg zurück, den sie gekommen waren.

Zurück blieben Neuberg und Kernmann. Der Dorfvorsteher zögerte, warf immer wieder einen Blick an Hildner vorbei in Richtung des riesigen Hundes. Dann sagte er: »Wir kommen wieder, Wildhüter. Und diesmal mit den Landsknechten des Vogts. Und mit Hunden. Wir werden eine ganze Meute holen lassen. Und diesmal werden wir *dich* jagen, und alles, was das Gebirg heimsucht. Alles!« Ohne eine Reaktion abzuwarten, drehte er sich um und lief davon, hastiger, als seine selbstsichere Stimme vermuten ließ.

Der Prediger starrte Hildner noch immer hasserfüllt an, doch seine Körpersprache drückte neben Wut auch Angst aus. »Wir sehen uns noch, Dämon!« Auch er sah noch einmal hastig an ihm vorbei, dann eilte er den anderen hinterher.

Hildner atmete tief ein, wandte sich um – und stutzte. Der Felsen war leer, der riesige Hund verschwunden. Nichts wies darauf hin, dass er da gewesen war. Hildner lauschte auf Geräusche aus dem Wald, ließ dann die Säule der Armbrust los und zog sie am Riemen zurück auf seinen Rücken. Er blickte wieder den fliehenden Dörflern nach. Die Glocken hallten über die Wipfel der Bäume.

Der Krieg war ins Sechsämterland gekommen.

*

In der Nacht konnte man vom Gebirg aus über das ganze Land verstreut die Signalfeuer sehen, die auf erhöhten Punkten angesteckt worden waren. Schon am Nachmittag, als die Glocken aller Kirchen im Sechsämterland wie wild geläutet hatten, hatte man die brennenden Signale am Rauch erkennen können, der durchs Hinzufügen von nassem Laub erzeugt wurde.

Irgendwo weit entfernt im Südosten hing zudem ein heller Schein über dem Wald, womöglich eine Siedlung, die in Brand gesteckt worden war.

Hildner betrachtete von einer Erhöhung aus den Horizont. Die tanzenden Flammen auf den Bergen bildeten mit ihrem warnenden orangenen Glanz einen seltsamen Kontrast zur friedlichen Stille, die sich mit dem Eintreten der Dunkelheit über das Land gelegt hatte. Von nirgendwoher waren Klänge zu vernehmen, die an eine Kriegssituation erinnerten, weder Schreie von Menschen noch das Knallen von Musketen oder gar das Donnern von Kanonen. Nur der Wind raschelte durch die Blätter, der eine oder andere Baum knarzte, und im Gestrüpp knisterte es hier und da leise von den Tieren der Nacht.

Der Krieg bereitete ihm derzeit keine Sorgen. Er wusste, dass es kein Entkommen vor ihm gab, kein Dorf, keine Stadt, keine Festung bot absolute Sicherheit vor einer entfesselten Soldateska. Das zu glauben, war naiv. Auch der Wald und das Gebirg boten keinen dauerhaften Schutz. Doch solange sie hier oben waren, waren sie vor größeren Rotten sicher, und mit vereinzelten Marodeuren würde er fertig werden. Erst wenn ein ganzes Heer das Sechsämterland besetzen sollte, drohten ihnen auch im Wald Begegnungen mit Stoßtrupps. So weit war es aber noch nicht.

Mehr Kopfzerbrechen bereitete ihm das, was der Dorfvorsteher gesagt hatte. Neuberg, so hatten ihm die Kinder versichert, war nicht grundlos Vorsteher des Ortes. Er war ihr Kopf und allem Anschein nach durchtriebener und berechnender, als Hildner ihm zugetraut hatte. Und das Dorf wollte seine Kinder wieder, das hatte Neuberg unmissverständlich klargemacht. Sie würden also wiederkommen, wenn die Situation es erlaubte, mit Männern des Vogtes, und wenn sie mit Jagdhunden kamen, bot ihr Unterschlupf den Kindern auf Dauer keinen Schutz mehr.

Gedankenverloren fuhr er sich mit der Hand durch den dichten Bart. Aus der Ferne erklang der Ruf eines Kauzes.

Die Kinder waren schon einmal zum Aufbruch bereit gewesen. Womöglich blieb ihnen gar keine andere Wahl hierzu. Womit die Katholischen wieder ins Spiel kamen. Das Hofer Land offen zu durchqueren, war unter diesen Umständen nicht möglich. Sie würden so lange wie möglich in der Obhut des Gebirgs reisen müssen, die Nacht und die Deckung des Waldes waren ihre Verbündeten. Wie weit das Gebirg reichte, wusste er jedoch nicht einzuschätzen. Doch er wusste, was er zu suchen hatte. Was die Kinder brauchten. Auch er war einmal in ähnlicher Situation gewesen. Blieb nur die Frage, ob die Güte jener Tage noch einmal aufgebracht werden würde.

Irgendwo beschwerte sich keckernd eine aufgescheuchte Elster.

Hildner wandte sich von der Landschaft im Süden ab und schlug den Weg zurück zu der eigenwilligen Formation von

Felsen inmitten des Waldsteingebirgs ein, die das Versteck der Kinder bildete. Als er einige Zeit später dort eintraf, bekam seine Nase einen Hauch von Rauch zu fassen, der als dünne Säule über den Steinen aufstieg, vom Wind zerfasert und über die Wipfel davongetragen wurde. Leise erklangen wechselnde jugendliche Stimmen. Er hatte nicht die Absicht, sie zu unterbrechen. Doch als er sich am Fuße eines Felsens niederließ, verstummten sie jäh. Hatten sie ihn gehört? Doch dann trat an ihre Stelle ein ruhiger, steter Tonfall, den er als den des Müllerssohnes erkannte. Hildner lauschte, dann wurde ihm klar, was der Junge vortrug.

Tief sog Hildner die kalte Nachtluft in seine Lungen. Gottes Worte würden ihnen nicht helfen. Taten sie nie.

Er fühlte wieder den dubiosen Schmerz in seinen Gliedern, der immer wieder zu ihm zurückkehrte.

Nach einer Weile fiel ihm auf, dass Johann seinen Vortrag beendet hatte, sein Tonfall hatte sich verändert. Nun schien er den anderen etwas zu erklären. Hin und wieder warf eines der anderen Kinder eine Frage ein. Doch es war hauptsächlich der Müllerssohn, der sprach.

Die Kinder aus dem Dorf hatten ihn offenbar in kürzester Zeit als einen der ihren akzeptiert. Dieses einnehmende Talent der Unbedarftheit, diesen Mangel an Scheu, hatte auch Hildner schon an dem Jungen zu schätzen gelernt. Nun schien es gar, als würde der Kinderschar mit Johann eine Art Anführer erwachsen. Gut so. Eine Rotte brauchte einen Rottenmeister. Einen Kopf, der sie leitete und der jenen Momenten, die über das Wohl und Wehe der Gruppe entschied, die Richtung vorgab.

Ein Kopf. Hildner ließ einen Gedanken, der ihm gekommen war, eine Weile kreisen. Dann fasste er einen Entschluss.

Er begann, seine schmerzenden Glieder zu massieren.

KAPITEL 12

Keine vier Tage waren seit jener Nacht vergangen, in der Johann zuletzt auf seiner Matratze in der Mühle gelegen hatte. Seither lebten sie hier oben im Gebirg zwischen Felsen und Bäumen und schliefen unter freiem Himmel, an dem die Sterne des Nachts hell leuchteten. Die anderen Kinder hatten sich seit ihrem Hiersein einen gewohnten Tagesablauf eingerichtet und Johann in diesen nahtlos einbezogen. Mit dem Suchen nach essbaren Pflanzen, Wurzeln und Pilzen, Beeren, Nüssen und Vogeleiern konnte man den ganzen Tag verbringen. Ebenso wie mit dem Sammeln von Stöcken, Geäst, Zapfen und all dem, was der Wald für ein Lagerfeuer hergab, vor allem, wenn man dabei möglichst keine Spuren des Eingriffs in die Natur hinterlassen wollte. Um Wasser für alle von der Quelle zu holen, mussten sie mehrmals gehen, war doch der Bronzetopf, den sie auch zum Kochen verwendeten, im vollen Zustand zum Tragen für die Kinder zu schwer.

Wie am vorherigen Tag tauchte der Wildhüter am späten Morgen plötzlich auf, als Johann und Conrad gerade von der Quelle zurückkehrten. Die Nacht schien er nahe ihrem Lager verbracht zu haben.

Er rief die Kinder zusammen und begann sie dann ohne große Umschweife anzuleiten, im Wald zu überleben. Er erklärte ihnen, wie sie Trinkwasser bei Regen oder aus Morgentau wirksam in Gefäßen sammeln konnten, sollten sie einmal keinen Zugang zu einem Bach oder einer Quelle haben.

Er bedeutete, dass der hier oben wachsende Vogelbeerbaum ein hartes, aber mit einem Messer gut zu bearbeitendes Holz bot, aus dem man ausgezeichnetes Werkzeug zum Graben herstellen konnte. Er ließ sie spezielle Steine suchen, die als improvisierte Schleifsteine dienen konnten. Und am Mittag unterwies er sie darin, das Korn zu zermahlen, das Johann und Sibylla aus der Mühle mitgebracht hatten, um im Anschluss daraus in einem selbst gegrabenen Erdofen Brot zu backen. Das Trennen des Mehls von Schalen und Keimlingen musste dabei in Ermangelung eines Siebs mit den Händen erfolgen. Johanns Kenntnisse des Müllerhandwerks leisteten ihnen dabei nützliche Dienste.

Es war Johann, als wollte der Hüne sie auf eine lange Zeit hier oben vorbereiten. Oder doch auf etwas anderes? Wissbegierig sogen sie alle seinen Erfahrungsschatz in sich auf. Als Hildner aber seine Armbrust nahm, um auf die Jagd zu gehen, forderte er Johann als Einzigen auf, ihn zu begleiten. Was Johann mit gewissem Stolz erfüllte.

Den restlichen Nachmittag lagen sie mit viel Geduld auf der Lauer, und der Hüne schoss ein Birkhuhn und ein Kaninchen. Zudem entdeckten sie Wolfsspuren, die den Wildhüter aber nicht weiter zu sorgen schienen. Danach erklommen sie einen Felsen, der einen weiten Ausblick über die Landschaft im Norden und Westen bot, und hockten sich nebeneinander auf den Stein. Der Hüne blickte lange schweigend in die Ferne, schien die langsam untergehende Sonne zu verfolgen. Johann nutzte die Zeit, um ein wenig in der Bibel zu lesen. Dabei rutschte ihm das Flugblatt heraus, das er von Georg und Hans erhalten hatte, und wäre beinahe in den Abgrund gefallen. Er griff gerade noch rechtzeitig zu.

»Was ist das?« Der Hüne sah das zusammengefaltete Stück Papier an.

»Die Flugschrift. Über den Krieg.« Johann faltete das Blatt auseinander. »Willst du sie sehen?«

Der Hüne sah so ausdruckslos drein wie immer und Johann vermutete schon, er würde wieder ablehnen. Doch diesmal griff er danach. Er betrachtete das Bildnis des Untiers eingehend, dann den Hintergrund. Schließlich ließ er den Blick über die Schrift wandern, und Johann erkannte an der Bewegung seiner Augen, dass er nicht las. Ihm war längst klar, dass der Hüne nicht lesen konnte.

Am Vorabend hatte sich Sibylla zu Johann gesellt, als dieser in der Heiligen Schrift geblättert hatte, und ihn gefragt, wie das mit dem Lesen funktionierte. Er hatte ihr den Sinn der Buchstaben erklärt und angeboten, es sie zu lehren. Er hatte mit dem großen S begonnen. S wie Sibylla. Ihre natürliche Freude, als sie es auf anderen Seiten wiederfand, war regelrecht ansteckend. Und so kamen als Nächstes das J, das C und im Anschluss die Initialen aller Kinder im Lager dran.

Der Wildhüter hatte derweilen in der Nähe gesessen und immer wieder verstohlen herübergeblickt, wenn Sibylla gejuchzt oder begeistert in die Hände geklatscht hatte.

Nun reichte der Hüne das Papier an Johann zurück. In seinen großen Pranken wirkte es seltsam unpassend. Sein Blick glitt zu dem Büchlein auf Johanns Schoß. »Hast du damit Lesen gelernt?«

»Ja.«

»Wer hat es dich gelernt?«

»Meine Eltern. Meine Mutter in erster Linie. Sie hat Anna und mir aus den Worten des Herrn vorgelesen, seit ich ein kleiner Junge war.«

Der Wildhüter starrte wieder in die Ferne. Die Sonne verschwand bereits hinter dem Horizont. Johann zögerte einen

Moment, dann sagte er vorsichtig: »Ich könnte auch dir das Lesen beibringen.« Rasch fügte er an: »Wenn du möchtest.«

Der Hüne sah ihn wieder an. Dann blickte er plötzlich auf seine großen Hände.

Johann fragte sich zum wiederholten Mal, was im Kopf des riesigen Mannes vorging.

Der Hüne richtete den Oberkörper auf. »Zeig mir, wie das *Hi* aussieht.«

Johann staunte nur kurz, dann suchte er in der Bibel nach einer passenden Initiale, was sich als nicht schwer erwies, war der Name des Herrn doch immer großgeschrieben. Er blieb rasch bei Psalm 111 hängen: *Haleluia. Ich danke dem HERRN von gantzem Hertzen.*

Johann hielt dem Hünen das Buch hin und stellte mal wieder fest, wie merkwürdig es war, neben diesem zu sitzen, überragte dieser ihn doch um mehrere Köpfe.

»Hier. Das ist das Wort *Herr*. Der erste Buchstabe ist ein *H*.« Er hauchte den Laut.

»Ich wollte das *Hi* sehen«, erwiderte der Hüne brummig.

Johann lächelte in sich hinein. »Das ist der Anfangsbuchstabe deines Namens, ein *H*. Man spricht den Buchstaben einzeln eigentlich als *Ha* aus, aber im Falle deines Namens als *H*, auf das dann ein *I* folgt.«

Der Hüne sah verständnislos drein.

Johann seufzte innerlich. Dann kam ihm ein Einfall. »Wie heißt du eigentlich mit ganzem Namen? Ich meine, wie ist dein Vorname?«

Der Hüne zog die Stirn kraus. Er schob die Hand des Jungen mit dem Buch beiseite und erhob sich.

»Egal. Dummes Zeug. Braucht kein Mensch.« Er bückte sich nach dem erlegten Wild.

Johann wollte etwas erwidern, irgendetwas darüber, wie

einem die Kunst des Lesens die Welt der Schrift und damit der Bücher eröffnete. Und damit auch den Weg zu Gottes Wort. Doch er ließ es sein. Vielleicht hatte der Wildhüter ja recht. Er war ein Mann, der sein Schicksal selbst in die Hand nahm und damit bisher gut gefahren war. Dasselbe hatte Johann auch für sich und seine Zukunft beschlossen. Gott mochte überall und gerecht sein. Aber war er den Menschen auch nahe? Nicht Gott, sondern seine eigenen Schlussfolgerungen hatten ihn auf die Spur der Kinder des Dorfes geführt. Und nicht der Herr, sondern eine von ihm vergessene Kreatur hatte ihn vor dem Abgrund der Hölle bewahrt. In einer Welt der Erwachsenen, in der Kinder ständig Opfer waren, musste man sein Schicksal selbst in die Hand nehmen. So, wie die anderen es getan hatten. So, wie der Hüne es tat.

Er steckte die Flugschrift wieder in das Buch, klappte es zu, stopfte es in seinen Beutel und kletterte dem Wildhüter hinterher.

Wie immer im Wald trat die Abenddämmerung rasch ein und hüllte sie zunehmend in ein diffuses Licht aus vielerlei Grau- und Schwarztönen. Noch war das Gelände, das Johann und der Hüne zurück in Richtung Lager überquerten, gut zu erkennen, doch zwischen den Bäumen um sie herum schlich sich bereits die Dunkelheit heran. Als sie am Lager ankamen, war kaum noch mehr als wenige Meter weit zu sehen. Stille lag über der Szenerie und für einen Moment erfasste Johann eine schreckliche Angst, dass etwas nicht in Ordnung sein könnte. Doch dann krabbelte jemand aus dem Schatten des Felsdurchgangs. Es war Sibylla.

»Da seid ihr ja! Wir haben uns schon Sorgen gemacht.«

Der Hüne ließ kommentarlos die Jagdbeute fallen und trat hinüber zu dem Bereich, den er offenbar zu seinem provisorischen Nachtlager auserkoren hatte.

Johann sah Sibylla an, doch in der Dunkelheit war ihr Gesicht nur zu erahnen.

Sie fragte: »Ihr wart wohl erfolgreich?«

»Ja. Ein Kaninchen und ein Birkhuhn.«

Sie bückten sich gleichzeitig, beim Ertasten der Beute berührten sich ihre Hände. Rasch entzog sich Sibylla ihm. Unnötig hastig für Johanns Geschmack. Musste sie so vehement reagieren?

Er fasste das tote Getier und richtete sich auf. Dann fuhr er zusammen, als sich ihm eine schwere Pranke auf die Schulter legte.

»Morgen brechen wir auf.« Der Hüne stand neben ihm. Er hatte ihn nicht herantreten hören.

Johann nickte in die Dunkelheit. Er hatte mit so etwas gerechnet.

»Sag es den anderen.« Der Hüne wandte sich wieder ab.

Nun kam auch Conrad zwischen den Steinen hervorgekrochen.

»Da seid ihr ja. Ist alles in Ordnung?«

»Ja. Lasst uns ins Lager gehen.«

Nacheinander krabbelten sie zwischen den Steinen hindurch ins Versteck. Johann musste aufpassen, sich in der Dunkelheit nicht den Kopf am Fels zu stoßen.

Wenig später saßen sie wieder alle um ein Feuerchen, über dem an einem behelfsmäßigen Spieß das Kaninchen briet.

»Hildner hat gesagt, dass wir morgen aufbrechen.« Johann sah im Schein der flackernden Flammen, wie sie ihn aufmerksam anblickten. Wechselweise tanzten Schatten und Licht über ihre Gesichter. »Er hat heute in der Früh Reiter in der Ferne beobachtet, die von Osten kommend auf Kirchenlamitz zugehalten haben.« Seine Kehle fühlte sich trocken an und er schluckte ein paarmal. »Der Donner, den wir gehört haben, ohne dass es ein Gewitter gegeben hat, das waren Geschütze.« In südöstlicher Richtung, dort, wo die Schirndinger Senke lag, schien es ein Gefecht gegeben zu haben, hatte der Hüne ihm erzählt. Er vermutete, dass die Feste Hohenberg umkämpft war.

Johann wusste, dass der Hüne in dieser Gegend zuletzt gelebt hatte. Ob ihn das Schicksal der dortigen Bewohner umtrieb? Er hatte einmal den Namen eines Rittmeisters von Schirnding erwähnt. War dies sein Herr? Sorgte er sich um ihn? Trieb es den ehemaligen Söldner gar zurück in den Kampf? Würde er sie morgen auffordern, ihm dorthin zu folgen? Oder mussten sie damit rechnen, dass er sie verließ?

Johann empfand Druck auf der Brust. Morgen war der entscheidende Tag. Der Tag, der ihre Zukunft bestimmen würde. Der Geruch des Bratens drang ihm in die Nase und auf einmal spürte er einen unbändigen Hunger. Hunger auf Fleisch, Hunger auf Leben. Und Hunger auf eine neue Heimat.

*

Unweit der Steine war derweilen ein großer Schatten durch den Wald geschlichen, hatte immer wieder innegehalten und in Richtung der Felsformation geschnuppert. Nun beobachtete er schon seit einer ganzen Weile mit aufmerksam gehobenem Kopf den massigen Schemen, der in der Dunkelheit saß und von dem ein starker Geruch ausging, der nur noch von den Dünsten überdeckt wurde, die über den Steinen aufstiegen. Lange verharrte der große Schatten so, harrte jeder noch so kleinen Bewegung der kräftigen Gestalt bei den Felsen. Dann zog er sich leise ins Unterholz zurück.

KAPITEL 13

Nach einer kurzen Nacht wachten sie früh auf, packten in der aufziehenden Morgendämmerung ihre wenigen Sachen. Feuchtigkeit hing in der Luft und ihre Kleidung war klamm, doch sie merkten es kaum. Diesmal fiel ihnen der Aufbruch leicht, hatten sie doch schon einmal kurz davorgestanden, die Gegend zu verlassen. Und diesmal hatten sie einen Beschützer dabei, von dem sie sich auf ihrer Reise in eine ihnen fremde Welt Sicherheit versprachen. Johann hoffte, dass sie sich darin nicht täuschten.

Als sie ihr Versteck einer nach dem anderen verlassen und sich nebeneinander aufgereiht hatten, wanderten aller Augen zum Wildhüter. Doch statt ihnen, wie von ihnen erwartet, Anweisung zu geben, was sie nun tun sollten, musterte er sie lange, während sie unruhig von einem Bein aufs andere wechselten. Dann endlich fragte er: »Was war euer Ziel?«

Rasch erzählte Johann von ihrem Plan, dem Verlauf des Gebirgs erst einmal nach Osten zu folgen, in der Hoffnung, so nach Sachsen zu gelangen. Der Hüne wies darauf hin, dass im Osten Bohemiae liege, wo der Krieg bereits vor Langem gewütet hatte und wo nun erneut die feindlichen Haufen ins Land drängten. Die Nennung Sachsens ignorierend, forderte er sie auf, Alternativen zu nennen. Während die anderen unsicher wirkten und stumm blieben, erklärte Johann nach kurzer Überlegung, auf keinen Fall zurück in die Oberpfalz zu wollen. Und von dem katholischen Bamberg hatte er nur Schlimmes gehört. Nach Nürnberg wollte keiner von ihnen, denn das schien zu weit weg, und was hatten sieben Kinder wie sie in einer solch großen Stadt verloren? Der Hüne erwähnte Coburg, doch schränkte er im selben Atemzug ein, dass er nicht sicher war, wie es dort derzeit aussah. Nach kurzem Schweigen sprach er dann aus, was sich alle erhofft hatten. »Dann sei es so. Sachsen.«

Johann hoffte, dass man ihm nicht ansah, wie erleichtert er über diese Worte war.

Wenig später zogen sie, jeder mit Säcken, Beutelchen und Decken behangen, der aufgehenden Sonne entgegen. Zuvor hatte Johann sich noch von seiner Schwester verabschiedet. Sie ruhte jetzt im Wald. Neben ihr der Haarige. Zwei junge Menschen, die nicht so hatten leben können, wie sie es verdient gehabt hätten. In sein letztes kurzes Gebet an ihrem Grab hatte Johann seine Eltern miteingeschlossen. Dann war er zu den anderen gestoßen, die schon zum Abmarsch bereitgestanden hatten.

Sie hielten sich weitestgehend an die höchsten Punkte des Gebirgs. Der Hüne hatte erklärt, dass ihr Plan, der Sonne entgegen bis an die Grenze zu Bohemiae zu marschieren und sich dann gen Norden zu halten, nicht schlecht sei. Wichtig dabei sei, die befahrenen Wege ebenso zu meiden wie die Pfade der Forstknechte, Flusstäler rasch an solchen Stellen zu durchqueren, an denen keine Besiedlung in der Nähe schien, und überhaupt möglichst jeden Kontakt mit anderen Menschen zu unterlassen.

Lange schwiegen alle während ihres Marsches. Bis Johann nach und nach immer mehr Fragen kamen, die er immer dringender loswerden musste. Nach einer Weile schloss er zum Hünen auf, der dem kleinen Trupp vorausschritt.

»Wie lange werden wir brauchen, bis wir an die Grenze zu Bohemiae kommen?«

»Einen Tag. Womöglich zwei.«

»Wie erkennt man die Grenze überhaupt, wenn wir uns von Siedlungen und Grenzhäusern fernhalten müssen?«

»Es wird ein Fluss oder Bach sein.«

»Aber … Flüsse und Bäche gibt es doch zuhauf. Woher wollen wir wissen, dass wir Bohemiae erreicht haben?«

»Die Vögel zwitschern anders.«

Johann runzelte die Stirn. Die Vögel taten was? War das ein Scherz? »Ist das wahr?«

Der Hüne schritt weiter aus. Dann endlich entgegnete er: »Was glaubst du?«

Stirnrunzelnd marschierte Johann eine Weile weiter neben dem Wildhüter her. Dass der Hüne fähig zu Späßen war, war ihm völlig neu. War das ein gutes Zeichen? Nach einer Weile bohrte er nach: »Nun einmal im Ernst: Woher wissen wir, wann wir das Fürstentum verlassen?«

»Es ist einerlei, woran wir es sehen. Wir werden es zur gegebenen Zeit an der Landschaft erkennen.« Der Hüne fuhr sich, ohne beim Marschieren innezuhalten, mehrfach durch den Bart. »Halte in der Dämmerung die Lichter der Ortschaften im Blick. Wenn wir im Norden keine mehr sehen, wird es Zeit, die Richtung zu ändern.«

Johann dachte über die Worte nach. »Und wie weit ist es dann von dort weiter nach Sachsen?«

Der Wildhüter zuckte mit den Schultern. »Einen Tag, womöglich zwei.«

Johann wurde das Gefühl nicht los, dass der Hüne ihn nicht ernst nahm. Der Mann war in einer seltsamen Stimmung, wie er ihn noch nie erlebt hatte. Er wollte gerade etwas erwidern, als der Hüne jäh innehielt und warnend die Hand hob.

Alle Kinder blieben abrupt stehen. Sorgenfalten machten sich auf ihren Gesichtern breit.

Johanns Sinne waren schlagartig geschärft. Er ließ den Blick über die Gegend gleiten und horchte auf die Geräusche des Waldes. Die Vormittagssonne stand über den Wipfeln der Bäume, am Himmel zogen die Wolken träge dahin. Es war kaum ein Lufthauch zu spüren. Er konnte nichts Ungewöhnliches feststellen.

Bis es hinter ihnen im Gebüsch deutlich raschelte. Alle Kinder fuhren gleichzeitig herum. Und erstarrten.

Aus dem Unterholz hervor trat ein gewaltiger Hund. Das Tier hatte schwarzbraunes, zotteliges Fell, eine lange Schnauze und einen sehnigen, vor Kraft strotzenden Körper. Am auffallendsten waren seine langen Gliedmaßen.

Johanns Haare stellten sich auf. Einen Hund dieser Größe hatte er noch nie gesehen. Das Tier überbot die Rüden des Wildhüters deutlich.

Das Biest blieb im Abstand mit erhobenem Kopf stehen, die Ohren aufgestellt. Seine dunklen Augen starrten die Reihe der Kinder an.

Johann wusste einen Moment nicht, was er tun sollte. Den anderen schien es ebenso zu gehen. Das Tier machte keine Anstalten, anzugreifen. Es wirkte zwar durch seine beeindruckende Erscheinung furchteinflößend, stand aber nur da, der Blick wach, doch ohne Zeichen von Aggression.

Vorsichtig, jede hektische Bewegung vermeidend, drehte Johann den Kopf zum Wildhüter, um zu schauen, ob dieser die Hand zur Armbrust bewegte. Doch zugleich war ihm klar, dass das Vieh den Hünen anfallen würde, bevor dieser die Waffe auch nur würde spannen können.

Johann fiel die Pistole ein, deren Mechanismus ihm der Hüne am gestrigen Tag gezeigt und die er ihm kurz vor ihrem Aufbruch anvertraut hatte. Stumm verfluchte er sich. Er hatte sie in seinen Sack gesteckt. So blieb ihnen zur Verteidigung nur die schiere Kraft des Hünen und dessen Hirschfänger. Zwei riesige Vertreter ihrer Gattung im direkten Gegeneinander.

Doch der Hüne machte keine Anstalten, nach seiner Waffe zu greifen. Stattdessen trat er langsam an den Kindern vorbei und vorsichtig auf den Hund zu. Johann hielt den Atem an. Das Biest rührte sich noch immer nicht, sah man von seinen Augen ab, die jeder Bewegung des Wildhüters folgten. Wenige Schritte vor dem Tier hielt der Hüne inne. Johann erwartete jeden Augenblick, dass er den Hirschfänger zog.

Er schrak zusammen, als stattdessen Bewegung in das Tier kam. Doch es war nur ein kurzer Schritt, dann reckte es den Hals und schnupperte in Richtung des Hünen. Irgendwas war seltsam. Das Tier wirkte noch immer nicht aggressiv, nicht einmal angespannt. Mit einem Mal schritt es langsam weiter auf den Wildhüter zu, blieb direkt vor diesem stehen. Warum tat der Hüne nichts?

Die Schnauze des Hundes schien die Hand des Mannes zu berühren. Dann, zu Johanns Verblüffung, leckte das Tier dem Hünen den Handrücken.

Alle Kinder waren völlig gebannt von der Kontaktaufnahme zwischen Bestie und Wildhüter. Endlich drehte sich der Hüne zu ihnen um. Der Hund trat neben ihn. Seine Ohren richteten sich gespannt nach vorne.

Die Erkenntnis traf Johann wie ein Schlag. »Das … das ist *dein* Hund.«

Der Hüne nickte.

»Wie … wo kommt der her?«

»Er war immer da.«

»Aber … wie kann das sein?« Johanns Atem ging so schwer, als wäre er gerannt. »Wie … wie kann es sein, dass wir ihn nie gesehen haben?« Er versuchte, sich seine erste Begegnung mit dem Wildhüter in Erinnerung zu rufen. Nein, er hatte immer nur zwei Hunde bei ihm gesehen. »Und die anderen beiden? Geri und Freki?«

Der Hüne schaute auf das Tier herab, das den Blick nicht von den Kindern nahm. »Sie mochten sich nicht besonders.« Er zuckte die Schultern. »Faol hat seinen eigenen Kopf. Er geht seiner Wege.« Der Hüne sah wieder Johann an. »Er kehrt zurück, wenn es ihm passt.«

Die anderen Kinder standen noch immer starr, wie Johann schienen sie das gerade Erlebte erst noch verarbeiten zu müssen. Endlich fragte Martha: »Darf man ihn … streicheln?«

Hildner blickte erneut auf das Tier. »Besser nicht.«

Johann runzelte die Stirn. »Wie hast du ihn genannt? Faul?«

»Faol. Er gehörte einem Schotten. Ich habe Seite an Seite im Krieg mit ihm gekämpft. In seiner Sprache bedeutet es Wolf.«

Einem Schotten? Das sagte Johann nichts. »Wo ist sein Herr jetzt?«

»Tot. Seitdem begleitet er mich. Doch er ist frei. Er kann gehen, wohin er will.«

»Dann …« Johann entglitt ein fast abschätziger Laut, als ihn auch die nächste Erkenntnis traf. »Dann war er es, der das restliche Rudel getötet hat.« *Und mich dadurch gerettet hat*, dachte er im Stillen.

Der Hüne sah ihn nur an.

»Und du hast es die ganze Zeit gewusst.«

Der Hüne nickte. Dann sagte er: »Er hat mich auch zu eurem Lager geführt.«

Johann verstand. Die Fähigkeit des Wildhüters, Spuren zu finden. Er hatte sie gar nicht falsch eingeschätzt. Er hatte nur die Fähigkeit des Hünen, Geheimnisse zu bewahren, unterschätzt.

»Ist er … ich meine, wären wir ihm ohne dich im Wald begegnet, hätte er uns angefallen?«

Der Hüne zuckte mit den Schultern. »Möglich.« Er sah wieder auf das Tier hinab. »Doch ich denke nicht. Er hat Verstand, mehr als manch ein Mensch.« Er blickte wieder Johann an. »Wehe jedoch, man bedroht ihn. Ihn oder seinen Herrn. Er ist bereit, sein Leben zu geben. Ich habe ihn kämpfen sehen. Ich möchte ihn nicht als Gegner.«

Einem Impuls folgend, trat Johann näher auf Wildhüter und Hund zu. Der Hüne zog kritisch die Augenbrauen zusammen, doch Johann ließ sich nicht beirren. Als er vor dem Tier zum Stehen kam, hob er vorsichtig den Arm und hielt dem Hund seine Hand hin. Er roch streng nach wildem Tier, aus der Nähe waren an seinen vorderen Gliedmaßen Narben zu erkennen.

Faol beobachtete sein Tun aufmerksam, ohne Zeichen von Erregung. Als Johann ihm die offene Handfläche darbot, streckte das Tier leicht den Hals vor, wie er es zuvor beim Wildhüter getan hatte, und schnupperte daran. Seine kalte Nase berührte Johann an den Fingerspitzen. Dann wanderte seine raue Zunge über die Hand.

Johann lächelte. Stolz sah er den Wildhüter an.

Und der Hüne wirkte beeindruckt.

KAPITEL 14

Hildner stand auf einer Erhebung am Rande eines Waldes und blickte hinunter auf einen Pfad, der sich entlang eines Baches durch ein enges Tal schlängelte. Zuvor hatten sie sich an einem dicht bewaldeten Höhenzug entlangbewegt. Es war früh am Morgen des dritten Tages ihrer Reise, und bisher war es ihnen gelungen, allen Begegnungen mit anderen Menschen aus dem Weg zu gehen.

Den ersten Tag hatten sie sich an den Plan gehalten und waren dem Verlauf des Gebirgs gefolgt. Nachdem sie gestern ein verlassenes Köhlerhaus passiert hatten, hatte er bei einer Rast auf Höhe eines alten, an einem Tümpel gelegenen Kohlemeilers beschlossen, sich von nun an weiter nord-östlich zu halten. Inzwischen waren sie seiner Überzeugung nach längst im Ascher Land, das zwar als protestantisch galt, aber zum Königreich Bohemiae gehörte.

Er hoffte, sich irgendwo zwischen den hiesigen Ortschaften hindurchbewegen zu können. Sobald sie den nächsten Fluss erreichen würden, wollte er sich entlang diesem nach Norden halten, bis sie sicher sein konnten, tief in dem Teil des Vogtlandes zu sein, das zum Sächsischen zählte. Dort würde er erstmals Kontakt zu Einwohnern aufnehmen und sich den Weg weisen lassen. Wie er nur zu gut wusste, sprach man in jener Gegend einen dem Hofer Zungenschlag nicht unähnlichen Dialekt. Möglicherweise würde sogar nicht einmal eine Kontaktaufnahme nötig sein, sollte er zuvor schon die Gegend seiner Jugend wiedererkennen.

In beiden vorangegangenen Nächten hatten sie in der Ferne Lichter größerer Ansiedlungen gesehen, doch hier war Hildner nicht ortskundig genug, um genau sagen zu können, um welche Märkte oder Städte es sich handelte. Das Wichtigste aber war, dass sie nirgends auf berittene Truppen oder Zeichen von Soldatenlagern gestoßen waren.

Seit ihrer Begegnung mit Faol begleitete der Hund sie. Inzwischen begegneten ihm die Kinder mit erstaunlicher Selbstverständlichkeit, nur Peter schien sich noch immer vor dem mächtigen Tier zu fürchten. Faol ließ sich von den Kindern zwar nicht anfassen, doch er schien sie alle als sein Rudel zu akzeptieren, mit Hildner als Rudelführer. Nur gegen Abend verzog er sich, um dann am frühen Morgen wieder aufzutauchen.

Rudelführer. Das Wort gefiel Hildner. Johann hatte ihn als solchen bezeichnet und sich und die anderen Kinder als ein Rudel junger Wölfe. Ein Rudel war eine Familie. Sie waren also eine Familie.

Auch dieser Gedanke gefiel ihm, und das zu seiner eigenen Überraschung. In den letzten zwei Jahren hatte er die Einsamkeit dem Zusammenleben mit anderen vorgezogen. Nun aber verschaffte es ihm ein Gefühl der Zufriedenheit, die Kinder dabei zu beobachten, wie sie seinen Unterweisungen für das Leben im Wald folgten, sich am Abend nach geeigneten Nachtlagern umsahen und voller Eifer versuchten, ihr Bestes zu geben. Die vergangenen Nächte hatten sie aufmerksam seinen Erzählungen aus dem Krieg gelauscht, genauso wie seinen Anweisungen, was sie im Falle einer Begegnung mit feindlichen Einheiten zu tun hatten, wann sie sich zusammenrotten mussten und wann sie besser in verschiedene Richtungen weglaufen sollten.

Und dann war da noch Johann. Hildner empfand ein seltsames Gefühl, wenn er den Jungen beobachtete. Dessen Furchtlosigkeit im Umgang mit Faol hatte alle beeindruckt. Der Hund richtete seither immer wieder die Augen aufmerksam auf den Jungen. Johanns Unbedarftheit hatte sich als seine große Stärke entpuppt. Der Müllerssohn hatte schon zuvor eine natürliche Gabe für das Leben im Wald gezeigt, und nun ging er den Kindern als ein Anführer voran. Die anderen mochten und – noch viel wichtiger – respektierten ihn. Ein geborener Rottenführer.

Auch Johanns Belesenheit trug dazu ihren Teil bei. Bei jeder Rast zog er seine Bibel aus der Tasche und übte mit Sibylla die Buchstaben. Mehr und mehr scharten sich inzwischen auch die anderen Kinder um ihn, wenn sie nicht gerade Wache stehen mussten. Und die Nachtgebete, die der Junge in der Dunkelheit leise, aber für alle hörbar aus dem Kopf rezitierte, hatten in Hildner lang vergessene Erinnerungen geweckt.

Womöglich war es ja das, worauf es ankam. Der Glaube an die Familie und an Gott. An Gottesfürchtigkeit hatte Hildner es in den vergangenen Jahren missen lassen. Er hatte nicht vermutet, dass der Herr sich um eine solch niedere Seele, wie er es war, scheren würde. Einen Sünder. Aber was, wenn ihr aller Weg doch vorgezeichnet war, wie der Müllerssohn es behauptete? Wenn Gott sie alle führte? Hatte wahrhaftig Gott Johann den Gedanken gesendet, dass sich die Kinder irgendwo im Gebirg versteckt hielten? Hatte er gar den Jungen und das Mädchen aus den Klauen der Schänder errettet, indem er ihnen den Wilden geschickt hatte? War der Krieg, der über das Land hereingebrochen war, eine Strafe Gottes für dessen sündige Bewohner? Und eine für Albrechtsreut?

War er Gottes Werkzeug?

Hildner dachte an die Nacht vor ihrem Aufbruch, als er

sich im Schutze der Dunkelheit ins Tal begeben hatte. Er hatte die still daliegende Mühle passiert und war dem Weg hinunter in den Ort gefolgt. Dort hatte er zuerst das Hauptgebäude des Widumguts aufgesucht. Zwar galt sein nächtlicher Besuch vornehmlich dem Ziel, Neuberg auszuschalten, bevor dieser seinen Plan zur Jagd auf die Kinder in die Tat umsetzen konnte. Und wäre das Dorf erst einmal seines Kopfes beraubt, würde von Albrechtsreut keine Gefahr mehr ausgehen. Ohne ihren Vorsteher waren seine Bewohner nur hilflose Seldner und Köbler, um die sich angesichts kriegerischer Heerscharen, die das Land bedrohten, kein Vogt und kein Kastner scheren würde.

Aber auch der Prediger würde bei all dem Übel, das ihm innewohnte, nie Ruhe geben, Hildner und die Kinder zu verfolgen, das wusste er. Er hatte Männer wie Kernmann im Krieg erlebt: von Hass zerfressene Menschen, die vom bloßen Willen zur Vernichtung getrieben waren.

Die Tatsache, dass Hildner in dem Kirchengut einige Male genächtigt hatte, hatte es ihm einfach gemacht. Er war über den Hof und ins Haus marschiert, direkt ins Schlafgemach des Predigers, und hatte diesen abgestochen, noch bevor er überhaupt gemerkt hatte, welch Rachegeist da über ihn gekommen war. Dann war Hildner ohne zu zögern in das Haus des Dorfvorstehers hinübergegangen und hatte auch mit diesem kurzen Prozess gemacht. Neuberg war zwar aufgewacht, hatte ihn sogar erkannt, doch sein Versuch zu schreien war in einem Gurgeln gemündet, als Hildner ihm die Kehle durchtrennt hatte. Neubergs Schwester im zweiten Bett hatte sich nicht gerührt, obwohl sie ihn kaum überhört haben konnte. Rufe waren erst zu hören gewesen, als Hildner bereits den Weg zurück zur Mühle eingeschlagen hatte.

Er zog eine Flasche, die er in Neubergs Haus hatte mitgehen lassen, aus seinem Rucksack, entkorkte sie und nahm einen tiefen Schluck. Er bedauerte nur, dass er sich nicht die Zeit genommen hatte, das Geld zu suchen, das der Dorfvorsteher laut Johann der Müllerfamilie geraubt hatte.

Langsam drehte er sich um und besah sich sein Rudel: Johann, die Heilige Schrift in der Hand. Sibylla, die dicht neben ihm saß und einzelne Worte vorzulesen versuchte. Unweit von ihnen Faol, entspannt dösend. Conrad, Peter und Christiane, die das letzte Stück Fladen geschwisterlich untereinander teilten. Die beiden Kleinsten, die kauend am Boden hockten, sichtlich erschöpft, sich bis hierher jedoch kein einziges Mal über den anstrengenden Marsch beklagt hatten. Hildner hatte Martha und Wolfram abwechselnd ein Stück des Weges getragen, sie wogen praktisch nichts. Jedes Mal, wenn er eines der beiden auf seine breiten Schultern gesetzt hatte, hatte das Kind gefragt: »Wann sind wir in Sachsen?« Und er hatte erwidert: »Bald.« Dann hatten sie nachgehakt: »Sind wir dort sicher?« Und seine Antwort hatte gelautet: »Ihr müsst niemals wieder zurück.«

Hildner richtete seinen Blick wieder auf das Tal. Ein Haufen Kinder. Was sollte er mit ihnen nur anfangen, wenn sie nach Sachsen kamen? Dass er im Fränkischen nun womöglich als Deserteur und Mörder galt, bereitete ihm keine Sorgen. Jeder Söldner war zugleich Mörder. Und der Krieg forderte so viele Opfer, da spielten zwei tote Bauern keine Rolle. Er brachte versprengte Söldner so zahlreich hervor und vertrieb so viele Menschen aus ihrer Heimat, da fielen er und seine kleine Truppe nicht weiter ins Gewicht. In dieser Hinsicht waren die Kriegszeiten zu etwas nutze.

Doch wovon sollte er die Kinderhorde ernähren? Zwar standen durch den Krieg zunehmend Höfe leer, war Land so leicht zu bekommen wie nie zuvor. Doch von Ackerbau verstand er nichts. Er, Hildner, hinter einem Pflug? Er schnaubte bei dem absurden Gedanken.

Der Müllerssohn hatte mal davon gesprochen, Pastor werden zu wollen. Das Zeug dazu hatte er. Nur musste man dazu sicherlich eine Kirchenschule besuchen. Oder gar eine Universität. Wer würde ihm eine solche Ausbildung bieten können? Das Silber, das der Hüne bei sich trug, würde hierfür niemals ausreichen.

Aber egal. Was die Kinder jetzt erst einmal brauchten, war ein Unterschlupf, ein Ort, der ihnen Schutz vor dem Winter und vor der Soldateska bot. Als sie Sachsen erwähnt hatten, war die Erinnerung an seinen einstigen Lehrmeister zurückgekehrt. Hatten der Forstmeister und seine Frau sich nicht einst als streng, aber gütig gezeigt? Hatten sie nicht ihn, einen wilden, plumpen und ungeschliffenen Knaben, bei sich aufgenommen, ohne zu fragen, woher er kam? Würden sie es wieder tun, wenn diesmal nicht nur *ein* Kind vor ihrer Tür stünde? Obwohl er, Hildner, ihnen so großen Undank bewiesen hatte, als er zu den Soldaten davongelaufen war?

Erneut gab er einen abschätzigen Laut von sich. Nun war es also so weit: Er zerbrach sich den Kopf über das Kommende, sorgte sich um die Zukunft. Das hatte er nun davon, sich zum Beschützer einer Bande von Rotznasen erklärt zu haben. Er musste sich wieder auf das Wesentliche konzentrieren. Erst einmal galt es herauszufinden, ob dieser Bach dort unten ein Zulauf des Flusses war, den er suchte.

Unwirsch nahm er noch einen Schluck vom Bier, dann korkte er entschlossen die Flasche zu, drehte sich herum und mahnte sein Rudel zum Aufbruch.

*

Plötzlich waren sie da. Es begann damit, dass Faol stehen blieb und etwas witterte. Dann drang ein tiefes Grollen aus seinem Schlund. Hildner wusste, was das bedeutete. Doch bevor er die Kinder warnen konnte, war der erste Reiter schon in einiger Entfernung vor ihnen aufgetaucht.

Es waren fünf. Sie saßen auf kleinen, stämmigen Pferden, trugen bunt zusammengewürfelte Klamotten, aber keine Panzerung. Keiner von ihnen führte eine Arkebuse mit sich, sondern, soweit das aus der Entfernung ersichtlich war, wohl nur die übliche Bewaffnung: Rapiere, Pistolen, Dolche. Was Hildner sofort auffiel, waren die gelben Bänder, die sie alle trugen, zwei hatten sie sich um die Hüften gebunden, die anderen um ihre Oberarme. Einer hatte eine gelbe Feder an seinen Hut gesteckt. Das waren keine Marodeure. Es war ein Stoßtrupp, womöglich auf eigene Faust unterwegs, vermutlich aber entsandt, dieses Tal auszukundschaften.

Die Fremden hatten ihre Pferde an der Stelle gezügelt, an der sie um die Talbiegung gekommen waren. Der Bach schlängelte sich hier friedlich durch die Wiesen, rechter und linker Hand waren Felsen, über denen dichter Wald aufragte.

Eine denkbar schlechte Ausgangslage im Angesicht feindlicher Reiterei. Hildner verwünschte sich innerlich. Er hätte mit den Kindern niemals ins Tal herabsteigen dürfen. Er rief sich den zurückliegenden Pfad in Erinnerung, doch er wusste sofort, dass Davonrennen nicht infrage kam. Nicht nur für ihn mit seinem steifen Bein. Bevor eines der Kinder eine Stelle erreichen würde, an der es den Hang hinauf in den Wald flüchten konnte, hätten die Reiter sie schon eingeholt.

Hildner nahm die Armbrust vom Rücken, stemmte den Schaft der Waffe gegen seinen Oberschenkel und spannte die Sehne. Dann legte er einen Bolzen ein. Wie zu erwarten, ließ diese Geste die fremden Reiter zögern. Hätten sie nur Kinder und Bauern vor sich gehabt, wären sie längst herangekommen.

Er wusste, wie solche Männer dachten. Sie waren wie Raubtiere. Floh man vor ihnen, weckte man ihren Jagdtrieb, gab sich als Beute zu erkennen. Man konnte nur eines tun: Stärke zeigen.

Als hätte er seine Gedanken gelesen, trat Johann neben ihn. Er hielt die Pistole in den Händen.

Hildner legte seine Hand auf den Lauf der Feuerwaffe und drückte diese sanft nach unten. Die Blicke der beiden trafen sich. Johann wirkte erstaunt. Er klammerte sich für einen Moment an die Waffe, dann ließ er zu, dass Hildner ihm die Pistole abnahm.

Gegen Seldner und Köbler mochte der Junge sich mit der Waffe Respekt verschaffen können. Gegen erfahrene Soldaten jedoch hatte er nicht den Hauch einer Chance.

»Tretet hinter mich! Wenn ich es sage, lauft ihr! Sucht Schutz bei den Felsen! Die Großen behüten die Kleinen!« Während er sprach, überprüfte Hildner, ob auf der Pfanne der Pistole noch Zündkraut war, dann machte er die Waffe scharf und steckte sie sich griffbereit in den Gürtel.

Schweigend trat Johann wieder einen Schritt zurück.

Auf Hildners anderer Seite richtete sich Faol zur vollen Größe auf. Der gewohnte Schmerz machte sich in Hildners Gliedern breit.

Die Reiter hatten sich in Bewegung gesetzt.

Sie taten das, was sie in solchen Situationen immer taten. Gemächlich kamen sie auf den für sie fraglos seltsamen Haufen aus einem Mann und sieben Kindern zu. Aus ihrer Sicht galt es, die Lage einzuschätzen und der potenziellen Beute erst einmal das Gefühl zu vermitteln, dass sie nichts zu befürchten hatte.

Hildner fixierte einen nach dem anderen. Es waren überwiegend bärtige vierschrötige Gestalten. Typische Söldner. Von der Art her, wie sie im Sattel saßen, waren es erfahrene Reiter. Was ihn irritierte, war der Dampf, der über den Köpfen von zweien von ihnen aufstieg. Hatten sie Lunten entzündet?

Hildner ließ sie so weit an sich herankommen, wie er es für richtig hielt, dann nahm er Kampfhaltung ein.

»Halt! Freund oder Feind?«

Die fünf ließen ihre Pferde weiterlaufen, doch damit hatte er gerechnet. Er richtete die Armbrust auf den vordersten der Reiter. Dieser zügelte sofort sein Ross, die anderen schlossen zu ihm auf, fächerten sich auf. Keiner hatte eine Waffe gezogen. Dafür hatten zwei von ihnen seltsame Stöckchen mit dicken Enden im Mund. Der Rauch, den er gesehen hatte, trat aus Mündern und Nasen der Männer hervor. Was waren sie? Feuerspeiende Teufel? Einer der beiden nahm das Stöckchen aus dem Mund, pustete Qualm aus und grinste den Wildhüter mit einer Reihe von Zahnstummeln an.

Der Mann, der vorangeritten war, warf einen abschätzenden Blick auf Faol, hob dann lässig beide Hände, um zu suggerieren, dass sie keine bösen Absichten hegten. Er schien sich eine Weile nicht rasiert zu haben, seine Augen waren rotgerändert.

»Freund. Freund.«

Er wiederholte nur dieses Wort, doch mit einem so seltsamen Zungenschlag, dass Hildner sofort wusste, dass diese Söldner aus fremdem Lande kamen.

»Kehrt um!« Der Bass des Hünen rollte durchs Tal und wurde als Echo von den Felsen zurückgeworfen. »Wir haben keinen Streit mit euch.«

Die Männer sahen einander an. Dann sagte der eine etwas, das den anderen ein Grinsen entlockte.

Welche Sprache war das? Brabantisch? Limburgisch?

Der Erste vollführte eine Geste, die den Hünen dazu auffordern sollte, die Waffe zu senken. Doch Hildner tat ihm den Gefallen nicht.

Wieder sprach einer und ein anderer erwiderte etwas.

War das Dänisch? Oder konnten das Schweden sein? Waren die Truppen des Schwedenkönigs bereits so weit nach Süden vorgedrungen?

Doch Hildner wusste, dass die Antwort auf diese Frage ohne Belang war. Er hatte die Blicke gesehen, welche die Männer mit ihren fiebrigen Augen auf die Kinder warfen und anschließend untereinander tauschten. Er kannte diese Blicke. Er kannte diesen Menschenschlag.

Der Anführer der vermeintlichen Schweden sagte erneut etwas. Dann bleckte er die Zähne. Seine Hand glitt scheinbar zufällig zum Griff einer Pistole, die aus einem Sattelholster ragte.

Hildner spürte deutlich seinen Herzschlag. Das Blut rauschte in seinen Ohren. Und zu seinem eigenen Erstaunen bemerkte er ein Zittern, das sich in seinem ganzen Körper breitmachte. Nur der Schmerz war verflogen.

»Jetzt! Lauft!«

Faol hetzte los. Die Sehne der Armbrust vibrierte und der Anführer der Söldner wurde nach hinten aus dem Sattel gerissen. Dessen vier Kumpane zögerten einen Moment verblüfft, als Faol auch schon das erste Pferd ansprang. Das Ross ließ ein panisches Wiehern hören, ein schriller Schrei seines Reiters ertönte. Hastig zogen die restlichen Schweden ihre Waffen. Da hielt Hildner bereits Pistole und Hirschfänger in den Händen.

Der erste Schwede, der seine Pistole auf ihn richtete, bekam die Ladung von Hildners Feuerwaffe ab. Es krachte, gefolgt von zwei weiteren Entladungen. Hildner spürte einen Druck, als hätte ihm jemand in den Bauch geboxt. Pulverdampf brannte in seinen Augen und vernebelte ihm die Sicht, der beißende Geruch nach Schwefel weckte in ihm eine plötzliche Euphorie.

Er schmiss die Pistole in die Richtung, in der er einen der Reiter wähnte, nahm Faols tiefes Grollen wahr, hörte Schreien und Brüllen vonseiten der Söldner. Er wechselte den Hirschfänger von der Linken in die Rechte, trat einen Schritt nach vorne, raus aus der Pulverwolke, hörte Hufschlag und duckte sich im letzten Moment unter dem Hieb eines Schweden hindurch. Er packte instinktiv zu, bekam Stoff und Leder zu fassen und riss daran, stach zugleich zu und konnte fühlen, wie Metall in Fleisch eindrang. Ein Rausch hatte ihn erfasst.

Nichts ging über die schiere Wucht einer Wölfin, die ihre Jungen verteidigte.

*

Johann fror. Die Sonne stand noch genauso über dem Tal wie zuvor, doch ihm war kalt. Er hielt seine Arme eng um die kleine Martha geschlungen, er hatte ihre Hand in dem Moment gefasst, als der erste donnernde Ruf des Hünen von den steinernen Wänden links und rechts zurückgeworfen worden war.

Nun versuchte er, sich von dem zitternden Mädchen zu lösen, erhob sich und stieß sich schmerzhaft den Schädel an dem überstehenden Felsen, unter dem sie Schutz gesucht hatten. Er rieb sich den Kopf, trat gebückt auf die Wiese und richtete sich auf. Vor ihm lag das Tal seltsam still da. Es war fast surreal angesichts der Rufe und Schreie, des Krachens der Pistolen, des Gestöhnes sowie des wütenden Knurrens von Faol, welche gerade noch erklungen waren. Nun war nur noch das Getrappel davongaloppierender Pferde zu hören, das aber bereits in der Ferne verebbte. Der Geruch nach Schwefel stieg Johann in die Nase, langsam zerfasernde Rauchwölkchen hingen in der Luft. Wären diese nicht, man hätte meinen können, die Zeit wäre stehengeblieben.

Doch da war noch der Hund. Faol schleppte sich gerade aus dem Bach nach oben auf den Pfad, blieb dort für einen Augenblick stehen, begutachtete Johann, dann begann er, am Boden herumzuschnuppern. Der Sand war stellenweise blutgetränkt.

Johann spürte sein Herz wie wild schlagen. Er überblickte den Platz, der einem Schlachtengemälde ähnelte. Sechs menschliche Leiber lagen auf der Erde verstreut, wirkten abgelegt wie Puppen. Doch der Einzige, der ihn in diesem Moment interessierte, war der Wildhüter. Er lag etwas abseits des Pfades neben einem der fremden Männer.

Johann lief zu ihm hin, ließ sich kurz vor ihm auf die Knie fallen und schlitterte über das Gras. Der Hüne lag auf dem Bauch, das Gesicht der Erde zugewandt. Er hatte keine erkennbaren Verletzungen. Der Junge stieß ihn an, doch Hildner tat keinen Mucks. Faol trat neben ihn und schnupperte am Leib des Hünen, dann gab er ein Jaulen von sich.

Johann traute sich kaum, den Hünen anzufassen. Vorsichtig legte er seine Hand auf dessen Kopf, versuchte herauszufinden, ob er atmete. Er gewahrte Sibylla neben sich, dann Conrad, und gleich darauf standen alle Kinder um sie herum.

»Ist er tot?« Marthas Stimme zitterte.

»Helft mir, ihn umzudrehen!«

Alle sieben packten mit an, und unter Geächze und Gestöhne schafften sie es mit Mühe, den Hünen erst auf die Seite und dann auf den Rücken zu ziehen.

Johanns Kehle schnürte sich zu. Das Wams des Wildhüters war an Brust und Unterleib blutgetränkt, auf Bauchhöhe befand sich ein wie verbrannt aussehendes Loch im Gewebe. Bart und Lippen waren verdreckt, die Augen geschlossen, das Gesicht war grau. Der Brustkorb schien bewegungslos.

Sibylla legte ihr Ohr an die Brust des Hünen, während die anderen stumm zusahen.

»Ich glaube, ich kann seinen Herzschlag spüren.«

»Was sollen wir tun?« Peters Stimme brach.

»Wir müssen seine Wunden versorgen. Kommt, zieht ihm das hier aus!«

Sie öffneten sein Wams und das darunter befindliche, nur aus Fetzen bestehende Hemd, legten seinen Oberkörper frei. Neben zahlreichen lang verheilten Narben offenbarte der Leib zwei tief ins Fleisch gehende Schnitte auf Brusthöhe sowie ein Loch im Bauch. Aus Letzterem quoll dickflüssiges Blut hervor.

Sibylla zerriss das restliche Hemd des Hünen und reichte Conrad und Christiane jeweils ein Stück. »Presst das jeweils drauf, damit es aufhört zu bluten.«

Auf einmal bebte der massige Körper. Ein Geräusch entstieg der Kehle des Hünen, als würde er versuchen, tief einzuatmen, es ihm aber nicht gelingen.

Johann fasste ihn bei beiden Wangen. »Hildner. Kannst du mich hören?«

Die Lider des Hünen flatterten. Dann öffneten sich seine Augen und starrten in den Himmel.

»Hildner? Hildner! Kannst du sprechen?«

Ganz langsam wanderten die Pupillen in Johanns Richtung. Eine Träne lief dem Wildhüter aus dem Augenwinkel.

Johanns Blick verschwamm. Rasch wischte er sich mit dem Handrücken über das Gesicht. »Hildner. Kannst du mich verstehen? Ich bin es, Johann. Wir … wir sind alle da.« Er sah hoch, nahm die Umgebung aber kaum richtig wahr. »Du … du hast sie alle besiegt. Sie …« Er musste schlucken. »Bitte, sag doch was!«

Die Lippen des Hünen formten ein Wort: »Mutter?«

Konsterniert hielten sie inne, schauten einander an, dann wieder auf den Wildhüter.

»Mutter?« Hildners Augenlieder flackerten.

Johann wusste nicht, was er erwidern sollte. Sein Blick traf den von Sibylla. Einer Eingebung folgend, nickte er. Sie beugte sich über Hildner und fragte sanft: »Ja?«

»Mutter?«

»Ja. Da bin ich. Ich bin hier … mein Sohn.« Johann konnte Sibyllas Stimme zittern hören.

Der Hüne schwieg, seine Augenlider zuckten noch immer, die Augen starrten in den Himmel. Stille lag über der Landschaft. Nur ein leises Winseln erklang vonseiten des Hundes, der zu Füßen des Wildhüters lag.

Johann wollte gerade wieder zum Sprechen ansetzen, als der brechende Blick des Hünen zu Sibylla wanderte.

»Mutter? Wann lernst du mich das Lesen?«

*

Die Tür des Hauses flog mit einem Krachen auf und eisiger Wind fegte herein, löschte schlagartig die Flamme des Herdfeuers.

Ein Kälteschauer durchfuhr Johann. Angstvoll richtete sich der Knabe im Bett auf, sein Blick war starr auf den Eingang gerichtet, der von einem riesigen Schatten eingenommen wurde.

»Ottokar!« Johanns Mutter war aufgesprungen. Der Junge

konnte im schummrigen Mondlicht seinen Vater eintreten sehen, der im Halbdunkel noch riesiger als sonst wirkte. Seinem unsicheren Gang war zu entnehmen, dass der Hausherr mal wieder sturzbetrunken war.

»Wo bist du, Weib?« Der Hüne stieß gegen das Schränkchen, das am Eingang stand, und fluchte derb. »Mach doch Licht!«

Johanns Mutter ging hinüber zum Herd. Er konnte ein Rascheln vernehmen, dann blies sie in die Glut und sorgte dafür, dass die Flammen wieder stärker zu züngeln begannen.

Mit schweren Schritten stampfte sein Vater zum Herd. Erschrocken zuckte Johann zusammen, als sein Vater die im Vergleich zu ihm zierliche Frau jäh mit einer riesigen Hand am Hals packte.

»Was hast du dir dabei gedacht? Was? Mich zum Hahnrei zu machen!«

Ein unterdrücktes Stöhnen entglitt ihrem Mund. Sie versuchte, sich von ihm loszureißen, doch seine Pranke schloss sich wie ein Halseisen um ihre Gurgel.

Johann sprang auf, lief zu seinem Vater hin und packte ihn am Arm.

»Lass sie los, lass sie sofort los!«

Der Knabe war groß für sein Alter, größer und kräftiger als seine Altersgenossen, doch gegen die schiere Stärke seines Vaters vermochte er nichts auszurichten.

»Was willst du?«

Johann fühlte die feuchte Aussprache des Vaters auf seiner Wange, roch den alkoholgeschwängerten Atem. Seine Mutter röchelte.

»Lass sie doch endlich los!«

Ein heftiger Schlag traf ihn mitten im Gesicht. Er taumelte rückwärts, knickte um und fiel zu Boden.

»Du Schlampe! Du setzt mir Hörner auf. Zum Gespött machst du mich. Mich, Ottokar Hildner, zum Gespött, einen Seelsorger vor seiner eigenen Gemeinde.« Es schepperte, als Küchengerät zu Boden fiel. Das knirschende Geräusch eines auf harter Erde verrückten Möbelstücks zog sich sekundenlang hin.

Johann hielt sich den brummenden Schädel. Ihm war schummrig vor Augen.

»Ein schönes Weib ohne Zucht ist wie eine Sau mit goldenem Band.« Die tiefe Stimme seines Vaters rollte durch die Kammer.

Johann rappelte sich auf. Schwer atmend sah er seine Mutter wie ein hilfloses Bündel in den prankenhaften Händen seines Vaters. Ihr blonder Schopf rollte leblos hin und her.

Hektisch blickte er sich um. Auf dem Boden lag ein Spieß. Ohne auch nur einen Augenblick nachzudenken, nahm er ihn auf, machte zwei Sätze auf seinen Vater zu und rammte diesem die eiserne Stange in den Leib.

Ottokar schrie auf unmenschliche Art und Weise auf. Johann riss den Spieß zurück, stach erneut zu. Es gab einen seltsam dumpfen Klang, dann kippte der Hüne nach hinten um, schlug der Länge nach am Boden auf.

Nun waren sie auf Augenhöhe. Und Johann stach wieder zu. Wieder und wieder.

*

Der Wind strich noch immer ums Haus, zerrte an den Dachgiebeln, pfiff durchs Fenster und erzeugte dabei einen unheimlichen, wie aus den Tiefen eines Grabes aufsteigenden Laut. Johann Hildner hatte lange nur dagesessen. Wie lange wusste er nicht. Endlich, als draußen bereits der Morgen graute, erhob er sich, packte mechanisch ein paar Sachen, trat dann zum leblosen Körper seiner Mutter, die dalag wie eine zerstörte Puppe. Eine Weile betrachtete er sie im schummrigen Licht der Morgendämmerung, dann nahm er das kleine Amulett zwischen die Finger, das sie um den Hals trug. Er betrachtete es, klappte es ungeschickt auf. Eine rote Haarlocke fiel heraus, sie stammte von ihm. Er starrte darauf, dann griff er nach einem Messer, nahm sanft eine blonde Strähne aus seiner Mutter Haar zwischen die Finger und schnitt diese ab. Mit zitternder Hand bettete er die Locke ins Amulett und schloss es wieder. Dann schnitt er das Band durch, mit dem der Talisman an ihrem Hals befestigt war, und erhob sich.

Als er zur Tür trat, sah er die Bibel am Boden liegen. Er starrte das Buch Gottes an, bückte sich danach, nahm es auf, betrachtete es noch einmal voller Hass. Dann warf er es achtlos in die Glut des Ofens und verließ das Haus.

EPILOG

Schaut!« Johann stand am Rande einer Anhöhe neben einem Baum. Unter ihm lag ein Tal, dessen Flüsslein von verschiedenen aus Seitentälern zufließenden Bächen gespeist wurde und dann seinen Verlauf in Richtung einer größeren Ortschaft nahm. Die Hänge der umliegenden Berge waren mit dichtem Wald bewachsen. Ein sanfter Wind strich über die Bäume, ließ die Blätter rascheln und trug den Geruch des Herbstes zu ihnen.

Ein Kind nach dem anderen trat neben Johann und blickte hinab auf die Dächer der Häuser in der Ferne. Auch eine Kirche und der dazugehörige Gottesacker waren etwas abseits der anderen Gebäude zu erkennen.

»Sind wir in Sachsen?«

Johann sah auf den kleinen Wolfram hinab. »Ich glaube schon. Ich hoffe es. Aber wir werden jemanden fragen müssen, um sicher zu gehen.«

Auf einmal spürte er, wie ihn jemand an der Hand fasste. Sibylla sah ihn lächelnd an. »Lass uns hinuntersteigen und fragen. Es sieht schön aus hier. So friedlich.« Sie ließ seine Hand nicht wieder los.

Johann rückte die Pistole zurecht, die in seinem Gürtel steckte. »Gut, lasst uns schauen, dass wir einen Einheimischen finden.«

Sie machten sich an den Abstieg und nach kurzer Zeit erklang das vertraute Geräusch von Baumfällarbeiten. Gleich darauf waren erst ein Pferd in Kummet und Zuggeschirr und dann eine Gruppe Holzarbeiter zu sehen, die mit leichten Äxten mehrere Stämme entasteten.

Die Männer sahen überrascht auf, als sich ihnen die Kinderschar näherte. Sie hielten in ihrer Arbeit inne, sprachen jedoch kein Wort.

Mit festem Blick trat Johann auf sie zu. »Gott befohlen. Sagt, wie heißt diese Landschaft, in der wir uns befinden?«

Die beiden jüngeren Männer blickten ihn nur stumm an. Der Ältere der drei, womöglich der Vater, kratzte sich am Kopf, dann sagte er: »Ihr seid im Amt Voigtsberg, das zum Vogtländischen Kreis gehörig ist. Wo kommt ihr her, dass ihr das nicht wisst?«

Johann fiel auf, dass der Mann einen anderen, aber nicht allzu unterschiedlichen Zungenschlag zu den Leuten im Sechsämterland hatte. »Von weit her, aus der Oberen Pfalz. Aber sagt, ist das hier Sachsen?«

Der Ältere runzelte die Stirn. »Wir sind zum Kurfürstentum Sachsen gehörig, wenn ihr das meint.«

»Wer ist euer Fürst?«

»Johann Georg.«

»Ist er Protestant?«

»Das will ich meinen. Wie wir alle.« Der Blick des Älteren fiel auf die Pistole in Johanns Gürtel. »Von der Oberen Pfalz seid ihr her?«

»Ja, und wir haben eine Reise von vielen Tagen hinter uns. Ob wir hier bei euch im Ort wohl eine Unterkunft kriegen können?«

Einer der jungen Männer kicherte blöde, doch der Alte ließ ihn mit einem bösen Blick innehalten. Dann sah er wieder die Kinder an. Mit einem Mal glitten seine Augen über sie hinweg, sein Gesicht verzog sich zu einem ungläubigen Staunen.

Johann sah sich um und erblickte weiter hinter ihnen Faol.

Der riesige Hund hielt Abstand, doch auch auf die Entfernung wirkte er noch ungemein einschüchternd.

»Keine Sorge, er gehört zu uns.« Johann schenkte dem Mann ein freundliches Lächeln.

»So?« Skeptisch starrte der Ältere den Hund noch einen Moment an, dann sah er wieder zu Johann und wischte sich mit dem Handrücken über die Stirn. »Eine Unterkunft wollt ihr? Wenn ihr bezahlen könnt, kann jeder Unterkunft erhalten. Wenn nicht … nun, dann wendet euch an den Pfarrer.«

Den Pfarrer? Das hatte Johann nicht vor. Er dachte an den Beutel mit Silberstücken, den er bei sich trug. Und er dachte an das, was der Wildhüter ihm allein in einem ruhigen Moment der Rast über ihr Ziel erzählt hatte: Das Vermächtnis des Hünen.

»Sagt uns noch rasch: Wie heißt der Ort dort unten?«

Der Mann blickte misstrauisch drein, er schien die Fragen leid geworden. Doch nach kurzem Zögern erwiderte er: »Er heißt Elster.«

Elster. Ein Lächeln legte sich auf Johanns Gesicht. Der Name war ihm aus gutem Grunde sympathisch.

»Aber jetzt genug der Fragerei, wir müssen weiterarbeiten.« Der Ältere wandte sich ab. »Los, Jungs!«

»Gewährt uns nur noch eine letzte Frage: Wo ist das Haus des Forstmeisters?«

Der Mann sah ihn missmutig an. Mit knappen Worten wies er den Weg, dann nahm er seine Arbeit wieder auf.

Johann wünschte den Arbeitern noch einen schönen Tag, dann zogen die Kinder ab.

Gleich darauf kamen sie an den Waldrand und stapften auf die Wiese. In der Nähe gluckerte ein Bach. Aus der Ferne klangen die Geräusche der Ortschaft zu ihnen herüber.

Sie folgten dem Bachlauf, durchquerten ihn an einer Furt

und hielten dann auf ein einzeln stehendes Gehöft zu, das ihnen der Waldbauer genannt hatte. Ein paar Hühner streunten um das Gebäude herum, das einfach, aber gepflegt wirkte.

Nahe dem Forsthaus hielt Johann inne, drehte sich um und sah die anderen Kinder an. Er merkte ihnen ihre Unruhe an, auch er spürte sein Herz schneller schlagen. Auf einmal fiel sein Blick auf den Waldrand auf der anderen Seite des Baches. Dort stand erneut Faol, starr wie eine Statue, und sah zu ihnen herüber.

Die anderen drehten die Köpfe, folgten Johanns Blick.

»Faol«, rief Christina ihn. »Komm doch!«

Ein fremder Hund schlug im Forsthaus an. Faol richtete die Ohren auf, doch gab keinen Laut von sich.

Johann drehte sich wieder zum Haus. Ein strenger Ruf war aus dem Inneren zu hören und das Bellen brach ab. Johann atmete einmal tief ein, dann trat er auf die Tür zu.

Er wollte eben anklopfen, als die Tür nach innen aufschwang. Eine Frau stand vor ihm. Sie trug bäuerliche Kleidung, ihr graues Haar fiel ihr auf die Schultern. Sie war groß, wirkte sehnig. Sie hielt ihren Oberkörper aufrecht, fast ein wenig stolz. Erstaunen sprach aus ihren Augen, die erst auf Johann haften blieben und dann über die anderen Kinder wanderten.

»Ja?«

Er fasste sich ein Herz und sagte: »Guten Tag. Ich heiße Johann.«

Sie blickte auf ihn herab, erwartungsvoll, nicht unfreundlich.

»Ich … wir …« Er riss sich zusammen und sagte, was der Hüne ihm aufgetragen hatte: »Wir kommen von Johann. Johann Hildner.«

Für einen Moment regte sie sich nicht. Dann veränderte

sich ihre Miene, wurde weicher. Erneut sah sie zu den anderen Kindern hin, dann drehte sie sich plötzlich halb um und rief in den Raum: »Franz? Komm doch mal!«

Sie machte einen Schritt zurück, öffnete die Tür ein Stückchen weiter. Ihr Blick sagte alles.

Erleichterung überspülte Johann wie eine Woge. Er drehte sich nach den anderen um. Sein Blick traf den von Sibylla.

Die Frau scharrte mit einem Fuß. »Nun kommt schon rein!«

Sibylla stupste Martha an, die einen Schritt nach vorne tat. Eines nach dem anderen setzten sich die Kinder in Bewegung und wie im Gänsemarsch gingen sie durch die Tür. Sibylla lächelte unmerklich, als sie an Johann vorbeitrat.

Bevor er ihr folgte, warf er noch einmal einen Blick zurück über den Bach. Seine Schultern sackten herab. Der Waldrand war leer. Faol war verschwunden.

Für einen Moment wurde Johann das Herz schwer. Doch dann besann er sich. Er atmete tief ein und wieder aus, wandte sich zur Tür.

Faol war frei und konnte gehen, wohin er wollte. Und Johann spürte, dass er das Tier wiedersehen würde. Spätestens dann, wenn er bald wieder durch die Wälder streifte. Ein echter Wildhüter brauchte schließlich seinen treuen Hund.

*

Die Klöpper Mühl lag ruhig und friedlich da. Das Rad des Mühlhauses drehte sich träge, aber unermüdlich und schaufelte sich durch das Wasser, sodass man meinen konnte, es treibe den Bach voran und nicht umgekehrt. Ein stetiges Klacken kam aus dem Gebäude, das in seinem monotonen Klang regelrecht einschläfernd wirkte.

Auch der Wolf, der am Rande des Waldes stand und die lang gezogene Lichtung überblickte, nahm das Geräusch wahr, doch ohne sich dafür zu interessieren. Stattdessen schnupperte er umher, trat dann auf die Wiese und näherte sich den beiden menschlichen Behausungen.

Niemand war zu sehen, kein Mensch, kein Hofhund, keine anderweitige Gefahr. Die Körperhaltung des kräftigen Rüden wirkte entspannt.

Der Wolf hielt sich nicht lange bei den Gebäuden auf. Er trabte den bergab führenden Weg entlang, an Teichen vorbei und durch den Wald, folgte ohne Scheu dem Pfad, wurde nach einiger Zeit langsamer und nahm immer wieder Witterung auf, setzte seinen Weg aber weiter fort.

Vor ihm tauchte mit einem Mal erneut ein Haus auf, ein Teil eines umzäunten Gehöfts. Der Rüde wurde noch vorsichtiger, schnupperte immer wieder, sah aufmerksam in alle Richtungen. Der Wind rauschte durchs Blätterwerk, das teilweise bereits begonnen hatte, sich rot, orange und goldgelb zu färben. Doch die üblichen Geräusche, welche von Menschen bei der Arbeit ausgingen, fehlten. Und das, obwohl manche der Türen der umliegenden Häuser offen standen.

Während er sich den nächsten Gebäuden näherte, hielt das Raubtier immer wieder inne, schnupperte und stellte die Ohren weit auf. Mal trug der Wind ihm ein Knarzen zu, mal kam von irgendwoher ein Schnattern. Der Rüde leckte sich die Lefzen, doch er blieb argwöhnisch.

Vorsichtig schritt er auf den zentralen Platz des Ortes, dort, wo die Überreste eines abgebrannten Gebäudes noch den Grundriss desselben nachzeichneten. Die Fläche roch streng, doch dem Geruch nach waren die Flammen schon vor Tagen gelöscht worden.

Auf einmal duckte sich der große Wolf, zeigte seine Zähne und ließ ein Knurren hören. Unter einem verkohlten Balken sauste etwas hervor und jagte den nächststehenden Baum hinauf. Doch die Katze interessierte den Rüden nicht. Er wandte sich ab, lief immer wieder schnuppernd über die sandige Fläche zwischen den Gebäuden, der noch der Geruch nach Pferd und Mensch anhaftete, wenn auch nur noch als Hauch, über den bereits der feuchte Wind der letzten Nacht geweht hatte.

Der Rüde hob den Kopf, als aus der Nähe plötzlich das Schnattern von Federvieh ertönte. Seine Ohren bewegten sich hin und her, dann fiel er in lockeren Trab, lief ein Stück weiter die Straße entlang und fiel, als er eine Bewegung wahrnahm, mit einem Mal in den Sprint.

Es war wieder Zeit für die Jagd.

*

Mehrere Tagesreisen entfernt von Albrechtsreut, an der Grenze des Fürstentums Bayreuth zu Sachsen, lief ein Hund durch den Forst. Es war ein kräftiges Vieh mit zotteligem schwarzbraunem Fell, sehnigem Körper und langen Extremitäten. Zielstrebig trabte das riesige Tier durch das Unterholz und zwischen Bäumen und Büschen hindurch, bis es an einen kleinen Hügel kam, der am Fuße des ansteigenden Waldes am Rande zu einem kleinen Tal lag, durch das ein Bach floss.

Schnuppernd näherte sich Faol der Stelle. Unter den Blättern, die den Hügel bedeckten, ragte eine schwere Jagdarmbrust mit stählernem Bogen hervor. Der Hund schnüffelte eine Weile auf dem Hügel herum, dann legte er sich neben der Waffe nieder und ließ seinen Kopf auf seine Vorderläufe sinken. Ein Schnauben stob aus seiner Nase und wirbelte einige Blätter auf. Darunter kam ein Buch mit schwarzledernem Einband zum Vorschein.

Nur ein einzelnes, unscheinbares Zeichen prangte darauf: ein Kreuz.

ANMERKUNGEN DES AUTORS

Die Krankheit, unter welcher der (von den Kindern der »Haarige« genannte) wilde Mann in dieser Geschichte leidet, gibt es wirklich. Sie heißt Hypertrichose und bezeichnet eine Form der starken Ganzkörperbehaarung (von altgriechisch *hyper* = »über« und *trichon* = »Haar«). Einige wenige schriftliche und bildliche Überlieferungen zeugen vom Schicksal von Personen aus früheren Jahrhunderten, die unter dieser starken Körperbehaarung litten. Manche von ihnen wurden in Wanderzirkussen als Monstrositäten präsentiert, andere dienten an Fürstenhöfen als Kuriosität. Es muss davon ausgegangen werden, dass zahlreiche unter Hypertrichose leidende Menschen aus Aberglauben ausgestoßen und verfolgt oder von ihren Familien versteckt wurden. Manche Historiker gehen davon aus, dass die Legende vom Werwolf auf diesem Krankheitsbild beruht.

Die diskriminierenden Begriffe »Zigeuner« und »Polacken« sollen in diesem Roman nicht verharmlost werden, sondern werden lediglich in einem historischen Kontext wiedergegeben.

DANKSAGUNG

Ich möchte an dieser Stelle ganz unbedingt »Danke!« sagen. Nicht weil es heutzutage üblich ist, dies am Ende eines Buches zu tun. Sondern weil es mir ein wirkliches Anliegen ist, mich bei all jenen zu bedanken, die mir geholfen haben, dass diese Geschichte aus den nebelverhangenen Hängen des Fichtelgebirges den Weg in das helle Licht der Buchhandlungen gefunden hat.

Allen voran Nadine Jendrusch und Oskar Rauch, die einem Debütanten wie mir ihr Vertrauen geschenkt und mir so vielfach das Gefühl gegeben haben, an dieses Skript total zu glauben. Ihre Namen stehen dabei stellvertretend auch für alle anderen Mitarbeiterinnen und Mitarbeiter bei dtv, die dazu beigetragen haben, dass man diesen Roman nun tatsächlich in den Händen halten kann.

Ein herzliches Danke auch an Titus Müller, der den Weg hierzu geebnet hat und mir ein großes Vorbild als Autor spannender Historienromane ist. An Bithja Süß, die beste Manuskript-Austausch-Partnerin und dramaturgische Ideengeberin, die man sich vorstellen kann. Und an meinen guten alten Freund Frank Deserno, der mehr als einmal mit mir durchs Fichtelgebirge marschiert ist, mal entspannt, mal in Gewaltmärschen, hoch und runter, mit zwickenden Knien, Blasen an den Füßen und allem, was dazugehört.

Ein liebevolles Dankeschön auch an meine Schwester, die – so will es die familiäre Legende – einst ihr Brüderchen aufforderte, all die Geschichten, die es erfindet, doch mal aufzuschreiben. An meine Eltern, die das einst mit der Anschaffung einer gebrauchten elektrischen Schreibmaschine (ja, echt!) unterstützten (und dann auch noch alles lesen mussten). An meine Söhne, die Jahre später die Aufmerksamkeit und freie Zeit ihres Vaters stetig mit seiner Passion fürs Schreiben teilen mussten und müssen. Und an meine Frau, die sich dafür, jede meiner Schöpfungen als Erstleserin kritisch zu hinterfragen, immer wieder tapfer dem Unmut ihres starrsinnigen Gatten aussetzt (ist ja schließlich Majestätsbeleidigung). Ich liebe euch alle.

Michelangelo
und sein berühmtes
Fresko